源匣記

GENKOUKI

矢野隆

TAKASHI YANO

獲生伝

KAKU SHOU DEN

講談社

目次

装幀　坂野公一（welle design）
写真　Shutterstock.com
Adobe stock

源匣記

獲生伝

KAKU SHOU DEN

GEN KOU KI

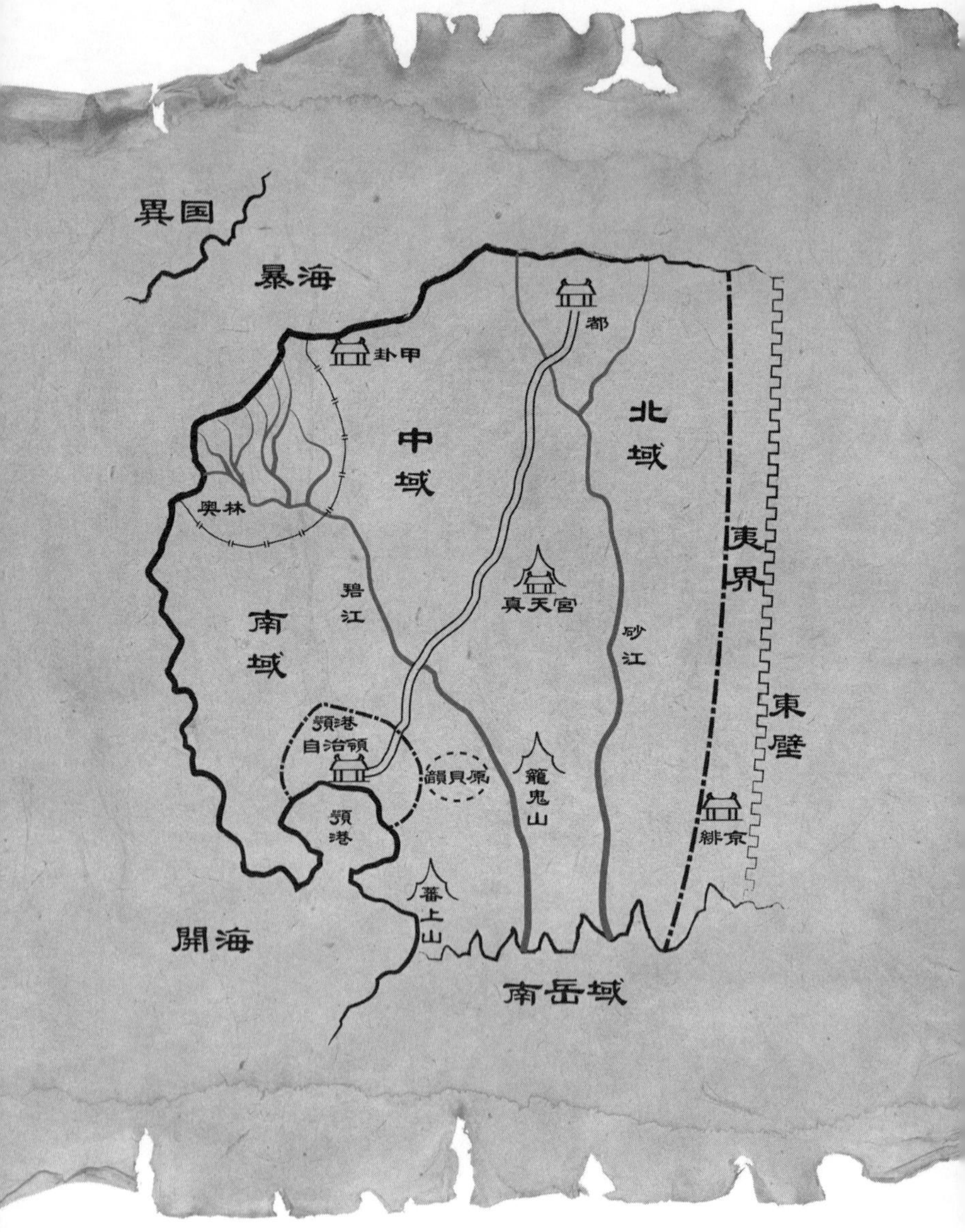
異国
暴海
卦甲
都
中域
北域
奥林
碧江
南域
真天宮
東界
砂江
東壁
頌港
自治領
韻貝原
籠鬼山
頌港
緋京
蕃上山
開海
南岳域

源匣記（げんこうき）　覇（は）王朝　了疾帝（りょうしつてい）元年（源匣暦八三〇年）

了楓（りょうふう）帝の異腹の兄了疾、了楓帝の病を知り、覇の太政（だいじょう）彌旋（びせん）の懇請を受け顎港（がっこう）の長者宝李（ほうり）とともに都に上る。了楓帝の死去に伴い、推挙を受け七代帝となる。

騒乱無く速やかなる即位に、民安堵（あんど）す。

序

その地は〝大陸〟と呼ばれていた。

長い歴史のなかで数の推移はあるものの、八億あまりの人間がつねにこの地で暮らしている。

大陸にまだ歴史と呼ばれるものが存在しなかった頃、この地にはひとつの民族しかいなかった。陽光に目をかざすと瞳が深紅に染まることから、この民は後に緋眼(ひがん)と呼ばれるようになる。緋眼は大陸各地に集落をつくり、狩猟と稲作によって命を繋(つな)いでいた。その頃の詳しい暮らしぶりについては文献が残っておらず定かではない。だが、この地には緋眼以外の民は存在していなかったことだけは確かである。

大陸の周囲の海は波が荒く、遠方から船を着けることができるだけの港はひとつしかなかった。おおきく陸へと入り込んだ内海によって、外海と隔絶された唯一の場所。後に顎港(がっこう)と呼ばれるその港にある日、新たな民が上陸する。彼らはみずからのことを真族(しんぞく)と名乗り、大陸に根を張り始めた。当初は、緋眼の目を逃れるように僻地(へきち)にひっそりと集落を構えていたのだが、両者の力関係はある事件をきっかけとして劇的に変容する。

後に源匣(げんこう)暦元年と呼ばれる年のことであった。

大陸中部の地盤が隆起し、一夜にして岩山が現れた。その頂(いただき)付近に巨大な匣(はこ)が生まれたことによって、真族は突如として不可思議な力を得ることになる。

その力とは、人と人とを繋ぐ小匣(こばこ)であった。源匣と呼ばれることになる真天山(しんてんざん)の巨大な匣の力を分けた小匣を胸に抱いた真族たちは、緋眼の地へと侵攻をはじめた。

源匣の加護を得た真族は、緋眼を東の果てと、大陸北方に位置する奥林(おうりん)と呼ばれる深森地帯に追い遣り、みずから大陸の覇者(はしゃ)となる。

東方に流れる大河、砂江(さこう)下流の広大な三角州に都を築いた真族は、王朝を築き大陸を支配した。全土をいくつかの国に分け、国府となる城を築き、国主を封(ほう)じ民を支配する。どれだけ民が増えようと、彼ら真族の胸にはいつも小匣があった。

真天山の源匣と繋がる小匣を抱き、真族の民はそこに刻まれた一字をみずからの宿命と信じ、生きる。民は暮らしを王朝の統治にゆだね、心の安寧(あんねい)を真天山の源匣に求めた。

源匣が眠る真天山には、匣の教えを司る真天宮と呼ばれる宮が築かれ、それを中心に多くの神官たちが国々に散った。彼らによって民の小匣は統括され、人々は神官の下に集(つど)うことで真族としての己を知る。

王朝と真天宮。ふたつの権威によって、大陸は真族のものとなった。

東に追いやられた緋眼たちは、真族によって住む場所を限定された。緋眼の地は〝夷界(いかい)〟と呼ばれ、真族からは蛮族(ばんぞく)の地と忌避(きひ)されることになる。

夷界には緋京(ひきょう)と呼ばれる緋眼の長(おさ)が住む都があり、長の下に緋眼は治まっていた。真族の国のごとく、各地に郡が置かれ、長の代官が民を統治する。古(いにしえ)からの遺恨は根強く残ってはいるものの、すでに大陸全土に広がった真族との数の格差は覆(くつがえ)すことはできない。時折、大きな反乱はあるものの、その都度駆逐(くちく)され、もはや緋眼の住まう夷界は真族の属国に成り下がっていた。

真族によって大陸の東に追いやられた緋眼のとある村からこの物語は始まる。
源匣暦八一三年。
覇王朝了楓帝の御代であった。

流転

一

首が夜空に舞った。

「大人しくせぬと、お主らもこうなるぞっ」

血に濡れた刃（やいば）を高々と掲げながら、男が群衆にむかって叫んだ。仲間の死に一瞬静まりかえった者たちが、男の言葉を受け、ふたたび喚（わめ）き始める。

焔（ほのお）が天を焦がし、泣き叫ぶ声が闇夜を覆う。髪を振り乱して叫び続ける民を、怒りを満面にたたえた武士たちが壁となってさえぎっている。煌々（こうこう）と焚（た）かれた松明（たいまつ）の火に照らされているのは、村の広場であった。先刻から悲鳴を上げ続けるのは、この村の領民たちだ。

広場から少し離れた屋敷の物陰に潜み、混乱を見つめる小さな瞳があった。大人の太い腕に抱き留められながら、歯を食いしばって騒乱（そうらん）を注視している。

名は捨丸（すてまる）。この村を治める男の子供だ。

「高宗（たかむね）様ぁっ」

広場に集う者が、捨丸の父の名を叫んでいる。彼らの視線の先にあったのは、一段高く設（しつら）えられた舞台であった。中央に、両腕を後ろに縛られた捨丸の父と母が座らされており、その周囲に数名の男たちが刃を握ったまま立っている。男たちは、この国の武士だった。

「ええいっ、下がらぬと貴様らも斬って捨てるぞ」

昼間、捨丸の屋敷に武士が押し入ってきた。今怒鳴ったのは、その先頭に立っていた男だ。先刻、父を助けようとした村人の首を刎ねたのも、この男である。

おそらく一番偉いのだろう。物々しい甲冑に身を包んではいる。が、貧相な顔をしていて、それが捨丸の怒りを掻き立てた。唇からは、生温かいものが流れだしている。痛みはなぜか感じなかった。唇を噛んでいることさえ、忘れていた。

村人たちは叫ぶのを止めない。

「聞け、皆の衆っ」

父が言った。物静かな父とは思えない、捨丸が聞いたことのない大声であった。

村人がいっせいに黙る。

父は隣で縛られている母を見て一度うなずくと、眼前に立つ武士たちの先にある己が民にむけて笑った。

「ここで皆が死ねば、わしの想いを受け継ぐ者はおらぬようになる。覇との国境にある我が村は、幾度も真族の略奪を受けてきた。しかし我ら緋眼は、真族の奴隷にあらずっ」

父の苦悩は誰よりもよく知っている。戯れ半分で村を襲う真族の男たちが、実ったばかりの米を奪ってゆく。女たちや子供が攫われることも少なくなかった。赤い美しい眼を持つ緋眼の女子供は、真族の都に連れてゆけば、奴隷として高く売れるらしい。

米や民を奪われる度に、父は自室にこもって耐え忍んでいた。緋眼の都、緋京からの満足な救援など望めない。それればかりか、どれだけ賊に米を奪われようと、緋京の武士たちは、税だけはしっかりと徴収していった。

だから父は起ったのだ。

「我が主は、我らを人とは思わぬ者と手を取り合えと言う」

緋京にある緋眼の長は女だ。名を琴と言う。彼女は真族の王朝である覇と協調する道を選んだ。大陸を統べる真族と、東の辺境に追いやられた緋眼。協調とは名ばかりで、実際は屈服であった。ゆえに真族による略奪が、まかり通る。

幼い捨丸にも、緋眼の苦悩は理解できる気がした。いやそれは緋眼というより、父の苦悩だ。

「真族の地より離れた緋京におわす長には、わしらの苦しみは解らぬのだ」

「止めぬかっ」

父を縛る縄を持った武士が、顔を蹴り飛ばした。むりやり横を向かされた顔をふたたび村人へと定め、口から血を流し、父は続ける。

「わしの無念。いつの日か、お主らが晴らしてくれっ。今は、耐えよ」

「止めろと言うのが、聞こえぬかっ」

武士が父の顔を地に叩きつけた。民から悲鳴が上がる。

考えるより先に、父へと躰が向く。しかし後ろから抱き留める腕に力がこもり、身動きを封じられた。

「なりませぬっ」

「放せっ、爺」

捨丸は爺と呼ぶが、男には利親という名がある。五十になる利親は、赤子の頃よりの従者である。

大人の力で抱きしめられていた。幼い捨丸には振り解けるはずもない。

「お父上とお母上の命を差し出せば、後は一切の咎めをせぬ。それが、琴様の御沙汰。それを承諾されたお父上の想いを、無にしてはなりませぬ」

「でも、それでは父上がっ」

「御最期を、しかとその目に焼き付けなされ」

捨丸を抱きしめる利親の腕は震えていた。

「爺……」

震える腕にしがみつき、捨丸は顔を伏せた。固く閉じた目から溢れだす涙が止まらない。

「謀反人、木曾高宗と、その室、藤。長、琴様への謀反を企てし罪により、斬罪に処す」

冷たい言葉が、捨丸の耳に触れた。

「捨丸様っ」

利親が伏せた捨丸の顔を、父母の方へと向けた。二人の武士が刀を振り上げ、父と母の背後に立っている。

「止めろ」

捨丸は虚ろな声でつぶやく。

「全ては緋京の政のせいにござりまする。琴様は、緋眼よりも真族を選ばれた」

利親の声が震えている。

父が天を見上げた。

「捨丸ぅぅぅぅっ。わしの最期の言葉、しかと胸に刻めっ」

血飛沫（ちしぶき）を振り撒きながら、父が叫んだ。

捨丸の涙に濡れた目が、深紅（しんく）に染まっている。泣いているからではない。緋眼の瞳は激しい光を受けると赤く見える。それゆえ、真族によって緋眼とされた。いわば緋眼という名は、一族に付けられた卑賤（ひせん）の証（あかし）だ。松明の火を受け、捨丸の瞳は紅（あか）く輝いていた。

天を見上げる父の瞳も紅（くれない）に染まっている。村長（むらおさ）の瞳は民よりも赤味が強い。緋眼の血がそれだけ濃いからだと捨丸は父から教わった。父は鮮血がほとばしるかのごとき深紅の瞳で天を見上げたまま、絶叫した。

「風は何処（いずこ）より来たりて、何処へと吹きゆくのかっ」

どこにいるのか解らぬ息子を相手に、父は大声で語りかけた。しかし捨丸には、父の言葉の意味が解らない。

利親の顔が耳の傍（そば）に近づく。

「動いてはなりませぬ」

「なぜだ。我らは罪科（つみとが）を受けぬのであろう。父の元へ行って何が悪い」

「下手なことを申して、あらぬ疑いをかけられれば、捨丸様のお命も危のうございます。このまま黙ってお父上の最期を……」

それ以上は言葉にならない。捨丸を抱く利親の腕が、激しく震えている。

語り終えたというように、父が顔を伏せた。母もそれに倣（なら）い目を閉じた。刀を振り上げた男たちが、口から荒い息をひとつ吐く。民の慟哭（どうこく）が頂点に達し、父母の首が空に舞った。

捨丸は気を失った。

目覚めたのが三日後だったことは、利親に聞いた。気が付いてはじめに捨丸がやったのは、広場へ行くことだった。向かう道々で村人と出会うと、哀れむような目で皆が捨丸を見た。そして、深々と頭を下げられる度に、父と母が死んだことを痛感させられた。

広場の端にある土盛の上に、台が設えられている。土盛に打ち付けた四本の柱の上に、薄い板が置かれていた。板の上にふたつの首。転がらぬように左右に石を置き固定している。

首のほうへと歩む。後ろには静かな足取りで利親が続く。見慣れた顔がふたつ並んでいた。青白くなった肌を固くさせ、父と母は首だけになって捨丸を迎える。陽光を受け、死してもなお紅に染まる四つの瞳が、捨丸を見ていた。斬られたそのままに晒されている両親があまりに不憫で、そっと手を当て、瞼を閉じた。

「父上……」

親に負けぬくらい青い顔をして、捨丸はつぶやいた。目覚めてからずっと、父の最期の言葉が響いている。

――風は何処より来たりて、何処へと吹きゆくのか。

父はなにを言いたかったのか。風とはなにを意味しているのか。幼い捨丸には解らない。

ただありのままの父の言葉だけが、脳裏に渦巻いていた。

父母の死から十年の月日が経ち、捨丸は十五になった。利親に抱き留められると動けなくなる細かった躰は、村の男たちのなかでも抽んでるほどに大きくなっている。

「あ痛っ」

頭を押さえて小男が叫んだ。拳を握った捨丸を、恨めしそうに見つめている。

「なにしやがるっ」

「おい、玄蕃（げんば）。お前、誰に言っている」

敵意をむき出しにしてにらむ男に、捨丸は己の屋敷の庭で胸を張りだしながら問うた。玄蕃と名を呼ばれた男は、口を尖（とが）らせ抗弁する。

「先に手を出したのは、こいつの方だぜ」

玄蕃の足元には、目の周りを腫（は）らした少年が座っている。玄蕃が殴ったのだ。

「お前が、将監（しょうげん）の妹に手を出したからだろうが」

目を腫らした少年こと将監は、捨丸の言葉に大きくうなずいた。その目は殺気をみなぎらせて玄蕃に向けられている。

「あ、ありゃあ、こいつの妹の方が先に色目を使ってきやがったから」

「お前がむりやり、夜這（よば）いして襲ったんだろうがっ」

将監が叫び、立ち上がって拳を構えた。

「ん、だとこの野郎っ」

玄蕃が身構える。

「よせ」

捨丸は素早く間に入り、両手で二人の胸を同時に突いた。強烈な力に、玄蕃も将監も尻から地面に落ち、後ろに転げる。

「いい加減にしろ二人とも」

言って玄蕃を見下ろす。

「将監の妹をここに呼び、どちらの話が正しいのか聞く。もしお前がむりやり犯したというのなら、ただでは済まん。将監の妹が死罪を望むなら、俺がお前の首を刎ねる」

「そ、そりゃあ」

「解ったな。今日は御魂巡りの日ぞ。そのような時に俺だって死人を出したくはない」

凄んで身を乗り出すと、玄蕃はうつむいて黙り込んだ。

人の魂は肉に留まり現世に生きるが、死したのちは冥府を巡り、ふたたびこの世に戻ってくると緋眼は信じている。御魂巡りの日は、一年に一度、その年死んだ者たちが冥府へと旅立つ日のことだ。この日、緋眼たちは死者を想い、冥府へと送りだす。ふたたび相見える日を信じて。

「お前たちは自分の家で待っていろ」

将監と玄蕃が並んで、屋敷を出ていく。

「おい」

背後で黙って成りゆきをうかがっていた屋敷の従者に、声をかけた。

「将監の妹を呼んでくるんだ」

「はっ」

従者はうなずき、きびきびとした動きで駆けていった。

「まるで、お父上を見ておるようにござる」

いきなり声をかけられ、捨丸は驚いて振り返った。いつの間にか、屋敷の縁に利親が座っている。腕を組み、穏やかな笑みを浮かべていた。体軀は相変わらず若々しいが、その頭には最近、白い物が目立ってきている。

「玄蕃のあの態度を見るに、将監の言い分が正しいようですな」

「そうだな」

縁に腰かけ、捨丸は庭を見る。父母が死んで十年。今ではすっかり捨丸の屋敷であった。村の政は、利親たちがしっかりとやってくれている。こうして捨丸が成長できたのも、村の者たちの支えがあったからだ。

が……。

心には、十年間消えたことのない想いがこもっている。

「玄蕃をどうなされるおつもりか」

「さて」

利親を真似るように、腕を組んだ。

「玄蕃に申した通り、将監の妹が殺してくれと頼んできたら、首を刎ねまするか」

「あの二人のやり取りからして、真の乱暴狼藉とは思えぬ。将監の妹も玄蕃に気があり、そのうえで行き違いがあったのだろう。そこを運悪く将監に見つかり、妹も後には引けなくなり、事を荒立てた」

「なるほど」

嬉しそうに目尻に皺を刻んで、利親が何度もうなずく。

「俺はそう見たが、もし本当に玄蕃が狼藉を働いたのであれば、斬らねばなるまい」

「斬りますか。御魂巡りの日に」

「でなければ村が立ちゆかぬ」

「お見事にござりまする」

利親がいっそう破顔し、深く辞儀をした。そして顔を上げ、表情を曇らせる。

「それはそうと」

言いにくそうに、利親が背筋を伸ばした。鼻で大きく息を吸い、口から深い溜息を吐く。

「どうした」

「代官より、城の改築のために銭と人を出せと言うてきております」

「またか」

捨丸はうつむいて、頭を掻いた。

「三月ほど前に、税を納めたばかりだぞ」

「緋京からの急な沙汰であるとのこと」

「賊が出てもいっこうに救援の兵を寄越さず、銭や米や人は取り上げる。あの女主は、いったい何を考えておるのだ」

緋眼の長である琴は、父母の仇だ。捨丸は、その顔すら見たことがない。

「出さねばならんか」

「仕方ありませんな」

利親があきらめたように首を左右に振った。

「爺よ」

庭に生えた針葉樹の、茶褐色の硬い樹皮におおわれた太い幹を見つめて捨丸はつぶやいた。その木は昔、父にはじめて剣の使い方を学んだ時に打ったものである。それから幾度も木刀で樹皮を打った。いまでも捨丸が打った場所だけがちいさく窪んでいる。

「なんでござりましょう」

「凪は何処より来たりて、何処へと吹きゆくのか」

捨丸のつぶやきを、利親が黙って聞いた。

「覚えておるか」

「お父上が最期に遺されたお言葉でしたな」

「あれはなんだったのだ」

　父は何故、首を刎ねられる直前に、己にむけて謎かけのごとき言葉を吐いたのか。いまだに釈然(しゃくぜん)としない。

「継刻(けいこく)」

　つぶやいた利親が続けた。

「緋眼は死する時、みずからの生をひとつの問いに刻みまする。それは子のみに伝えられるもの。父は息子へ。母は娘へ。問われた子は、生き様をもって親に答えまする。そしてまた、みずからが死する時、子へと問いかけるのでござります。それが古(いにしえ)から緋眼に伝わる継刻にござりまする」

「父は息子に……。か」

「はい」

　答えた利親の声が震えていた。

「あの状態でした。お父上は捨丸様を枕頭(ちんとう)に呼ぶことができませなんだ。それゆえ、どこかで必ず見ている捨丸様に向けて、父としての最後の務めを果たされたのです」

　風……。

　父らしくない言葉だ。この地で生まれ、民のために生きた父は、風のように自由に流れる生き方はしなかった。父は祖父にどんな問いを投げかけられ生きてきたのか。そして何故、あのような問いを捨丸に遺したのか。

「いま答えを導きだす必要はござりませぬ。一生をかけて、お父上に答えればよろしいのです」

「うむ」

利親にうなずいた時だった。

「捨丸様っ」

従者の一人が庭に駆けこみ、頭から突っ込むようにひれ伏した。ただならぬことが起きたのは明らかである。

「賊が」

伏したまま男が言った。捨丸と利親は顔を見合わせる。立ち上がって、捨丸は男に問うた。

「村に入ったか」

「男たちが防いでおりまするが、気休めに過ぎませぬ。賊めらは騎乗。我らは徒歩。相手になりませぬ」

「今日は御魂巡りの日ぞ。それは真族も知っておろうに。緋眼の御魂など、どうなってもいいということか。匪なんぞに縛られ、現世にある己の生だけに固執する真族らしい行いじゃ」

利親が憎しみを言葉にして吐きだした。

「行く。爺、刀を持て」

「なりませぬ」

顔を強張らせて利親が止めた。

黙って嵐が過ぎ去るまで待つ。この村は、そうやって真族の横暴に耐えてきた。米を奪われても、新たに作ればいい。銭はまた稼げばいい。人を奪われれば、産めばいい。抗う力の無い緋眼の村にはそれしか道がなかった。

「賊のことは村の者に任せ、捨丸様はここをお動きになられまするな。奴らは全てを奪うような真似はしませぬ。我らが生きてゆける分だけは必ず残しまする」

「そうやって、このまま逃げ続けるのか」

「抗おうとした者のゆく末は、捨丸様が誰よりもお解りのはず」

「父母のことを言っておるのか」

利親は答えない。賊に抗うため、父は起とうとした。そして殺された。

「武士どもの助けは期待できませぬ。我らだけで戦うても詮無きこと。とにかく事を荒立ててはなりませぬ」

そうまでして生きている意味があるのか。御魂を汚(けが)され、手塩にかけて育てた米や娘を奪われても抗いもせず、また愚直に育む。そんな善良な村人たちを、真族も、緋眼の長も、己が欲のために利用している。

「間違っている」

「捨丸様」

ずっと耐えてきた。緋京の搾取(さくしゅ)にも、賊どもの略奪にも。

「もうよい」

腕を摑(つか)む利親を突き飛ばし、刀を手にして屋敷を出る。悲鳴はすでに村から聞こえていた。屋敷を出た捨丸を追ってくる者はいない。皆すでにどこかへ逃げ去っている。

広場に出た。数人の賊が馬上から、逃げ惑う女にむかって剣を振るっている。男たちの首からは、真族の証である金属の小匣がぶら下がっていた。緋眼に生まれた捨丸には、どうしてそんな匣を下げるのか理解できないが、とにかく真族の者は例外なく匣を持っている。

「やめろっ」

一人の賊に狙いを定め、捨丸は駆けた。馬から乗り出し女の襟首(えりくび)に手をかけようとした男の腕の肘(ひじ)から先が、宙を舞う。

けたたましい悲鳴が広場じゅうに轟いた。

「逃げろっ」

女に叫び、捨丸は刀を構えた。三頭の馬が周りを囲んでいる。

人を斬ったのは初めてだった。

鼓動が高鳴り、息が荒い。

肘から先を失った賊が、涙目で捨丸をにらんでいる。

「こいつ……。斬りやがった」

無事な方の手に剣を握り、痛みがないのか笑っている。他の二人は、捨丸を嘲(あざけ)るように口角を吊り上げていた。

「緋眼のくせに、刃向かいやがった」

「このまま引き返すなら、腕一本で許してやる」

中段に構えた切っ先を三人に向けたまま捨丸が言うと、賊はいっせいに大声で笑いだした。

賊の一人が馬を前に進めて、間合いを詰めながら言葉を吐く。

「震えながらなに言ってんだ」

腕を斬られた男も、隣に並ぶ。

「餓鬼(がき)だろうが容赦はしねぇ」

賊たちは、捨丸を見縊(みくび)っていた。

「図体はでかいが、顔は餓鬼じゃねぇか。こいつの腕を斬った分の落とし前は、つけてもらうぞ」

男たちの首から下がる小さな匣が、陽の光を受けて輝いている。

「お、俺はこの村で一番強い。誰にも負けたことがない」

また賊たちが笑った。

「そりゃ凄（すげ）ぇ。村で一番か。へぇ……」

顎鬚（あごひげ）を擦っていたと思った男の右手が閃（ひらめ）いた。

一瞬、何が起こったのか解らなかった。

頬から生暖かいものが流れだしている。血だと気付いた瞬間、痛みが襲ってきた。

「斬られたのは初めてか」

捨丸を斬った剣をだらりとぶら下げ、顎鬚を生やした賊が問うた。

動けない……。

頬を斬られ、気が動転していた。

「どうした。強いんだろ」

「さっさと殺しちまおうぜ」

腕を斬られた男が、顎鬚を急（せ）かす。

「おいっ、お前らっ」

三人の背後から純白の馬が迫ってくる。叫んだのは、その馬にまたがる若い男だった。

鬚面が舌打ちをする。

「何をしているっ」

若い男が三人の前に馬を進め、捨丸との間に入った。

「いや、こいつが俺の腕を……」

そう言って賊が腕の斬り口を掲げる。

「すぐに手当てをせねば、死ぬぞ」

「えぇっ」

若い男に言われて、腕を斬られた賊が驚いて斬り口を見た。

「死ぬの」

問われて若い男はうなずいた。

「引き上げるぞ。頭が入り口で待っている」

「でも……。そいつは」

鬚面が言うと、若い男が肩越しに捨丸を見下ろした。

「もう十分必要な物は手に入れた。あまり手荒な真似をすると、緋眼も黙ってはいまい。これ以上はよしておけ」

「そんな」

「俺の言うことが聞けんというなら、それでもいいが、頭が黙っておらんぞ」

「わ、解ったよ」

白馬の男から逃げるように、三人が馬首を返して走りだした。若い男が白馬の腹を蹴ろうとしている。

「待てっ」

呼び止める。この時になってはじめて捨丸は気付いた。男の首からは、匣がぶら下がってない。

「恨むなら、緋眼に生まれたことを恨め」

白馬の男は走りだした。

いったい何なんだ。

はじめて人を斬り、はじめて人に斬られた。

このまま黙って見過ごすのか。それでは村の大人たちと変わらない。

捨丸の足は自然と村の入り口へと向いていた。刀を抜いたまま走る。目は白馬の男が消え去った道の先へ定められていた。家並みがまばらになり、村の境が近づいてくる。蹄（ひづめ）の音は遠のいてゆく。それでも捨丸は必死に走った。

「痛っ」

村はずれの家から人が飛び出してきて、捨丸にぶつかった。素（す）っ頓狂（とんきょう）な声を上げて倒れた男が、尻餅をついたまま捨丸を見上げる。

貧相な四十がらみの男だった。

胸から小匣をぶら下げている。

真族……。

賊だ。

「な、なんだお前（めえ）」

男の視線が、捨丸の顔と抜き放たれたままの刀を行ったり来たりしている。腰を引くようにして、ぬるりと立ち上がった賊は、刀の間合いから外れた所に立った。その時、陽光が捨丸を照らし、瞳が紅に染まる。

「緋眼の餓鬼が、そんな物持ってなにしてんだ」

泥に汚れた男の顔に、嘲りの笑みが浮かんでいる。その頬にうっすらと血飛沫がついていることに、捨丸は気付いた。

「殺したのか」

「なんのことだよ」

言いながら男が後ずさりした。

ここは誰の家か、捨丸は知っている。もし、この家の人間が男に斬られたのなら。そこまで考えて、捨丸は賊の方へと足を踏みだした。

「餓鬼はさっさと帰んな。俺ぁ、皆に追いつかなきゃなんねぇ」

にやけた面で手をひらひらさせて、捨丸を追い払おうとする。

「この家でなにをした」

「なにもしてねぇよっ」

男が叫んだ時、家から若い娘が転がり出てきた。

将監の妹だ。

「捨丸様ぁぁぁっ。この男が兄様をっ」

「俺ぁ殺ってねぇっ」

叫びながら男が腰の剣を抜いた。刀をぶら下げたまま、捨丸は男へと近づいていく。その瞳は、怒りで深紅に染まっている。男が剣を、捨丸に向けた。陽光を受けて輝く切っ先が揺れ、紅の瞳に光と影の斑模様を描く。

「来るなっ。緋眼めがっ」

「震えているぞ」

先刻、馬上の賊に言われたことをそのまま返す。

「うるせぇ。殺さねぇでおいてやるから、さっさと行け」

男が言うのと、捨丸が踏み込むのは同時だった。人を斬り、斬られた動揺は、すでに消えていた。将監を殺された怒りが、捨丸の感覚を鋭利なまでに研ぎ澄ましていた。

腰を落とし、大きく踏み込む。男の胸に肩が触れた。うめき声が耳元で聞こえる。うつむいた捨丸の視界に、男の腹に深々と突き刺さる己の刀が入った。

頬になにかが当たる。

堅い。

金属の匣。

真族の小匣だ。

「くそったれ」

男が、強い力で捨丸の背中をつかんで引き剝がそうとする。振り解くように肩で胸を弾きながら、躰を後ろに引いた。刀を振り上げ、腹を横薙ぎに斬り裂く。血と腸を地面にばら撒き、男は絶命した。将監の妹が壁に背をつけて震えている。肩で息をしながら捨丸は、男を見下ろしていた。

「す、捨丸様……」

茫然と名を呼ぶ将監の妹を見つめながら、骸の脇にしゃがみ込む。目玉が零れんばかりに見開かれた目は、漆黒におおわれていた。捨丸たちとは違う。この男は真族だ。大陸の東に緋眼を追い遣り、我が物顔で大陸を支配する真族なのだ。緋眼を蛮族と罵り、真族だけが人であると思っている驕り高ぶった下衆ども。この男も、その一人だ。

男の顔の横に転がる匣に触れた。人差し指と親指で、血だまりの中から小匣を拾い上げる。大人の親指の爪ほどの大きさの四角い匣であった。指の間で転がして、六面全てに目をやる。

それには訳があった。

真族が生まれた時に与えられる小匣には、彼らの文字が一字刻まれている。その文字は、赤子の運命を暗示しているという。真族の人間は、小匣に刻まれた文字に縛られ生きるのだ。

賊の小匣には〝棄〟の文字が刻まれていた。

「棄てる……」

この男はいったいなにを棄ててここに辿り着いたのか。少なくとも今、命を棄ててここに転がっている。

「捨丸様ぁっ」

遠くから利親の声が聞こえた。賊が去ったことを知り、村の者が姿を現し始めている。捨丸は匣を見つめたまま動かない。不安に思ったのか、将監の妹が震える声を吐いた。

「捨丸様」

ちらりと娘の方を見た。

「すまぬ」

立ち上がって走りだした。その足は、村の入り口へと向かっている。手には真族の小匣が握られていた。

棄てる……。

いや。

棄てよ。

捨丸には、小匣に刻まれた文字がそう言っているように思えた。

風は何処より来たりて、何処へと吹きゆくのか……。

父はそう問うた。

風とは捨丸自身だ。

この地に留まっていても、風の行く末などわからない。

「さらば」

緋眼であることを、この村を、全てを棄てる。

父の問いに答えるために捨丸は風になった。

二

真族の地は広い。

大陸の東の果てにある東壁の周辺地域に押しやられている緋眼とは比べものにならない国土を、真族の王朝・覇は有している。その広大な国土は、南の果てに壁のように連なる南岳域と呼ばれる高山地帯から流れだす二本の大河によって三つに区切られていた。南岳の東端から出て北流して海へ注ぐ大河、砂江より東を北域。西方から出て北西に流れる碧江より西南を南域。そして砂江と碧江に挟まれた一帯を中域と呼んだ。東西四千踏（四千キロメートル）南北四千二百踏にわたる大陸の大半が、真族の地であった。

緋眼を棄てた捨丸は、故郷から離れるように西へ西へと歩いた。胸には、賊から奪った小匣を垂らし、真族であるふうを装い、あてどなくさまよった。

「なにしてやがるっ」

怒鳴られ激しく肩を震わせた捨丸の手にまだ土すら払い落としていない人参がにぎられていた。どことも知れぬ田畑のど真ん中である。半ばまで齧ったそれをにぎりしめ、立ち上がった。走ってくる男をにらむ。伸ばせば届く距離に入るのを見計らい、腹めがけて右足を突き出した。小さな呻きをひとつ吐き、男が前のめりになって倒れる。捨丸はふたたび走りだした。

「盗人だ。誰か捕まえてくれ」

男が叫んだ。周囲には、畑仕事をしている百姓たちがいて集まってくる。

捨丸の行手を、両手を広げた男たちが塞(ふさ)いだ。

「どけぇっ」

腰に提げた刀を抜いて振り回しながら走る。

「斬るぞ」

本気だった。

捨丸の心が通じたのか、切っ先が届かんとする間合いに入ると、男たちはいっせいに躰を引いた。開いた場所を駆け抜ける。その時、頭の後ろが激しく痛んだ。だが、足を止める訳にはいかない。田畑が見えなくなるまで、とにかく走った。追手が消え、背丈ほどもある葦(あし)がびっしりと生えた川べりまで来ると、刀を鞘(さや)に納め、身を潜めるように葦原のなかにしゃがみ込んだ。激しく上下する肩もそのままに、左手につかんでいた人参を見た。熱と力でくたくたになった人参が、捨丸の手の中で潰れかけている。それを押し込むように口に入れ、二口ほどで平らげると、自然と涙が溢れてきた。膝の間に顔を入れ、頭を抱える。痛んだが血は出ていない。どうやら石を投げられたようだ。

声にならない嗚咽(おえつ)が口から零れだす。

己はいったいなにをしているのか。

村を飛び出してからひと月あまり。西へ西へとさまよい、すでに砂江のあたりまで来ているはずだった。腹が空けば百姓の作物を盗み、緋眼であるのを隠すため常に顔を伏せながら人目を避けてただ歩く。衣は干してあったものを盗んで真族の物に着替えていた。村を飛び出し、なにも縛られない身になってみれば、盗人同然の生き方しかできない自分がいた。これでは賊と同じではないか。盗みの多寡(たか)は関係ない。百姓が必死に育てた作物を盗むことがどれだけ悪しきことか、百姓の村で生きてきた捨丸には身に染みて解っていた。

頭を挟む足の間に、小匣が見えた。首から下げた紐(ひも)の先で、〝棄〟と刻まれた匣がゆっくりと揺れている。

「真族……」

この大陸を支配する者たち。緋眼は真族の奴隷でしかない。父と母が死んだ幼い日、それを痛感した。真族が憎かった。緋眼を虐(しいた)げ、虫けらのごとく扱い、作物や女子供を奪う。真族が心底から憎かった。村に留まっていても、己は変われない。賊や緋京の武士たちに頭を抑えつけられ、俯きながら生きていかなければならない。そう思ったからこそ、小匣を奪って村を棄てた。真族になる。復讐(ふくしゅう)のために。

「それがどうだ」

涙が小匣を濡らす。

百姓の作物を奪うことが、真族への復讐なのか。それで奴らが滅ぶのか。生まれを偽り真族に溶け込もうとしても、身寄りも伝手(つて)もない捨丸には術(すべ)がなかった。このひと月、幾度か大きな街に入ってはみたが、余所者(よそもの)である捨丸を拾ってくれるような者は一人もいなかった。

「くそっ」

葦のなかに寝転がった。大の字になって天を見上げる。群雲(むらくも)が東から西へと流れてゆく。飯を喰う必要もなく、宙を舞い、ただ空を流れていく。そんな雲が羨(うらや)ましかった。雲を運ぶ風に、人である捨丸には逆立ちしてもなれない。

風は何処へと吹きゆくのか。

真族という巨大な壁の前で、捨丸という名の風は道を見失っていた。

「いっそ死んでしまうか」

死んで天に上れば、こんな想いはしなくて済む。村にいても真族になっても、苦しみからは逃れられないのだ。

「どうやって死ぬか」

このまま喰わずに寝転がっていれば死ねるのか。いや、空腹に耐えかねて、ふたたび盗みを働くだろう……。

いきなり額になにかが乗った。そのまま凄い勢いで、顔が押し潰される。

「ひゃっ」

甲高い声が空の方から聞こえた。額の重さが消えると同時に躰を起こすと、水色の短衣に裳を着け、腰帯の結び目を前に垂らした真族の衣に身を包んだ少女が目の前に立っていた。

「な、なんだいきなっ……」

そこまで言った時、殴られた。強烈な一撃。喧嘩で負けたことのない捨丸が、躰を葦のなかに飛ばされるほどの拳の一撃が顔面を襲った。

「こんな所でなにをしているっ」

女が問う。幾度かのまばたきの後に立ちあがった捨丸との間合いを保ち、女は両手を顎先あたりに掲げて構えていた。女というより少女といったほうがよい歳頃に見えるが、逃げるような素振りはない。

「指一本触れたら、あんた死ぬよ」

息が止まるほどの気を放ちながら、少女が捨丸を睨んでいる。

長い黒髪を丁寧に編んで肩から垂らした少女の顔は、息を呑むほどに美しかった。捨丸が背にする陽光を浴び、丸い瞳は漆黒に染まっている。右の耳たぶから、鉄の匣がぶら下がっていた。そこに〝戯〟の文字が刻まれている。

「なに、ぼぉっとしてんだ。さっさと行きな」

冷たい言葉に、頭が熱くなった。

「寝ていたところを踏みつけて、いきなり殴ってきたのはお前の方ではないか。それで謝りひとつないというのはどういうことだっ」

大声を出したら、急に頭がくらくらした。膝が激しく震え、躰を支えられなくなる。さっきの一撃が、今頃になって効いてきた。

「お、お前、どんな鍛え方して……」

そこまで言って倒れた。


「気がついた」

ごつごつとした四角い顔が、目の前にあった。捨丸が飛び起きようとすると、四角い顔は素早く動いて激突を避ける。上体だけ起こした捨丸の目が、先刻とはまるで違った景色を捉える。

小さな部屋に寝かされていた。

綺麗に敷かれた褥（しとね）に座り、横に顔を向けると、四角い顔が豪快な声で笑った。

「なかなか目が覚めねぇから心配したぜ」

四十がらみに見える男は、太い声を吐いて捨丸の背中を叩いた。

男の背後にあった戸が開き、桶を抱えた少女が入ってくる。その顔を見た捨丸の口から、言葉が零れだす。

「お前はさっきの」

捨丸を殴った少女だった。男の隣に座ると、少女は冷淡な目付きで捨丸を見つめる。

「目が覚めたぞ」

男が言ってもうなずくだけである。

「娘がひでぇことしたみてぇだな。悪かった」

「娘……」

捨丸が見ると、少女は即座に目を逸らした。なにがそんなに気に入らないのか、少女は出会った時から、ずっと腹を立てている。

「俺ぁ、芸を見せて旅してる盤海（ばんかい）ってもんだ。こいつぁ、娘鈴（こりん）」

娘鈴と呼ばれた少女は、目を逸らしたまま身動（みじろ）ぎもしない。

「あんた、この辺りの者か」

「いや」

「旅の者か」

「そういう……ところです」

「名は」

聞かれて口籠（くちごも）った。捨丸という名は緋眼のもので、真族とは響きが違う。素直に名乗れば、緋眼だと知れてしまう。

己は真族……。

緋眼は棄てたのだ。

「か、獲生です」

勢いで言った。緋眼を棄てた。生きる道を獲るために国を棄てたのだ。だから獲生。口から出まかせだったが、我ながらいい名だと思った。

「ほう、獲生さんね」

盤海はしげしげと獲生の顔を見つめながらつぶやいた。

「あ、あの……」

これ以上、長居はできぬ。獲生は立ち上がろうとした。

「おい娘鈴」

獲生の動きを制するように、盤海が気の籠った声で言った。その圧に押されるように、獲生の尻がふたたび床に触れる。

「獲生さんを世話してやれ」

「なんであたしが」

怒りながら父を見る娘鈴の頭に、盤海が手を当てた。太い指を大きく広げ、娘の頭をがしがしと乱暴に撫でると、盤海は獲生に目を向ける。

「旅する者同士、助け合わなきゃならねぇと、いつも言ってるはずだ」

「でもっ」

「元はと言えば、お前ぇが獲生さんを殴ったのがいけねぇ。自分がやったことには、しっかり責任を持て」

獲生は口を挟む。

「い、いやもう私は」

「おい、獲生さん」

娘に顔を向けたまま、盤海が横目で獲生を見る。その瞳は黒く沈み、人の奥底を覗くような深さがあった。

「これからも真族の地で生きていくんなら、なるべくその瞳に光を当てねぇことだ。それにあんた、いい所の生まれだろ。そんな喋り方してるとお里が知れる」

見破られている。盤海の言葉が胸に刺さり、なにも言えなくなった。

「それと、普通の奴はそうやって匣をぶら下げたまま歩くこたぁねぇ。衣の中に隠しておくのが礼儀なんだ。匣に刻まれた字を人に見せることを、真族の人間は何より嫌う」

「でも……」

娘鈴の右耳に目をやる。〝戯〟と刻まれた小匣が小さな鎖の先で、くるくると回っていた。

「こいつはバカだから、手前ぇの運命を曝け出して生きてる。まぁ、自力救済を旨とする芸人だからできることだ」

自力救済。要は己の身は己で守るということか。そういえば村を襲った賊の男たちも匣を首からぶら下げていた。奴らもたしかに政の埒外にいる。

「どんな理由があって夷界を出たのか知らねぇが、もうあんたを支えてくれる人はいねぇんだ。生まれを偽ろうってんなら、それなりの覚悟と、真族の生き方ってのを学ぶことだ」

夷界とは、緋眼が住む地に真族が付けた名である。

「よいしょっ」

気をひとつ吐いて、盤海が立ち上がる。ゆっくりと戸の方へと歩き、把手に指をかける。そしてふたたび、肩越しに獲生を見た。

「ここは俺の一座が世話んなってる人の屋敷だ。数日はここに留まって芸を見せる。ゆっくりしていきな」

「ありがとうございます」

「丁寧な礼だな。そういう時は、軽く頭を下げるだけでいい。じゃあ頼んだぞ娘鈴」

盤海が去ると、娘鈴が溜息を吐いて桶を床に置いた。

「寝て」

桶の水に沈めてあった布を取り出し、両手できつく絞った。青い筋が浮き上がるほどに白い娘鈴の肌の、水に浸した場所だけが、ほのかに桃色に染まる。

「冷てっ」

寝ると、広げられた布が乱暴に鼻の上に降ってきた。

「お前いくつだよ」

「十三」

二つも下には思えないほど、獲生を見下ろす目は妙に落ちついていた。

「俺の方が歳上だぞ。少しは気を使え」

「文句ばっかり言ってるね、あんた」

「怒ってばかりだな、お前は」

「そこは、怒ってばっかだな、お前ぇは。だね」

「う、うるせぇ」

「そういう感じ」

冷めた目で言った娘鈴の口許がわずかに綻んだ。


盤海に拾われてから数日、獲生は彼のもとにいた。ただ飯と寝床を世話されるだけでは悪いので、盤海たちが芸をする時は手伝った。ある日は村長の家で舞を見せ、ある時は真族の地に点在する匣を祀った社の祭で舞だけではなく、様々な曲芸なども見せたりする。盤海たちは行く先々で、人々の歓声を浴びていた。

獲生の心に深く刻み込まれたのは、娘鈴の舞であった。

ふくらはぎ辺りまで伸ばした髪を綱のように編み上げ、頭と躰全体を巧みに使い、時には相手を貫く棒のように固く、時には毛先が娘鈴の周囲を舞う蝶に見えるほど流麗に操りながら、その間にも四肢を機敏に動かし、一見すると武技にも思える拳や蹴りを繰り出してゆく。舞の心得がない獲生が見ても、柔軟さと強靱さを兼ね備えた躰でなければ、舞うことのできないものだと解る。

そしてなにより、美しかった……。

娘鈴の舞は飛頭舞という。盤海の家に古くから伝わる舞だそうだ。それを旅で広め始めたのは、盤海らしい。

一座での毎日が、鬱屈を忘れさせてくれた。忙しなく走り、次の芸のための準備をする。全てが終わるとくたくたになり、屋敷に戻って飯を喰って寝る。暮らしに埋没し、己が緋眼であることすら忘れていった。

それほど、盤海一座は心地よかった。村を棄ててからはじめて得た、人らしい日々だった。

十五人ほどいる一座の者たちも、獲生に温かった。出自や身の上は、誰も聞かない。皆、脛に傷ある者だと、盤海が教えてくれた。

飯を喰い終わってから寝るまでのわずかなひと時、盤海は真族の歴史について語ってくれる。それもまた獲生には楽しみであった。

「真族はもともと海からこの地に来た」

盤海の部屋で二人きり、向かい合って話を聞く。何をしているかは、誰にも教えていない。獲生が緋眼なのは、伏せてくれている。獲生も、自然と人前で瞳に光を当てぬようになっていた。

「真族がこの大陸に辿り着いたのは八百年ほど前のことだという。はじめは少ない集団に分かれて暮らしていたそうだ」

「その前は、この大陸には緋眼しかいなかったのでしょう」

「そうだ」

獲生が問えば、盤海は面倒臭がらずに答えてくれる。

「もともとこの地は、緋眼のものだった。しかし真族がこの地に来てから数十年後、大陸に変化があった」

「真天山……」

「そう。大陸のど真ん中にいきなり巨大な山が生まれた。その頂に突如として現れたのが、源匣だということは知っているな」

獲生は合わせた襟の下にある小匣に手をやった。盤海に言われた通り、匣は衣の下に隠している。真族なら誰もが持っている小匣は、真天山にある源匣の力を分けた物だという。ひとつひとつに人知を超えた力が宿り、時に奇跡を起こすと信じられている。

「真天山周辺に住んでいた真族は、源匣の力を分けた小匣を持ち、各地に散らばっていた同胞を糾合しながら、領土を広げていった。そして、緋眼を東と北方に追いやった」

東に追いやられた緋眼が、獲生の祖先である。北方に追いやられた者たちは、中域と南域を隔てる大河、碧江下流の広大な原生林、奥林に逃れた。奥林に逃れた者たちは、真族の者たちと血を交えた。長い年月のなかで緋眼の血が薄れ、今では瞳も赤くないらしい。真族は奥林に住む者たちのことを、野従と呼んで緋眼同様の扱いをしている。

「真天山に源匣が現れてから六十五年。真族は都に最初の王朝を築く。それが騰だ」

真族の都はこの時から、王朝が替わろうと一度も遷っていない。つねに砂江下流の広大な三角州になった場所にある。真族は帝がいるこの地には名を付けず、ただ都とだけ呼んだ。

「騰が最初の王家を築いてから八百年。慎、稔、真、覇と王家は変遷しながらも、真族は大陸の覇者として君臨し続けている」

覇者……。

驕り高ぶった物言いだと思う。が、現実は盤海の言う通りだった。緋眼が抗うことのできない巨大な版図と人民を、真族は有している。

「今の王朝である覇は、大陸を十の国に分け、それぞれに国府となる城を置いている。国には王朝より封じられた国守がいて、その下にいる官が税を徴収し、民を支配している。国府には国軍が置かれ、変事に備えている」

「この大陸は真族が支配して久しい。なぜ軍が必要なんですか」

「覇が大陸を統一するまで、複数の王朝が乱立する戦国時代があった。いまはひとつにまとまってはいるが、真族だってひとつではない。それに、東に緋眼、北には奥林に潜む野従がいる。夷界の果てには東壁もある。あの巨大な壁の先には、邪な世界が広がっているという伝承は聞いたことがあるだろ」

「東壁は緋眼にとっては身近なものです。たしかにそう聞いています。東壁には近づくなと、緋眼に生まれた者は幼いころから教えられて育ちます」

「王朝などというものは、ままならぬということだ。それゆえ、軍は常に必要なんだ」

盤海が右手の人差指と、中指を立てて獲生に突き出しながら微笑んだ。

「真族の支配する地には、十の国以外にふたつの特例が存在する。ひとつは真天山を中心にした真天宮の自治領である真天御国（しんてんおんこく）。真天宮はこの真天御國の他に真天領と呼ばれる直接統治を許された土地を、大陸各地に点在させている。そしてもうひとつは、大陸の西の果てにある顎港だ。外界に開かれた唯一の港である顎港は、その近隣に港が所有する領地を持っている。これも真天宮と同じように、都の政の埒外にある」

真族の心の拠り所である匣の教えを統括する真天宮が、特例を許されるのはわかる気がする。しかしただの港が、なぜ自治を許されているのか。

獲生の心を見透（みす）かしたように、盤海が続ける。

「外海からもたらされる品物は貴重な物ばかりだ。それらを一手に取り仕切る顎港は、強大な富と力を有している。覇だけではない。これまでの王朝のいずれもが、顎港の権力者たちには一目置いてきた。その結果、顎港は王朝にとって富を吸い上げる機関として成立し、その結果自治を承認されているんだ」

「富が王朝を手懐（てなず）けているというのですか」

「それほど単純な話ではないのだが、まぁ、大枠では間違ってはいない」

「真族もひとつではないということですね」

「いや、それでも真族はひとつだ。そう言い切れる理由はこれだ」

言った盤海が衣の襟口から手を突っ込み、小匣を取り出した。

「真族はひとつ。誰もがそう信じることができるのは、この匣の力があるからだ」

盤海が己の匣に刻まれた文字を、獲生に見せた。小さな鉄の匣のなかに〝継〟の一字が刻まれているのが見えた。

「ただの匣でしょう」

「この匣には源匣の力が宿っている。真族の者ならば誰でもそれを感じたことがある」

疑う獲生に、盤海は穏やかに語る。

「親しき者のことを心に想う。すると、相手が今どこにいるのか、ぼんやりと解る。匣に刻まれた文字を知っている者同士ならば、より明確に、相手の立っている場所から見える景色までが幻で見えることもある」

「まさか」

「真族でないお前には解らぬかもしれんな」

言って盤海が匣に刻まれた継の字を見せた。

「小匣に刻まれた文字の意味を知っているか」

真族はその字に縛られるという程度のことは知っていたが、獲生は首を振った。

「俺に与えられた天字は〝継〟だ」

「天字……」

「小匣に刻まれた文字のことだ」

盤海の太い指が、小匣の表面を撫でる。他人に天字を知られることを真族は何より嫌うと盤海は言った。

「いいんですか、教えても」

「親しい間柄になれば、教えることもあるさ。家族は当然、互いの天字を知っている」

己と盤海は親しい間柄なのか……。

盤海は話を続けた。

「継という字を与えられたからといって、何かを継ぐという意味だけではない。この字はケイと読む。ケイは、たとえば刑にも通じる」

盤海は文机に置かれた紙に、刑の字を書いた。

「計、系、慶……。同音でも多くの字がある。それゆえ継ぐということだけに縛られてはならぬ。天字の文字自体に縛られるような生き方はするなと、誰もが親から教わる」

音が同じであれば、どの字でも構わないと盤海は言った。ならば何故、盤海の小匣には計でも系でもなく、継の字が刻まれているのか。

「納得がいかぬか」

「はい」

盤海は小さく笑った。

「何かに縛られれば、それだけ躰が硬くなる。躰が硬ければ、人は容易に動けぬもの。たかが文字ごときに縛られるなという教えよ」

「なら、どうして真族は小匣を持ち、天字を与えられるのですか」

「信じておるからよ」

真天山には、源匣を奉じる教えの総本山、真天宮がある。真族は匣の教えを信じ、真天宮を崇(あが)める。

「信じられるだけの力の存在を、真族はこの匣から常に感じている」

「親しい者の居場所を知ることでですか」

「それだけではない」

　盤海が首を振る。

「源匣と小匣は見えない力で繋がっている。そして小匣同士もまた繋がりを持つ。強く望めば人の想いを動かすこともできる。匣と匣が繋がっているからこそ、できることだ」

「匣は心とも……」

「繋がっている」

　言った盤海が己の匣を握りしめた。

「匣を信じる者にのみ顕現（けんげん）する最後の力、それが奉天（ほうてん）だ」

　天宇を信じるなと言ったかと思えば匣の力を信じていると言う。真族の考えていることはよく解らない。

「心の底から奇跡を求めたら匣は応えてくれる。そして、人ならざる力を与えてくれる——それが奉天だ」

「どういうことですか」

「さぁな。俺だって見たことがない。が、伝えられる所によると、奉天を起こした者は多くの人を己が意志のままに操れるという」

「そんなことできる訳が……」

「俺は見たことがないが、やった、あるいは、見た、という奴は知っている」

　盤海の大きな目が、すっと細くなった。

「お前は奉天で驚いているようだが、匣がもたらす奇跡はそれだけではないぞ」

　人の世の出来事とは思えぬことを、さも見てきたかのように話す盤海に、うすら寒いものを感じはじめていた。

「匣が開き、力が解放される時、真実の力がもたらされると言われている」

　思わず獲生の喉が鳴った。

「小匣を真族が持ち始めて八百年あまり。小匣を開けた者が一人だけいる。その男の名は宝超（ほうちょう）。真族最初の王朝の騰を倒し、慎を開いた男だ。匣の真の力を得たただ一人の男、宝超は真族の間で覇王と呼ばれ今も慕われている」

「覇王……」

「この匣には間違いなく人ならざる力が込められている。まぁ、お前の匣は奉天することはないだろうがな」

　しょせんは奪った小匣。盤海の言う通り、緋眼である獲生のためにこの匣が応えることはないだろう。

「真天山にある源匣には、力の波がある。人が息をするように、源匣も大きな時の流れのなかで、その力を変化させる。そして源匣の力が弱まると、乱が起きると信じられている」

「乱とは……」

「大勢の人が死ぬと真族は信じている。そして今、ちょうど源匣の力が極限まで弱まっている」

「それはどうやってわかるんです」

「真天山の神官による御告げだ。源匣の力が弱まっているから、皆慎み深く生きよとな」

そんな莫迦（ばか）げた託宣（たくせん）を信じているのか真族は。

「匣に刻まれた天字とともに、真族は生を全（まっと）うする」

「それで終わりなのですか」

「どういう意味だ」

「緋眼の魂は己のものではない。冥府を巡り、ふたたび新たな肉を得て生まれる。だから匣なんて物に縛られることはありません」

一座の長は小さく笑った。

「みずからの躰にも縛られぬということか」

獲生はうなずきで答えた。

「俺は一所（ひとところ）に留まらぬ自力救済の芸人だから、そういう考えは嫌いではない。が、多くの真族は匣に縛られ、己が躰に縛られて生きている。お主も真族として生きるつもりなら、匣や躰への執着を持つことだ」

風は何処より来たりて、何処へと吹きゆくのか。

いまにして思えば父の最期の問いも、緋眼らしい。執着すれば留まる。風は何処にも留まらず流れ続けるものだ。

執着を持てと盤海は言う。

己にできるだろうか。

「さて、今日はこのくらいにしておくか」

盤海が首を鳴らす。

獲生の躰は疲れ果てていたが、今の話で頭が妙に冴えていた。

「俺たちは明日ここを発つ。お前はどうする」

「今度は、どこに行くのですか」

「真天山だ。真天宮で年に一度の大祭がある。多くの一座が集まるゆえ、俺たちも行くのだ」

真族の心の要、真天山。莫迦げた託宣の総本山だ。見てやろうではないか。

「行きます」

三

大地から伸びた牙が天を穿たんとしているようだった。

あまりの威容に獲生は思わず息を呑んだ。

真天山という名の岩山は、平地に突然突き出している。その頂上あたりに、朱色の屋敷がうっすらと見えた。それが真族の心の拠り所である小匣の大元である、源匣があるという社だ。

大陸のど真ん中に、真天山はあった。

八百年前、この地に最初の匣である源匣が現れた際に、地が隆起してできた山。山肌に木々はない。切り立った崖が山頂まで続いている。山の周囲には丘すらなく、平地にいきなり山がそびえていた。天に向かって突き立てた槍のように頑強な姿は、砂江を渡った辺りからすでに見えていた。

獲生の同行を盤海は止めもせず、一座の者も嫌な顔はしなかった。文句を言わずに働く獲生を、皆が一座の仲間として認めはじめている。

「さぁ、まずは宿探しだ」

雑踏を目の前にして、盤海が皆に言った。真天山の麓にある真天宮から広がるようにして、街が築かれている。これまで獲生が見てきたなかで、一番大きな街だった。大祭が行われるからか、とにかく人が多い。真族のすべてが集まっているのかというくらい、人で溢れていた。

盤海の一座は、街の端から真天宮へと繋がる街一番の大路を歩いている。獲生の背後には巨大な門がそびえていた。門は石組の壁で囲われ、その壁が四方に続いている。見張りであろう壁の上にいる人が、米粒のように小さい。石の壁で囲われた内側がすべて真天宮の街だと盤海が教えてくれたのだが、それが本当だとは獲生にはどうしても思えなかった。獲生の村が百あっても足りぬ広さだったからだ。

しかし何故、真族は街を石垣で囲うのか。緋眼や野従の住処に近い街を囲うのならばまだしも、この街のような離れた場所までが、高い石垣で守られている。

いったいなにから、街を守っているというのか……。

「真天宮の街だから、ここは真天と呼ぶの」

前を進む娘鈴がそう言って獲生を見た。

「あまりきょろきょろすると、気取（けど）られるよ」

真天の広さと人の多さに呆然（ぼうぜん）として、娘鈴に言われるまで気づかなかった。晴天の陽光に瞳を晒し続けていたのである。獲生はすぐに目を伏せた。

「この街は蛮族にはうるさいの。他の街には緋眼もいるけど、ここにはいない。真族の聖地だから。緋眼と知れると厄介だよ」

「どうなるんだ」

「さぁね。気付いた人次第だと思うけど」

相変わらず娘鈴はそっけなかった。獲生の方も、それを気にしなくなった。こういう言い方がこの娘らしいと割り切ってしまえば、腹も立たなかった。

道具を満載にした荷車を囲むようにして、一座の者が大路を進む。

大路の両脇には大小様々な店が連なっていた。豚を一頭丸ごと焼いて切り売りしていたり、桶に水を満たした中に魚を泳がせ、客に選ばせたりするような食べ物の店があるかと思えば、剣や鎧(よろい)などの武具を開け放した室内に所せましと並べた店もある。人が暮らすために必要な全ての物を売っていた。

軒(のき)を連ねる店のなかで、獲生の目をひときわ引いたのは、匣占と書かれた看板を下げた家がやけに多いことだった。

「客から天字を聞いて、その人の運命やこれからのことを占うのよ」

獲生の視線に気づいた娘鈴が教えてくれた。

「へぇ」

「あんなもの全部いんちきさ」

いきなり後ろから声をかけられて、獲生は大きく肩を上下させながら聞こえてきた方を見た。小柄な男が気配を感じさせぬ静かな足取りでいつの間にか後に付いて来ていた。

「泰範(たいはん)、またそんなこと言って」

眉根に皺を寄せ、娘鈴が小男の方を見て言った。泰範と呼ばれた男は、一座の一員である。小刀をいくつも手に持ち、宙空(ちゅうくう)に放り投げ、ぐるぐる回すという芸をやっているが、たまに祭の露店のなかに己の店を出していた。頭の天辺から足の先まですべてが小作りの三十がらみの男である。

「あんたも匣占するじゃない」

「だから、いんちきだって言ってんだよ」

疑り深そうな光のない泰範の瞳が、獲生を射る。

「お前の天字、正確な字は解らねぇが、すてるって字だろ」

いきなり当てられて、思わず息を呑んだ獲生を見て、泰範は鼻で笑う。

「わかりやすい奴だな。人に騙されないように気をつけておけよ」

「どうして……」

この男に匣を見せたことは一度もないという確信があった。一座の者で獲生の天字を知っているのは、娘鈴と盤海だけだ。

「小匣ってのは不思議なもんでよ、持ってるだけで誰もが天字に囚われちまう。少し話すだけでそいつが何に縛られてるか解らねぇと、匣占なんざできん」

「俺の行動や言葉から読み取ったってことか」

「大まかな見当を付けてたってのが本当のところだな。かまを掛けたら、お前が乗ってきたってわけよ」

「なるほど」

「まぁ、源匣だ小匣だなんだと言っても、その程度のもんさ」

「あんた、真天の街でなんてこと言ってんのよ」

ささやき声で泰範をたしなめた娘鈴が、獲生に目をむける。

「この人、昔は都の奉天寮にいたから、こんな不遜なこと言うの」

「不遜だって、酷ぇこと言うな。お前だって、そうやって耳から小匣ぶら下げてんだろ。それだって、そうとう不遜だぞ」

「うるさいわねっ」

言い合いする二人に割って入るように、獲生は口を開いた。

「奉天寮ってのはなんだ」

「おい、そんなことも知らねぇのかよ。お前、よっぽど田舎に住んでたんだな」

泰範は獲生の本当の素性を知らない。腰に両手を当て、泰範が得意げに語る。

「本来、小匣の奉天を人為的に起こせないか研究するという目的のために、真王朝の頃に創設されたのが奉天寮だ。それから三百年以上、王朝が替わっても継続している」

「大陸中の頭の良い人が集まってるのよね」

「ふんっ」

右の眉を奇妙に上げて皮肉っぽく言った娘鈴を、泰範は鼻で笑う。

「あんなところは堅物の吹き溜まりよ」

「結局、奉天はできなかったのか」

獲生の問いに泰範は首を左右に振る。

「創設から四十年ほど経った頃、一時的ではあるが人の意志で奉天のような働きを生む〝改天〟とかいう技術が生み出されたらしい。改天はその時、中域で起こっていた真衆の乱を鎮圧させるのに役立ったそうだ」

「あんたの言い振りからすると、改天ってのはもう……」

「真が滅びた時に一切の書物が焼失したらしい。まぁ、奉天自体見たことがねぇし、三百年以上も昔の話だ。どこまでが本当か解りゃしねぇよ」

この男の軽口を聞いていると、これまで盤海から聞いてきた真族と小匣の関係に疑問がわいてくる。胸にわいた想いを、獲生は素直にぶつけてみることにした。

「あんた匣の教えを信じてねぇのか」

「おいおい、俺だって真族の端くれだぜ。信じてるに決まってるだろ」

答えた泰範の瞳の奥が笑っている。獲生はなおも問う。

「匣には不思議な力があるんだろ」

「んなもん、お前は実感したことがあるのか」

緋眼である獲生が、匣の力を体感するはずもない。ないと答える前に、泰範が口を開く。

「だろ。だいたいの奴が小匣の力なんか感じることなく死んでゆくんだ。人は飯を喰って寝るのを繰り返し、歳をとって死ぬ。それだけだろ。匣なんかなくったって、生きていける」

「だから、あんまり大きな声でそんなこと……」

またも娘鈴が小声でたしなめた。

「俺の天字は〝貫〟だ。己の信じる道を貫いているだけだ。匣の教えに、天字の導きに従えとあるだろ。俺は教えに忠実に生きているんだぜ。誰が咎めるってんだ」

胸を張ってそう言った泰範が、ぺろりと舌をだして獲生に笑って見せた。

「まぁ、全部嘘なんだけどな」

「なんだよ、それ」

「つまり、匣の教えだ天字だと言ってみても、どうにでも都合よく解釈できるってことよ。小匣の研究機関である奉天寮は王朝直属だし都にある。が、匣を研究するということもあって、真天宮とも近い。俺がいた時には、奉天寮の官人の半分以上が真天宮の神官か神官上がりだった。要は真天宮と王朝は裏で繫がってんだよ。暮らしと心。真族を支えているふたつの柱は辿ってゆくと根っこは一緒だ」

真族は匣とその教えを信じているものだと思い込んでいた。真族のなかにも泰範のように、匣に疑いを持つ者もいるのだ。

「おい獲生」

獲生の肩を誰かが叩いた。いつの間にか盤海が、泰範を押し退けるようにして隣を歩いている。

「どうだ、真天宮はでかいだろ」

「ええ」

泰範はすでに獲生から離れて歩いている。眼前に娘鈴の後ろ姿を見ながら、盤海と並んで進む。

「都や顎港はこんなものじゃないぞ」

顎港とは、大陸でただひとつ、外海と繋がった港である。北の海は波が荒く、暴海（ほうかい）と呼ばれていた。とてもではないが遠くまで船は出せない。大陸の西に広がる海は開海（かいかい）と呼ばれているが、決して開かれている訳ではなかった。海流が速い。顎港はその名の通り、顎のように大陸に入り込んでいて、その近海は内海を形成していた。この内海から開海へと出る場所辺りで、海流が北と南に分かれているため、外海へ船を出すならこの場所しかない。真族がはじめに上陸した地も、この顎港であった。顎港は真族にとって、はじまりの地でもあった。数億もの人が暮らす大陸でありながら、外海に開かれた港がひとつしかないため、顎港の繁栄は都に引けを取らないと言われる。

「お前は緋京には行ったことがあるのか」

首を横に振って答えると、盤海はまた肩を叩いた。

「ならば、今までお前が見たなかで、この真天が一番の街だな」

「はい」

「しっかり見ておけ。この地には、これだけの人が生きているんだ」

獲生は胸が熱くなるのを覚えた。

この世には計り知れぬほど多くの人がいる。獲生が見たことも聞いたこともないものが溢れている。真族への復讐という想いもこうして実際に真族の街を目の当たりにすれば、生半には果たせぬ夢物語だということを身をもって知らされる。

「俺は小さい」

「あぁ、人は小さいな」

獲生ははじめて本当の敵を知った気がした。


次の日から、盤海たちは芸を始めた。大陸各地から集まった芸人たちが一ヵ所に集うことの出来る広場が街の中央にあり、昼も夜もなく一日中何かしらの芸が披露されている。行き交う人が立ち止ってそれを見、気に入った芸があれば、銭を払ってゆく。

匣という鉄の檻に縛られた真族の民にとって、芸は心の軛から逃れるための絶好の娯楽であった。だからこそ芸人たちは匣の埒外にあるとされ、自力救済を旨としている。

広場に集まった芸人のなかでも娘鈴の飛頭舞は、際立っていた。誰もが娘鈴の舞に足を止め、終わると喝采とともに銭を投げる。日を重ねるにつれ舞は話題となり、娘鈴が舞い始めると、周囲の芸人たちの前から客がいなくなる。それでも娘鈴はわずかな気負いも見せずに舞い、その動きにはいささかのずれすら無かった。

その日も娘鈴の舞は冴え渡っていた。前で合わせて紐で繋ぐ目にも眩しい藍色の衣を身に纏い、束ねた髪を己が躰に巻き付けるようにして幾度も回り、前に後ろにと宙を舞う。その間、髪は地に触れることはない。宙にありながら、しっかりと操っている。出会ってから数え切れぬほど見ていながら、どうやって髪を動かしているのか獲生には良く解らない。とにかく娘鈴が頭を振ると、髪は別の生き物のようにしなやかに動く。頭が飛ぶ舞と書いて飛頭舞だが、飛びながら舞っているのは髪の方だった。

娘鈴が一際高く飛び、両足を揃えながらカッと音を立てて着地する。終わりの合図だ。言葉を失い見惚(みと)れていた客たちが、いっせいに歓喜の声を上げる。

「おい」

仲間の男が、娘鈴に見入っていた獲生に声をかけた。道中、荷車を曳(ひ)いている男だ。

「行くぞ」

大きな籠を抱えて客の前を歩くのが、獲生と男の仕事だった。娘鈴の両脇に分かれて、左右から同時に歩いてゆく。すると、興奮で顔を赤らめた客が、籠めがけて銭を放ってくる。真族で使われる銭だが、緋眼も同じものを使っていた。紐で括(くく)れるように真ん中に穴が開いている円形の銭だ。安価な物はこの銭で買い、大きな買い物は金(きん)で購(あがな)う。金は大陸の南の果てにある南岳域で採れる。採掘は、覇の王家が独占していた。金の採掘は余人には許されていない。掘れば即死罪である。

遠くから放たれる銭も、必死に籠で受けてゆく。取り損ねた物も多く、娘鈴の周囲に銭が散らばっている。なかには小粒の金を放ってくれる客もいて、それを他の客に取られぬよう、獲生と男は目を光らせながら客の前を幾度も往復した。

娘鈴が背後に張られた幕の向こうに消えると、客たちも引けてゆく。その後に控える姉妹の軽業師は、なんともいたたまれない。それでもめげずに、姉妹は眩しい笑みを浮かべて軽やかな動きを見せた。皆で盤海一座。娘鈴をねたむ者はいない。

「おい」

夜が迫り、片付けを終えた獲生が、宿に戻る皆からわずかに遅れた時だった。声をかけてきたのは、坊主頭の赤銅色をした大男と、目の吊り上がった小男である。見覚えはあった。一座の隣で芸をしている奴らだ。

「なに見てんだ」

大男のほうが言いながら、正対する獲生に胸を寄せてきた。

「なに見てんだって聞いてんだよ」

男が胸で獲生を押してきた。よろけてはならぬと足を踏ん張り、なんとか耐えた。

「さっきからずっと、俺のこと睨んでたよな」

「見てねぇよ」

大男の右の眉が大きく吊り上がり、頬がひくひくと震えた。

「生意気なんだよ、お前」

大男が両手で獲生を突いた。あまりの強力に、さすがに抗しきれずに数歩後ずさる。すると小男の方が蔑むように笑った。

「お前らのせいでこっちは迷惑してんだ。あんまり調子に乗ってると、容赦しねぇぞ」

「誰でも思いつくような因縁付けてんじゃねぇ。要は、俺たちの芸に嫉妬してんだろが。だったら下手な因縁付ける暇があったら、手前ぇらの芸を磨けよ莫迦野郎が」

俺たちではない。娘鈴の芸だ。それでも、俺たちと言った瞬間、獲生は不思議な感覚にとらわれた。盤海一座を家族のように思っている自分がいた。

やり取りを黙って見ていた小男が、いきなり獲生の懐に潜り込む。腹に刃が向けられている。小男は目を弓形に歪め、笑ったまま語りかけてきた。

「へぇ、お前の天字は〝棄〟か」

小男が胸元を覗き込んでいる。小匣の天字を見られたようだ。男が顔を上げて笑った。

「俺ぁ、少し匣占もやるんだが、お前の顔と棄てるという天字。こいつぁ、悪い組み合わせだね。お前はこの世の一切を棄て、一人寂しく死んでゆく」

「そんな、いんちきなんか信じるかよ」

泰範が言っていた。それに、しょせんは奪った匣。緋眼の己に、匣の運命など関係ない。

「仲間がいる今のうちに死んだほうが幸せかもな」

「やってみろよ」

「本気で言ってるのかい」

にやけた目の奥で、瞳が冴え冴えと輝いた。

「やってみろって言ってんだよ」

背後に大男がまわり、退路を断つ。

「後悔しても遅いよ」

小男の目が引き締まった。刺される前に突き飛ばそうと踏ん張った、その時だった。

「獲生っ」

三人の気が満ちた瞬間を見計らったように、尖った声が背後から飛んだ。皆の動きが束の間止まる。獲生の脇をなにかが駆け抜け、目の前の小男がもんどり打って倒れた。後ろに幾度か転げた小男の前に、娘鈴が立っている。

「帰ってこないから、父上が心配している」

肩越しに獲生を見て言った娘鈴の隙を狙うように、素早く立ち上がった小男が腕を伸ばす。その先には先刻まで獲生の腹を狙っていた懐刀がある。

「へびっ」

妙な声をひとつ吐いて、小男が横に飛んだ。その左の頬の肉が窮屈なほどに寄っている。倒れた小男を見下ろす娘鈴の右足が、高々と天を突いていた。耳の下で揺れる小匣が、夕日を受けて紅に輝いている。

「て、手前ぇっ」

獲生を突き飛ばし、大男が娘鈴を襲う。抱きしめようとした腕を、娘鈴がしゃがんで避ける。大男は己の肩を抱いた。そこに立ち上がった娘鈴の右の拳が炸裂する。ぱんという乾いた音が鳴り、大男が数歩後ずさる。あっという間の出来事だったため、動けずにいた獲生の方へ大男の巨体が迫ってきた。

「退けっ」

娘鈴が叫ぶ。

獲生はとっさに躰を横に逸らした。

編まれた長髪が宙を舞う。

しなやかな足が大男の四角い顎を貫いた。

大男は仰向けに倒れ、頭と地面の間で物凄い音が鳴る。

蹴られた痛みから立ち直った小男が、悲鳴じみた咆哮(ほうこう)を上げて娘鈴に襲いかかる。

小さな娘鈴の頭がくるりと一回転した。それが命令であったかのように、髪が小男めがけて一直線に飛ぶ。無数の細かい棘(とげ)が柔らかい物に刺さるような、小気味良い音が小男の顔で鳴った。その時にはすでに、娘鈴の髪は主の元に戻っている。長い髪を肩から垂らし、若い女芸人は右手を高く上げ、左手を胸の辺りに掲げた。飛頭舞の立ち姿だ。

顔に赤い粒を無数に付けた小男が、血走った眼をして叫んだ。言葉になっていない。

娘鈴に見とれていた獲生の息が止まる。いつの間にか大男が立ち上がり、後ろから首を締めていた。

「そこまでだ」

骨がみしみしと悲鳴を上げる。すでに気が遠くなっていた。

救われただけではなく、足手まといになってしまった。散々だ。怒りで四肢をばたつかせる。

「放せぇっ」

頭をつかんでいた大男の手がわずかにずれた。この時とばかりに、思いっきり頭を後ろに振る。

腕が緩んだ。大男の鼻から滝のように血が流れだしている。

頭を振りながら大男が吼えた。獲生は右足を振り上げ、鳩尾（みぞおち）に爪先を蹴り込む。くの字になった男の首筋に肘を叩き込んだ。そのまま仰向けに倒し、馬乗りになる。右も左も無く、でたらめに大男の顔に拳を打ち込む。

「おい、獲生っ」

右手が動かない。誰かが後ろからつかんでいる。振り返ると娘鈴が立っていた。その足元には、小男が倒れている。胸がわずかに上下しているから死んではいないようだ。

「それ以上やると死ぬよ。どうする」

急に莫迦らしくなった。立ち上がって娘鈴を見る。

「ありがとよ」

「勘違いしないでよ。私は父上が探してこいって言うから来ただけさ」

「こいつらは」

大の字に伸びた大男を見る。

「旅の芸人は卑賤の身。法の埒外さ。自力救済。殺生でもしない限り、役人は捕まえない。まぁ、こいつらが訴え出たら、面倒なことになるかもしれないけど、喧嘩に負けたなんて恥ずかしくて言えないでしょ」

吐き捨てた娘鈴は、獲生を置いてさっさと歩きだした。歓声を上げ、銭を渡そうとする者たちを押し退けながら後を追う。彼らにしてみれば、今の喧嘩も見世物なのだ。

「待てよ」

宿へと向かう道を並んで歩く。

「ねぇ、あんた」

前を見たまま娘鈴が言った。獲生が黙っていると、薄桃色の唇が続きを語りはじめる。

「さっき、俺たちの芸って言ってたよね」

「そんな頃から見てたんなら、さっさと助けに来てくれよ」

「あんたがどうするのか見てた」

「嫌(や)な奴」

娘鈴が鼻で笑う。笑った姿を見たのは初めてだった。

「あんた、うちの一座にこのまま居座るつもりかい」

家族のような感情を抱きつつあるのは確かだ。

「他にやることがあるんじゃないの」

娘鈴が立ち止って獲生を見た。美しさに戸惑い、目を逸らし、ふたたび正視する。

不意に、先刻の小男の言葉が頭を過った。

——お前はこの世の一切を棄て、一人寂しく死んでゆく。

「もう少しだけ、ここにいさせてくれ」

「好きにすれば」

あくる日、二人の男は広場に姿を現さなかった。

四

盤海たちと旅を始めてから、一年が経った。獲生は十六になっている。躰もまた大きくなり、拙いながらも、わずかばかりの芸を覚えた。真族の剣を使った武技である。盤海から仕込まれた。今では客の前で剣舞を披露することもある。

獲生は一座の人間になっていた。

「この関所を越えれば顎港だ」

両手を大きく広げて、盤海が言った。

大陸の西の果て、顎港へと続く道を獲生たちは歩いていた。北域にある都から、中域の真天山を通り、南域にある顎港までは、貫道と呼ばれる大陸一の幅を持つ道が走っている。盤海一座は真天の街を出てから、貫道沿いの街を廻り、顎港を目指していた。獲生たちと同様、顎港に向かう多くの人が、関所を越える。

隣を歩く盤海が語りかけてくる。

「顎港には大陸じゅうの金や品物が集まってくる。あの真天よりも大きいぞ。活気で言えば、都をしのぐだろうな」

「こんな西の果てに、どうして物が集まって来るんだ」

「海だ」

激しく人が行き交う貫道の先を、盤海が指さした。

「顎港は外へと繋がる海を持っている。海の遥か彼方には、異国がある。真族もそこから来た。多くの国々が海のむこうにはあるらしい。そこで得られた品物が顎港に集まる。それを求めて銭も集まる。人も集う。人が集えば、国が出来る。顎港は真族のもうひとつの国なのさ」

緋眼と真族が違うように、都と顎港も別なのか。

「顎港ももちろん覇の支配下にはあるが、一定の自治が許されている。都に劣らない街だから、敵に回るのを帝は恐れてるんだ。どれだけ王家が替わろうと、この仕組みは変わらない」

「都は顎港を恐れているのか」

「あぁ。だが昔から、乱は中域に出ずと言ってな。時の王家に逆らう者は、何故か顎港のある南域ではなく中域から出る」

「どうして」

「そんなこたぁ、俺には解らねぇよ。だが、中域は源匣に近い。源匣が人の心を惑わせるのかもしれねぇな」

獲生は衣の上から小匣に触れた。この小さな鉄の箱に、人を惑わせる力があるとは思えない。

「さぁ、関所だ」

獲生の肩を叩き、盤海は先頭へと向かった。

関所は難なく通った。芸人であるという証書の確認と、荷の調べが終わると、詮議を受けることもなかった。

自力救済を旨とする芸人たちは、法の埒外にある。どこでのたれ死のうと、殺されようと国は救ってくれない。己の身を守るのは己自身。その覚悟が無ければ芸人などできないと、盤海が教えてくれた。

関所を越えて顎港までは、二刻（二時間）ほど。獲生がまず驚いたのは、顎港の街の姿だった。

これまで、そこそこ大きな街には必ず城壁があった。

容易には人が登れぬ城壁で街を取り囲み、民を守る。それが真族の街であった。

しかし顎港には壁がない。まばらに人家が見えてきたと思ったら、たちまち石造りの町並みに変わる。大路網がそこかしこに張り巡らされ、そこから道は細く入り組み、端々へと広がっていた。蜘蛛（くも）の巣のように張られた道と道の間を埋め尽くして、家屋敷が建てられているのである。

「ここでも芸をするのか」

娘鈴に問う。すると娘鈴は、頭を横に振った。

「この街ではしない。私たちは宿で父上の帰りを待つ」

二人の間に車曳きの男が割って入る。

「これまでの旅で泊まった宿とは一味違うぜ。野宿だって耐えられるのは、この街が待ってくれているからだ」

なぁ、と仲間たちに男が語りかけると、皆が微笑みながら肯定するようにうなずいた。

「女だって上物ぞろいだ」

にやけた顔をしながら、泰範がそう言って近づいてくる。娘鈴が汚らわしいものを見るように眉を寄せた。

「まぁ、獲生にはまだ早いか。なぁ舎斗」

車曳きの男の名を呼んで、泰範が肘で獲生の二の腕を小突く。

舎斗が呆れ顔で小刀使いの芸人をたしなめる。

「奉天寮崩れの秀才様のくせに、本当に好きだな」

「馬鹿野郎。女と酒が無くて、なにが人生だ。この匣に必死に祈れば女と酒が湧いてくんのか。この世はけっきょく銭だ、銭」

「ほんとにお前ぇは罰あたりだな」

車曳きの太い腕が、泰範の小枝のような首に巻きついた。じゃれ合いながら二人が離れてゆく。それと同時に、盤海が近寄ってくる。

「とにかくお前たちは待っていろ。その間は好き勝手に街を見て回っていいからな。ただ、下手な真似はするんじゃないぞ。自力救済。何かあっても俺たちは助けんからな」

父の言葉を聞いて、娘鈴がにやけた顔で獲生を見た。

「自分のことは自分で守る。それくれぇ、俺だって解ってらぁ」

「言葉遣いがこなれてきたな。もうすっかり真族の芸人だ」

娘鈴と獲生にしか聞こえない声で、盤海が言った。

行く手に見える人の背丈の十倍ほどもあろうかという巨大な門の前に、馬に曳かれた御車が停まる。馬の後ろに控えていた薄汚い身形をした男が、車の扉の前にひざまずいた。他の者の手で開かれた扉のむこうから、一人の若い女が現れて、ひざまずいた男の背をさも当然というように踏んだ。そして優雅な足取りで門のなかへと消えてゆく。背を踏まれた男は、虚ろな顔で立ちあがると背を払うことなく、車とともに去った。

「緋眼だ」

隣で盤海がささやく。

「五十年ほど前に、緋眼の将であった紀将虎が都に攻めのぼった話は知っているだろう」

獲生はうなずきで答えた。緋眼にとって将虎は英雄である。一時は都から帝を追い出し、真族に侵略されて以降、もっとも広い版図を緋眼にもたらした。しかし都を奪ってから半年後、大陸全土から掻き集められた兵に敗れ将虎は都で首を刎ねられた。この時、将虎とともに殺された緋眼は十万を超すといわれている。

「将虎の乱以降、緋眼の奴隷が増えた。将虎を恐れた帝は、夷界を襲うことを半ば黙認している。覇と手を結ぶことに必死の緋眼の主・琴も、真族の横暴を知りながら何も言えない。そうして夷界の各地から緋眼が連れ去られ、奴隷として働かされている」

獲生の生まれた村でも、年に三人ほどが真族の賊によって攫われていた。

「緋眼は真族に飼われて生きるしかない。それがこの国の理だ。緋眼は人ではない。真族にとっては物なんだ」

感情を見透かさんとするように、盤海が獲生の顔をのぞきこむ。

緋眼は物……。

では己はなんなのか。匣を持ち、素性を偽り、真族の真似事をしている自分が、たまらなく卑怯に思えた。物として真族の踏み台になっていた男のほうが、緋眼として誠実に生きている。

「それは何に対する怒りだ」

盤海が問う。

「うるせぇよ」

それ以上は言葉にならなかった。

宿は大きかった。周囲には二階、三階建ての屋敷が建ち並び、豪奢な看板を出した色々な店もある。この辺りが顎港の中心地なのだと獲生に言って、盤海は宿から出ていった。与えられた三階の部屋は、一座の男たちとの相部屋ではあるが、寝床以外にも十分過ぎる広さがある。通りに面した窓から外を見ると、眼下を頭が埋め尽くしていた。仕事帰りであろうか、疲れた顔をした大人たちや、大勢で楽しそうに話しながら歩く少年たち。幼い子を連れた家族の脇を、襤褸をまとった緋眼の男を従えた中年の婦人が通り抜けてゆく。夕刻になり、もうすぐ日が落ちるというのに、馬が並んで十頭は通れるほどの大路には、人が溢れかえっている。それぞれが思い思いに話しているから、言葉が声の塊となって大路じゅうに響き渡り、圧となって獲生へと迫ってくる。

「驚いたろ」

声を失っている獲生を見て、車曳きの舎斗が言った。

「祭じゃねぇんだぞ。この通りは毎日こうだ」

「皆、何してんだ」

「顎港には市が立たねぇ。店が毎日開いているからだ。しかも、どこの街や村よりも銭が行き渡っているから、下々の者まで銭で物を購う」

「こいつらが皆、買い物に来た奴らって訳か」

「まぁ、港で働いて家に帰る途中の奴や、その辺りの店で酒呑もうって奴も大勢いる。そういうのがごちゃ混ぜになって、あの人ごみができてるってこった」

真天の街で見た人々よりも、一人一人に力が漲（みなぎ）っているような気がした。

大路に並ぶ店の者が、快活な声で客を呼び込み、往来を行く人々は気さくに声をかけて、値段の交渉をしている。女たちは人目もはばからず大声で語らい、気に入った女を見つけた男が声をかける。これまで獲生が見てきたどこことも違う人々の姿が、顎港にはあった。

真族といっても、いろいろな街があり、多様な人がいる。

しかし……。

獲生の目は、活気漲る真族たちの間で隠れるようにして生きている緋眼へと向いてしまう。

建物と建物の狭間にのびる小路に集められた塵（ちり）の山を片付けている人たち。真族の男に道を譲りながらも、怒鳴られ殴られる者。

この街で生きる緋眼は、ひと目でわかった。主からろくな衣も与えられていないのであろう。薄汚れた衣を着ているから、人ごみでも目立つ。瞳を見られるのを拒んでいるのか、誰もが伏目がちだった。

もしかしたら獲生が生まれた村から連れ去られた人々も、このなかにいるかもしれない。

緋眼というだけで、何故こうした扱いを受け入れなければならないのか。

棄の一字が刻まれた匣を握りしめる。

真族への復讐のため、緋眼を棄てたのだ。彼らと己は違う。そう言い聞かせて、獲生は窓に背を向け、室内の一座の者たちを見、舎斗に問う。

「泰範はどうした」

「汗流してくるって言って、さっさと行っちまった」

「盤海が帰るまで、好きにしていいんだな」

一座の者は盤海を親方と呼んでいる。しかし獲生は、一年経った今でも名前で呼んでいた。

「そりゃいいが、飯は宿じゃねぇと喰えねぇぞ」

「外で喰っちゃ駄目なのか」

舎斗が眉をへの字にして、獲生を見る。

「だってお前ぇ、銭持ってねぇだろ」

旅の間、一座で飯を喰わせてもらっていた。村を出た時から今まで、獲生はずっと銭とは無縁の暮らしをしている。

「ったく、仕方がねぇなぁ。ほれ」

舎斗が袋を投げた。虚空のそれをとっさにつかむと、中の硬い物が金気（かなけ）の音をたてる。銭だ。

「いいのか」

「そこら辺で盗みなんかやられて、面倒に巻き込まれたくねぇからな」

「じゃあ、借りておく」

そう言って頭を下げる。

「返すあてもねぇのに、何言ってんだ」

舎斗が獲生の尻を蹴った。

「さっさと行ってこい」

手を振る仲間たちに笑みを返すと、獲生は宿の外へと飛びだした。


どこもかしこも人、人、人である。

陽はとっくに沈み、空に星が輝きはじめても、顎港の往来には大勢の人が歩いていた。

陽の光がない夜は、瞳の紅に気付かれることは少ない。その分、堂々と歩きまわることができる。獲生は久しぶりにひとりで、思うままに街を歩いた。

周囲の家々から明かりが漏れているし、大きな通りには等間隔で大きな提灯（ちょうちん）が掲げられている。だから街は、夜になっても暗くはなかった。管理するのが大変だろうと思いながら見上げると、ちょうど蠟燭（ろうそく）を換えるために、男が棹（さお）で提灯を下ろしている。ぼんやりとそれを見ていると、正面からなにかにぶつかった。

鼻が痛い。涙目になって提灯から目を逸らし、前を向いた。目付きの悪い男が、獲生を睨んでいる。背の高い男だった。胸のあたりに顔をぶつけたらしい。

「気を付けろ田舎者」

吐き捨てるように言って男が去ってゆく。歳の頃は獲生と同じくらいだろう。横柄な態度に腹が立ったが、ぶつかった己が悪いのだ。が、もしこの街の緋眼たちのように、獲生が襤褸を着ていたらどうなっていただろうか。憎まれ口だけでは済まないだろう。

獲生は人の波に消えていく男の背中をひとしきり睨みつけると、ふたたび往来を歩いた。

すでに提灯の蠟燭は取り換えられている。換えた男を探してみたが、どこにもいなかった。これだけの数をあの男一人で管理しているのなら、大忙しだろう。

腹が鳴った。匂いのせいだ。通りのあちこちから、肉が煮られる甘い匂いや、魚の焼かれるこうばしい香りが漂ってくる。飯屋が多い通りに出たらしい。獲生は懐に入れた袋を、じゃらじゃらと鳴らした。

銭はある。

何を喰おうかと考えると、空腹でいてもたってもいられなくなった。思えばこうして飯を選ぶなど、初めてのことだ。村にいた頃は、時間になれば勝手に用意されていたし、村を棄ててからは喰うや喰わず。一座では、皆と一緒に喰っていた。自分が好きな物を腹一杯喰える。そう考えるだけで、涎が止まらなくなった。

肉の甘い匂いに誘われて、ふらふらと一軒の店に入る。熟考などできず、欲望に従った。とにかく早く旨いものが喰いたい。客の居ない椅子を選び、油でやけに滑る床を摺り足ぎみに進み座った。飯時ということもあるのか、店はにぎわっていた。娘が一人で店内の客を捌いている。奥の方からは怒鳴り声が聞こえてくるから、どうやら飯を作る者は数人いるようだ。

「何にしましょう」

娘に声をかけられたと思って、聞こえた方を見ると、卓をはさんだ向こう側にいつの間にか見慣れた顔が座っていた。

「なんでここに居んだよ」

獲生は娘鈴を睨んで言った。

「私がどこで何をしようと勝手でしょ。あんたこそ、こんな所で何してんのよ」

「飯喰いに来たんだよ」

「銭は……」

「舎斗に貰った」

「へぇ、あいつもいいところがあるじゃない」

娘鈴がつぶやくと、店の娘がにこやかに近づいてきた。

「久しぶりじゃないか」

娘が娘鈴に親し気に話しかける。

「一年半ぶりだね」

娘鈴が返すと、娘は嬉しそうに目の前の肩を叩いた。

「どう、元気にしてた」

「相変わらず父上と一緒に旅暮らしよ」

娘が獲生の方を見て、にやにやと笑う。

「一座の仲間よ。たまたま一緒になったの」

「へぇ、たまたまねぇ」

娘がにやけた顔で獲生を見つめ続ける。客が娘を呼んだ。娘が立ち去ろうとすると、娘鈴が声をかける。

「じゃあ、いつものふたつ」

「解った」

答えて娘が奥へ声をかけにいく。

「おい、勝手に頼むなよ」

抗議の目を娘鈴に向ける。

「この店は何食べても旨いけど、とびきりの一品があんのよ。この店の名前を取って浮豚(ふっとん)って言うんだけどね」

「それが〝いつもの〟かよ」

「まぁ、文句は食べてから言いな」

邪悪な笑みを浮かべて娘鈴が鼻をひくひくさせた。近頃は、獲生にもずいぶん笑顔を見せるようになっている。

「この店にはよく来んのか」

「顎港に来た時は必ずね」

話していると、先刻の娘が白い飯と肉を運んできた。甘い匂いのする黒い汁で茶色になるまで煮込まれたぶつ切りの豚のようだ。

「これこれ」

露わになった骨を摑み、娘鈴がかぶり付いた。ほろほろに解れる肉を見ていると、気が遠くなる。嬉しそうに頬張る娘鈴を見ながら、獲生も皿に手を伸ばそうとした。

「居たぁっ」

店の入り口の方から聞こえてきた声に、思わず振り向く。車曳きの舎斗が立っていた。皿の上に手を彷徨わせたままの獲生と目が合うと、大股で近づいてくる。

「付いてこいっ」

目が血走っている。

「なっ、なんだってんだ。俺は今から……」

「親方が呼んでる。すぐに連れてこいだとよ。皆で街じゅうを探し回ってたんだぞ」

荷を満載にした車を曳く膂力で引っ張られるのだから、たまったものではない。椅子から離れまいと必死になる獲生の尻が、いともたやすく浮いた。

「ま、待て。俺はまだ喰ってねぇんだ」

「そんなこたぁいいから、早くこいっ」

「よくねぇよっ」

すでに立たされている。

「かわひほうに」

口一杯に肉を頬張り、娘鈴が右手をひらひらと振っている。怒りの形相(ぎょうそう)でそれを見下ろしながら、獲生は皿を指さした。

「それ、取っておけよなっ」

「大丈夫だ。全部喰って宿に戻ってろ。親方は遅くなるって言ってた」

舎斗の言葉を聞いた娘鈴の顎が、上下に一度だけ振れた。

「おい、娘鈴っ」

口からつるりと骨だけを取り出し笑う娘鈴を睨みつけ、獲生は引き摺られながら店を出た。


「戻ったか」

宿の個室で、盤海が待っていた。舎斗に押されて前に出た獲生を見ると、立ち上がって腰に手を当てる。

「お前のことを話したら、すぐに連れてこいとおっしゃるのでな。皆に探してもらった」

「連れてこいだと。そんなこと、誰が言った」

「おい、なんで喧嘩腰なんだ」

「こいつ、飯を喰うところだったんですよ」

「うるせぇっ」

舎斗に怒鳴ってから、ふたたび盤海を睨む。

「娘鈴が顎港に来たら、あんたといつも行くって店だ」

「あぁ、浮豚か」

盤海が大声で笑った。

「そいつぁ、かわいそうなことをしたな」

呑気に腹を擦る盤海に殺意すら湧いた。もうこれ以上豚の話をしていると、本当に飛び掛かってしまいそうだった。

「俺をどこに連れていく気だ」

「宝李殿……。と言って、お前は解るかな」

険しい目をして獲生が固まっていると、盤海は人差し指で額を掻きながら近づいてきた。獲生の横を通り過ぎようとして、肩に手を置く。

「まぁ、いいから付いてこい」

言うとそのまま、さっき獲生が入ってきた扉の方へと歩く。

「おい……」

舎斗が顎を突き出し急かす。

「帰ってきたら覚えてろよ」

扉が閉まるまで、舎斗は笑って手を振っていた。

五

夜も深まり、人の姿もややまばらになった街を歩く。盤海が進む度に周囲の屋敷が大きくなっていく気がした。街の中心とは雰囲気が異なり、土だった道がすべて石畳になっている。顎港でも特別な場所らしい。行き交う人の中に鎧姿の者が混じっていた。厳しい顔付きで周囲を見まわしている。警護の兵だと、盤海が教えてくれた。

「今から行くのは、街一番の長者の所だ」

盤海が言った。目は行く先に向けられている。隣を歩く獲生も、前を見たまま問うた。

「そいつの名前が宝李なのか」

「あの宝一族の末裔（まつえい）だ」

あの宝一族と言われても解らない。答えられずにいる獲生を一瞬だけ横目で見ると、盤海は語り出した。

「真族で唯一、匣を開いた男の話はしたな」

「覇王、宝超」

小匣が奇跡を起こすという奉天。が、奉天をしても匣は開かない。真天山に源匣が現れてから八百年あまりの間で、匣を開いたのはただ一人、宝超という男だけだということは、盤海から教えられていた。宝超は、この大陸に真族が築いた最初の王朝である騰を倒し、みずからの王朝、慎を建国したはずだ。

覇王の姓も宝……。

「宝超の末裔なのか」

「宝一族というのは不思議な家系でな。慎が倒れた後の稔（じん）では、王朝に迎えられ代々要職を得た。その後の真では、将軍を務めた。真が割れ、戦国の世となって後は、後慎（こうしん）を建国し、ふたたび帝となった。真族の歴史の中心には常に宝一族が関わっている」

戦国をふたたびまとめ上げたのが、今の覇であることも盤海から聞いた。

「そんな名家の主が、いまは顎港の商人か」

「それにはいろいろと訳があるのだが、教えている余裕はないようだ」

言った盤海が足を止めた。石造りの家々のなかでも一際立派な門構えをした屋敷の前である。高い塀の向こうに屋根がない。広大な敷地であるためだ。

門の両側に櫓（やぐら）が建ち、開かれた窓から目が光っている。兵が寝ずの見張りをしているのだ。門の左右には槍を持った男が一人ずつ立っている。右の男が、盤海を認めて礼をした。

速やかに門が開かれる。屋敷が密集して雑然としていたそれまでの風景が一変した。門の向こうにあったのは、先が見通せないほどの庭である。こんなごみごみした街に、これだけの敷地があるとは思いもしなかった。目に見えるだけで百は下らぬであろう木々は、すべて丁寧に手入れがされ、敷地の奥までまっすぐに延びる道は純白の石で舗装されている。門から続く一本道の遥か先に、横長の屋根だけが見えている。

やはりここにも緋眼の姿があった。伸び放題になった髪を後ろで束ね、黒ずんだ衣を着た男が、夜だというのに庭の落ち葉を丹念に箒（ほうき）で掻き集めている。

「ぼけっとするな」

盤海が尻を叩く。我に返った獲生は、門を潜って敷地に入った盤海の背中を追った。

庭のあちこちに石造りの屋敷が建っている。そのひとつひとつが、これまで見てきた金持ちの家に相当するほどの大きさだった。

「でかいだろ」

盤海の声に、呆然とうなずく。

「ここは屋敷というより城だ」

「城……」

「顎港には国守がいない。すべては民の集まりで決める。といっても、民がすべて集まる訳ではない。代表となる者たちが集まって、様々な政を決めてゆく」

そんなやり方は聞いたことがない。

「主はいないが民の代表となる者がいる。彼らが主といえば主だな。が、この主には、誰もがなれる。それがこの街の良いところだと、俺は思っている」

「誰でもなれるって、俺でもか」

盤海が鼻で笑ってから、答える。

「力が無くては駄目だ。喧嘩が強いってことじゃねぇぞ」

言っている間も足は前に動き続ける。まだ先は長い。目の前に見える横長の屋根は、近づけば近づくほど巨大になってゆく。

「誰よりも金を持っている。誰よりも慕われている。誰よりも兵の扱いが上手い。こういう人たちが代表として選ばれる」

「じゃあ宝李はこの街一の金持ちだから代表に選ばれてるのか」

「ちと、違うな」

いたずらな笑い声をひとつ吐いて、盤海は続けた。

「宝李殿は富者には違いない。が、金持ちであるだけならば、他に代表がいる。名家であるからというだけでも、すでに他の代表がいる」

「なら、なんで」

「宝李殿は別格だ」

「別格……」

「代表たちの束ねをしておられる。それゆえ、ここが顎港の城なのだ。この屋敷を落とされることが、顎港の敗北となる。宝李殿はこの顎港において、そのような立場におられるただ一人の御方なのだ」

獲生は眉根に皺を寄せて、思ったことを素直に口にした。

「さっきこの街に国守はいないと言ったじゃねぇか。でも、どう考えても宝李って男は、この街の国守にしか思えねぇ」

「この街の誰もが宝李殿を認めておるから、今の立場にあるだけだ。宝李殿の子がなれる訳ではない。顎港の民がそれを許さない。自らが望み、才があれば、この街はどこまでも上を目指せる。宝李殿は、その最たる御方だ」

「宝李は名家の生まれだろ。別に下から昇った訳じゃ……」

「顎港に流れ着いた時の宝李殿は、落ちぶれた旧家の当主でしかなかった」

盤海はずいぶんと宝李という男の肩を持つ。

「戦国の世で後慎を起こした宝李殿の御先祖は、国を失い真天山に逃れられた。従う者もなく、一族で真天宮に仕えながら、細々と暮らされておったのだ。それを是としなかった宝李殿は、若き頃、一族を率いて顎港に来られた。そして商売を始め、一代でここまでの財を築かれた」

「その凄ぇ人が、なんで俺に会いたいんだ」

「会ってからのお楽しみってやつだ」

屋敷はまだまだ遠かった。

半刻（三十分）以上もかかって、やっと屋敷に辿り着くと、今度はやけに入り組んだ廊下を延々と歩いた。

部屋は、村にいた頃に獲生が住んでいた屋敷がすっぽりと納まるほど広かった。真っ白な壁に囲まれた部屋の奥に、白木で作られた簡素な椅子がぽつんと置かれ、そこにふくよかな男が座っている。供の者はいない。過度な調度はいっさいなく、白い壁には気の利いた絵などもなかった。ただただ広いだけの質素な部屋だった。

五十になろうかという壮年の男が、上品な光沢のある黄の衣の袖を振りながら手招きしている。盤海が一礼し、獲生もそれに倣った。頭を上げると盤海が大股で歩きだしたので、獲生は後に続く。すっかり場に呑まれている。しっかりしろと己を叱咤(しった)するが、早鐘(はやがね)のように打つ鼓動を抑えられない。

普段通りのすり切れた茶の衣を着けた盤海は、椅子の前まで来て立ち止った。片膝を突いて畏(かしこ)まるようなことはない。胸を張ったまま椅子に座る男を見ている。

「夜中にご苦労だったな」

男が椅子に座ったまま言った。頬に肉が付いた小太りの男の声は、腹の肉と同様に分厚い。一見柔和(にゅうわ)な顔付きをしているが、なぜか尖ったものを感じさせる。

目だ。目の奥にこもる闇が、心を聳(そばだ)たせるのだ。

「お主の話を聞き、どうしても今宵のうちに会(お)うておきたいと思うたでな」

「そう言っていただき、嬉しゅうございます」

小さくうなずいた男の目が動き、獲生を捉えた。恐ろしくはないが、躰じゅうが緊張で強張(こわば)る。

「其方(そち)が獲生か」

「はい」

夜中に呼び出されたことも、娘鈴との食事を邪魔されたことも忘れ、獲生は素直に答えていた。男の深い声と、柔らかな物腰がそうさせる。

「宝李じゃ」

男は名乗った。

「話は盤海から聞いている。緋眼だそうだな」

驚き、盤海を見た。一座の長は顔を横に向けて、獲生にうなずいた。

「獲生とやら」

盤海を見たままの獲生に、宝李が語りかける。自然と声のした方を見た。

「良き目をしておる」

言って宝李が笑う。盤海はなにも言わずに、二人のやり取りを見守っていた。

「匣を持たぬ緋眼は、真族の地では人とは呼べぬことを、お主は知っておるか」

宝李の問いに、うなずきで答える。生まれた村を幾度となく襲われ、人がさらわれたことも一度や二度ではない。彼らがどんな目に合うのかを教えてくれたのは、父の家臣、利親だった。

「売られて、道具として使われる緋眼は、この街にも大勢おる」

この街で見た光景を思いだす。御車から降りる真族の前にひざまずき、踏み台となっていた緋眼の姿はいまでも瞼に焼きついている。あれが真族の地ではじめて見た緋眼の姿だった。それ以降も緋眼を幾人も見たが、いずれの者も人とは呼べぬあり様だった。

獲生の手が胸の匣にのびる。無意識のうちに小さな鉄の塊をにぎりしめた。

「緋眼が匣を持つことは許されぬ。匣は真族のためにある神具だからだ」

宝李の目に敵意はなかった。

「奴隷として生きるのが嫌ならこのまま芸を磨け。自力救済の芸人ならば、緋眼であろうと関係ない。のぉ、盤海」

　獲生の隣で四角い顎が上下した。

「お主は緋眼でありながら匣を持っている。それは何故だ。売られることを拒むために、お主は匣を手に入れたのか」

「違います」

「芸人になるためか」

「いいえ」

「では何故、緋眼の其方（そのほう）が小匣を持ち大陸を彷徨うておる」

「緋眼であることが嫌になりました」

　丁寧な言葉遣いになってしまっている。が、獲生はそれに気付いていない。

「何故だ」

「幼き頃に、父と母を目の前で殺されました。謀反を企んだ罪でありました」

「謀反……、をか」

　この男には、ごまかしは利かない気がした。それに、心の奥底にある想いを口にすることを、自分自身が拒んでいない。盤海にすら話してないことを、獲生は気付かぬうちに語っていた。

「父が謀反を企てたのは、故あってのことでございます。私の村は夷界の西の端にあり、たびたび真族の賊に略奪を受けてきました」

「辺境の地ではそのようなことがあると聞く」

　目を細め、ゆるやかに首を左右に振って、宝李が溜息を吐いた。獲生は止まらない。

「覇との協調をうたう緋京の琴様は、討伐の兵を送ってはくださらず、村は奪われるに任せる次第。それだけならまだしも、緋京は、決まった税は容赦なく取り立てまする。我が村は耐え忍んだまま、滅びよと言われておるようなもの」

知らぬ間に涙が頰を伝っていた。

「父はそんな窮状を打破せんと、緋京に抗うことを決心したのでありましょう」

その時、獲生は幼かった。父の本心を理解できるはずもない。

「緋眼が父と母を殺したのです」

「だから恨むか」

宝李の問いに、獲生は黙したままうなずいた。

恨んでいる。緋眼を、そして真族を……。

肘掛けに腕を置き、顎に蓄えた鬚を指でもてあそびながら、宝李は目を伏せ、視線を虚空に彷徨わせている。何を考えているのか知らないが、目を合わせない。頰を流れる涙をぬぐいもせず、獲生は顎港随一の男を見つめ続ける。

「獲生よ」

鬚をつまんだまま宝李が目を上げた。獲生を見る瞳の奥に、闇が渦巻いている。

「父と母を殺した緋眼を恨む。それは本心か」

「今日初めて会ったあんたに、嘘を吐いてどうなる。金持ちだから取り入ってやろうなんて、俺が考えているとでも思ってんのか」

「おい獲生」

「言葉をこなせと言ったのはあんただ」

たしなめた盤海に怒りをぶつける。そしてまた、宝李に狙いを定めた。

「あんたに誰もがひれ伏すと思ったら大間違いだ。今話したことは、包み隠さねぇ俺の本心だ。そいつを疑われちゃ、黙ってられねぇ」

「ふふふ」

「何がおかしい」

失笑した宝李が頭をかいて、尻を擦り、椅子に深く座った。背板に頭をもたせたまま、獲生に視線を送る。

「若さゆえ、言葉の真意を読み取りもせず、曲解し、信じ込む。そして激昂し、敵視する」

宝李にむかって右足を踏み出した。盤海が右腕を上げて、獲生の胸を抑えて止める。

「これ以上の反抗は何も生まぬ。お前ならわかるだろう」

これまで聞いたことのない重々しい声で、盤海がささやく。獲生を認めた上での、叱責であった。足を揃えて立ち、宝李から目を逸らす。

「慕われておるな、盤海」

宝李の言葉に盤海は答えずに、獲生を抑えていた腕をゆっくりと下ろした。

宝李の声がする。

「話している者の顔を見れば、嘘を言っているかどうかなど解る」

もう言葉を吐く気にはなれなかった。一刻も早く、この場から立ち去りたい。それだけを考えていた。脳裏には娘鈴の顔がある。うまそうに浮豚を喰う笑顔が。無性に娘鈴に会いたかった。

「盤海と出会うた時、其方は緋眼の地を棄てたばかりだったのであろう。ならば、お主は大人になるまでは緋眼の地にあったという訳だ。父母を殺した緋眼は、お主を育てた緋眼でもある」

利親や屋敷の者たち。それに玄蕃や将監……。そういえば玄蕃と将監の妹はどうなったのか。将監が殺され、玄蕃は妹の支えとなってくれているのだろうか。村はいまも賊を恐れ、緋京から申し渡される税に苦しんでいるはずだ。胸の骨の裏辺りが軋む。刺されたわけでもないのに、ひどく痛んだ。

「身ひとつで生きてきた者は、そういう顔をせぬ。お主には大事に思う緋眼がおるだろう」

返す言葉がなかった。

「もういいだろ」

逃げるように顔を背ける。

「まだ聞きたいことがある」

「話すことはもうなにもない」

「愛する者を棄ててまで、お主は真族になることを選んだ。それはいったいなんのためじゃ。父母が死んだ時、お主が本当に恨んだのは緋眼なのか、それとも」

「止めろっ」

獲生は悲鳴じみた声で叫ぶ。しかし宝李は止めない。

「真族が境を越えてお主の村に来なければ、緋京から命じられる税に苦しみながらも、村はなんとかやってゆけたはずだ。父母の死の根底には賊がおる。お主は緋眼への恨み以上に、真族を恨んでおるのではないか」

「だとしたら……」

横目で宝李を見る。顎港一の富者は平然と答えた。

「それで良い」

宝李は笑う。

「真族を恨み、真族となった。それで良いと申しておる」

宝李の目が盤海に向けられた。

「良き者になりそうだな」

「はい」

嬉しそうに盤海がうなずく。戸惑っている獲生に、宝李が穏やかな目を向けた。

「男児は心の底に揺れぬ芯を持っておらねば使い物にはならぬ。父母を殺した緋眼と真族への恨み。それは其方の芯じゃ。芯を鍛え、志と成し、倦まず、精進する。そういう者だけが、良き者となれる。盤海よ」

名を呼ばれた盤海が、小さな辞儀をした。

「この男、わしが預かろう」

「ちょっと待ってくれ。俺は真族を」

「其方の恨みなどで、わしは揺らぎはせぬ。本当に真族を恨んでおるのなら、力を付けろ。盤海とともに旅して解ったであろう。真族の地は広い。気の遠くなるほどの数の人がおる。其方の恨みなど、大河に投げ込まれる小石ほどの価値もない。それゆえ、強くなれ。暗き心根を志として高めよ。その時、まだ真族を恨んでおるというのなら、真っ先にわしのところに来るのだ」

宝李は心底楽しそうに、大声で笑った。

「あんたいったい何者だ」

「わしはただの商人よ」

笑う宝李を見続ける獲生の背中を、盤海が強く叩いた。一瞬息が止まる。幾度か咳き込んだ後に、隣を見た。

「ここでお別れだ」

「俺はまだなにも」

「一生、旅一座の芸人として終わるために、お前は国を棄てたのか」

　言葉に詰まった。

「宝李様はきっかけを与えてくださるだけ。お前自身でなんとかするんだ。この街は、力さえあればどれだけでも伸し上がることができると言ったろう。励めば励むほど、認められる街だ」

「……ありがとう」

「源匣の御心のままに」

「え……」

「真族の別れの挨拶だ」

　力一杯肩を叩き、盤海は宝李に深々と頭を下げた。

「よろしくお願いいたします」

「わしとの長き縁のなかで、お主が初めて頼みごとをしたのだ。無下にはせぬぞ、盤海」

顎港

一

宝李の屋敷にいたのは、盤海と別れた夜だけだった。下僕たちが寝泊まりする部屋で、雑魚寝して一夜を明かすと、宝李に会うことはなく、陽も昇らぬうちに屋敷を出た。

屋敷の家宰をしている老いた男に連れられて着いたのは、石造りの高い塀に囲まれた建物だった。四方に巡らされた堀にかけられた橋を渡り、小さな鉄の板を革の糸で縅した鎧を着けた兵が守る門を潜ると、幾重にも瓦屋根が連なっていた。その全てが兵舎であるらしい。

三階建ての横長の兵舎が左右に並ぶ道を、家宰と二人で歩いた。

「俺は兵になるのか」

「宝李様はきっかけを与えるだけ。後は其方次第。そういう話であったはずでは」

「聞いていたのか」

「いいえ」

家宰は振り返りもせずに、前を歩く。

「宝李様がお預かりになられる方は、皆そうして方々へ送られます」

「ここだけじゃないのか」

「宝李様がお定めになられた場所に、私どもが連れてゆきまする」

己は兵に向いていると、宝李が判断したということか。躰を使ってなにかをするのは嫌いではない。盤海一座との旅で、舞踏ではあるが武技も覚えた。落ちこぼれることはないだろう。

兵舎の波を抜けると、突然広大な敷地に出た。いたるところで、兵が訓練を受けている。上役らしき者から怒鳴られながら走っている一団や、二人一組になって戦っている一団もいる。汗を流す男たちを横目で見ながら、獲生は歩いた。

「あそこです」

家宰が指さしたのは、今にも潰れそうな木造平屋の小屋である。

「あそこ……か」

「はい」

家宰は簡潔に答え、淡々と足を動かし続ける。すぐに小屋に着いた。兵たちが鍛錬している広場の片隅。伸び放題になっている木々の葉が、陽の光を隠しているから、小屋全体が薄暗い。辺りには、湿った匂いが充満している。小屋の前に一人の若者が立っていた。どうやら見張りの者らしい。こんな物置小屋に見張りなど付けてどうするつもりだと思いながら、獲生は己とさほど年の変わらなそうな若者を見た。

家宰が紙切れを差し出す。すると若者は、大きくうなずき、小屋の扉を叩いた。

「なんじゃ」

なかから掠れた翁(おきな)の声が聞こえた。

「宝李様から使いの方が見えております」

「通せ」

翁の言葉を聞いた若者が、小竹を連ねて作られた薄っぺらい扉を勢いよく開いた。

じめじめとした土間に、机が置かれている。昼だというのに暗い室内の机の上に、灯火がひとつ置かれていた。淡い光が、机の前に座る翁の、顎に向かって細くなった鏃（やじり）のような形をした顔をぼんやりと照らしている。机を挟んで翁と相対すると、家宰は深々と頭を下げた。獲生は戸惑いながら、それを見ていた。

頭を上げた家宰が声を発する。

「顎港民兵軍最将軍、孟蠟（もうろう）様だ」

「最将軍」

首を傾げた獲生を見て、孟蠟なる翁はからからと笑った。それから机に両肘を突き、組んだ手に尖った顎を乗せて、丸くて大きい目で獲生を見る。

「顎港の兵たちの頂点。それが最将軍じゃ」

家宰が言う。

「ということは」

「わしがこの街の兵のなかで一番偉いの」

言って孟蠟は、甲高い声でまた笑った。ひとしきり笑った後、家宰を見る。

「宝李殿はなんと」

右手を差し出すと、家宰が先刻の紙切れを孟蠟に渡した。宝李からの手紙を読み終えると、老いているくせにやけに輝いている丸い瞳が、獲生を捉える。

「お主は今日から、ここで暮らす」

予感はしていた。だから驚くこともない。

「贔屓はするなということだから、この前、調練で一人欠けた歩武一行に入れるとするか」

「歩武一行」

「ひとつひとつ覚えていってね」

孟蠟はにやついた顔で言うと、獲生に語って聞かせた。

「顎港の兵種は四つ。歩兵と騎兵と射兵と船兵。これらを歩武、騎武、射武、船武に分けている。これは顎港以外の街でも都でも同様だ。内陸のほうでは船武がない所もあるけど……。まぁ、その辺りはいいか。で、四つの武省に分けた兵たちを、顎港では五十行に分けている。ひとつの行が千人だ。五十で五万だね。ということは、兵は全部で何人だ」

「に、二十万」

「そういうこと。顎港には二十万の兵がいる。その頂点が」

孟蠟は、人差し指で己の顔を指した。獲生は引き攣った笑いで応える。

「まぁ、それは置いといて、この兵舎には、最将軍のわし以外に、歩武と射武それぞれの武将がいる。つまり顎港軍の最重要拠点というわけだ」

「皆、ここで寝泊まりを」

「歩武と射武の兵がすべてここにいるわけじゃない。顎港全域に砦や関所があるから、そういうところに駐屯している者も多い。ここにいる兵のなかでも、家族がいる者は外で暮らしている。ここで寝泊まりしている者は半数にも満たない。実際にここにいる兵の数は昼でも一万ほどかな」

それでも相当な数である。

「で、今言ったように、君は歩武の一行に入ってもらう。今朝死人が出たばかりなんだ。丁度良かったよ」

「死人ですか」

「歩武のなかでも一行は、荒くれ者ばかりだからね。先駆けの一行と言えば、大抵の者は道を開ける。だから調練も荒っぽいんだ。付いて行けない奴は、すぐに死んじゃう。まぁ、とにかく頑張ってよ」

孟蠟が外の若者を呼んだ。

「彼を歩武一行に」

「はい」

「言っておかなきゃいけなかった。一行では、上下の分別はしっかり付けないと駄目だよ」

出会ってから一番の笑顔で、孟蠟が続けた。

「いじめ殺されちゃうよ」

獲生は顔を強張らせながら、最将軍の小屋を後にした。

一行は休暇らしい。多くが外に出かけているということだが、兵舎に残った者がいるだろうと若者が言うので、獲生は一行の兵舎へと案内された。先刻通って来た大門に一番近い場所の一階だった。非常時に最初に飛び出せる位置に、一行を配置しているのは、ここに兵舎が出来た時からの伝統であるとのこと。それだけでも、歩武一行という隊がいかなるものかがうかがい知れる。

「入れ」

各行の指揮をする者は、行将（ぎょうしょう）と呼ばれているという。歩武一行の行将の居室へと案内され、孟蠟付きの若者が訪（おとな）いを入れると、樫（かし）の板で作られた分厚い扉のむこうから壁を震わせんばかりの胴（どう）

間声が返ってきた。若者は扉を開けて仰々しく一礼すると、獲生をうながし、共に室内に入った。

「孟蠟様より、歩武一行への補充兵を遣わされて参りました」

簡素な寝床と机しかない部屋に、四十手前に見える男が座っていた。陽の光で焼けた肌が、茶を通り越し黒く変色している。黒い顔のなかでやけに目だけが白く光っていた。白く輝く目玉に浮かぶ小さな黒点が、若者の隣に背筋を伸ばして立つ獲生をとらえる。

「一人か」

「はい。宝李様の口利きであります」

「ふんっ」

男が椅子の上で大きく仰け反った。四つある脚の後ろの二本だけで躰を支えながら、顎を突き出して獲生を見る。衣の表側に小匣が見えた。他人に見せてはならぬ匣を、男は堂々と晒している。獲生の視線など気にも留めず、男が欠伸まじりで悪態を吐く。

「金持ちの道楽に付き合わされる身になってくれっての」

男が獲生に問う。

「これまで何してた」

「旅一座とともに大陸を巡っておりました」

「親兄弟は」

「いません」

「この街に住んだことは」

「ありません」

「それで何故、この街の兵になろうと思ったの」

「成り行きでこうなっただけです」

男の右の目尻が小さく震えたのを、獲生は見逃さなかった。だからといって、どうということはない。獲生は取り繕うこともなく、胸を張って男と相対する。

「ここに集っている者たちは、むりやり集められた訳じゃねぇ。俺も、こいつも、この街を守るために兵になった。顎港が顎港であるために、俺たちは戦うんだ。お前にそれができんのか」

「やってみなければ解りません」

「聞いたようなこと抜かすんじゃねぇよ」

激しい音が鳴り、男が消えた。いや、いつの間にか目の前に立っている。いつ男が動いたのか、獲生にはわからなかった。

喉が潰れる。

手で首を絞められていた。男の胸元にぶら下がる匣に刻まれた〝援〟の字が、獲生の目に飛び込んでくる。

「これまでのらりくらりと気楽な旅をしてきた芸人風情が、顎港兵になろうなんざ、どういう風の吹き回しだ。芸の拙さが繕えなくなったか、喰いっぱぐれねぇ仕事をしようと思ったかだろ。そんで、宝李に媚びておこぼれをもらったんだべ。自力救済が旨の芸人じゃん。早くこの手を振り解いてみろ」

「蝶尚様」

いきなりの男の激昂に戸惑った若者が、名を呼んだ。蝶尚と呼ばれた男は、聞きもせず獲生を睨み続ける。

「お前がいま立っている場所は歩武一行。ここは顎港防衛の最前線だべ。俺たちが顎港の平穏を支えてんだ。昨日も一人調練中に死んだ。生半な気持ちで来たんなら、すぐに帰れ」

抵抗できなかった。どこをどうしているのか解らないが、蝶尚は片手で獲生の躰を完全に拘束していた。

「帰るか、それともここで殺されるか。好きな方を選べ」

「蝶尚様。この男は」

「宝李なぞ関係ねぇべ」

それ以上、若者はなにも言わなくなった。

「は、な、せ……」

食いしばった歯の隙間から声が漏れた。蝶尚の口許が、凶悪に吊り上がる。

「もういっぺん言ってみな」

「は、な、せ、と、いって、んだよ……」

不敵な笑みを浮かべる蝶尚を睨む。

「俺が放すんじゃなくてお前が振り解くんだ」

獲生は両手に力を込めた。地に接する足の裏に意識を向けて、足指で地面を噛む。

準備は整った。

盤海の教えを頭になぞる。

蝶尚を睨みつけたまま、両腕で喉を潰している手をつかんだ。手首を捻じり上げると同時に、腰を回して右足で蝶尚の左の膝裏を蹴った。舞踏である。が、武技としても使えるものだ。相手に躰をつかまれた時に、転ばす技だった。

足は空を切り、手首をつかんでいたはずの両手はいつの間にか虚空を握りしめている。

しかし、首の拘束は解かれていた。

気付けば蝶尚が、数歩後方へと下がっている。

「芸人には芸人の骨があるって訳か」

嫌味な笑みを浮かべて蝶尚が言った。この気に喰わない男は、獲生の殺気を感じ、身を引いたのだ。獲生が気付いたのは、蝶尚が間合いを取った後である。身を引き、瞬時に攻撃を加えられていたら、反応できなかった。

「四荘に連れていけ」

若者に告げると、蝶尚は椅子に座り直した。ふたたび椅子を傾けて思い切り仰け反る。

「俺がお前に声をかけるのは、これで最後だ。せいぜい死なねぇように、頑張ることだな。逃げ回ることは許さねぇべ。まぁ、肆芳がそんなことはさせねぇだろうがよ」

若者は一礼すると、蝶尚から逃げるように獲生を引っ張りながら退室した。


一行に千人の兵がいて、それを百人ずつに分けている。廊下を歩いている最中に、若者がそう教えてくれた。百人の単位が荘である。獲生は歩武一行第四荘に配属されることになったのだ。

四荘を率いている男が、肆芳だった。

肆芳の部屋は、十人ほどが寝ることの出来る大部屋だ。ここに通された獲生は、禿頭の気の良さそうな男に引き合わされた。それが肆芳だった。

にこやかな顔で六什へと言うと、ひと言、励んでくれとだけ付け足して寝床に寝転がった。

什というのが兵の最小単位であるらしい。百人の荘をさらに十人に分ける。この十人が、什という単位だそうだ。最終的に獲生は、歩武一行第四荘六什に配属されたことになる。

「あの……」

前を行く背中に声をかける。蝶尚の部屋を出てからずっと不機嫌そうな若者は、無言だった。仕方なく思ったことを口にする。

「蝶尚という人もさっきの肆芳って人も、匣を露わにして」

「ここの奴らは皆そうだ。己の運命など知ったことではない。いつ死んでも構わない。匣を晒しているのは、そういうことだ。街にもいるだろ、匣を晒して歩く無頼(ぶらい)の輩(やから)が。一行の奴らはそういう輩と何も変わらん」

匣を晒して歩く無頼の輩……。

獲生の脳裏には、耳から匣を下げた娘鈴しか思い浮かばなかった。そういえば浮豚で別れて以来、会っていない。盤海は獲生のことをどう伝えたのか。そして、娘鈴はどう思ったのか。知りたかったが、もはや知る術はない。

伏し目がちで廊下の端を男が歩いてくる。襤褸を着た姿は緋眼の奴隷のようだ。獲生たちに目を合わせようともしない。若者は男に目もくれず、歩いてゆく。

その時、緋眼の男がよろけて若者にぶつかった。

「気を付けろっ」

悪鬼の形相で若者は怒鳴ると、躊躇(ちゅうちょ)なく男を蹴り飛ばした。男が木の床に倒れ、ひれ伏す。

「も、申し訳ございませんっ」

声を聞けばまだ子供である。目の前を歩く若者よりも若い。獲生を案内する若者が緋眼の奴隷の背を踏んだ。

「服が汚れたではないか、どうしてくれる」

緋眼の奴隷は謝り続ける。面倒な案内を命じられた怒りをぶつけるように、若者は足に力を込めて奴隷の頭を床にこすりつけた。獲生は若者の背を押す。よろけた若者の足が奴隷からはずれた。

「そのへんにしておけよ」

殺意のこもった重い声で若者を律する。抗弁しようとした若者が、獲生の殺気にたじろぎ乱れた襟元を直しながら目をそらした。

「き、気をつけろ」

ひれ伏したままの奴隷に言って、若者は歩きだす。獲生は膝を折って奴隷の肩に手を置く。

「大丈夫か」

「ありがとうございます」

顔を上げた緋眼の奴隷は本当にまだ少年だった。

「置いてゆくぞっ」

若者の怒りに満ちた声に急かされ、獲生は小走りで背中を追った。

「ここが歩武四荘六什の部屋だ」

立ち止った部屋の前で若者が言った。たらい回しにされ、先刻は獲生にたしなめられ怒りをあらわにしている若者は、不機嫌な顔で獲生をうながした。蝶尚の時のような緊張はない。気楽な様子で六什と書かれた扉を開いた。

「補充です」

それだけ言って、獲生の背を押す。寝床が五つ。それだけの部屋に、男が座っていた。机のような気の利いた物はない。敷かれたままの綿の入っていない褥の上に、男はあぐらをかいている。

「あっ……」

男の顔を見た獲生は、思わず声を上げた。顎港に着いた日、舎斗から貰った金で飯を喰おうと一人で街をうろついていた時にぶつかった男だ。背の高さと、目付きの悪さがやけに印象に残ったから、はっきりと覚えている。

「なんだ」

男の方は覚えていないらしく、仏頂面で獲生を見上げている。その手には、開かれたままの本があった。

「あ、あの……」

若者が男に語りかける。

「置いてけ」

「は」

「そいつを置いて、仕事に戻れ」

男の目はすでに本に注がれていた。手をひらひらと振って、退出をうながしている。

「失礼します」

それだけを言うと若者は去っていった。扉が閉められ、男と二人だけになる。

「あの……」

「てんしつだ」

「て、い、い」

男が本を見たまま言った。なんのことだか解らずに黙っていると、男は目を獲生に向けて、面倒臭そうに口を開く。

「俺の名だ。転ずるの転に、疾風の疾。それで転疾。お前は」

「か、獲生」

「お前の寝床はそこだ。一昨日までは別の奴が寝ていたが、首の骨を折って死んでしまった」

転疾と名乗った男は、自分の目の前の褥を顎で指した。五つの褥は、部屋の中央のわずかに開けた場所を挟むように、右に二つ、左に三つ並んでいた。転疾が指した寝床は、左に三つ並ぶ褥の真ん中である。

「あとの人は」

「今日は休みだ。他の奴らは街に出てる。ここに寝泊まりしてない五人のことは知らん」

「あの……」

語りかけた獲生に苛立つように、舌打ちをひとつ鳴らして転疾が本を閉じた。褥に本を転がすと、あぐらをかいた膝に手を置いて、獲生を見上げる。この男の胸には匣がなかった。衣の中に隠しているのだ。

「ぎゃあぎゃあ、うるさい野郎だな。なんだ。なにが聞きたい。部屋に残っていた俺が悪いんだ。聞いてやる」

滑らかに回る舌で一気にまくしたててから、転疾は黙った。発言をうながされているのだと悟った獲生は、気圧(けお)されながらも声を出す。

「あんた、街で会ったよな」

「お前、誰に口利いてるのか解ってんのか」

転疾の声に邪気が満ちる。

「だからあんた、街で俺にぶつかってきただろ。覚えてねぇのか」

「ここでは、一日でも先に入った者の言うことは絶対だ。下の奴は何言われても服従。それがお前に教えてやる最初の決まりだ。で、もう一度聞くぞ。お前は誰にものを言っているんだ」

「あんただよ」

獲生は転疾を見下ろしながら、平然と言った。ここに来るまでの鬱憤が、躰中に横溢している。それを転疾に向かって、一気に吐き出した。

「あんた、街で俺とぶつかっただろうが」

転疾が立ち上がった。

孟蠟の言葉が頭に過る。

――一行では、上下の分別はしっかり付けないと駄目だよ。いじめ殺されちゃうよ……。

「上等だよ」

殴りかかって来た転疾の顔めがけ、己の拳を振り上げる。これが、獲生と転疾の出会いだった。

二

真族にも緋眼にも、富者がいれば貧者もいる。強者も弱者も。弱者はさらに弱い者から奪う。盗人は多くの物を奪うため、徒党を組む。そして賊となる。

この国にも賊はいた。大半の者は真族である。奴隷として生き、真族たちによって群れることを禁じられたも同然の緋眼たちは、同族だけで賊となることはこの地では不可能だ。

顎港兵となった獲生の初めての任務は、賊の討伐であった。南岳域周辺の岩山に屯し、夜な夜な顎港周辺に現れては盗みを働く。そんな賊が、顎港近隣には数多く存在していた。

「生国で喰い詰めた者たちが、顎港に来て仕事を探す。それでも駄目な奴らは、博徒になるか賊になる」

隣を歩く転疾が仏頂面で言った。獲生が歩武一行第四荘六什に配属された当日、派手な殴り合いをした二人だったが、懲罰を受けることはなかった。荒くれ者が集う歩武一行では、喧嘩ごときで罰を与えていたら、軍自体が成り立たない。叱責を受けることすらなかった。喧嘩が縁ということになり、六什の最年少であった転疾が、獲生の世話係に命じられ落着した。

一行の者は誰もが匣を晒して過ごしている。しかしただ一人、転疾だけは日頃から衣の下に匣を隠していた。幾度か問うてみたが、決して答えてくれない。獲生は、別に一行の気風に染まることもないと思い、転疾同様、匣を隠した。所詮奪った匣だ。偽りの運命を晒して歩いたところで、愚かしいだけだと思った。

「賊になり顎港治領を離れてくれればいいんだが、そう、うまくはいかん。港には大陸中の物資や金が集まる。それを目当てにした賊どもは、この辺りに塒を作る」

転疾が言った顎港治領とは、顎港が覇王府より自治を任された領内のことをいう。治領内のいざこざは、原則として顎港が独自で解決することになっている。

獲生は、隣を歩く転疾に問う。

「俺たちが相手にしなきゃならねぇ賊は、どのくらいいるんだ」

軍に入ってひと月あまりが経った。しかし今も、転疾には不遜な態度を取り続けている。聞けば、獲生よりふたつ上の十八だという。他の者にはそれなりに敬意を表していたが、なぜか転疾にだけは、つい無礼な物言いをしてしまう。

「報告では二十人そこそこだそうだ」

もはや転疾は、獲生の態度を諦めている。幾度かの殴り合いの結果だ。

顎港を出て、賊の塒へと向かっていた。天高く陽が輝いている。賊が動き出すのは夜。寝込みを襲うのだろう。

「倍以上の相手だぞ。大丈夫なのか」

言った獲生を横目で見て、転疾が鼻で笑う。

「歩武一行の六什といや、俺たち四荘六什のことを言う。他の奴らに聞いてみろ」

「そうなのか」

獲生は前を行く八人の後ろ姿を見た。確かにどれもこれも、街を歩けば皆が道を譲りそうな背中をしている。

転疾が言う。

「二十人いれば、一人で二人。三十人なら三人だ。簡単な話だ」

「殺すのか」

「捕縛が原則だが、俺達が任されたということは、相手もそれなりってことだ。捕縛を強硬に拒むのなら、殺しても構わんのが、一行に回される仕事だ」

先頭を行く五十がらみの男が、振り返って獲生たちを見た。

「そろそろ賊の塒だ。すでに見張りに知られてると思え」

名は鞭通（べんつう）。六什の長である。五人の息子の父親だ。気の良さそうなこの中年男も、歩武一行の什長。首から下げた小匣を鎧の上に垂らしている。

「寝込みを襲うんじゃねぇのかよ」

「そんな貧乏臭い真似をする必要はない」

「黙れ。ここはすでに戦場だぞ」

鞭通の言葉を聞くと、転疾は素直にうなずいて口をつぐんだ。仕方なく獲生も黙る。目を厳しく左右に配って、周囲をうかがう。眼前に岩山が見えていた。一刻（一時間）ほどで登りきれる高さだが、ざっと見ただけでも十を超す洞穴があった。中腹あたりのなだらかな平地には、数軒の家も見える。

「お前の威勢の良さがはったりかどうか、見せてもらおうか」

そう言って笑った転疾の足が速度を増した。

異変に気付いたのは、岩山に足を踏み入れた時だった。発端は中腹あたりの平地から聞こえた馬の嘶き（いなな）である。その後すぐに男たちの悲鳴が聞こえてきたかと思うと、それはじょじょに大きくなっていった。

「仲間割れか」

呑気に転疾が言うと、鞭通たちが一斉に山を走りだす。鍛えあげた男たちは四半刻（十五分）もかからぬうちに、悲鳴が聞こえる中腹まで駆け上った。

「止まれっ」

先頭を走る鞭通が叫んだ。彼の目は、山道の彼方（かなた）を見ている。獲生も什長の視線を追った。

人が駆け下りてくる。

仲間たちが槍を構えた。隣に立つ転疾も、走っている人影に穂先を向け、深く腰を落としている。獲生も皆に倣って槍を両手につかんだ。ひと月あまりの死ぬような調練で、槍の使い方はひと通り理解したが、まだ人を貫いたことはない。

「止まれっ」

鞭通が再び叫ぶ。人影は止まらない。距離が縮まり、影が男だと解る。

衣はいたるところが破れ、血塗れだった。

「た、助けてくれ」

両手を挙げて、男が声を吐いた。

「何があった」

「お、おに……」

鞭通の問いに答えた男が、斜面を転がり落ちた。

「今、鬼って言わなかったか」

男が消えていった方を睨みつけ、転疾がつぶやいた。

「とにかく行くぞ」

言った鞭通の顔が、強張っている。

斜面は突然終わり、粗末な茅葺が建ち並ぶ平地に出た。

地獄であった。

「なっ、なんだこりゃ」

仲間の誰かがつぶやいた。声が震えている。

見る物すべてが、血、血、血である。屋根の上に肘から先だけの腕が転がっているかと思えば、土壁を突き破るようにして半分砕けた男の頭が刺さっている。地面には無数の骸が転がり、全てどこか欠けていた。賊は二十人ほどという報告であったが、この惨状ではいったい何人死んでいるのか定かではない。

目の前で仲間の一人が朝飯を盛大にぶちまける。獲生は吐瀉物から目を逸らすように、視線を骸の山にむけた。

それはいきなり姿を現した……。

呆然と槍を構える十人の前に、男が一人立っていた。人の顔ではない。血の気が引いて真っ青になった顔にある目は白く濁り、虚ろに開いた口からは尖った牙が二本覗いている。躰には縦横に走る血の道が浮かび、どくどくと脈打っている。

「鬼……」

鞭通がつぶやいた。

「あれが鬼」

「初めて見たぜ」

獲生の言葉に転疾が答える。

鬼は、大陸に伝わる病の名であった。夷界と東方を分かつ巨大な壁、東壁のむこうから流れてくる悪しき気によって発症するという。鬼となった者は我を失い、衝動のままに殺戮(さつりく)を繰り返す。食べることはない。生きた屍(しかばね)となって、躰に残った精根が尽きるまで、暴れ続けると言われていた。

獲生はこの時まで、鬼など言い伝えだと思っていた。幼子を叱りつける老婆の決まり文句だと信じていた。悪戯をしていると、東壁の向こうから来る悪い気にあてられて鬼になるよという言葉は、緋眼ならば必ず一度は聞かされる。

「あいつは緋眼じゃないようだな」

転疾のつぶやきに、獲生はかすかに肩を上下させてから問うた。

「どういうことだ」

「よく見てみろ。あいつの首には匣がぶら下がってる」

「そういうことじゃねぇ。緋眼だったらどうだってんだよ」

「お前、知らんのか」

転疾が目を見開いて問う。そして獲生の答えを待たずに語り始めた。

「緋眼は東壁の近くに住むから、鬼の気を受けやすい。だから緋眼が留まる場所には、鬼が湧く」

「でも、顎港にも」

「あいつらは人じゃない。緋眼は売られた時点で物になる。物は気を留めないから、鬼を生むこともない。そんなことは餓鬼でも知ってるぞ」

呆れたようにつぶやく転疾をよそに、獲生は怒りを抑えきれない。売られた時点で物だという真族の高慢な考え方に腹が立つ。真族の地で生きる緋眼が、奴隷か芸人になる理由がわかった。留まる緋眼は鬼を生む。それゆえ物になるか、一ヵ所に留まらない芸人となるのだ。一ヵ所に留まると、緋眼は鬼を生む……。獲生は奴隷にもならず、芸人として放浪することもなく、顎港に留まっている。転疾が言ったことが本当ならば、己はどうなるのか。

「んな訳あるか」

愚かな迷信に縛られようとしている己を律するように、獲生は吐き捨てた。緋眼が鬼を生むというのなら、夷界は鬼で溢れているはず。しかし獲生は、生まれてから村を棄てるまで一度も鬼を見ていない。転疾が言ったことは、東壁近くに住む緋眼を虐(しいた)げるための方便だ。

「無駄口を叩いている場合かっ」

鞭通の叫びを聞き、獲生は眼前の鬼に集中した。

「どうしますか」

鞭通の隣に立っていた男が問う。その間にも鬼は、獲生たちに向かって歩いてくる。

「十日もすれば精根尽きて死んでしまいます」

「しかし、山を降りて村を襲えば、意味もなく人が殺される」

鬼を睨んだまま鞭通が答える。

「でも、俺たちだけで……」

鞭通の隣にいた男の首が飛んだ。それまで緩慢な動きであった鬼が、急に間合いを詰めたのだ。目にも止まらぬ速さだった。あれを躱すことなど誰にもできない。

「妙濫っ」

死んだ男の名を叫び、鞭通が鬼に向かって槍を突き出した。首に穂先が触れる。銀色に光る刃が、肌を滑った。槍を突き出したまま立ち尽くす鞭通を、鬼の白い目がとらえる。

「危ないっ」

転疾が飛ぶ。鞭通を抱きしめ、そのまま地面に転がった。鞭通の頭があった虚空を、尖った爪が斬り裂く。

「散れっ」

地面に伏せたまま、鞭通が命じる。六什の男たちが四方に散った。

鬼の咆哮。身震いして立ち尽くした仲間の背中を、黄色い爪が裂いた。四本の傷から血飛沫が上がる。男は背中を斬られながらも、躰を反転させて鬼の胴を槍で突いた。穂先が鳩尾で止まる。鬼が槍をつかんで叩き折った。あまりのことに、槍を折られた男が鬼の前で立ち尽くしている。

このままでは爪の餌食――。

「くそがっ」

獲生は叫びながら飛んだ。鬼の前に立つ仲間を、思いっきり蹴った。何が起こったのか解らぬまま、男が地面を滑る。頬を激痛が襲う。獲生の頬を、鬼の爪が抉っている。

「獲生っ」

転疾とともに立ち上がった鞭通が怒鳴った。鬼となった者の躰は刃を通さない。そして人とは思えぬほどの速さで動く。生まれた村で聞いていた。しかし、これほどまで恐ろしいものだとは。

躰がすくむ。

鬼の前で獲生はどうしていいか解らなくなった。掌中の槍はだらりと垂れさがり、地面に触れた穂先がぶるぶると震えている。

「獲生を助けろっ」

鞭通の声を聞いた男たちが、いっせいに雄叫びを上げる。六つの槍が四方から鬼に向かって伸びた。穂先が鬼の衣をずたずたにしながら、青い肌を滑ってゆく。

「駄目だ」

獲生は震える声でつぶやいた。

鬼が吼える。両腕を乱暴に振り回し、取り囲む男たちを打ち払ってゆく。鞭通の元まで逃れてきた仲間の一人が、悲痛な声を出した。

「ここは一旦、逃げましょう。街に戻って後詰（ごづめ）を頼むのです」

「駄目だ」

鞭通の隣で転疾が言った。その目は爛々（らんらん）と輝き、鬼を見つめている。

「それじゃ遅過ぎるっ」

転疾が駆けた。止める鞭通の声も耳に入っていない。鬼の前に立つ獲生など、転疾は見ていなかった。槍を振り上げ、柄（え）で牙の生えた顔を叩く。凄まじい勢いに押されるように、鬼の躰がわずかに仰け反った。転疾は止まらない。鼻っ面を打った槍を反転させて、今度は石突（いしづき）で仰け反った鬼の腹を突く。刃で仕留めるつもりはなく、強烈な打撃を与え、体勢を崩そうとしている。

「ぼけっとするなっ、獲生っ」

抵抗する暇すら与えぬ素早い攻撃を繰り出しながら、転疾が叫んだ。肩越しに獲生を見た目が笑っている。どこにそんな余裕があるのか。

急に怒りがこみ上げてきた。

「お前ぇに負ける訳にゃいかねぇんだよっ」

獲生は地面を蹴った。槍を投げ棄て、素手のまま鬼にむかって駆ける。転疾も槍を棄てた。激しい動きで鎧から飛び出した転疾の小匣が、仄かに光っている。

奉天。そんな言葉が頭を過る。今はそんなことを考えている時ではなかった。眼前の敵にむかって、拳を放ち続ける。躰が自然と、盤海から教え込まれた武技をなぞっていた。膝裏、金的、鳩尾、肘、喉、人中（じんちゅう）……。あらゆる急所を的確に打ち続ける。まるで柔らかい布で包んだ鉄を打っているような心地だった。どれだけ打っても、手ごたえはない。眼の前の鬼を、笑いながら殴り続ける。鬼がよろけた。躰の重さを乗せた転疾の飛び蹴りが炸裂し、暴れる骸が後ろに倒れる。すかさず獲生は馬乗りになった。そのまま顔面を殴り続ける。

「死ね、死ね、死ね、死ね……」

うわごとのようにつぶやきながら、ただひたすらに拳を打ち付けてゆく。振り解こうとよじる足を、転疾が全身を使って地に押しつける。獲生も飛ばされまいと、腰を基点にして鬼の上に、器用に乗り続けた。

視界に刀が映った。抜き身のまま転がっている。骸が残したものだ。獲生は手を伸ばし、それを取った。

「妙濫の仇だぁ」

さほど馴染みのない同胞の名を叫ぶ。仇を取るほどの義理はないが、眼下の敵を仕留める理由はそれしかなかった。両手で柄を握り、躰を逸らして振り上げる。鬼が獲生の首へと腕を伸ばしてきた。刀を振って腕を払う。そしてそのまま、首に突き立てた。堅い。切っ先が欠けて飛び、獲生の頬を斬る。

「くたばれぇっ」

何度も何度も首を突く。押し潰された鬼の喉から、苦悶の声が途切れ途切れに聞こえる。青い肌がめくれ、黒ずんだ肉が見えた。ようやく出来た傷の間からは、血が流れだしている。鬼は死なない。四肢をじたばたさせながら抵抗する。

「行け、獲生っ」

転疾の叫びが聞こえる。切っ先が砕け散り、棒のようになった刀身で傷口を抉ってゆく。

「がぁぁぁあっ」

悲鳴が聞こえた刹那、左手が柄から離れた。どうやら鬼に腕を叩かれたらしい。左腕を弾かれたまま、右手だけで刀を振り下ろす。すでに心は振りきれている。恐れも気負いもない。目の前の傷を抉ることだけに、獲生のすべてが集中している。切っ先の欠片の銀色の塵と同じだけの量の肉が、鬼の首から飛び散ってゆく。反吐が出そうなほど生臭い返り血で、総身は朱に染まっていた。

気付けば刀が中程まで折れている。

躰が重い。疲れた。それでも傷を抉る。ひたすら抉る。

腕が止まった。手首をつかまれている。

血染めの顔で振り返った。

「もう終わっている」

手首をつかんだ転疾の尖った顎が、鬼を示した。鬼の首が切れかかっている。あれほど暴れていた手足は固まり、地面に大の字で投げ出されていた。

「立てるか」

問われて躰が動かないことに気づいた。答えずにいると、転疾が腕を引っ張った。

「まったく」

転疾が脇から腕を伸ばし、肩を組んでくる。もたれかかるようにして、躰を預けた。

「誰か刀を取ってやれ」

鞭通が言うと、近寄ってきた男たちが、二人がかりで獲生の手から刀を剝がしてゆく。血と肉がべっとりと絡みついた柄から、指を一本一本外す。

「鬼を一人で殺した奴なんて初めて見たぞ」

転疾が言った。

「お前ぇが行かなかったら、俺は動けなかった」

「獲生」

切れかかった首を見ながら転疾がつぶやく。獲生は黙って言葉を待った。

「お前には負けんぞ」

皮肉を込めて笑うだけで精一杯だった。

「俺は帝になる男だ。お前なんかに……」

「また始まった」

転疾の言葉を聞いた仲間の一人が、呆れ顔で言った。どうやら口癖らしい。しかし言った本人の目は悲壮なほど冷たく冴え、冗談とは思えぬ顔つきであった。

気を緩める男たちを、鞭通が怒鳴る。

「無駄口を叩いてないで、匣を集めろっ」

躰を預けたまま、転疾に問う。

「なんの匣だよ」

「骸が持っている匣だ。死人が出ると、真天宮の社に匣を戻すだろ。あれと同じだ。軍が動いて死人が出た場合、兵が匣を集めて、場所と人数を記した書類と一緒に戻すんだ」

死んだ者の匣を真天宮に戻すこと自体、獲生は知らなかった。

「どうして匣を返さなけりゃならねぇんだよ」

「さぁな。そういう決まりだ。そんなことも知らんのか。今までどこで暮らしてきたんだ」

「もしかして、死人の匣をまた、生まれた赤子にやってんじゃねぇのか」

「まさか」

つぶやいた転疾の眉が、微妙に吊り上がる。獲生の言葉を、心の底では否定しきれていないようだった。

「だって、人が生まれる度に、匣を作ってんなら、今までにどれだけの匣が作られてんだよ。そんなに匣があったら、一人一個なんて言わず、好きな物を選べるくれぇに余ってんだろ。第一、なんで死んだ者の匣を返さなくちゃならねぇんだ。そりゃ、新たに生まれた……」

「おい」

獲生の言葉を転疾が止めた。

「深手を負っているんだ。そんなに喋るな。傷に障(さわ)る」

「お前たち、さっさと回収しろっ。転疾、お前もだっ。獲生を日陰に座らせて、お前も匣を集めろっ」

「ったく、お前のせいで叱られちまっただろ」

微笑を浮かべて毒づいた転疾に誘われて木陰に座ると、一気に襲ってきた睡魔に負けるように、獲生は眠りに落ちた。

三

獲生が顎港兵となって二年が過ぎた。

鬼殺し……。

盗賊討伐の一件以来、歩武の者たちは獲生のことをそう呼んだ。荒くれ者揃いの一行の男たちも、鬼殺しの逸話を知ると獲生に一目置くようになった。新米はいじめられると脅されていたが、この二年、苛酷(かこく)な調練と、たまの出兵以外は平穏な日々を送っている。歩武一行の長、蝶尚は、名うての槍の名手であった。その影響もあってか、一行の調練では槍を徹底的に仕込まれた。槍の扱いには慣れたが、それでもやはり刀の方が、しっくりくる気がした。

軍での暮らしで、ずいぶん逞しくなった。首回りは倍になり、手足の筋肉も一座で旅を続けていた頃に比べれば見違えるほどに太くなっている。頬には鬼との戦いの時に出来た古傷が残り、眼光も鋭くなった。そして、強い光に目を晒さぬことも上手になった。

「おい獲生」

夕刻まで走らされ、疲れて褥に寝転がる獲生に、隣から転疾が声をかけた。すでに幾人かの者が六什を去り、補充が入った。二人の寝床はいつしか隣同士になっていた。

「これから外に出ないか」

言った顔が、にやけていた。こういう時の転疾は良からぬことを企んでいる。

「お前の悪だくみに付き合わされるのは、うんざりだ。新入りを連れていけよ」

一度など、転疾がこういう顔をした時一緒に街に出ていったら、盗人を捕まえる手伝いをさせられた。捕えはしたものの、上から正式に捕縛を命じられていた他の隊の長から呼び出されてこっぴどく叱られ、その後に歩武一行の長、蝶尚からも大目玉を喰らった。博打に付き合わされ、二人して尻の毛まで抜かれたこともある。とにかく転疾がにやけ面の時に一緒にいると、ろくなことがない。転疾にはそういう子供っぽいところがある。

「お前がそういうなら、それでもいいが、後で後悔するなよ」

両腕を枕にして頭を乗せ、転疾は天井を見ながら言った。

「んだよ、それ」

思わず獲生は聞いた。転疾は顔だけをこちらに向けて、にやけ面のまま語り出す。

「武來がこの街に来てる。どうやら今日、宝李の屋敷に姿を見せるらしい」

「武來って、あの武來か」

大陸に生きる者ならば、武來の名は誰でも知っている。

拳聖と呼ばれた祖父、武弦の技を継いだ武勇無双の士だ。

武の一族は緋眼である。武來の祖父の武弦は、緋眼でありながらその武を買われ真天宮の食客となったほどの伝説の武人だ。諸国を経巡り、修練を重ねた武弦は、小匣を持たぬ身でありながら奉天したという伝承を残している。真族の女との間に武攸という子を生し、武攸は後に都の将軍となった。

老いて後、故郷である緋眼の地に戻った武弦は、緋眼の女との間にも子を生す。

それが武來の父である。

年長じた武來は、緋眼の長、琴の命によって都に行き、伯父である武攸と対面。立ち合いの末、武攸は死んだと伝わる。武來は夷界には戻らず、父同様諸国を巡って武技の研鑽（けんさん）に励んでいるという。

「どうだ、見たくないか」

「話だけは知ってるが、本当に強ぇのか」

「それを確かめに行くんだろ」

転疾の目が嫌になるほど輝いている。うんざりしながらも、獲生は聞くことを止められない。

「確かめるって、どうやって」

「今日、宝李の屋敷で蝶尚さんと戦うらしい」

「武來がか」

転疾が激しくうなずいた。

「武來だって人間だ。喰わなければ死ぬ。父親の武弦だって、一時は真天宮の食客だったんだ。あの一族は元来、土地の者に武技を見せて銭を稼ぐ芸人のような奴らさ。緋眼がこの国で生きるには、奴隷になるか、自力救済を旨とした芸人になるしかないんだ」

芸人……。盤海たちを思い出す。娘鈴は今頃、どこで舞っているのだろうか。浮豚を食べる娘鈴の笑顔が、脳裏に鮮やかに蘇る。

あの店にはまだ行っていない。でもひとりでは味気ない。どうせなら娘鈴と一緒に……。

「おい、獲生」

娘鈴の面影を追う獲生を、転疾が小突く。いつの間にか起き上り、目の前に座っている。

「行くのか、行かんのかはっきりしろ」

「でも宝李の屋敷ってこたぁ、普通の者は入れねぇだろ。忍び込むのか」

「伝手がある」

転疾が得意げに鼻を鳴らす。

「どうすんだ」

結局、転疾にそそのかされてしまった。


屋敷の裏口へ行くと、二人は中に通された。出てきた小僧が転疾を見て驚いたように奥へ行き、老人を連れてきた。老人は人目を避けるように、転疾と獲生を屋敷へ入れ、人気(ひとけ)のない場所を選ぶように屋敷を回った挙句、広大な中庭が見通せる二階の部屋へと導いた。

老人は、獲生を顥港軍まで連れて来てくれた宝李の家宰だ。二年前のことを忘れたかのように、老人は獲生のほうを一切見なかった。

部屋に着くと、転疾が老人に告げる。

「ありがとよ」

老人が深々と頭を下げて退室した。転疾が呼ぶまで、部屋の外で待機しているという。石作りの壁と床に囲まれた狭い部屋で、転疾と二人して開かれた窓の前に立つ。

転疾と老人は面識がある。しかも転疾に対して、老人が最大級の敬意を払っていた。

「おい、なんであいつ……」

「始まりそうだぞ」

獲生の言葉を遮って眼下に見える庭を注視しながら転疾が言った。中庭では戦いが始まろうとしている。いかにも金持ちそうな身形の男と女が集まっていた。老人のことが気にはなったが、明らかに聞かれることを拒んでいる転疾を慮り、獲生は庭に集中する。観衆は輪を作り、中央に立つ二人を囲んでいた。

一人は見覚えがある。歩武一行の長、蝶尚である。相変わらず褐色の肌をし、蛇のように冷たく光る目で、前に立つ男を睨んでいた。首から〝援〟の字が刻まれた小匣がぶら下がっている。最近になって解ったのだが、蝶尚の言葉には顎港でも海に近い地域のなまりがあった。元は海賊だったという噂のある男だ。獲生もあながち嘘ではないと思っている。

蝶尚が睨む男のほうは、背中しか見えない。さほど大きな体軀ではなかった。遠くから見ても、獲生の胸ほどしか背丈がないように見える。槍を持ち殺気を放つ蝶尚を前に、両手をだらりと下げたまま、平然と立っている。

「あれが武來か」

「多分な」

獲生の問いに答えた転疾の顔が、緊張で引き締まっている。蝶尚たちを囲む人のなかから、一人が進み出た。宝李だ。今日は鮮やかな緋色の衣を着ている。

「このような場にお立ちいただき、礼の言葉もございませぬ」

言って宝李が蝶尚の前に立つ男に辞儀をした。男は軽く頭を下げる。

獲生は驚きをかくせない。

武來は緋眼だ。緋眼が匣を持たぬまま、真族に礼を尽くされている。それがどれだけ有り得ぬことかは、顎港で暮らした二年間で身に染みて解っていた。顎港に住む緋眼たちは、真族に朝から晩までこき使われている。屋敷の掃除はもちろん、子供の世話に、汚物の処理。裕福な者だけではなく、そこそこ金に余裕があれば、緋眼を使っていた。緋眼に頭を下げるなど、この街の者には考えられないことである。そんななか、武來はこの街で一番の富者に頭を下げられているのだ。

武來を見つめる獲生の視線の先で、宝李が手をかかげた。指の先に槍を持つ蝶尚が立っている。

「これなるは、顎港随一の槍の使い手」

「名は」

男が穏やかに問うた。二階の窓から見る獲生にまで、男の声ははっきりと聞こえた。

「顎港軍歩武一行の行将、蝶尚」

薄い唇を震わせて蝶尚が名乗った。

「武來です」

男が言って、蝶尚に頭を下げた。

「やっぱり、あいつが……」

転疾がつぶやく。握りしめられた桟が、ぎりぎりと軋んでいる。

「今宵、ここに集まっておる者たちは、顎港を支える者どもにござりまする。武來殿の技に触れ、幾何なりと新たな知見を得られればと集うておりまする。好奇の目は何卒ご容赦を」

慇懃なまでに宝李がへりくだる。武來は蝶尚を見つめたまま動かない。

「では、そろそろ」

頭を上げた宝李が、後ずさる。足を後ろへ踏み出そうとした一瞬、顔を上げた宝李が獲生たちのいる部屋のほうへと目を向けた。

笑った……。

刹那のことだったから確証はないが、たしかに宝李は部屋のほうを見た。

「おい」

転疾に語りかける。

「なんだ」

「宝李がこっちを向いて……」

「始まるぞ」

獲生に目もくれず、転疾が言った。その視線に誘われるように中庭を見る。蝶尚が腰を低くし、槍を構えていた。目の前に立つ武來の喉に切っ先が定められている。研ぎ澄まされた穂先から匂い立つような気が放たれていた。遠く離れた獲生ですら背筋が寒くなるほどの殺気である。蝶尚が敵の前に立つ姿を目の当たりにして思う。彼の部屋に行った際に喉を絞められた時の殺気など戯れに過ぎなかったのだ。蝶尚という男の強さを、獲生はこの時はじめて知った。これほどの殺気を正面からぶつけられたら、並の者なら動けなくなる。なにもできぬまま槍の餌食となることだろう。

先端に調練用のたんぽが付いた槍ではない。躰に触れれば斬れる。当然、貫かれれば命すら失いかねない。だが武來は無手のまま、泰然とした様子で直立を保っている。

見ているこちらの方が落ち着かない。

「大丈夫なのか」

「黙ってろ」

転疾は中庭を注視したまま、獲生をたしなめる。

どちらも動かない。息が詰まりそうな静寂が、場を支配していた。

蝶尚が気合を入れる。

武來は動じない。

蝶尚の唇が動く。

「無手だろうと、手加減はできねぇ」

槍先に月明かりが反射して、妖しい輝きを放つ。

「誠の武を追い求めし流浪の旅路。死はもとより覚悟の上」

穏やかな声が夜空に響く。蝶尚の薄い唇が、耳の方まで吊り上がる。

動いた。蝶尚だ。真っ直ぐに踏み込んでからの、喉を突く一撃。隣で見ていた転疾が、窓から大きく身を乗り出す。獲生の目は、武來を捉えた槍を見た。

いや。

捉えたと思った刹那、武來の躰がわずかに横に動いた。槍先が左腕を包む衣の外ぎりぎりのところを通り過ぎていく。虚空を突いた槍を見送った武來の躰が、まるで落ちた物を拾うかのような軽やかさで、不意に前へと傾いだ。地面に触れるほどに伸ばした右手が、もう一歩踏み込むのと同時に、槍を引こうとする蝶尚の顔に伸びる。手の甲が尖った顎先に当たり、乾いた音が庭内に響く。さほどの力ではない。わずかに擦っただけのように、獲生には見えた。が、蝶尚は、大きく躰を反らして、数歩後ずさる。

「なにが起こった」

転疾がつぶやく。いつの間にか獲生も、身を乗り出していた。

後ずさりながらも蝶尚は槍を戻して、ふたたび武來を突こうとしている。四歩ほど間合いを詰めた武來が、軽やかに穂先を避けて素早く振り返り、殺気を漲らせた行将の胸に背中を密着させた。

武來の踏み込んだ右足が、わずかに地にめり込むのを、獲生は見逃さなかった。

蝶尚の躰が宙に舞う。背中で押しただけとは思えぬ衝撃であった。武來は身をひるがえし、浮いて無防備になった蝶尚に正対した。小さな呼気をひとつ吐き、両手を眼前の腹に押し当てる。上昇していた蝶尚の躰が、軌道を変えて横に飛んだ。槍を手にしたまま、ごろごろと転がる。

武來はその場で両手を納め、直立した。槍を杖代わりにして蝶尚が立ち上がる。客は声を発することも忘れ、固まっていた。蝶尚の褐色の顔から血の気が引き、青紫色の唇から血が一筋流れだしている。

「いかが」

先刻と変わらぬ様子で、武來が問う。それを聞いた蝶尚の額に、青黒い筋が浮く。ふたたび体勢を低くし、槍を構えて吠える。それを見た武來が、閉じていた足を肩幅よりわずかに広く開いた。そして蝶尚に正対したまま、右手を己の額の方へ、左手を鳩尾の前へと掲げる。どうやらそれが、武來の構えらしい。

「死ぬぞ」

転疾が言った。

「どっちが」

獲生は問う。

転疾は答えない。

蝶尚だ。恐らく転疾もそう思っている。これほど静かで、これほど軽やかで、これほど強靱な男は見たことがない。獲生の知る強者の典型は蝶尚だ。殺気を全身に帯び、眼前の敵を気迫で圧倒し、強烈な一撃を放って瞬時に仕留める。顎港兵として学んだ武は、たしかに蝶尚のそれだ。武來の武は違う。ただそこにある。それだけ。戦っているのかどうかさえ怪しい。あまりにも静か過ぎる。なのに蝶尚とは比べものにならぬ強さが、武來にはあった。

これまで己が見てきたもののなかで、似ているのを探す。

娘鈴だ。飛頭舞を舞う娘鈴の流麗で研ぎ澄まされた美と、武來の戦い方には、相通じるものがある気がする。心はあくまで静謐。今の己にはない武だ。

「くそっ」

自然と声が漏れた。

「あぁ、腹が立つよな」

転疾が答えた。目の前で蝶尚がやられていることに、苛立っている。

今度は武來の方から動いた。速い。二十歩ほども離れていた間合いが一気に詰まる。蝶尚が気付いた時には、すでに武來は槍先に胸が付きそうなほどに近付いていた。

驚き、槍を動かす。眼前の胸を貫くつもりの真っ直ぐな突きだ。

「遅い」

つぶやいたのは転疾だったが、獲生も同じことを思った。蝶尚が槍を動かした時にはすでに、武來の躰は穂先を避け、懐深くまで踏み込んでいる。ここまで近付かれると、槍は威力を失う。武來が両手で柄を摑んだ。面白いように槍が回転した。それにつられるように、蝶尚の足が地を離れ天に舞う。半回転した行将が、脳天から地面に激突した。槍を奪われた蝶尚が、大の字に転がる。衝撃で躰が動かないようだ。無防備な胸に、武來の左の膝が押しあてられた。そのまま体重をかけ、蝶尚の動きを封じている。

穂先を蝶尚の喉に突きつける。

「参った」

大の字のまま、蝶尚が言った。すると武來は速やかに立ち上がり、左手に槍を持ち、右手を足元に差し出した。それを摑んだ蝶尚の手を引き上げて、立たせる。

武來が槍を渡す。受け取った蝶尚の躰からは、殺気はきれいさっぱり消えていた。

松明の火が、武來の瞳を照らす。深紅に染まった瞳が、笑みを湛えて蝶尚を見ていた。武來は緋眼だ。緋眼のまま真族の地で生き、こうして胸を張っている。周囲の誰もが尊敬の眼差しで武來を見ていた。己はどうか。小匣を奪い、己が身を偽って、真族に紛れて生きていることがたまらなく恥ずかしい。

　中庭では割れんばかりの拍手と歓声が起こっていた。その中央に武來がいる。近寄ってきた宝李に目を伏せて礼をし、隣に立つ蝶尚がいろいろと話しかけていた。

「緋眼もなかなかやるな」

和(なご)む中庭を睨みつけ、転疾がつぶやいた。

部屋をうっすらと照らす灯火に、獲生は目をむける。あの火を己が目に近付け、転疾に見せてやったら、どうなるだろうか。紅く染まる瞳を見て、どんな言葉を吐くのだろう。拒絶するのか。それとも、受け入れてくれるのか。

「おい獲生」

名を呼ばれ、思わず火から目を背けた。

「どうした」

「なんでもない」

気を取り直して、笑ってみせる。転疾は小さく首を傾げてから、獲生の肩を叩いた。

「あいつ、面白そうだな」

友の顔には、あのにやけ面があった。

四

一歩でも踏み外せば奈落の底に真っ逆さまだ。

切り立った崖を、獲生はもう二刻ほども登っている。大陸は北に行くほど暑く、南に行くほど寒い。南岳域に近い顎港治領の冬は厳しい。なかば凍りかけた岩を摑む手は握力を失いはじめていた。それでも必死に登る。諦めれば命は無い。ここまで来たら、降りるよりも頂を目指す方が近かった。

「あとどんくらいだ」

すぐ上を行く転疾に問う。

「もう少しだ。黙って登れ」

下を見ることもなく、転疾は答えた。

顎港の南にある蕃上山（ばんじょうざん）。ここに武來が籠っていることを調べてきたのは、転疾だった。転疾はいっさい語らないが、恐らく宝李の伝手であろうと、獲生は思っている。

武來が蝶尚と戦ったあの日、宝李の屋敷でのことを思い出す。裏門で顔を見せた若い男の狼狽と、老人の腰の低さを考えてみても、転疾が宝李となんらかの関係があることは自明だ。親子だと勘繰（かんぐ）ってみもしたが、あまりにも似ていない。小太りで背の低い宝李と、偉丈夫で骨太な転疾ではまず体格が違う。それに二人のまとう気配が獲生には正反対に思えた。転疾の本質は陽だ。いっぽう、宝李は遠くから見ても明らかに陰の気をはらんでいた。二人が親子だとは考え難い。

中庭を見ていた獲生たちの部屋に顔を向けた宝李は、間違いなく笑っていた。あの笑顔は獲生ではなく、転疾に向けられたものだと思う。一度、転疾に直接聞いてみたが、宝李との関係はきっぱり否定された。そうなると、一切の追及を許さないのが転疾という男だ。以来一度も宝李の話はしていない。

「おい転疾」

「なんだ」

鬱陶しそうに声を荒らげて転疾が問う。極寒とはいえ二刻も崖を登っていれば躰は熱い。汗に塗れた手で岩を摑んでいる。少しでも滑ってしまえば真っ逆さまだ。余計なことを話している時ではない。だが獲生は問う。

「本当に武來はいるんだろうな」

「間違いない」

息を切らしながら転疾が答えた。先を行く転疾の足が、突き出た岩を踏み割った。小さな欠片が顔に降ってくるが、文句も言わず登る。転疾がわずかに体勢を崩したが、すぐに新たな岩を見つけ、獲生に謝りもせず登る。常人ならすでに落ちている。だが二人は歩武一行の調練をくぐり抜けてきた。鍛え方が違う。

武來に会うと言い出したのは転疾だった。蝶尚との戦いを見終えた直後から五日もしないうちに居所を突き留めて、獲生を誘ったのである。

拒まなかった。あの静かな戦いぶりを見てから、獲生の頭には武來の姿が脳裏に焼き付いて離れない。どうすればあのように静かに戦えるのか。聞きたいことが山のようにある。

休息日の早朝、まだ同胞たちが寝ているなか、静かに部屋を出て南岳域の方へと向かった。馬をありがたかった。

走らせて一刻、崖を登りはじめて二刻。まだ陽は、中天にも至っていない。雪が降っていないのがありがたかった。

「頂だぞ」

威勢のいい声が降ってきた。頭上に目をやる。ぐいぐいと登ってゆく転疾の向こうに、真っ青な空が見えた。たしかに崖はその辺りで途切れているようだ。転疾の躰が、崖の切れ目に消えた。すぐに、獲生も頂へと至る。

頂はなだらかな平地だった。円筒形の岩山の上に、馬を走らせることが出来るほどの平地が広がっており、所々にある窪地に雪が積もっている。

「おい、あれ」

転疾が平地の先に目をやって言った。

草木一本生えぬ岩肌の向こうに、小さな人影が見える。風雪を凌(しの)ぐような場所もない頂に、人が座っていた。左右に開いた足の上に腕を乗せているように見える。胡坐(あぐら)をかいているようだ。

「武來か」

転疾が走りだした。獲生も後を追う。

人影にぐんぐんと近づいていく。黒い影が、次第に像を結んでゆく。突然の物音にも動じず端坐するその姿は、たしかに武來であった。

「おい、あんた」

声が聞こえるほどのところまで近づいて、白い息を吐きながら転疾が叫んだ。武來は、瞑目(めいもく)したまま座っている。さらに近づこうとする転疾に腕を伸ばし、獲生は止めた。距離にして十数歩。蝶尚との戦いを見ている。この程度の間合いでは、足りないかもしれない。獲生たちより先に、武來なら間合いを素早く詰めることができるはずだ。

「宝李の屋敷で見た」

転疾がぶしつけな言葉を浴びせる度に、獲生は背筋に薄ら寒いものを感じた。目の前に座っているのは、生半な男ではない。二人を一瞬で葬ることが出来る武を、総身に宿している。逸る転疾を右腕で抑えながら、獲生は静かに声を吐いた。

「武來殿か」

「間抜けなこと聞くな。俺とふたりで宝李のところで……」

「お前ぇは少し黙ってろ」

転疾を睨んで窘めて武來を見た。片膝立ちになり頭を下げる。そのままの体勢で獲生は名乗る。

「私は顎港軍歩武一行の獲生。この無礼な男は、同僚の転疾」

「獲生と転疾」

聞き覚えのある声に、獲生は頭を上げた。武來の目が開かれ二人に向けられている。

「武來殿の戦いを、宝李様の屋敷で見ました。尋常ならざる武を目の当たりにし、会ってみたいと思い……」

「おいっ獲生。俺はこいつと」

「戦ってみたい」

転疾の言葉をさえぎり、武來が言った。

「そうだな」

確認するように武來が問うと、獲生が転疾を押し退け身を乗り出した。それを見て、武來の細い眉の間に皺が寄る。

「ん、お主は何故みずからの心をごまかしておるのだ」

「なに言ってんだよ」

奥歯を鳴らして転疾が拳をにぎる。

「やめろ」

獲生が言うより早く、転疾が駆ける。座ったままの武來の頭めがけ、思いっきり足を振った。胡坐のまま武來が飛ぶ。空を切った足もそのままに、転疾が口をあんぐりと開けて見上げている。胡坐をかいていた武來の右足だけが、だらりと落ちて転疾の顔を撫でた。

ぺし。

小さな音とともに転疾が倒れて、そのまま動けなくなったようだ。

「ごまかしておることに気付いておらぬのか。いや……」

つぶやく武來が着地したのは、獲生の眼前。考えるより先に躰が動いていた。渾身の力を込めて殴りかかる。

青空が見えた。

直後。

暗闇。

「はっ」

気がついて上体を起こすと、はるか遠くで転疾が戦っている。何度も何度も腕を振り、乱暴に殴りにいく。それを紙一重のところで武來が避けている。足はさほど動いていないから、躰はまったく移動していない。立っている武來の周りを、転疾がくるくると回っている。息が少しも乱れていない武來に比べ、転疾は今にも倒れそうなほどに疲れていた。顔にいくつも痣がある。どうやら獲生が気を失っていた間に、幾度か倒されたようだ。

「無理をすると心がきしむぞ」

言われた転疾が脳天を突き破らんばかりの甲高い声を吐いて殴りつけた。最後の力を振り絞った一撃だ。

武來が首だけを傾けて避ける。緩やかに右手を、転疾の顎へと突き出した。踏み込んだ力をそのまま返されたように、友が地面に倒れ、後頭部をしたたかに打って動かなくなる。

獲生も立ち上がった。

動かなくなった転疾を見て、武來が微笑む。端坐していた時と変わらぬ静かさで頭を上げると、立ち尽くしている獲生を見る。不思議だったのは呼吸をしているはずの武來の口許に白い息が見えないことだった。

「力尽きたようだ」

「えっ」

「心配するな。死んではいない。が、力を使い果たしてしまっているゆえ、しばらくはこのままであろう」

ほっと胸を撫で下ろす。その様を見て、武來はまた笑った。

「友がそんなに心配ならば、ここに来ると言った時にどうして止めなかった」

「なぜ、そんなことを」

「二人の様を見ていれば解る」

まじまじと武來の顔を見た。宝李の屋敷で遠くから眺めていた時よりも、はっきりと解る。

この男は深い。心がではない。全てだ。懐も、目の光も、武も、全てが深い。どういう生き方をすれば、こんな姿になるのか。相対しているだけで、己との力量の差をまじまじと見せつけられ、動けなくなる。

「どうする」

倒れている転疾をそのままにして、武來が獲生へと歩を進めた。本当は退きたいのだが、躰が竦(すく)んで動かない。震えているのは寒さのせいか、恐怖のためか。とにかく猛獣に睨まれた小動物のような心地だった。

「お前も戦いたくてここに来たんだろう」

「お、俺は……」

唾が喉を通り、ごくりと鳴った。

「俺は、宝李様の屋敷であんたの戦いを見て、話をしてみたかっただけだ」

「何を語り合うというのだ」

「どうしてそれほど穏やかに、人を倒せるのかと」

「聞いてどうする」

言っている間も武來は歩みを止めない。すでに、踏み込めば拳の間合いに入るところまで近づいていた。逃げろと頭が叫んでいるが、足が言うことを聞かない。

「恐れているな」

全てを見通すような武來の瞳が、中天に昇りつめた陽の光を受けて紅く染まっている。

「俺も緋眼だ」

獲生は打ち明けた。転疾は気を失っている。

「それがどうした」

「い、いや」

「緋眼、真族、野従……。そんなもの、生きる上でどれほどの意味がある。頭がひとつ。手足は二本ずつ。男と女。それが人だ。真族も緋眼も野従も変わらぬ」

目の前まで迫ってきた。手を伸ばせば互いの躰に触れられる距離だ。

「この男よりも、お主の方が見どころがある」

「えっ」

「気付いておらぬようだな」

武來の瞳の紅が濃くなる。その瞬間、彼の口から白い息が舞い上がった。

「お主、さっきからずっと笑っておるぞ」

己の頬に手をやった。引き攣っている。武來が言う通り、笑っているようだった。

「わしと戦いたくて仕方がないという笑いだ。お主は戦いを欲している。が、この男は違う。平穏を求めながら、そんな己をだまして戦っている」

「そんな」

「お主は繰り言が多い」

腹に衝撃を受けた。足がもつれて数歩退く。押された程度だ。気を失ったり、痛みを感じたりすることもない。ただ間合いを開けられただけだ。

武來が先刻と同じ場所に立ち、腕を後ろに組む。

「心のなかの繰り言が、邪魔をしている。それゆえ、動きが遅くなる。考えるな。動け。心が感じるままに、ただ四肢を動かすのだ。それだけで、お主は何倍も強くなる」

「なんで」

また胸に衝撃が走った。数歩後ずさる。さっきまで獲生がいた場所に武來が立ち、やはり腕を後ろに組んでいた。

「繰り言は止めろ。考えるな。動け」

「だが……」

「繰り言」

押される。立っていた場所に武來。

「俺は、あんたとっ」

「くどい」

繰り返しだ。何か言おうとすれば、武來に止められる。

考えるな……。

「動け」

己に命じるようにつぶやいて、獲生は踏み込んだ。

心は不思議に穏やかだった。

目の前の武來だけでなく、その後方に倒れている転疾も、輝く太陽も、地面に転がる石のひとつひとつまでもが、はっきりと見えた。

武來の口角がわずかに上がった。

間合いが狭まる。半身になって、静かに腕を伸ばす。拳は握らない。肘を曲げず、手を開いたまま腕を一直線にして肩から振り上げた。

盤海に教えてもらった武技だ。

武來が躰を回して避けたのが見えた。目で追うことすら至難であったはずの動きが、ゆるやかな舞のようだ。避けた軌道に合わせ、右腕を振り上げた勢いを殺さずに躰を回転させながら、今度は左腕を振った。武來の右手が手首に添えられ、振りを止められる。このままでは握られてしまう。即座に左腕を引いて、しゃがむ。足払い。武來が飛んだ。足を回す動きから、回る力を竜巻のように上へと持って行く。力の流れに乗りながら、立ち上がる。飛んだ武來の鳩尾へ、右足の爪先を伸ばす。

武來が気合を吐く。

頭骨が弾けたのかと獲生は思った。蹴り上げた足が鳩尾を捉えるよりも、武來の放った掌底が鼻っ面を襲うのが先だったようだ。

地面を転がり、片膝立ちで止まる。着地した武來がそのまま再び跳躍し、獲生の頭を右足で蹴りにくる。顔の前で腕を交差して構えた。

受ける。腕の表面でほとばしった衝撃は、鼻先から頭に入り、綺麗に裏側まで駆け抜けて空に散った。汗が頭から四方に散る。

獲生は倒れない。

「まだだ」

いつも身中を這いずりまわっていた言葉の渦が、綺麗さっぱり消えていた。武來の言うとおり、考えるより先に躰が動いている。獲生は舞うように武來と戯れた。しかし技量の差は歴然。幾度も強烈な一撃を喰らう。倒れないのは武來が楽しんでいるからであり、手心を加えられているからだ。それでもいい。一瞬でも長く、武來と拳を交えていたかった。

「獲生っ」

転疾の声が、獲生を現実に引き摺り戻した。

一気に躰が重くなる。腹を激痛が襲い、足先と脳天から抜けてゆく。膝から崩れ落ち、膝立ちになる。その眼前に、武來が立っていた。

「邪魔をされたな。気が抜けてしまったぞ」

武來が言った。その額にうっすらと汗がにじんでいる。獲生は息をするのもやっとだった。指の先まで鉛のように重い。倒れ込めば楽なのだろうが、膝が曲がらないから膝立ちのままでいるしかなかった。

「俺は、まだ終わってないぞ」

うわごとのように言いながら、おぼつかない足取りで転疾が近づいてくる。

「やめろ」

掠れた声で獲生は呼びかける。が、そんな声では転疾の耳に届かない。

「あいつ自身より、あいつの躰のことが解っているようだな」

武來が優しく語り、転疾の方へ歩いてゆく。このまま二人を戦わせれば、間違いなく転疾は死ぬ。

「やめろ」

膝に力を入れて立ち上がろうとする。しかし躰は震えるだけで、言うことを聞いてくれない。知らず知らず涙が頬を濡らす。己の非力を恨む。

「心配するな」

武來の背中が言った。

「この野郎」

歯を食いしばった転疾が、右腕を上げた。握った拳に力はない。武來が穏やかに間合いを詰めた。その手が転疾の額に触れる。

「お前はまずは、自分自身の本当の望みを知ることだな」

言って額を押した。転疾の瞳が上の瞼のなかに隠れ白眼を剥(む)く。そしてそのまま後ろに倒れ、ふたたび気を失った。見届けた武來が、獲生へと躰を向けて歩きだした。小さいくせにやけに大きな躰が目の前に立ち塞がる。

「お前も少し眠れ」

掌で視界を遮られると、獲生はそのまま眠りに落ちた。


飛び起きた時には辺りはすっかり闇に包まれていた。いつの間にか三方を大岩に囲まれた岩場の中にいる。

「よく寝ていたな」

声がした方に目を向ける。薪(まき)の焔に照らされた瞳が紅い。武來の目だ。

「転疾は」

「ここに居る」

上体を起こした獲生の視界が、薪の前に座っている転疾を捉えた。昼間の猛々しさはすでにない。背中を丸め、焔に薪を放る武來の手先をじっと見つめていた。

二人と同じように焔の前に座る。極寒の山頂でも、勢いよく燃える薪のおかげで寒さは感じなかった。

躰の節々が悲鳴を上げていた。

「明日の朝には戻っていないといけないのだろう」

武來が問う。その目が転疾を見ていた。

「こいつに聞いた」

気恥ずかしそうに転疾が、武來から顔を逸らした。自分が寝ていた間に、二人は何を話していたのか。転疾はいつの間にか、刃向う気を失っているようだった。

「あの崖を降りられるか」

「大丈夫だ」

転疾が強がってみせる。すると武來は、呆れたように首を左右に振ってから、枝を折って焔に投げ入れた。周囲の大岩が寒風を防いでいる。武來は焔で紅く染まる瞳を、転疾に向けて口を開く。

「落ちて死ねばそれまで。お前も獲生も、その程度の男だったと言うことだ」

「あんたに言われなくても解ってる」

転疾が子供のように口を尖らせた。わずかな間に、武來に心を開いている。そんな転疾の姿を見て、武來が大声で笑った。気持ちのいい笑顔だ。

「俺はあんたには負けない」

つぶやいた転疾の目が、獲生に向いた。

「お前にもな」

「そうしてみずからの心の火に薪をくべているのか」

武來に言われ、転疾が焔に背中を向けた。

「また来るからな」

ぼそりとつぶやき寝転がる。

「俺は、しばらくここに居る。来る者を拒むつもりはない」

「絶対、倒してみせるからな」

「楽しみだ」

言葉を交わす二人は、まるで仲の良い父と子のようだった。

「お前も付いてこいよ」

「あぁ」

乱暴な転疾の言葉に、獲生は微笑を浮かべうなずいた。

五

時を遡ること十四年前。

一人の男が死んだ。

名は了範。

この国の帝だった男である。

覇の範帝十五年、南域にある三ヵ国と顎港治領を行幸した了範は、都への帰路、貫道を埋め尽くす領民たちへ己が姿を見せるため、多くの臣に囲まれながら馬上で手を振っていた。その時、騎乗していた白馬が突然棹立ちになり、了範は無防備なまま地に叩きつけられてしまう。頭から落ちた了範は、首の骨を折り、その場で落命。帝としては、あまりにも呆気ない最期であった。

範帝急死の報は、すぐに都にもたらされた。

最初に報せを受けたのは、帝が留守をしている都を任されていた宦官の弥楊である。帝の正室や側室など、多くの女性たちが住まう後宮の庶務を取り仕切る宦官の身でありながら了範に取り入り、政にまで絶大な影響力を持っていた弥楊は、帝の死を知ると、すぐに次帝の擁立に動いた。壮健であった了範は、多くの女に息子を生ませ、その数は十五人に上った。上は二十三から、下は五歳まで、後宮のあちこちで暮らしていたのである。

弥楊が白羽の矢を立てたのは、最年少の了楓であった。御年五歳。母の扇は、帝が亡くなる直前まで、その寵愛を一身に受けていた美貌の才媛である。

宮中に帝の急死が広まる前に、弥楊は扇に接触。了楓を帝位に即けるための画策をいち早く始めた。亡帝の寵愛をほしいままにしていた扇のもとには、了範が生きている間から、多くの臣が機嫌取りのために集まり、扇を中心とした一派を形成していた。弥楊は彼らとともに了楓の立太子を強行して、その日のうちに楓を帝位に即けた。

覇の六代帝、了楓の誕生である。南域で了範が死んでからわずか十日後のことであった。

了楓が帝位に即くと、宮中に粛清の嵐が吹き荒れる。他の範の息子たちは、父の葬儀も終わらぬうちに、弥楊と扇とその一派によって粛清された。罪ともいえぬような事柄をさも重罪であるかのようにでっち上げ、一人残らず斬罪に処した。帝が諸国の国守や官人たちを集め、一年に一度皆の前に姿を現す臣観式の際に利用される、宮中でもっとも大きな広場である南殿空地にて、十三人の子と母親が並べられて殺されたのである。

この時、ただ一人、難を逃れた子供がいた。楓に次いで幼く、まだ六歳であった。この子の母も、十三人の子が殺された時に首を刎ねられている。しかし都をどれだけ探しても、この六歳の子だけは遂に見つからなかった。

こうして、五歳の了楓を頂点にした六代帝の御代が始まった。五歳の帝に政が解るはずもなく、弥楊が摂政を務め、扇がそれを操るという権力構造が生まれた。

弥楊は摂政の地位を存分に利用し、己が一族の栄達のみに力を注いだ。大陸全土に、彼の一族は根を張り、弥楊の息のかかる者でなければ、諸国の要職を務めることはできないと言われるほど、専横の限りを尽くした。今や十ヵ国の国守すべてが何らかの形で弥楊の系図に名を連ねている。

国は進むべき道を見失い、人の心は荒廃した。

了楓が帝になって十四年の歳月が流れた今も、弥楊と扇による悪政は続いている。

＊

「本当に大丈夫なのだな」

了楓は闇に向けて問うた。

陽はとっくに西に沈んだというのに、家臣が灯火を持ってこようとするのも止め、居室に籠っている。椅子に腰を深く沈め、睨んでいるのは、黒くぐもった闇だ。黒一色だけのはずが、無数の細かい漆黒の粒が蠢（うごめ）いているように了楓には見える。そこに立っているであろう者の気配が、躰から滲（にじ）みだして、闇自体を揺らしているようだった。

「手筈（てはず）は万端、整っております」

「真天宮のほうもぬかりはないのだな」

「はい」

闇が言った。了楓の喉が小さく鳴る。男の声だが性別すら知らない。

奉天寮の官であった者だ。そして、信じられないことに野従であるという。

奥林に住まう野従は小匣を持たない。しかし目の前の闇は真族に魂を売り、真天宮で小匣を得て、奉天寮に入ったのだとみずから語った。

まだ了楓が幼かった頃のことである。

「教主はじめ大老も皆、今度の了楓様の蜂起に賛同なされるとのこと。どのようなことが起ころうとも、真天宮は静観すると仰られております」

「山に籠る神官どもを敵に回すと後が面倒だからな」

民は真天山の源匣に心を支配されている。真天宮の教主の機嫌を損ねれば、帝といえども立場が危うい。皇子と生まれた王家の者は、出生と同時に真天宮から〝テン〟の音を持つ匣を与えられる。そして帝に即位すると同時に〝天〟の字を持つ小匣を、死んだ帝から新たに受け継ぐ。この地上で帝になった者だけが、人生のなかで小匣を替える。

「仕損じれば、俺の身が危うい。そのあたりのこともしっかりと、伝えているのだな」

「もちろんでございます。しかしよもや、帝を弑するようなことなど……」

「あの女はやる」

ぞんざいに言い放つ。

母のことだ。己は本当にあの女の股から生まれたのか。それすらも疑わしく思える。了楓は物心が付いた時から一度も、母を好ましいと思ったことはなかった。

「あの女は、自分の夫すら殺したんだ。息子であろうが殺る」

「まさか」

淀みのない返事。この男は帝殺しという大罪を知らされても、まったく動じていない。

「俺が帝位に即いたのは、先帝の死から十日後のことだ。父が死んだのは顎港にほど近い南域の貫道。どれだけ馬を乗り継いで飛ばしたとしても、都まで七日はかかる。都で一番早く父の死を知った者でも七日後だぞ。とすれば、あの女が俺を帝にするまでわずか三日しかなかったことになる。それだけの時間で、立太子のための根回しをし、俺を帝位に即け、兄たちの粛清のための地ならしまでやったというのか。そんな早業がどうしてできる。あの行幸で父が死ぬことを知っていなければ、どう考えても無理だとは思わないか」

「それは、誰から」

「俺が考えた。少し頭が回る者なら、誰でも気付くことだ。宮中でも、賢しい者はそう思っているはずだ。だが誰も口にしない。言えば殺されるからな」

了楓は舌を鳴らした。

「去勢者と、あの女が父の死を企んだんだ。父の馬は突然暴れたのだろう。どうしていきなり暴れ出した。長年飼い慣らして来た馬だぞ。馬を暴れさせる術など、いくらでもある」

闇は黙ったまま聞いている。

「あの女は、自分の夫を殺して権力を得たんだ。今度は俺が、己が母を殺して全てを手に入れる時だ。今回のことで国守の大半と官の多くを粛清せねばならんだろう。この国は乱れる。だが、そんなことは二の次だ。やらねば俺が死ぬ」

「抜かりはありませぬ」

目の前にあるはずの机の方に手をやる。滑らかな表面の冷たさを掌に感じながら、机を下に抑えつけるようにして立ち上がった。

「すべてが上手くゆけば、褒美は思いのままだ」

揺らめく闇は答えなかった。

おびただしい篝火が、広間のあちこちに置かれ、昼のような眩しさだった。整然と並べられた長卓に、見慣れた顔が集っている。五百人を超す男ども。彼らはすべて、了楓の臣である。だがそれは形だけ。実際にその首根っこを押さえているのは、了楓の左右に控える者たちだ。

「今日はどれも味が濃いわね」

了楓が座る単座の右方に設えられた朱塗りの椅子に座る女が、唇を引き攣らせながら言った。その手に握られた箸が、軽く燻された家鴨の肉片をつまんでいる。つまらなそうにそれを見つめた女は、乱暴に床に放った。

「今宵の膳を用意した者は、すべて処分いたしましょう」

そう言って媚びへつらうような笑みを浮かべたのは、了楓を挟んで女と向かいあう椅子に座る男だった。

男……。男の根を奪われてもまだ男と呼べるのか。ならば、間違いなく目の前のそれは、男だ。

嫌らしい笑みを浮かべる女の名は扇、男の名は弥楊。了楓を帝にした者たちである。

「母上の申される通りですな」

目の前の海老の味のする澄んだ汁に口を付け、了楓は傍らの床に吐き出した。

「あなたもそう思うでしょ、了楓」

嬉しそうに扇が笑う。長年の贅沢と享楽のゆえか、どんな表情をしても母の唇はいびつに歪んでいた。中央が高く、端に行くほど低い。平時でも、への字に曲がっている。

醜い。

「別の者に新たに用意させませする」

そう言って弥楊は、背後に立つ臣下に声をかける。若い男は額に脂汗を浮かべながら、幾度も頭を下げると、奥に消えた。

五百人が黙って、三人の一挙一動を固唾を呑んで見守っている。了楓は笑いながら家臣たちを見て立ち上がった。そして両腕を大きく広げ、皆に聞こえるように声を放つ。

「さぁ、今宵は宴ぞ。遠慮せずにやってくれ」

五百の頭がいっせいに前に垂れた。しかし箸を取る者は誰一人いない。辞儀をしたまま、五百人が固まっている。

「さぁ、帝の申される通りです。食べて呑んで、騒ぐのですよ」

張りのある良く通る声で扇が言うと、もう一段深く頭を垂れた後、男たちが箸を取り、目の前の皿に手を伸ばし始めた。自らの口に合わなくても下々の者が食べることには気を留めない。むしろ、不味いものを喜んで食べる臣を見下し、楽しんでいる。

いつもの光景である。了楓が命じることは、すべて弥楊と扇の許諾が必要だった。家臣たちも二人が認めないと動かない。それがこの宮廷のしきたりであった。

「あなたが帝になってからもう十四年も経つのね」

「はい」

「あなた、幾つになったの」

この女は息子の歳も知らない。了楓は微笑を浮かべ、努めて穏やかに答えた。

「十九にございます」

「もう立派な大人ですね」

「お妃様とも睦まじゅう、やっておられまする」

弥楊が口を挟む。

妃といっても、弥楊がどこぞから連れてきた女だ。名家の生まれだそうだが、了楓にとってはどうでもいいことである。妙な波風を立てて弥楊や母に騒がれるのが面倒だから、人前では睦まじく見せているだけだ。好みの躰の女は他に数人抱えている。心を許せるような者は、男でも女でも一人もいない。

母と弥楊が談笑している。しかし声が聞こえない。いや、いっさいの音が聞こえなかった。

緊張のせいか。

無音のなかで了楓は、己を祝う宴を眺めていた。合図はまだか……。それだけを考えていた。白色の帯を巻いた者が、扇と弥楊に酒を持ってくる。白色の帯。それが合図だ。その酒こそが、了楓のすべてを変える酒だった。

まだか。

「どうなされました、帝」

耳の奥を刺すような尖った声が、了楓の目を覚ます。扇が心配そうに卓から身を乗り出して、息子を見ている。卓には盃と瓶子(へいし)以外に何もない。新たな食事が運ばれてくるまでは、酒で紛らわすつもりなのだ。

「昨晩、朝方近くまで起きておりましたゆえ、すこし頭が鈍(にぶ)うなっておるようです」

「大丈夫ですか」

「酒は控えておきまする」

「その方が良いでしょうね」

二人の間に情など通っていない。淡々と、会話だけが交わされてゆく。この女にとって了楓は、栄華を保証するためだけに存在している。息子であろうとなかろうと関係ないのだ。

死ねと心中でつぶやく。

「おぉ」

視界に現れた男の姿に、了楓は思わず小さな声を上げた。白い帯をつけている。

男が持ってきた新たな瓶子を扇の脇に控える若い宦官が手に取り、朱塗りの盃に酒を注ぐ。横目で酌(しゃく)をした宦官に微笑を投げかけてから、扇が盃を手にした。了楓は知っている。この男は宦官の格好をしているが、男の根は断っていないことを。

扇のふくよかな唇が盃の縁に触れ、一気に酒が腹中に流れ込む。

「まだ来ないの」

言って、扇が弥楊を睨む。

「しばらくお待ちっ……ぬこっ」

応えようとした弥楊が言葉を途切れさせて固まった。見開かれた目を広間の天井に向け、食い縛った歯から黄色い泡を垂れ流している。奇妙なほどに強張った動きで弥楊が立ち上がる。棒立ちになって、がくがくと震えていた。

「み、弥楊……」

怯えるように扇が叫ぶ。その背後に白帯の男が忍び寄る。指先だけが細い首筋に触れたと思った瞬間、扇も弥楊のように棒立ちになった。

「何奴っ」

先刻、母に微笑を投げかけられた宦官が、白帯の男に気付いて声を上げる。が突然の変事で弥楊と扇に五百人の目が集中するなか、人知れず宦官は首の骨を折られて絶命した。

「がっ、がっ……」

口を大きく広げ、扇が途切れ途切れの声を吐く。白眼を剝き、口から泡を噴く姿が、このうえなく滑稽であった。

「くくくくく……」

二人が苦悶する姿に、笑いが止まらない。

「立てぇいっ」

臣下の群れのなかから広間の壁を揺らすほどの大音声が響いた。心の準備ができていなかった者たちが、躰を激しく震わせるなか、百数十名の男がいっせいに立ち上がる。ひときわ巨大な体軀の男が了楓を見て深々と頭を下げた。立てと怒鳴ったのはこの男である。男の頭が下がると、百数十名が了楓に頭を垂れた。

了楓は立ち上がって両腕を広げる。そのまま目の前の卓を回り、小刻みに揺れながら棒立ちになっている扇と弥楊の前まで進んだ。

「この国は、誰のものだ」

突然の出来事に怯え、座ったままの臣に問う。答えを返す者はいない。立ち上がった者たちは、腕を後ろに組んで直立を保っている。沈黙の中、母と弥楊の唸り声だけが聞こえていた。

了楓はふたたび臣に問う。

「この国の頂点は誰だ」

答えは自明である。

「覇朝六代帝、楓。朕こそがこの国の頂ぞ」

真族にはふたつの柱がある。

ひとつは真天山にある源匣だ。ひとりひとりが匣を持ち、源匣と繫がっていることで、己が真族だと実感する。八百年もの昔、この地に辿り着いた真族は、緋眼や野従を大陸の端へと追い遣らなければならなかった。だから結束を貴(とうと)んだ。少数が多数に勝つために、人と人の強い繋がりを重んじた。匣は真族を繋ぐ心の糸であり、柱なのだ。

もうひとつの柱は帝室である。いくつもの王朝が滅び、新たな帝室が生まれようと、かならず都には帝がいた。匣によって心を繋がれた真族たちの、暮らしを支えるのが帝室だ。天を見上げようとする頭を抑えつけ、地を這いながら日々の暮らしを歩ませるための絶対的な力。それが帝室の役目である。帝室によって真族は規律を得、緋眼や野従の侵攻を許さぬ強固な力を保っている。

「帝こそが真族の長。この国の頂」

立っている者たちが、同意するように喚声を上げる。状況を理解しはじめた者たちが立ち上がろうとするが、それを先に立っていた者たちが押し留めていた。言葉をかけられただけで腰を下ろさない者は、数人がかりでむりやり椅子に座らされている。座る者の大半が、弥楊となんらかの縁を持つ者だった。逆に、立っている者には誰一人として弥楊と親しい者はいない。

「この国を我がものとし、私腹を肥やし、朕をないがしろにしておった者たちがいる」

躰を母に向け、歩きだす。

「苦しいか」

母に問う。泡を噴きながら低い唸り声を発し続ける扇の目は天を仰いでいる。了楓は母の前まで来ると腰に佩(は)いていた剣を引き抜き、みずからが産まれ出でた腹に深々と突き立てた。白眼を剥いた母の口から血飛沫が舞う。

「謀反人めが」

憎々しげに言いながら、ゆっくりと柄を回して腹を掻きまわす。血の泡を垂れ流す母が、急に力を失った。己にもたれ掛かってこようとするのを、剣を引き抜くのと同時に躰を退いてかわす。

　血に濡れた剣を見せつけるように掲げる。

「もう一人っ」

　大声で言ってから、弥楊に近づく。母が絶命したことを、もはやこの宦官は理解できない。首筋に針を打たれた時、心は壊れてしまっている。今ここに立っているのは、かつて弥楊であった肉の塊だ。

　剣先を、脂に覆われた腹に突き付ける。

「お主がいなければ、朕は帝になれなかった」

　余人に聞こえぬ声でささやく。

「それだけは感謝しておる」

　突き刺すと、濃い血柱が、天を向く弥楊の口からほとばしる。今度は避けることはできなかった。降り注ぐ血を頭から浴びながら、了楓は愛おしむようにじっくりと、弥楊の腹中を掻きまわす。

「安心しろ。これからはすべて朕がやる。お主はそれを、地の底から見ておれ」

　何枚も重ねられた襟の下にある絹袋が、了楓の鳩尾に触れている。弥楊の返り血が襟の隙間から胸に垂れ、袋を濡らした。中に入っている小匣が血を吸い、熱を帯びる。火傷（やけど）するのではないかと心配になるくらい、匣は熱かった。

　天……。

　了楓に与えられた天字だ。この国で天の字を与えられた者は一人しかいない。

　真族の頂に立つ者のみに許された天字。帝の位に即く者は、古来より源匣より天の字が刻まれた小匣を与えられる。それまでは帝の位を継ぐべき者だけに許された〝てん〟の音の天字を持つ。帝になるまでの五年間、了楓の匣には〝顚〟の字が刻まれていたらしい。顚という文字には逆さになるという意味がある。今宵、母や弥楊と、己の立場は入れ替わるのだ。

「お前たちの横暴にも、いっさい動じずにやってきた。が、それもこれで終わりだ。今日この日より、俺は〝天〟の一字とともにゆく」

剣を引き抜き、臣を見ながら切っ先を夜空に高々と突き上げた。

「斬れ」

男たちが、座っている者の首を刎ね始めた。悲鳴と怒号が広間に満ちる。了楓は剣を掲げたまま、殺戮の宴を見ていた。

「この日をどれほど待ったことか」

いずれ二人を殺すと心に誓ったのは、まだ十にも満たない頃だった。それから一人二人と味方を増やし、百を超す者たちと王道を共有できるまでになった。しかし味方といえど、あくまで臣。信じられるのは常に己一人である。

三百を超す骸が、広間に転がった。己が臣のみになった広間で、了楓は剣を納め、みずからの椅子に座った。

「呉尉（ごじょう）っ」

名を呼ぶと、百人近くを斬ったであろう大男がするすると上座まで歩いてきて、了楓の隣に立った。血で身を濡らした臣たちに向かって叫ぶ。

「屹立（きつりつ）」

皆が剣を納め、了楓に躰をむけて直立した。その一糸乱れぬ動きが、実に好ましい。

呉尉が恭しく頭を下げると、皆が続く。了楓はちいさく頷いてから言葉を投げる。

「朕こそが覇ぞ」

覇の了楓帝十四年。

血の宴によって、了楓の国が誕生した。

六

幾度挑んでも跳ね飛ばされる。二人がかりでも変わらない。ひと泡吹かせられる糸口すら見つからなかった。

蕃上山の頂で、獲生は地面で顔を擦りながら、己の未熟さにうんざりしている。視界の端では、転疾が膝立ちになって崩れ落ちていた。

武來の元を訪ねるようになって三月あまり。厳しかった冬は過ぎ去り、岩山の頂にも穏やかな春の風が吹いていた。

軍の休息は五日に一度。訪問はすでに二十回を超えていた。それでもまだ、武來の強さの底はまったく見えない。毎回おなじように二人してあしらわれ、疲れて気を失い、次の日の早朝に軍へと戻る。成長したと思えるのは、最初の頃より怪我が減り、余裕を持って崖を登り降りできるようになったことくらい。

武來は技を教えてくれない。延々と立ち合い、気を失うまで転がされる。

転疾の方は、獲生の目から見ても、幾分上達しているように思う。ここに来るまでは軍仕込みの力押ししか知らなかったのが、武來や獲生を真似て、武技のような動きをするようになった。武來も獲生も手取り足取り教えることはないから、我流ではあるのだが、それでも様になっている。心を平静に保ちながら武來と相対することも体得して、動きが研ぎ澄まされていた。

「もう一度」

転疾が立ち上がって言った。

獲生も武來を目指して歩む。緋眼の武人は、目をつぶって頭を左右に振る。それから腰に手をあてて、二人に向けて言葉を吐いた。

「お前たちのしつこさには感心する」

「褒めてるのか」

「呆れている」

転疾に答え、武來が珍しく己から仕掛けた。体勢を整えていなかった転疾が、ゆるやかに呼気を吐いて腰を落とす。大きく踏み込んだ武來の右手が、鳩尾へと伸びる。触れるかどうかというところで、転疾がわずかに身を引いた。その分だけ、武來の突きの威力が和らぐ。衝撃を正面から受けず、武來の突きに押されるような格好で、転疾が躰を右に振った。武來の背後に回った形である。

「見事」

武來が言った。

転疾が右の掌で背に触れようとする。武來が前を向いたまま力強く踏み込んだ。一瞬、背中が倍ほどに膨らんだように獲生には見えた。踏み込みの力を利用して、背中で転疾を飛ばしにいく動きだ。触れようとしていた掌ごと、転疾の躰が後方に弾け飛んだ。仰向けに倒れた頭を、武來が容赦なく踏みつける。そのまま転疾は動かなくなった。友のかたわらに立つ武人の目が、獲生を見る。

「転疾は上達している。お前はどうだ」

嫉妬の念がかすかに胸に湧く。

「そういう心根で戦うてみるのも、時には良いのではないか」

見透かされている。嫉妬と怒りが綯交ぜになった心のまま、獲生は武來に向かって走った。上達したかはわからない。しかし、武來と戦う以前よりも、素直に動けるようになったとは思う。怒りや嫉妬……。心を言葉にせず、そのままを受け入れ、目の前の敵にぶつける。そうすれば迷いで躰が鈍くならない気がした。


足払いを避けられたのは、織り込み済みだった。ここから躰を大きく逸らして寝そべり、仰向けの形になる。一瞬、武來が戸惑ったように動きを止めた。背中の力を利用し、躰全体を使って跳ねた。そうすることで全身が一気に宙に舞う。武來の蹴りがせり上がり、浮き上がった獲生の背中を蹴ろうとする。腰を思い切り回転させて、宙で身を捩った。唸りを上げて飛んできた蹴りが空を切る。落下を始めた獲生は、全身の重さを右足に乗せて振り下ろす。これまで感じた事のない手応えが、足にあった。肩に入った蹴りの衝撃で、武來が膝を崩している。片膝立ちになるのを堪えて踏ん張り、肩に触れたままの獲生の右の足首を両手で握りしめた。このまま重さを掛けられて足首を伸ばされれば、数日は満足に足を動かすことはできない。うつ伏せの体勢で両手を使って着地すると、前に躰を押すようにして前転し、武來の拘束から逃れる。


どちらからともなく間合いを取って立ち上がり、構えた。右手を前に出して左手を拳にして腰の辺りに定める。

「二人とも、強くなった」

不意に武來が言った。そうやって気を抜く策かも知れぬと、獲生は気を引き締めて対峙を続ける。こちらの気を緩めて虚を衝くという戦い方を、武來は幾度かした。

「良き目だ」

武來は笑っている。が、油断はしない。

「そろそろ、お前たちになにか伝えてやってもいい頃かも知れんな」

全身に気を充実させたまま、獲生はうなずいた。

「転疾っ」

気迫のこもった武來の声が、気を失った転疾を打った。腹の辺りが一度跳ね、転疾はむくりと上体を起こして辺りを見回す。もう慣れたもので、すぐに状況を理解した転疾は、立ち上がって武來の方を見て構えた。

「獲生の隣に並べ」

「えっ……」

「いいから早くしろ」

武來の声に尻を叩かれるように、転疾が獲生の方へと駆けてきた。その間も、躰は武來に正対したままだ。いつ何時攻撃を受けても満足に対処できる癖が、自然と身についている。

「何が始まるんだ」

隣に並んだ転疾が、武來を見たまま問うてきた。獲生は黙って首を左右に振って答える。気をひとつ吐いて、武來が構えを解き、腰に手を当て二人を見る。どこから飛んで来たのか、鮮やかな黄色の花弁が武來の躰を包むように舞い、流れ去った。

「力は目に見えぬ。力を込めて殴れば殴るほど、威力は増す。しかし力を込めると言ったところで、何を込めておるのか、お前たちには解るか」

武來の言葉が理解できない。

「何を込めるって、力を込めるんでしょ」

　転疾が素直な気持ちを口にする。すると武來は目を伏せ小さな笑い声をひとつ吐いた。それからふたたび二人に顔を向け、にこやかに話し始める。

「例えば拳、例えば足。力は物に込められることによって、人の目に見えるようになる。拳に込められた力は、殴られた物の壊れ様で。足に込められた力は、蹴られた物の砕け方で。木槌に込められた力は、柱にめり込む釘の深さで見ることができる」

　当たり前だ。力そのものは目には見えない。

「目に見えぬが万物には力が働いておる。俺とお前たちが戦う時も、力は行き交うている。お前たちと俺の間で、互いの力は時に混ざり、時に反発し、留まることはない」

「武來様には、それが見えるってのか」

　獲生の問いに、武來は首を横に振った。

「お前たちが見ている世界と、俺が見ている世界は一緒だ。が、感じているものはと問われれば全く別物だと答えるだろう」

「力を感じる」

　転疾の声に、武來が力強くうなずいた。

「お前たちは目だけでこの世を感じているのか。違うだろ」

「耳で聞き、鼻で嗅ぎ、口で味わってる」

「肌で触れてもいいよう」

　獲生はうなずいた。

「己の全てを信じよ。見えぬものを目で追うな。感じるのだ。俺との立ち合いのなかで、お前たちは漠然とではあるが、力の流れを知覚しながら戦い始めていた」

自覚はない。転疾も隣で首を傾げている。

「俺がこう動く」

腕を背に回したまま、武來が右足を前に出す。二歩、三歩と間合いを詰め、獲生と転疾の間に立つ。二人は遠ざかるように斜め後方に退いた。武來を扇の要として、左右に分かれる軌道を描く。

「これもまた力の流れだ。俺という力が前に進んだことで、お前たちがふたつに割れる。俺が前進したぶん、前に向かう力の流れが生まれ、お前たちが後方に下がったぶんだけ、後ろに押す力が生まれる。俺たち三人の動きも力ならば、一人一人にも力の流れが生まれる」

「その全てを、五体を使って感じろと」

「そうだ転疾。お前たちならばやれるだろう」

「見込まれたのか俺たちは」

「うぬぼれるな。資質の問題だ」

転疾をたしなめ、武來はまた話しはじめる。

「力を感じ、流れの形を知覚できるようになると、この世を動かすものの正体が見えて来る」

ごろりとした両手を左右に開き、右手は天に、左手は地に向けて武來が構えた。二人は先刻の構えを取ったまま、師を注視する。

「肉も骨も草も木も水も焔も、ひとつであることを知る。力の流れを知覚したその先に見える光の奔流。それこそがこの世を形作る絶対の根源だ。それを祖父は気と呼んだそうだ」

「気……」

「耳にしたことはあるはずだ。見えない力や意識のことを、誰もがこの言葉で語る。が、本当の意味で気を知覚している者は少ない。お前たちの首から下げられたその匣も……」

武來の右手が転疾の胸の辺りを指した。

「俺に言わせれば、途轍もない気の塊だ。真族の者らは、一人一人がその匣によって繫がっている。そして、匣の中に眠っている気は、根源とも繫がっている」

「真天山か」

獲生の言葉を聞いて、武來がうなずいた。

「厳密には真天山にある源匣だ。真族の者は、すべてが源匣と繫がっている」

「なんとなく、解る気がする」

言った転疾の方へ、武來が瞳だけを動かす。

「真族は、小さい頃から源匣と繫がってると言われて育つ。悪い事をすれば、必ず源匣様が見ている。誰かを傷付ければ、源匣様は必ず罰を与える。そう言われて育つんだ」

肯定を求めるように、転疾が獲生を見た。が、緋眼である獲生は、そんなことを言われた記憶はない。戸惑いを隠して小さくうなずくと、不審の表情で転疾が首を傾げた。

「気は真族だけのものではない。この世にある全てのものが備えている。ただそれを、誰も見ようとしないだけだ」

武來の声が、転疾の目を獲生から逸らした。

「鉄を貫く切っ先はない。貫けぬのなら、はなから刃を向けねば良い。貫けずとも鉄は曲がる。もし鉄が心を持ち、力を振るうのであれば、逆らわず、鉄の力を利用し、捻じ曲げてやれば良い」

「鬼のことだな」

武來が獲生にうなずいた。

「鬼殺し。お前はそう呼ばれているそうだな」

「こいつは曲げたんじゃない。むりやり捻じ切ったんだ」

「乱暴なことをする」

言って武來が笑う。

「曲げることを知っていれば、容易く制することができた」

今ならば、やれそうな気がする。あくまで気がするだけだが。武來が言う力の実相すら、獲生はまだつかめない。

「お前たちが俺に敵わぬのは、心が俺の所まで辿り着いてないからだ。人の作りは皆同じ。心を高め、あるがままに躰を処せば、誰でも俺のいる場所に来ることができる」

「今日はやけに語るじゃないか」

言った転疾の足が、じりと前に出る。

「その気とやらを、俺たちに見せてくれ」

「もう俺が居ずとも、お前たちならやれる」

「そう言うなよっ」

転疾が地面を蹴った。

「待て」

右手を差し出し、武來が制した。前のめりになりながら、転疾が止まる。

「客だ」

二人の背後に目を向けた武來が、顎を突き出した。振り返り、肩越しに武來の視線を追った獲生は、崖を登ってきた人影を認めて声を発した。

「娘鈴」

「獲生っ」

春風の中を駆けてくるのは、間違いなく娘鈴だった。あれから二年。丸みを帯びていた顔が細くなり、背も少しだけ伸びていた。

「登ってくる時から、あんたの匣を感じてたけど、こんな所にいる訳がないからおかしいと思いながらきたんだ。そしたら本当に、あんたここにいたんだ」

獲生と転疾の間に立った娘鈴が、真ん丸な目で獲生を見ながら言った。

真族は小匣の力を借り、親しい者がどこにいるかをぼんやりとだが知ることができると盤海が言っていたのを思い出す。

娘鈴にとって自分は親しい者……。

そう思ったら少しだけ心が騒いだ。

「どうしてお前が、武來殿のことを知ってんだよ」

「旅をしてる時に会って、武來様と父上が意気投合しちゃって。それ以来、良くしてもらってる。昨日、宝李様の御屋敷に行ったら、武來様がここにいるって聞いて、会いたくなって来ちゃった」

「相変わらず元気がいい」

武來が言うと、娘鈴は笑みを浮かべ、腰から折れるように頭を下げた。

「お久しゅうございます」

「父上は息災(そくさい)かな」

「それが……」

娘鈴が言葉を濁した。不吉なものを感じた獲生は、二人の間に割って入り言葉を吐く。

「盤海殿に何かあったのかっ」

「父はひと月前に死にました」

武來に答えるように、娘鈴が言った。

武來が目を伏せた。三人に取り残された転疾が、細い目をいっそう細めて、獲生の顔を見た。

「この娘はいったい何者だ」

目の前に立つ娘鈴の脳天から足先までを、鋭い目が幾度も往復している。

「娘鈴と申します」

快活に名乗った凜々しい声に、転疾が息を呑み、わずかに仰け反る。その目が娘鈴の耳で揺れる小匣を捉えていた。

「転疾と申す。お、俺は顎港軍の……」

「歩武一行四荘六什ですか」

「なぜ、それを」

「こいつがいるところでしょ」

娘鈴が獲生を見る。

「こんなところで立ち話もなんだ。座ろうじゃないか」

武來にうながされ、三人は連れだって岩場に設えてある囲炉裏の方へと歩んだ。消し炭になった薪を囲むようにして、車座になって座る。

「お父上は何故……」

口火を切ったのは武來だった。消し炭を見つめながら、娘鈴が答える。

「都でのことでした。十日ほどの祭が終わり、明日旅立とうという日の夜。血塗れの父が宿に戻ってきました」

「なんでだよ」

獲生の問いに答えず、娘鈴は語り続ける。

「都では帝の母の扇と宦官の弥楊が粛清され、その息のかかった近臣たちの多くが殺されました。帝の親政が始まり、何もかもが変わった」

「盤海殿は、まだあの務めを」

武來の問いに娘鈴がうなずく。

「あの務めとは」

聞いたのは転疾だった。娘鈴が戸惑いながら、顔を背ける。

「宝李殿と近しい者だ。打ち明けても大丈夫だ」

宝李と近しい……。武來も、転疾と宝李の関係を知っているのか。

「父は芸人として諸国を旅しながら、見てきたものを宝李様にお伝えしていました」

「間者か」

転疾の言葉にうなずき、娘鈴は続ける。

「政変を調べるために、父は宮中に忍び入ったのです」

「よくぞ、お前たちの元まで戻ってこられた。さすが盤海殿だ」

「私は父の死と最期の言葉を、宝李様に伝えるために顎港に来ました」

「最期の言葉って」

獲生の声を聞き、娘鈴が息を吸った。腹の中の重い物を吐き出すように、言葉を繋ぐ。

「帝は顎港を狙っている。自治を許さぬつもりだ、と」

「くそっ」

転疾が言って顔を上げた。虚空をにらむ目に、怒りが満ちている。

「どこまで増長すれば気が済むんだっ」

叫んだ転疾が立ち上がった。

「何が粛清だ。何が親政だ。皆同じだ。己の欲を満たすことしか考えてない」

「どうしたってんだ、転疾」

「うるさい」

獲生の言葉を跳ね除け、転疾が怒鳴った。

「その話、本当か」

転疾に娘鈴がうなずく。

「都が……。了楓が攻めて来るのか。上等だ」

「落ち着けよ」

獲生は立ち上がり、転疾の肩に触れた。力強い手が、手首をつかむ。

「やるぞ獲生」

鬼気迫る転疾の声に、獲生は戸惑う。二人の間に武來の冴えた声が割って入る。

「そうか。お主がみずからを焚き付ける元凶はこれか」

武來の言葉に転疾は答えない。

「武來様」

娘鈴が語りかける。

「南域はじきに戦場になります。そろそろ」

「そんな気がしていた。やはり今日、伝えておいて良かったようだな」

「武來様」

「座れ獲生。転疾、お前もだ」

有無を言わさぬ声を受け、二人は黙って元の場所に座る。

「明日、俺は去る」

厳しい顔でそう言うと、武來は破顔した。

「今宵は四人で語らおうではないか」

七

対面して座る呉尉の前に、了楓は一冊の書を放った。

「これは」

机に乗った書に触れずに、呉尉が問う。

「弥楊が死ぬまで俺に隠していた物だ」

それを聞いて呉尉はやっと書に触れた。

「匣譜(こうふ)」

表に書かれた文字を読み、呉尉の鋭い目が了楓を射る。

「皇統に連なる者すべての天字と匣の行く末が記されている」

帝の血統にある者の匣は、王朝と真天宮によって厳密に管理されている。そのなかでも〝てん〟の音を持つ皇子の匣は、最も厳しい管理下に置かれていた。

「そこを見ろ」

紙を挟んでいた場所を指さす。呉尉が匣譜の最後の項を開いて目を見開いた。

「〝転〟の匣がいまだ真天宮に戻っておりませぬな」

了楓が語りたかったことを、呉尉が口にした。

「〝転〟の匣を持っておった者の名は了疾。俺のひとつ上の兄だ」

了楓が帝位に即いた際、他の兄は全て粛清された。今の今まで、呉尉もそう信じていたはずだ。

幾度もまばたきをしながら、言葉を選んでいる。

「この御方……。いや、この者は今どこに」

「顎港に潜伏しておるらしい」

弥楊が残していた膨大な書状や書き付けのなかに、そう記されてあった。この一事を知るために了楓は三日間、弥楊の部屋に籠った。

「それゆえ顎港を」

忠実な家臣にうなずき、了楓は口を開く。

「心底から膝を屈さぬ顎港は、遅かれ早かれ力で抑えつけねばならぬと思うておった。今さら兄が生きてでてきたところで、どうなるものでもあるまい」

この国の帝は己である。それはもはや動かしようのない事実だ。それでも、心に突き刺さるものがある。

了疾の天字は〝転〟なのだ。

天を転ばす……。

「顎港を蹂躙した後、すべての若い男どもの匣を調べさせろ。転の字が刻まれた匣を持つ者を見つけたら、わしの命を待たずに殺せ」

「承知いたしました」

呉尉の礼に満足し、了楓は匣譜を手に取った。了疾と書かれたその下に、重々しい書体で転と記されている。

「逃さぬぞ」

覚えてもいない兄の姿を脳裏に思い描きながら、了楓は毒々しい声を吐く。目を閉じ、転の字を頭に思い描きながら念じる。己と了疾が強い縁に結ばれた者同士なら、匣はかならず応えてくれるはずだ。

何処だ。何処にいる。

己の小匣が真天山の源匣に繋がっていることを夢想し、その先に転の字を想う。

ただひたすらに念じる。

どれだけ思いを巡らせてみても、天の字が刻まれた匣は応えてくれなかった。

*

行将の居室に、獲生と転疾はいた。二人一緒に、机の奥に座る上官を見つめている。

「と、いうことだべ。戦時だから、ちと急だが、両人とも励め」

言った蝶尚が、椅子に深く腰を落ち着けた。

「転疾は二十、獲生は十八。こんな餓鬼が什長を務めるなんて前例にねえが、上からの直々(じきじき)のお達しじゃ、しょうがねえべ」

「はっ」

直立のまま転疾が答える。

転疾は六什の、獲生は八什の什長に任命されるという辞令を受けた。六什什長の鞭通が、父の死を受け漁師を継ぐことになった。そのための昇進である。

「八什の什長は昨日、死んだ」

蝶尚の冷めた目が獲生を射る。右手の指で机を小刻みに叩きながら、細く伸びた舌でぺろりと唇を舐めてから、一行の行将は淡々と続ける。

「貫道沿いに斥候に出ていた八什は、覇軍の先遣隊と接触。逃走の最中、什長の勘輪は、部下のために犠牲になって死んだ」

覇軍が攻めてきていた。伝わっている兵数は五万。

顎港の自治を認めぬ了楓は、娘鈴が語ったように兵を差し向けた。顎港側からの交渉すら許さぬ、強硬な態度であった。顎港側が無抵抗であったとしても、都の兵を港に入れるという。当然そうなれば、顎港の私設兵である獲生たちは、兵としての立場を剝奪される。

「俺たちが什長を任されたということは、戦うつもりなのですね」

「当たり前じゃん」

転疾の問いに、蝶尚は簡潔に答えた。

「抗うつもりがねぇのなら、なんで俺たちは長い間食わされてきたんだ。この時のために顎港を築いてきた先人たちは独自の軍を作り、宝李様たちもこの街を守ってきたんだろうが」

「はい」

答えた転疾の声がわずかに上ずっている。覇との戦を望んでいるのだ。獲生も同じ気持ちだった。兵として生きている以上、戦場こそが己の生きる場所だと思う。戦に出ぬ兵など、無用の長物だ。

「民を虐げ、怠惰を貪る帝に屈しねぇ。これが顎港の総意じゃん」

蝶尚がやけに頼もしく見えた。

「俺はお前たちを見込んでんだぜ。多くの功を挙げてきた転疾。鬼殺しの獲生。まだまだひよっ子だが、什長に不足はねぇ。敵は五万。こちらは歩武のみで同等の数だ。全部の武を集めると二十万。数の上では敵ではねぇ。が、都の軍は先触れに過ぎねぇ。五万程度の兵を差し向けた程度で、顎港を諦めるわけがねぇべ」

すでに緒戦に勝ったような口ぶりの上官に、転疾が言葉を返す。

「敵の将は、あの呉尉です。あまり侮るのはいかがなものかと」

「覇の烈将……ね」

蝶尚の口の端が吊り上がった。顔に緊張をにじませながら、転疾が上官に告げる。

「十年ほど前、奥林の野従が中域を襲った際、呉尉は五百に満たぬ兵とともに都を出て、五千もの野従を血祭りにあげた。覇の烈将という名を聞けば、奥林の蛮族どもは今でも震え上がるといいます。今度の粛清で、呉尉が覇の全軍を手中に収めたとも聞く。敵は精強かと」

「だからこそ、お前たちが必要なんだと、上も判断したんだべ。今回の出兵は歩武、射武、騎武の武省から二十行ずつ。各武で二万。計六万だ。歩武が前線を担う。射武の援護を受け、我等が戦端を開き、騎武に繋げる。細かい策は戦場で聞かせるが、大枠としてはこれでいく。歩武随一である一行の働きが、戦を左右するといっても良い。お前たちも什長として存分に働け」

「出発は」

「明日だ。敵は貫道を顎港に向かって進んでいる。南域に入ったという報せもある。ぶつかるのは恐らく、凱漢あたりだろうな」

中域と南域を隔てる碧江と、南域の南西部にある顎港の中間の辺りに、凱漢の城はあった。この城が顎港治領の東端に位置している。

「四、五日後には戦は始まる。今日は新たな部下たちと話でもして、明日の出兵を待て」

獲生にとって、はじめての戦場。

気負いはなかった。


蝶尚の読み通り、覇の軍勢と遭遇したのは、凱漢の手前十踏（十キロメートル）付近であった。斥候によって敵の到来を知った顎港軍は、貫道を南に逸れ、凱漢近郊に位置する韻貝原に陣を布いた。覇軍も顎港軍に呼応するように進路を南に取り、顎港治領に入った。扇状の貝を裏返しにしたように中央がくぼんだ平地の端に、顎港軍と相対する形で陣取った。

五万と六万が窪地をはさんで睨み合う。

「なんでだよっ、なんで俺たちは真正面から行けないんだっ」

血走った眼を獲生に向けながら、少年といっていい八什の兵士が叫んだ。齢十五。顎港兵になれる最も低い年齢だ。名は丁格といった。

「俺たち一行は、敵の右翼と当たる」

「蝶尚様がそんなこと認める訳がないだろ。敵の布陣を見てみろよ。真正面に呉尉がいる。俺たち歩武一行が正面からぶつかって、奴を崩すしかないだろ」

「その蝶尚様より直々の命だ。俺たち什長がどうこう言えることじゃねぇ。俺たちは左翼に位置する。左翼は一行から四行。正面は五行から十二行。右翼に十三行から二十行ということになった」

「なんだよ、左翼が一番薄いじゃないか」

丁格が口を尖らせる。

「怖ぇのか」

「なんだと」

「一番手薄な場所に配置されて、怖気付いてんのかって聞いてんだよ」

「もういっぺん言ってみろ」

「二度も言ったぞ。お前は繰り返されねぇと解らないのか。なら兵には向かん。今からでも遅くねぇ、顎港に帰れ」

丁格が車座になって座っている場所から立ち上がった。誰も止めない。皆突如現れた若き什長に、大なり小なり不満がある。

「舐めるなよ」

座る獲生の顔を丁格が蹴り上げる。遅い。武來の蹴りを数え切れぬほど受けて来た獲生には、血気に逸る若兵の蹴りなど、老いぼれの舞のようであった。

「座れ」

言いながら顔を傾けて空を蹴らせると、足の裏に右手を添えて上方に押した。体勢を崩されてよろめく丁格の腰を左手で支え、膝を折らせて己の眼前に座らせる。淀みない動きを見ていた皆の目が驚きで見開かれた。

「とにかく俺たちは左翼だ。兵数が少ないのは、そんだけ信頼されているということだろうが」

真ん前で目をしばたたかせている丁格に語るようにして、皆に伝えた。

「じきに戦が始まる。そうなれば不満を漏らす余裕はねぇ。八什一丸となって敵に当たる。不満があるんなら、戦が終わってからどれだけでも聞いてやる。だから、目の前の敵を破って生き残れ」

獲生は仲間たちへ胸を張った。


万全の対峙からの開戦であった。獲生たち歩武一行の面々はかねてからの指示通り、左翼の最前列に陣取り、敵と激突した。

報告では敵右翼五千、左翼一万五千、中央本隊三万の備え。顎港軍は、敵右翼と対する左翼が歩武四千を含めた一万。敵左翼と対する右翼は二万。中央本隊が敵と同数の三万であった。蓋が開いてみたら、左翼は歩武だけではなく、射、騎両武の兵も他より少なかった。しかしそれは、敵の配置に合わせた数振りだったという訳だ。

獲生の所属する一万が相対するのは五千。彼我の差は二倍である。最将軍の孟蠟は、歩武のなかでも最強を誇る一行を左翼に配し、速やかに五千を殲滅して、本隊側面を衝かせる計画であった。

獲生たち左翼の面々は、一刻も早く敵の右翼を壊滅させなければならない。

槍を手に歩武が駆ける。その背後から、射武が敵に向かっていっせいに矢を放つ。矢の雨が降り注いだ後、歩武同士が激突するのだ。それがこの大陸の戦い方であった。前列に歩武、中列に射武。そして最後列に控えた騎武が、歩武を突き破って敵陣深く潜って敵将を討つ。そこまでを一連の動きとして、幾度も調練を重ねてきた。獲生の躰にも自然と染みついた戦の流れである。

調練はうんざりするほど積んできた。しかし、実戦は初めてである。それは周囲の皆も同様だ。

武來の伯父、武攸が都を追われて顎港に逃れ、反乱軍を組織したのは五十年も昔のことである。覇の帝位をめぐる争いはそれから十六年あまり続いた後に終息。それ以来、顎港は長い間、自治という平穏のなかに守られてきた。三十年もの間、盗賊、海賊の類を相手にした戦いしかなかったのである。

すべての兵がはじめての戦に臨んでいた。

しかしその状況が、逆に異様なまでの士気の高さを生んでいる。俺たちが顎港を守るのだという決意が、軍の隅々にまで行き渡っていた。

喊声を轟かせて、目の前の敵に向かって顎港兵が突進する。

対照的に、覇軍の兵はあまりにも静かであった。不気味な沈黙を保ったまま、敵が迫って来る。

黒地に白抜きで大きく覇という文字が染め抜かれた旗が、群れたなびいていた。

一行の千人は、左翼の最前列に並んでいる。敵味方の矢の雨を掻い潜り、真っ先に敵にぶつかる場所だ。

槍を握りしめ、獲生は走る。顔を横にやると、転疾が率いる六什が見えた。

「負けねぇぞ」

人の群れに紛れて見えない転疾を思い浮かべながらつぶやく。

「おい什長」

前を行く中年の男が肩越しに振り返って言った。八什の最年長、意忠である。

「なんか、おかしかねぇか」

獲生を見ていた意忠が、顎先で遠くに見える敵を指した。

「あまりにも静か過ぎる」

「こっちが気合い入り過ぎて、騒がしいだけだろ」

走りながらの会話である。しかも周囲は喊声で満たされているから、おたがい怒鳴っていた。

「それにしても、程度があるんじゃねぇかっ。あんた、見たことねぇか。俺ぁ、あれに似たものを見たことがあるぞっ」

意忠の言葉に不吉な物を感じ、獲生は眼前の敵に目を凝らした。

「あの中でも特に真ん中最前列の数百人だ」

静々と向かってくる敵の中、意忠が言った中央最前列の数百人は、たしかに奇妙だった。骸のように顔を伏せ、手をぶらりと下げながら進んでくる。まるでその動きに合わせて、敵は速度を抑えているようである。そしてなによりも異様なのは、上下の動きがあからさまに少ないことだった。人は息をする。張り詰めた戦場ともなれば、息は乱れ、躰は大きく上下するものだ。数百人がそろって上下動をしないから、地を滑るかのように敵が迫ってくる。

たしかにあの動きには見覚えがあった。

「なぁ什長、あぁいう奴を、あんたは一人で殺したんだろ」

「鬼……」

「そうだよなぁ」

答えた意忠が前を向いて走りだした。いまさら止まれない。そんなことは獲生も解っている。鬼は心を喪う病だ。骸のようになり、命が尽きるまで暴れ続ける。統率などできないはずだし、あれほど多くの者が発症するような病でもない。数千、数万に一人、しかもそれは突然発症する。

「あんた、鬼道兵って知らねぇか」

「もう喋るな。敵は目の前だぞ」

獲生が律しても、意忠は止めなかった。

「昔、鬼を人の手で作りだして、兵にしたたって話がある。そいつらの名が鬼道兵だ」

「鬼にどうやって言うこと聞かせるんだよ」

山賊の砦で見た鬼は、聞く耳など持つような奴ではなかった。あれはもはや人ではない。一切の光を映さぬ虚ろな目を思い出しただけで、背筋に怖気が走る。

あれが数百人……。

考えたくもなかった。

「俺もよくわからねぇが、都で作られた秘術で完全に鬼になる一歩手前で止めるらしい。だから躰は鬼みてぇに頑丈で、自分で考えることもねぇが、将の命だけは聞くんだと」

「まさか」

「だよなぁ。俺もまさかとは思うがな」

鬼が兵になる。命に従うなど本当にあるのか。

獲生の背後でおびただしい数の弓弦が鳴った。空を黒く染めるほどの矢の雨が、敵の頭上に降る。しかし、覇軍の射兵からの攻撃はない。おのずと敵の足が止まり、こちらが間合いを詰めるような形となった。敵は矢を受け倒れながらも前に進み続ける。獲生たちの前、鬼のような風貌の五百ほどの兵が、後方の味方から離れはじめた。足並みに差があるのだ。死すら厭わぬあの足取りに、不吉な予感がどんどん膨らんでゆく。

最前列で歩兵たちが激突した。

悲鳴。

それは不自然なほどの恐怖の叫びであった。五百の兵にぶつかった歩兵たちが、物凄い勢いで削られてゆく。その部分だけへこんでいた。かなりの勢いで押されているのだ。

「なんだ。あそこでなにが起こってる」

獲生は誰にともなく問う。そばを進む意忠が、顔を引き攣らせながら答えた。

「や、やっぱり、ありゃあ鬼道兵だ」

言っている意忠の視線の先で、血煙が上がっていた。五百人の敵が、眼前の兵を虐殺している。血煙のなかに千切られた腕や首が舞っていた。獲生は確信した。あれは鬼だ。今、目の前に五百匹もの鬼が、敵の兵として立ちはだかっている。それが何を意味するのか、考えたくもなかった。

右方で喊声が聞こえてきた。本軍、右軍ともに、敵と交戦し始めたようである。

「我が名は呉尉なりっ。命のいらぬ奴からかかって参れっ」

殺戮の悲鳴を掻き分け、本軍のいる辺りから、凄まじい怒号が鳴り響いた。敵の大将、呉尉の咆哮である。大将の気迫のこもった声の直後、敵が一斉に喊声を上げた。敵の士気が爆ぜる。

本軍の高揚など我関せずといった様子で、敵右翼の兵たちは淡々と殺戮を続けていた。五百が深く斬り込んだ隙間を、他の兵たちがぐいぐいと押し広げていく。

眼前の味方が割れた。

「来るぞ」

意忠の叫びと、鬼が獲生の前に姿を現すのは同時だった。

「槍を棄てろっ」

周囲にいる八什の面々に命じる。

「何言って……」

「敵が鬼なら鉄は通じねぇっ。数人がかりで一匹を捉えろ。敵の刃を掻い潜り懐に入れっ。膝だ。軸足の膝を思い切り逆に蹴るんだ。足を折って動きを封じろ。とにかく手当たり次第に、鬼の動きを止めるんだっ」

武來の教えである。鉄は貫けずとも、曲がるのだ。獲生は槍を放って、乱暴に鉞(まさかり)を振り回す鬼に狙いを定めた。黒色の鎧に身を包んだ敵の目に瞳はなく、虚ろに開いた口からは牙が覗いている。一匹に構っている暇はない。こうしている間にも、周囲では仲間たちがぼろ屑(くず)のように斬って捨てられているのだ。幸い、八什の者たちは、獲生の命を守っているようで、端から刃に頼らず、三人がかりで一匹の鬼に相対していた。もがく鬼を必死に捉え、膝を折ろうと奮闘している。

「膝が駄目なら腕でもいい。首も回る。とにかく躰の節々を狙えっ」

それしか術はない。

鉞が獲生の顔に迫る。感覚を研ぎ澄ますと、右から左へと向かう力の奔流を感じる。わずかに腰を落とし、頭を逸らして分厚い鉄の塊を避けた。腕を取り、左へ振られた鬼の腕の力を利用して、肩の骨を外す。躰の内部で、鈍い音がした。鉞が地に落ちる。だが、鬼は止まらない。鉞を放し、両腕をだらりと下げ、大きく口を開いて獲生の首筋めがけて喰いついてきた。身を退けば避けられる。重心を後方に取ろうとした時だった。

「くそったれがぁぁぁっ」

丁格の叫びに一瞬気を取られた。牙を剝き出しにした鬼の後方で、丁格の首が舞った。

「丁格っ」

獲生の首筋に、鬼の牙が突き立った。

八

部下が四人死んでいた。

左翼の戦局は、完全に敵に傾いている。五百ほどの敵に、一万の味方が翻弄されていた。それでも転疾は、勝利を信じている。部下たちには早々に武器を捨てさせ、鬼の躰の弱い箇所を攻めさせていた。敵が鬼であることを悟った瞬間、転疾自身も槍を捨てている。武來に教えられた技を駆使し、すでに三匹ほどの鬼の首を捻じり折っていた。

転疾と六什の面々がいる場所で、鬼の勢いが止まっている。周囲の味方は蹂躙され続けているが、敵中で六什だけが孤立するようにして懸命に戦っていた。いや、左方に、もうひとつ島がある。そこでも仲間が鬼の猛攻を凌いでいるようだ。

「獲生」

四匹目の鬼の膝を叩き折り、倒れた顎先を回して首を折り、転疾は笑った。

「お前たち、あそこまで行くぞっ」

転疾は腕を挙げて、黒色の海に白く浮かぶ味方の群れを指さした。

「什長、そ、そんなっ」

「俺が道を作るから、付いてこい」

言ったそばから、眼前の鬼の腕を摑んで投げた。それぞれが堅くて重い。人間を仕留めるようには上手くいかない。当然、体力は倍以上奪われる。躰があとどれだけ保(も)つのか、転疾自身にも解らなかった。が、息絶えるその瞬間まで、戦う覚悟はとうの昔にできている。戦うことで道を開くしか己に残された術はないのだ。今は一刻でも早く、獲生と合流する。仲間を増やし、流れを作るのだ。皆が転疾のように戦えば、敵が鬼だろうとなんとかやれる。勝てぬまでも、負けはしない。

本軍は呉尉の猛攻に押されているようだった。ここで左翼が総崩れになれば、鬼道兵が一気に本軍の側面に雪崩(なだ)れ込む。そうなってはひとたまりもない。凱漢の城を守らず、野戦に持ち込んだのは、数で勝るこの緒戦を明確に勝つことで、その後の戦いの流れを有利に運ぶためだ。もしこの緒戦で壊滅的な打撃をこうむれば、顎港が受ける衝撃は尋常ではない。鬼道兵の噂が広まれば、軍ではなく顎港そのものが崩れる可能性もある。

凌ぎきるしかない。

焦りが転疾を急かす。鋼(はがね)の躰を持つ化け物たちを、人の身で屠(ほふ)ってゆく。仕留めても仕留めても恐怖を感じない敵は、勢いを失うことはない。その上、命が果てるまで戦い続ける鬼である。疲れもない。荒波に逆巻く海に小舟で投げ出されたような心地だった。だがそれももう少しだ。共に行く舟が間近にある。

「獲生ぉぉぉっ」

前方の味方にむかって叫ぶ。その時、眼前の鬼の群れがとつぜん割れた。首を背中に回して倒れた敵のむこうで、友が笑っている。

「やっぱりお前ぇだったか転疾」

首から血を流しながら、獲生が笑っている。その背後には、八什の兵たちが付き従う。

転疾は友に問う。

「無事か」

「一人やられちまった」

「こっちは四人だ」

「どうだ、初めての戦は」

「そんなことを考えている暇がないっ」

語り合いながら、互いに背を向ける。相手の死角を補う構えだ。

獲生が声を放つ。

「ちゃんと得物を捨てさせてんじゃねぇか」

「お前こそ上出来だ」

言いながら眼前の鬼の槍を避け、柄をつかんで引き寄せた。進む力を支えきれず鬼が前のめりになったところに、右腕を横に構えて倒す。そのまま躊躇なく、足の裏で顎先を捻って首を折った。

「これからは八什と共闘しろっ。やり方は同じだ。八什の者たちも弁えているっ」

「六什と一緒に戦うぞっ。一匹でも多く敵を仕留めろよ手前ぇらっ」

二人同時に叫んだ。

「獲生、次から次に湧いてくるな」

「十五人と五百だ。当たり前ぇだろ」

「一人で三十ちょっと殺れば、いいということか」

「威勢だけは一人前じゃねぇかっ」

叫んだ獲生の背が離れた。三匹の鬼に同時に襲われている。転疾は目の前の鬼をやり過ごして、振り返った。獲生を襲う三匹のなかで、左の鬼に狙いを定めて飛んだ。

軽やかに舞った転疾の足が、鬼の顎先を捉えた。着地と同時に、膝で喉仏を潰す。鉄の突起と化した鬼の喉が、へしゃげて首の裏の方までめり込む。立ち上がって友を見ると、獲生が真ん中の鬼を腰から二つに曲げていた。右方の鬼が突き出した槍が迫っている。

間に合わない。

「獲生っ」

顔を左に振って避けた獲生の兜を、槍の穂先が弾き飛ばして血飛沫が舞った。体勢を崩した獲生を、鬼が襲う。左手を柄から離し、喉をつかむ。たまらず獲生が唸り声を上げた。

「放せっ」

喉を摑んだ鬼の膝を裏から蹴った。膝から崩れ落ちた鬼は、それでも獲生を放さない。

背後で悲鳴が聞こえる。仲間の誰かが死んだ。すでに一刻以上も苛烈な戦いを続けている。誰もが疲れ切っていた。転疾自身も、あと半刻保てばという状況である。

また悲鳴だ。一人、また一人と死んでゆく。

白眼を剝いた獲生が、喉に伸びた鬼の腕を掌で突き上げた。鬼の肘から先が、奇妙な形に折れ曲がった。拘束を逃れ、獲生が咳き込んでいる。転疾は、肘を折った鬼の頭を後ろからつかみ、むりやり捻じ曲げて折った。

鬼の群れが周囲を埋め尽くしている。まだまだ戦いは終わらない。

「しっかりしろ獲生っ」

咳き込み、友がうなずく。首からの出血もある。限界か。

鬼道兵のせいで、顎港軍の左翼は中央でふたつに分断されようとしていた。敵の奥の方から、蹄の音が聞こえてくる。騎武が動き出した。鬼道兵が押し広げた中央の傷を、騎馬で切り開くつもりだ。ここで割られてしまえば、元には戻れない。一万の兵は統率を失い、潰走(かいそう)する。

「こんなところで終われないんだよ」

ふらふらになりながら戦う友の背中を睨み、転疾はつぶやいた。突き出した右手の二本の指は、敵の両目を貫いている。

獲生が膝から落ちて天を仰いだ。尖った唇から、血飛沫が舞う。

「獲生ぉぉぉっ」

終われない。終わる訳にはいかない。

「俺は……」

転疾の目が血走る。

「俺は帝になる男だ」

あいつを玉座から引き摺り下ろすまで終われない。叫ぶ。首から下げた小匣が微かに揺れた。

熱い……。

匣が熱い。

*

しくじった。

転疾との合流が気の緩みを生んだ。鬼の爪に腹を抉られ、膝から崩れ落ちた獲生は死を悟った。

遠のく意識のなかで、獲生は光を見つめている。痛みも疲れも消えた。これが死かと、冷静に己を眺めている。

はじめに目に飛び込んできたのは〝転〟という文字だった。白色だった視界が無数の光の塵になり、それらが飛散するようにして消え失せると、次に見えたのは玉座に座る男の姿だった。天まで続かんとする階(きざはし)の上にある龍を象(かたど)った金色の玉座。そこに座るのは。転疾……?

不意に幻は消え去り、次に見えたのは血塗られた刑場だった。群衆が集うなか、刃を構えた男が二人。その間に膝立ちになっているのは……。

俺だ。

獲生は息を呑んだ。

息……。

生きている。

思った刹那、我に返る。戦場にいた。転疾も仲間たちも戦っている。皆が金色の光を放っていた。

「な、なんだこれは」

つぶやいた己の声が耳の奥で谺になって響いている。自分の声ではないようだ。心はどこか浮ついて、躰に馴染んでいない。首と腹の痛みが不思議なくらいに消えていた。傷が収縮して、血も止まっている。

戦え……。

頭に誰かの声が響いてくる。命令するような口調なのに、嫌な気持ちにならない。みずからを、心が叱咤するような感覚だった。間違いなく声は他人のものだが、心と密接に繋がっている。これまで一度として感じたことのない心地だった。

戦えっ。

また聞こえる。

疲れも痛みも消えていた。獲生は心の声に身を任せるようにして、眼前の鬼の首に腕を絡める。膝を蹴って体勢を崩してから、首の骨を折ろうと考えていたのに、なぜか直接首を取りにいった。戸惑っている間に、鬼の首が軋んで折れる。周囲で戦っている仲間たちも、先刻までと見違える動きを見せていた。

皆の動きに見覚えがある。

奇妙なことに、仲間たちは転疾そっくりの動きで、鬼と対峙している。先刻までは三人がかりで仕留めていた鬼を、一人一人が確実に片付けてゆく。その顔に疲れはなく、生気に満ちた瞳は、眼前の敵だけに向けられていた。

六什、八什の仲間たちだけではなく、左翼全軍が光に包まれている。巨大な力の奔流に飲みこまれ、鬼に押されて萎縮していたはずの全軍が勢いを取り戻した。

戦え。

身中の声が三度吠えた。

やっと気付いた。

転疾だ。

戦えと命じる声は、転疾のそれであった。巨大な力の渦の中心に転疾がいる。光の正体は転疾なのだ。皆の動きが転疾のものとなったのは、彼らの頭にも声が鳴っているからなのだろう。先刻、獲生の想いとは裏腹に躰が動いたのも、転疾の心がそうさせたのだ。

他者と同調するなど莫迦げている。しかも一対一ではない。転疾と一万人である。

しかし獲生は心からそれを否定できない。そうして苦悩している間にも、躰は勝手に戦い続け、光が見えてからすでに三体の鬼の息の根を止めている。己ではない。転疾が獲生の躰を使って鬼と戦っているのだ。

転疾の分身と化した兵たちが、武器を捨てて鬼と戦い始める。あきらかに盛り返していた。不思議なことに、鬼ではなく普通の敵と戦う者たちまでもが、息を吹き返し奮戦しているのだ。こちらは槍を手にしている。理屈は解らないが、個々人が効率を優先しているように思えた。

闘志の塊となった転疾が、一万の兵を媒介にして、巨大な激流となっている。

転疾と己を繋ぐ光こそ、武來が言っていた気そのものなのだと獲生は直感的に悟った。万物に宿る根源が気であると武來は言った。今、左翼の兵は、己の裡にある気で転疾と繋がっている。いや、転疾はこの気の渦の中心でしかない。根源はそのずっと遥か先にある気がした。

獲生は探った。

小高い山の幻影が見える。盤海や娘鈴と行ったことのある山だ。真天山。その頂にある大きな匣が、転疾と同じ光を放っているのが見えた。

「奉天……か」

自分の掌の上で鬼の腕がくの字に折れるのを、他人事のように眺めながら、獲生はつぶやいた。

そして転疾の姿を探す。居た。さっきまで傍にいたはずの転疾が、遥か彼方を走っている。勢いを取り戻した兵とともに、鬼を砕いて進み続けていた。天から降り注ぐ光を一身に受ける姿を仲間の誰もが追っていた。

――どうした獲生。

転疾の声が心に響く。

「お、お前、なぜ」

――俺にも解らん。が、とにかく皆と繋がっている。お前がどこでどうしているのか、見ずとも解るんだ。

「ど、どうして」

――難しいことはいいから、早く来い。お前がいないと、調子が出ない。

「転疾」

格段に数を減らした鬼のなかで、転疾が楽しそうに舞っていた。

獲生は転疾という名の光の奔流に、躰を預けた。

——あぁ、来い……。

「行くぞ」

*

奇跡としか思えぬ戦だった。戦勝を祈りながら、居室で結果を待っていた宝李にもたらされたのは、予想以上の戦果であった。

使者を退室させると、椅子に深々と座って、重い躰を背板に預けた。

「そうか、ご苦労であった」

「転疾様が、奉天を」

夕刻、薄闇に包まれた部屋で、虚空を見つめてひとりつぶやく。

凱漢城から南に位置する韻貝原で、想定外のことが起こった。

第一に宝李の推測と違ったのは、鬼だ。新皇帝の了楓は、己の祖父があまりに人の道に悖(もと)るとして廃した鬼道兵を復活させ、今度の戦に用いた。

先の王朝である真の頃、人為的に奉天を起こせぬかという帝の望みを受け、都に奉天寮という機関が作られた。そうして生まれた奉天寮は現王朝にも受け継がれ、大陸中の才智溢れる人材が集う。そこでは小匣の研究以外に、様々なものが研究されている。

鬼も研究材料のひとつであった。奉天寮は鬼を人為的に生み出すことに成功。鬼になると虚ろになる心を、独自の技術で支配し、兵として転用する術を見つけた。

それが鬼道兵である。

鬼道兵は無類の強さを誇ったが、武來の伯父である武攸によって生み出された対鬼道兵用の武技が〝鬼舞(きぶ)〟と名付けられて流行すると、それまでの猛威はやんだ。その後、人を廃人にすることで生まれる鬼道兵を、了楓の祖父である四代帝了巌(りょうがん)が廃止。大陸から鬼道兵は消えた。

それを了楓は復活させたのである。現皇帝は、玉座から引きずり降ろされるだけの罪を抱えた。

鬼道兵が投入されるなど、宝李を含む顎港の長者たちは誰も考えていなかった。

常人と鬼がぶつかって勝てる訳がない。本来なら敗れていた。

それでも勝った。

第二の予想外の出来事のおかげである。

鬼道兵との戦いの最中、転疾が奉天したのだ。宝李は奉天した人間を一度も見たことがない。いや、大半の真族の人間は、奉天を見ることなく死んでゆく。奉天はあくまで空想上の出来事であると、誰もが心のどこかで思っている。それを転疾が成し遂げたという。奉天を見たことがない者が、口をそろえて奉天だと言ってはばからないのだ。奇跡が戦場で起こったのは間違いない。

鬼に壊滅寸前まで追い込まれていた左翼の一万は、転疾の奉天によって盛り返し、瞬く間に鬼を殲滅(せんめつ)。そのまま覇軍右翼を潰走させ、烈将、呉尉に押されていた本軍を助けるために、敵の腹背に突っ込んだ。腹を食い破られた本軍は撤退。惜しくも呉尉には逃げられたそうだが、敵左翼も本軍同様、壊滅的な打撃を受けて撤退した。敵の戦死者は二万以上に上っているという。総数の半分に至ろうかという絶大な戦果である。

敗色濃厚であった戦局を、大きく変えたのは間違いなく転疾だ。転疾の奉天があったればこそ、顎港軍は大勝できた。

肘掛けをつかんだ手が滑る。掌が汗で濡れていた。鼻息も荒い。興奮している。風が窓の外から甘い香りを運んできた。花の匂いについ笑みがこぼれる。

「どうやら良い拾い物をしたようだ」

口許が自然とほころぶ。

十四年前のあの日のことを思い出す。

都の政変を逃れて顎港へと辿り着いた子供の姿を、宝李は今でもはっきりと覚えている。哀れなまでに貧相な側近に連れられて、雨中ぶるぶると震えていた六歳の子供は、顎港一の富者である宝李を前にしても、いっこうに怯んでいなかった。

「腹がへった。なにか食べさせてくれ」

ほがらかに言ったその子は、己の置かれた状況をしっかりと弁えていた。弁えたうえで言ったのだ。他者を見下さず、己を卑下することもなく、大らかに言ってのけた子に器の大きさを見た。思わず跪き、雨に濡れた子供を両手でしっかりと抱きしめて言った言葉も、宝李は生涯忘れることはないだろう。

「必ず……。必ず若君を帝位に……」

己の一生を懸けて成し遂げるべきものを見つけた幸せに、宝李は泣いた。熱い涙を思い出す宝李の心は、あの日、頬に感じた熱に負けぬほど紅く滾っている。

「宝李よ、ここからはしくじれぬぞ」

誰よりも厳しい目で己を見極め、為すべきことをやり遂げるのだ。そのためならば、命すらも投げ出す覚悟はとうにできている。十年、二十年かかろうと構わない。焦りは禁物だ。

「誰かおるか」

部屋の外に声をかける。長年この屋敷に仕える老家宰、萬英が静やかに姿を見せた。

「兵が戻ってきたら若君をお呼びしろ」

「畏まりました」

「あぁ、それと若君の……」

「獲生、でございますか」

「そうだ。あの緋眼も呼んでおけ」

九

凱旋。

喜びを感じる暇もなかった。街じゅうが覇軍に勝った兵たちを迎えるために、華やかに飾られている。獲生は兵舎に着くなり最将軍、孟蠟に呼びだされた。彼の粗末な小屋では、宝李の屋敷で転疾を迎え入れた老人が待っていた。孟蠟と会話という会話もせぬまま、萬英と名乗った老人に、三度あの莫迦でかい屋敷に連れてこられた。一度目は盤海と、二度目は転疾と。そして三度目は、萬英に連れられて宝李の屋敷の敷地に入る。盤海と歩いたうんざりするほど長い道の先に、宝李のいる本邸があった。

通されたのは、盤海とともに宝李に会った広間ではなかった。もっと小さく、こぢんまりとしている。歩武の什隊に与えられた宿所よりわずかに狭い。扉のある以外の三方の壁を本が並んだ棚が埋め尽くしていた。それでも窮屈に思わなかったのは、宝李の背後に大きな窓があるからだ。

「待っていたぞ」

宝李が椅子から立ち上がって出迎えた。獲生の目を捉えたのは、相変わらず良く肥えた顎港一の富者よりも、机の前に立っていた転疾の姿であった。

「おぉ、来たか」

獲生が来ることを知っていたという様子で、転疾が答えた。

「さぁ、こっちへ」

宝李がふたたび椅子に座り、手を掲げて獲生を転疾の隣にうながす。二人の前に、宝李のための小さな机が置かれている。調度と呼べるものはそれと本棚のみだった。

「ここは、普段一人で仕事をする時に私が使っている部屋だ」

返す言葉が見つからない。宝李の身の上など知ったところで、己に関わりはない。

「そうですか」

愛想笑いを浮かべ獲生がそう答えると、宝李は太った頰を震わせて笑った。

「二年か。思ったよりも早い再会だったな」

「はい」

「あの時言ったことはまだ胸にあるか」

たしかに獲生の心の奥底には、真族への恨みがいまもある。しかし、それだけではない。獲生はあまりにも真族に触れ合い過ぎた。盤海、娘鈴、そして転疾。真族という言葉だけですべてをひとくくりにできるわけではないことを、身をもって学んだ。

「ありはするが、あの時のように無闇やたらにそれを振り回そうとは思っていない。今はあんたや死んだ盤海、そして多くの人への感謝の想いがある。誰彼構わず刃を向ければいいわけではないと知った。切っ先を向けるべき相手は己で見つけようと思う」

「良き男に育ったではないか」

「まだ道の途中だ」

宝李が深くうなずいた。転疾は黙って、うつむいている。そういえば戦場でともに戦ってから、はじめて顔を合わせる。転疾が奉天し、敵右翼を撃滅した後、本軍へと突入する頃には獲生は八什の仲間たちと戦っていた。戦が終わってからも転疾は幕舎に呼ばれて戻らず、そのまま顎港へと帰ってきた。

「さて」

宝李が掌を叩いて鳴らした。二人の視線が顎港一の富者に向く。

「今日、二人を呼んだのは他でもない。獲生、お主にはそろそろはっきりさせておいた方が良いのではないかと思うたのでな」

宝李が立ち上がった。そして、机を回って転疾の前まで来て跪く。深々と頭を下げた宝李を見下ろし、転疾は平然としている。

「こたびは、よくぞ顎港に勝利をもたらしてくださりました。長者共を代表し、篤(あつ)く御礼を申し上げまする」

「運が良かった」

「奉天は運の良し悪しで為されるものではござりませぬ。奉天こそ、了疾(りょうしつ)様が真の帝たるべき御方である証。やはりこの国の頂には、了疾様がお座りになるべきであると、某(それがし)も確信いたしました」

「了疾……」

「俺の本当の名前だ」

獲生の声を聞いた転疾が、宝李のほうを向いたまま言った。この国の帝の姓は了である。転疾の本当の姓も了だ。

この国の頂と宝李は言った。

「お前ぇ」

「十四年前、一人の帝が死んだ」

転疾に頭を垂れたまま宝李が語る。これまで獲生が漠然と考えていた、顎港における地位の形が目の前で崩れ去っていた。友だと思っていた男が、顎港一の富者に頭を下げられている。力と実力こそが正義のこの街で一番の権力を持つ男が、転疾にひれ伏しているのだ。

宝李は跪いたまま続ける。

「若き頃は英明であったが晩年は女に籠絡(ろうらく)され、政を身近な宦官に任せて放蕩(ほうとう)の限りを尽くした帝が、行幸の最中、馬から落ちて呆気なく死んだ」

「俺の父だ」

転疾の父が帝……。あまりに突然過ぎて頭が回らない獲生の前で、宝李が淡々と語る。

「帝を籠絡した若き女は、宦官と策を弄してみずからの幼い子を帝位に即け、先帝の正室や側妾たちや男児を次々と粛清していった。その時、新たな帝はわずか五歳」

今の帝、了楓のことであろう。

「しかし女と宦官の魔の手から逃れた子が一人だけいた。新たな帝になった子供とひとつ違いのその子は、家臣に連れられてこの顎港に流れ着いた」

了楓とひとつ違い。今、生きていれば二十歳だ。

転疾の背を睨む。

「その皇子は、わしの元に預けられ、密かに姓を変えた。皇子の小匣に刻まれていた天字を新たな姓として生まれ変わったのだ」

転疾が奉天した時、はじめに見た幻影は〝転〟という文字だった。奉天は小匣の力でもたらされるという。あれが転疾の天字なら、納得がいった。獲生の頭のなかで、宝李の話がこれまでの出来事と符合してゆく。

「新帝の母と宦官の目が光っている。皇子として育てる訳にはいかなかった。わしは新たな下僕を雇い、皇子が名乗った姓のまま、その男に預けた。そして齢十五になった時、顎港兵として一兵卒から務めさせた」

「お前ぇのことなんだろ」

肩越しに振り返った転疾の目が獲生を射る。いつもよりも冷めた目の色に感情の揺らぎはない。これまで転疾と信じていた男はどこに行ったのか。そう思わせるほど、冷淡な目付きであった。

「言っただろ。俺は帝になる男だと」

帝の母と近臣によって兄たちを殺され、都を追われ、下僕として生きてきた皇子。それが転疾の真の姿なのだ。

「帝が非道を行うのであれば、誰かが正さなければならない。それができるのは俺だ。俺は帝になるために顎港にきた。宝李は俺の夢のために、道筋を作ってくれている同志だ」

「もったいなき御言葉」

重々しい息をひとつ吐き、宝李が床に額を擦りつけるようにして言った。宝李と転疾の間に感じていた縁は、獲生が思っていたよりも濃く、そして強大であった。今の帝を退け、己が帝位に即く。あまりに途方もないことだが、転疾の夢は明確だった。漠然と真族を恨み、緋眼を厭い、復讐を果たそうとしていた己の夢が、取るに足らないものに思える。

転疾を直視できない。

目を背けた獲生に、転疾が声をかけた。

「俺は国に棄てられた。本当の俺はもうこの世には居ない。転疾として生きた十四年間、俺は復讐だけを考えてきた」

復讐。獲生の夢と同じ。しかし二人が思い描いているものには、埋められない溝がある。

「この街で誰よりも強くなり、誰よりも昇りつめ、あの男が持つ権力に対抗できるだけの力を得る。そのために俺は顎港軍に入った。これが本当の俺だ、獲生」

「なんで俺にそんなことを」

獲生が問うと、跪いたままの宝李に背を向け、転疾が躰をこちらに向けた。そして、まっすぐに獲生を見る。友の瞳の奥にかすかに背徳の光が閃いたような気がした。しかしそれは獲生に向けられているというより、己自身に対する叛意のようである。転疾はいったい何をあざむいているのか。問うような空気ではなかった。そんな獲生の疑念に気付かず、友が言葉を放つ。

「無二の友だからだ。お前にだけは打ち明けてはどうかと、宝李に言われた時、俺は迷うことなくそうしようと思った」

無二の友と転疾は言った。しかし獲生にも、友に隠していることがある。

「獲生」

宝李が呼んだ。真正面に立つ転疾から目を逸らし、足元の宝李に視線を移す。顔を上げ、何事も見透かしているような深い色をした瞳で、宝李が獲生を見つめていた。

「お前にもあるだろう。本当の自分が」

「だが」

「了疾様がどういう御方か。誰よりもお前が解っているはず」

転疾が打ち明けた真実に比べれば、己が隠していることなど、ちっぽけなことのように思える。ここまで言われてなお隠しているのは滑稽だ。意を決した獲生は、熱い眼差しをしっかりと見据えた。言葉を選びながら、ゆっくりと語る。

「これは……」

襟口に手を入れ、首にかかる小匣を取る。

「俺のじゃねぇ」

転疾は黙って聞いている。〝棄〟の字が刻まれた小匣を握りしめて、獲生は告白を続けた。

「三年ほど前、俺の故郷の村を襲った賊を殺し、奪ったもんだ」

貧相な男を怒りにまかせて殺し、この小匣を手にした時、すべてが嫌になった。気づいたら逃げ出していた。それまでの素性も、己を育んでくれた人々も、みんな棄てた。

「俺は、緋眼だ」

「知ってたさ」

そう言って転疾が笑った。

「この二年間、誰よりもお前の傍にいたのは俺だ。街に繰り出し莫迦をやる時も、武來のところに修行に行く時も、ずっと一緒だった。他の奴らはごまかせても、俺だけは騙せないぞ」

「どうして、言わなかった」

「緋眼だろうが、お前という人間は変わらないだろ」

「お前ぇは覇帝の子。真族のなかの真族だ。そんなお前が」

言い終わらぬうちに、地面に叩き伏せられた。怒りで肩をわななかせ、転疾が叫ぶ。

「素性を知ったら、お前のなかの俺は変わるのか。俺は違うぞ獲生。お前がどんな生き方をしてきたかなんて関係ない。俺はここにいる獲生という男を信じる。お前は違うのか。答えろ獲生」

己が小さく思えて堪らない。転疾という男の懐の深さが、獲生を圧倒していた。

「なぁ、お前と俺はそんなものか」

転疾がしゃがんで肩を摑んだ。戦場で見た金色の光に負けぬくらい熱い手が、獲生を揺さぶる。

「もうお互いに隠し事をするのはやめにしよう」

顔を背けて、肩に触れた手を払う。

「獲生」

「解ったよ。話せばいいんだろ」

息を深く吸い、語りはじめる。

「俺の生まれた村は、夷界の西の境だ。そんな場所だから、真族の賊に度々襲われ、食い物や女を奪われた。それでも緋眼の長や代官たちは、手を差し伸べてくれなかった。税だけはしっかりと納めさせ、そのうえ普請(ふしん)だなんだと男たちを駆り出しやがる。村の暮らしをなんとかしようと、俺の父親は謀反を企てた。それがばれて、母と一緒に殺されちまった」

押しつぶしていた過去が、脳裏に蘇る。民が見守るなか、たったひとりの息子のために継刻を残し死んだ父。冷たい首になった母。搾取されるだけの日々。なにもかもが嫌だった。

獲生の前にしゃがんだまま、転疾は聞いている。

「ある日、盗賊が村にやって来た。俺は仲間とはぐれた真族の男を殺した。そいつは、俺の友を殺し、その妹を犯そうとしてた」

真一文字に結ばれた転疾の口の奥で、歯が鈍い音を立てた。目は充血している。

「動かなくなった男の顔の横に、こいつが見えた。気付いた時には奪ってた。そして村を捨てて夷界を出たんだ」

「それで真族に」

「俺の本当の名は木曾捨丸という」

半ば忘れかけていた名だ。日々の暮らしに埋没して、緋眼であることも忘れようとしていた。復讐だなどと言っておきながら、情けない話だ。真族、そして緋眼への復讐。それはすべてを棄てて逃げ出した己に対する言い訳だ。棄てたことを認めたくなくて、村を飛び出した理由を探した。己の不甲斐なさから顔を背けるために、復讐などという耳ざわりの良い言葉を見つけたのだ。逃げだ。村から逃げ、緋眼から逃げて、それでもまだ逃げている。

風は何処より来たりて、何処へと吹きゆくのか。

今は、その問いにも目を背けたかった。

転疾を見る。

「俺は真族が憎い。父と母を殺した緋眼が憎い。しかしそれよりも、村を捨てて逃げ出した自分が一番憎い」

言ったと同時に、目から涙が噴き出た。嗚咽が口から溢れてきて、これ以上言葉にならない。そんな獲生の背に、転疾の掌が触れた。さするでもなく、ただ置かれている。

「獲生」

名を呼ばれても、獲生はただ泣きじゃくった。

「俺には拾ってくれた宝李がいた。すべてを打ち明けてもなお、受け入れてくれる者がいてくれたんだ。それだけで、俺は救われた。が、お前には誰もいなかった。お前は今まで、一人で戦っていたんだな」

「お、俺は戦ってなんか」

「戦ってただろ。俺は知っている」

転疾の穏やかな言葉が、うなだれた頭に優しく降ってくる。

「覚えているか、お前が鬼を仕留めた時のことを。あの時、遮二無二（しゃにむに）鬼の首に刃を突き立てるお前を見て、俺はこの男にだけは負けたくないと思った。武來との修行でも、今度の戦でも、俺の前には常にお前の背中があった。お前に追いつきたい。負けたくない。その想いだけで、俺はここまできた。俺が奉天することができたのも、お前がいてくれたからだ。今回の俺の武功の半分はお前が立てたんだ」

「不思議なものだ」

それまで黙っていた宝李が立ち上がって、二人を見下ろしていた。

「国に棄てられた者と、国を棄てた者か……」

宝李がつぶやいた。

国に棄てられた転疾、国を棄てた己。果たして自分は、転疾と並べられるような男なのだろうか。違う。どこまでも卑屈で、どこまでも小さく、どこまでも弱い。それが獲生という男だ。困難から逃げず、明確な夢にむかって突き進む転疾とは違う。

「転疾」

背に触れられたまま、友の名を呼んだ。

「なんだ」

「俺はどうすればいい。お前ぇの真実を知って、それで俺は」

「このままでいろ」

顔を上げて転疾を見た。友の目が真っ赤に染まり、潤んでいる。それを見られたくないのか、転疾が触れていた掌で思いっきり背中を叩いた。その勢いのまま立ち上がると、腰に手を当て、胸を張り、獲生を見下ろした。

「俺がどんなことを言ったって、生意気なお前は変わらんだろ。これから先も、お前と俺はなにも変わらん。たとえ、お前が緋眼として俺の敵になってもだ。俺たちはこれまで通りだ」

「転疾……」

「俺もお前も、慣れ合いなど望んでないだろ」

転疾は、そう言って朗らかに笑った。この男に認められる男になりたい。いや、この男に勝ちたい。心の底からそう思った。

「立てよ」

熱い目で獲生を見つめ、転疾が言い放つ。床を両手で叩いて獲生は立ち上がる。胸が付きそうなほど転疾に近付いて、顎を突き出す。

「お前ぇにだけは絶対(ぜって)ぇに負けねぇ」

睨み付けて言った獲生に、転疾はうなずきで答える。その口許に浮かんだ微笑が、やけに腹立たしかった。

十

静まり返った広場に、二万もの人が集まっていた。彼らは整然と列を作り、微動だにしない。顎港の街から二十踏（二十キロメートル）ほど北に向かった曾凱原と呼ばれる平原に造られた顎港軍最大の練兵場に、什長以上の者が呼ばれていた。全軍二十万の什長が一気に集えば、二万という軍勢になる。これから行われるであろうことを思い、皆、緊張の面持ちであった。二万人もの猛者の張りつめた気が練兵場を覆い、今にも張り裂けそうである。皆が見つめる先に、獲生は立っていた。彼らより一段高くなった壇上に、転疾とともにいる。

二人の前には、最将軍、孟蠟の年老いて曲がった背中があった。老将が、右の拳で己の腰を叩いて背を伸ばす。そういう姿を部下に見せるところも、この将軍の面白いところであり、兵たちに慕われている所以でもある。ひとしきり背筋を伸ばし、孟蠟が眼下の部下たちに言葉を吐いた。

「わしは疲れたっ」

端まで伝わる張りのある声だ。決して大声でがなり立てている訳ではないのに、優しい波となって兵たちに届く。なんとも不思議な気を孕んだ声だった。孟蠟のひと声に、兵たちの緊張が一気に和らぐ。

「あのなぁ。わしはもう七十二じゃぞ。わしの歳で今も兵である者などおらん」

これみよがしに溜息を吐いて、首を振る。

「そんな老いぼれを、あんな馬小屋にいつまで押し込めておくつもりじゃ」

あの場所を最将軍の詰所と決めたのは、孟蠟自身だ。広い場所は落ち着かぬ、綺麗だと寒気がする。二十年前、最将軍に任命された孟蠟は、周囲に我儘を言い散らしてあの馬小屋に腰を落ち着けたのだという。それ以来、孟蠟の居場所は常にあの狭くて汚い小屋だった。

「疲れておったところに、あの大戦じゃ」

齢七十二で、孟獲は先の戦の指揮を執った。敵右翼の鬼道兵、そして覇の烈将、呉尉の猛攻など、将としては後手後手に回った采配であったといえる。それでも転疾の奉天まで持ちこたえることができたのは孟獲の粘り強さがあったからだと、熟練の兵たちは語気を荒くして声高に叫んでいた。この老人はやけに兵たちに人気がある。

「わしはぼろぼろじゃ。そろそろ若い者たちに任せてもいいと思うのじゃが、皆はどう思う」

答える者などいない。後ろに手を組んで黙っている。すでに孟獲の意思は、彼らに伝わっているのだ。こうして話しているのは、孟獲なりの演技である。本来なら偉そうな御託を並べて、軍を退く最後の花道を自身で作るものなのだろうが、この老人はそんなことは、はなから考えていないようだった。それでも喋らなくてはならないから、こういう世間話のようなものになる。そしてそれを嫌がる者も、兵のなかにはいない。なかには涙を流している者までいる。言葉にはできないが、誰もが孟獲が去ることを惜しんでいるのだ。

孟獲が肩越しに転疾を見た。垂れた目尻の下まで伸びた眉毛が、真っ白に染まっている。

「転疾、こっちへ」

辞儀をして、転疾が一歩踏み出した。そして孟獲に誘われるようにして、隣に立つ。孟獲の背丈は、転疾の肩ほどまでしかない。背筋を伸ばして立つ転疾の引き締まった腰に、枯れ木のごとき手が触れた。

「この男が、跡を継いでくれると言うた。それゆえ、此奴に任そうと思うがどうだ」

この時になって、はじめて歓声が上がった。一人二人ではない。二万人全員が、いっせいに声を上げたのである。それまでの静寂が嘘のように、茶色く枯れた草に覆われた秋の曾凱原に夏を思い出させるような熱気が満ちた。火傷するほどの熱が冷めるのを、孟獲はじっと待つ。ひとしきり声を上げた兵たちが、そんな老将の姿を見て静けさを取り戻してゆく。静かになったのを確認してから、孟蠟は小さくうなずいて再び語り始めた。

「此奴はまだ二十歳じゃ。わしと五十以上も違う。二十で最将軍など、聞いたことがない。それでもわしは、この男しかいないと思うておる。お主たちも、そうじゃな」

また男たちが歓声を上げげた。しかし今度はすぐに声が止んだ。孟蠟が手を挙げたからだ。

「天がこの男を選んだ」

奉天のことを言っている。

「この男がおらねば、先の戦では勝てなかった。あの戦で大勝できたからこそ、顎港には平穏が訪れた」

顎港軍に都の近衛軍が大敗したという噂は、大陸じゅうに広まった。了楓の母、扇と宦官、弥楊の悪政に不満が溜まっていたところに了楓による国守の粛清が追い打ちをかけ、大陸全土には元より乱の兆しがあった。顎港軍の勝利はきっかけにすぎない。大陸のいたるところで賊が蜂起し、覇軍はその討伐のために幾隊にも分けられ、各地を転戦しているという。結果、了楓の目は顎港から逸れることになった。

「あの戦……。呉尉の猛攻を受け、わしは死にそうな思いじゃった。そんな時じゃ。この男の幻影とともに金色の光に包まれたのは。その後は、わしの躰はわしの物ではなくなった。不思議と心地良い浮遊感に誘われながら、戦場を駆け巡っておると、あれよあれよとこちらが敵を押し退け、気づけば勝っておった。このなかにもあの時のわしと同じ心地を味わった者がおろう」

韻貝原で、兵たちを率いていた什長、荘長、行将らもここにいる。

孟蠟は続けた。

「あれを奉天と言わずして、なんと言おうか。七十二年の人生のなかで、奉天を味わったのは初めてじゃ。あのようなことが、本当にあるのか。わしは己を疑った」

しかし、と大声で叫んで、隣に立つ転疾の背中を叩いた。

「現にわしは奉天のなかにあり、戦に大勝した。それはすべてこの男の功である。あの時、奉天のなかにあった者で、此奴のことを疑う者はおるまい。あの奉天は、たしかにこの転疾のものであった。わしが保証する。転疾は源匣に愛されておる」

孟蠟の言葉に、転疾が軽く頭を下げた。

転疾の奉天を疑う声は多い。五万もの人間が、一度に同じ幻影を見たのである。それが、一人の男によってなされたのだと、にわかに信じられない気持ちも解らないではない。しかし我が身で味わった者には解る。孟蠟が言った通り、あの奉天は間違いなく転疾が引き起こしたものだ。

「今日、新たな最将軍が生まれる。その名は転疾じゃ」

言った孟蠟が、転疾の背中を押して、後ろに下がった。歓声が壇上を包むなか、静かに身を退いた老人は、獲生の隣まで来ると、ぺろりと舌を出して笑ってみせた。

「最後は少々、芝居じみておったな」

「いや、良い演説でした」

「そうか、演説か。わしもまだまだじゃの」

いったいなにがまだまだなのか。孟蠟の老境の心地など、獲生には解らない。問うこともないと思い、微笑を浮かべてうなずいた。

「さて、若き最将軍の話を聞こうかの」

孟蠟が転疾の背を見た。新たな最将軍の第一声を聞き逃すまいと、皆が聞き耳をたてているなか、転疾は息を吸い、上がった肩をゆっくりと下ろしながら吐いた。それから一度、自分自身に確認するようにうなずいてから、眼下の男たちへと顔をむける。

「まずは」

気が籠って重い声だ。

「俺を支持してくれた方々に、礼を言いたい」

転疾が躰を折って深々と礼をした。最年少の最将軍就任。反発もあったという。その急先鋒は、今回の戦ではまったく出番が無かった船武の将たちであったそうだ。彼らは転疾の奉天自体を疑い、今回の武功を否定する動きすら見せた。しかし、孟蠟を筆頭とした軍の上層部、そして歩武の蝶尚らが一丸となって、彼らの暴走を抑止。そこに宝李ら顎港軍の母体である長者たちが介入した結果、反転疾の動きは具体的な衝突を見ぬまま沈静化した。

転疾が躰を起こし、胸を張る。

「未だ俺のことを認めていない者たちには言わなければならない。俺は絶対に逃げない。どんなことがあろうと、立ち塞がる者はすべて叩き潰す。それが俺という男だ」

場に不穏な空気が漂った。恐らくそれを一番に感じているのは、前に立つ転疾であろう。しかし、転疾はひるまず続けた。

「立ち塞がれば戦う。俺は決して逃げない。それは、俺が皆に求めるものでもあろう。行く道に立ち塞がられたら戦え。そして絶対に退くな。勝利こそが我らのすべてだ」

「危ういのぉ」

隣で孟蠟がつぶやいた。獲生は、横目で老人を見る。視線に気づいた孟蠟は、転疾を見たまま言葉を吐く。

「あの男は真っ直ぐじゃ。そうせねばならぬと己に言い聞かせておる。ああいう男は、歳を取っても本質は変わらん。まぁ、その真っ直ぐな心根が、奉天を為さしめたのであろうがな。しかし危うい。己を偽っておることに気付いておらねば、どこかで折れるぞ」

転疾が己を偽っている……。そういえば武來も同じようなことを言っていた気がする。そして宝李の屋敷で獲生自身が感じた転疾の心の闇。そこまで考えた時、老将の声が、獲生を現実に呼び戻した。

「お主が助けてやれ。転疾の背を守ってやれるのは、副将のお主しかおらん。時に影として、時に杖として、奴を助けるのじゃ」

転疾が最将軍に任じられてはじめて行った仕事が、獲生の副将任官であった。相手は最将軍、こちらは歩武の什長。断れるはずもない。しかし、断れるなら断りたいと思っていた。這い上がるなら自分の力で。そう思った。転疾に与えられる地位というのが気に喰わない。だが断ることは、軍から退くことを意味する。ここを去り、なにができるのか。また無一文となって、初めからやるのかと思うと、気が遠くなりそうだった。迷う獲生の背中を押したのは、やはり転疾だった。頼む。ひと言そう言うと、転疾は地に伏して獲生に頭を下げた。獲生の忸怩たる想いを悟り、それでもと望んだ末に、頭を下げにきたのである。

どこでここまでの差が付いたのか。眼下にひれ伏す転疾を見て、獲生は愕然とする。転疾を帝にすることを新たな夢として、ともに生きていくのも悪くはない。が、それでは生まれた村を捨ててまで大陸に飛び出した意味がないとも思う。

「俺は命にかえても顎港を守るっ」

転疾の声が獲生を我に返らせた。いつの間にか友が拳を天に掲げている。刺々しく武來に突っかかっていった頃の転疾は、もうどこにもいなかった。

「皆の力を貸してくれ。俺は絶対に逃げん。お前たちの命を借りるだけの覚悟はすでにできている。そのうえで、お前たちの命を求める。頼む。俺に力を貸してくれ」

皆が沸いた。転疾が振り向き、獲生を手招きする。足を進めて隣に並ぶ。

「副将の獲生だ。名よりも〝鬼殺し〟と言ったほうが早いか」

歓声がざわめきに変わる。獲生の副将就任は、いまはじめて皆に伝えられた。転疾よりも若い獲生の副将就任に、誰もが戸惑っているようだった。

「俺が二十、こいつは十八だ。まだまだ小僧だ。皆の力が必要だ」

言って転疾が、獲生の背を叩いた。

「皆に、なにか言ってやれ」

もう一度背を叩かれ、獲生は二万人を見た。

「俺は……」

緋眼だ。

「俺は孤児だった。大陸を流れ流れてこの街に辿り着いた。この街で俺は、沢山の人からいろんな物を与えてもらった。そしてこうやって、皆の前に立っている」

顔を伏せた。強者たちは黙って続きを待っている。腹に力を込め、ふたたび皆を見た。

「俺には返さなければならねぇ恩がある。だからこの街を守りたい。それだけだ。拙さはいまのうちに謝っておく。どんなことでも遠慮なく言ってくれ。よろしく頼む」

心が悲鳴を上げていた。全部嘘だと叫んで、逃げ出したかった。

「以上だ」

転疾の時のような熱狂はなかったが、温かい声が方々から上がる。顎港軍副将軍。それが新たな居場所なのだと、獲生は心に幾度も言い聞かせた。

十一

副将ともなれば、兵舎の外に己の屋敷を与えられる。副将任命から十日。獲生が屋敷に移る日だった。従者も三人付き、敷地の外には警護の兵が、常に十人配置されるという。

居心地が悪い。

己で手に入れたものではない。副将という立場は転疾に与えられたものだ。ならばこの屋敷も従者も警護の兵も、すべて転疾からの貰いものである。獲生がみずからの手で築いたのは、せいぜい鬼殺しという異名くらいのものだ。その程度の武名で、二十万の兵のなかで二番目にあたる地位など得られる訳もない。適任は他にいる。副将任官から十日ほど経過した今でも、獲生の心には鬱屈したものがはびこっていた。

宝李の屋敷ほどではないが、獲生一人が住むには十分過ぎる屋敷である。二階建てで、部屋数も大小合わせれば七つもあった。

「獲生様」

まだなにも置かれていないだだっ広い広間の真ん中に立っていた獲生の背に、頼りない声が触れた。顔だけを後ろに向けて肩越しに声のした方を見ると、獲生よりも幼い少年が扉の前にひざまずいている。

「なんだそれは乙清(いっしん)」

獲生は少年の名を呼んだ。

乙清は獲生が顎港軍に入った日に出会った緋眼の奴隷である。案内する若者にぶつかり、謝る背を踏みつけられていた少年だ。副将となる際、従者が付くと言われた獲生は乙清をと頼んだのだった。はじめて出会った時から、なぜかずっと頭の端に乙清の姿があったのである。緋眼であることを偽っているうしろめたさが、緋眼として真族に虐げられながら生きる乙清を救う行動に走らせた理由だったのかもしれない。

「これより先、私の主は獲生様でございます」

従者というより、緋眼の奴隷としての物言いだった。獲生は無言のまま乙清の言葉を待つ。

「緋眼の奴隷は新たな主にお仕えする際、頭を踏みつけていただきまする」

「なんだそれは」

乙清は床に目をむけながら、じわじわと額を下ろしてゆく。

「私の頭をお踏みください」

なぜそこまで緋眼は真族に遜らなければならないのか。当然のように獲生の足が頭に触れるのを待つ乙清の姿に、いいようのない怒りが込みあげてくる。今の乙清の姿こそ、真族の地で暮らす緋眼の象徴なのだ。真族に頭を踏みつけられながら、一生奴隷として生きてゆく。戯れに殺されようと文句は言えぬ道具なのだ。

「やめろ」

跪く若者から目をそむけて獲生は言う。

「やってくださらなければ困ります。本来ならばこのような服を着ることも許されぬのです」

乙清にも襤褸ではなく、真族同様の衣を着させている。他の真族の従者たちと同等の扱いをしていた。己の従者なのだ。誰にも文句は言わせない。

「やめろって言ってんのがわからねぇのかっ」

怒りを言葉にして吐き出すと、驚いたように乙清が顔をあげた。椅子を蹴って立ち上がり、真ん丸な目で獲生を見つめ、なおもひざまずいたままの乙清へと駆け寄る。そして、しゃがんで緋眼の奴隷の襟首をつかむ。

「お前ぇは俺の奴隷じゃねぇ。俺の身の回りの世話をしてくれる従者だ」

違いがわからぬといった様子で、乙清が首を傾げる。

「お前ぇは俺の世話をしてくれる。俺はお前ぇの寝床と飯を用意する。それで対等じゃねぇか。上も下もねぇ」

己もお前も緋眼……。そこまでは言えなかった。

「俺のところに来たからにゃ、もう卑屈な真似はよせ。わかったな」

「か、獲生様」

「わかったなって聞いてんだ。わかりましたと答えろっ」

「わ、わかりました」

茫然と答えた乙清の背中を一度強く叩いてから、立ち上がらせる。

「わかったらさっさと行け」

「はい」

背をまるめて若い従者が去ってゆくのを、獲生は苛立ちとともに見送った。

屋敷を得てからまた十日が経ったが、やはり居心地が悪いことこの上ない。

獲生は多くの部屋に手を付けず、一階の台所の隣にある一番狭い部屋で寝泊まりしている。従者には、二階の一番広い部屋を使わせていた。皆が恐縮しているが、こちらは一人、相手は三人。一人当たりの広さで言えば、狭いといえど獲生の部屋の方が大きいのだ。当然、乙清も他の二人と一緒である。真族の従者たちには乙清の素性は伏せている。なにかと面倒だし、言って事を荒立てる必要もないと思った。

副将になってはじめての休みだったが、昼になっても狭い自室でごろごろしている。休みとなれば武來の元へ行っていた頃が懐かしかった。あれからまだふた月ほどしか経ってないと思うと、その間のみずからの変化に愕然とする。

扉を叩く音で、獲生は綿の入っていない褥が敷かれた寝床から半身を起こした。兵舎ではずっと固い寝床だったから、今さら綿入りなど落ち着かない。

「なんだ」

声をかけると、外から言葉が返ってくる。

「お目覚めでいらっしゃいますか」

乙清の声だ。あれから乙清は戸惑いながらも、他の二人とともに奴隷ではなく従者として獲生に仕えようとしている。獲生が奴隷扱いをいっさいしないから、他の従者たちは乙清が緋眼であることにまったく気付いていない。

「もう昼だ。とっくに起きてる。なんの用だ」

「お客様がいらっしゃっております」

「俺にか」

「はい」

顎港に地縁などない。友は転疾だけ。他に考えられる縁があるとすれば、宝李くらいのものだ。軍のなかに知り合いはいるが、休みの日に訪ねて来る者となると思いつかなかった。

副将になったのだ。休みの日にも仕事の話をするために訪れる者がいるのかも知れない。

重い躰を起こし扉を開くと、乙清が立っていた。顔を伏せておどおどしている乙清に、獲生は穏やかに問う。

「どんな奴だ」

「女の方です」

「女……」

「獲生様はおいでかと、お一人で」

「名は」

「会えば解るとだけ」

思い当たる者はひとりしかいない。そう思うと、心が逸った。

「どこにいる」

「客間にお通ししております」

乙清の言葉が終わらぬうちに、廊下を歩きだしていた。覚えて間もない間取りを思い浮かべながら、廊下を幾度か曲がる。石畳の廊下に足音を響かせながら、獲生は急ぐ。両開きの客間の扉を開く。まだ一度も使ったことのない長机と、向かい合うように並べられた六脚の椅子が整然と置かれている。その一番奥の椅子に、懐かしい姿があった。

「やっぱりお前ぇか」

「久しぶり」

座ったままそう言ったのは、紅の単衣（ひとえ）に白の裳（も）という目を引く姿の娘鈴であった。相変わらず屈託のない笑みを浮かべながら、獲生を見つめている。大股で長机の脇を抜け、娘鈴と向かい合う椅子に座った。そして、開かれた扉の前で立ち尽くしている乙清を見る。

「済まねぇが、茶を持ってきてくれないか」

はい、と戸惑うようにして言った乙清が、そそくさと扉を閉め、足早に去って行く。陽光に照らしだされた窓に、走るように台所のほうへと歩を進める乙清の影が映る。

「何してた」

机に肘をつき、獲生は尋ねる。

「相変わらず」

言って娘鈴が肩をすくめる。

「旅か」

娘鈴が笑ってうなずいた。

自力救済。己の力と芸のみで旅を続ける芸人の暮らしは、今にして思えば気楽なものだった。足手まといにならぬようにと、盤海が教えてくれる武技を覚える時は、死ぬかと思うほど苛烈ではあったが、それもまた楽しい思い出である。

「いいなぁ、お前ぇは」

丁寧に磨き上げられた机を見つめ、獲生は力無い声でつぶやいた。

「なに言ってんの。副将軍になったんでしょ」

「もう聞いたのか」

「聞いたから、ここにいるんじゃない」

娘鈴がこの屋敷を知っている訳がない。恐らく宝李にでも教えられたのだろう。

「韻貝原で奉天した転疾の隣に付き従う鬼殺しの獲生。二人のことは、大陸じゅうの噂になってるわよ。芸人のなかにはすでに、あんたたちの劇を始めてる者もいるくらいよ」

「俺みてぇなのが、役になんのかよ」

「私が観たやつじゃ、ずいぶん厳つい男が演じてたわよ。物言いもやけに重々しいし」

「厳つ(いか)いか、俺は」

「会った頃よりはね。でも、あそこまでじゃないわ。だって、鬼のなりそこないみたいな役者だったんだもの、あんたを演じてた奴」

「鬼のなりそこない」

「そう。こんな顔して」

娘鈴が指で鼻先を押し上げ、口を思いきりへの字にした。そのまま目を細めて、異様なまでに瞳を上に向ける。その耳元で、戯の字が刻まれた小匣が優しく揺れていた。

思わず噴き出す。すると娘鈴も笑った。戦からずっと張りつめていた気持ちが、和らぐ。戦、奉天、転疾の告白、副将就任。思えばこのふた月あまり、気を緩める暇もなかった。

「それにしても大陸を彷徨ってたあんたが、ずいぶんな出世じゃない」

「お前ぇから出世なんて言われると、首が痒(かゆ)くなる」

「獲生様」

扉の外から乙清の声がした。

「入れ」

扉を開いて入って来た乙清の顔が強張っている。机に置かれた盆に白磁(はくじ)の茶碗が、三つ用意されていた。

「ひとつ多いぞ」

「お客様です」

獲生が首を傾げると、五つ下の若き従者は緊張した面持ちで答えた。

「最将軍様が御一人で」

「転疾が」

娘鈴と顔を見合わせる。

「じゃあ私は」

「ここにいろ。知らねぇ仲じゃねぇんだから」

娘鈴を止めてから、乙清に声をかける。

「通せ」

「畏まりました」

乙清に案内されて転疾が姿を現した。若草色の派手な錦の衣を着けた転疾から、さすが皇子と言いたくなるような風格が漂っている。

「お前も来ていたのか」

娘鈴の姿を見て、転疾が言った。娘鈴は静かに頭を下げると、席を立って転疾に譲る。何も言わずに転疾は、今まで娘鈴が座っていた椅子に腰を落ち着ける。立ったままの娘鈴に、獲生は言葉を投げた。

「お前ぇも座れよ」

「でも」

転疾が隣の椅子を引いた。戸惑い、一度獲生を見た娘鈴が、静々と転疾の隣に座る。

「娘鈴にここを教えたのは、俺なんだ」

宝李だと思っていた。自分の知らない所で二人が会話を交わしていたことを知り、胸の奥がちりりと痛んだ。

「昨日、宝李の屋敷で会ってな。それでお前が副将軍になったことを教えたんだ」

口許を緩やかにほころばせながら、娘鈴がうなずいた。その柔らかな顔付きに、かすかな怒りを覚える。悟られまいと、平静さを装いながら言葉を吐いた。

「そうか。お前ぇだったのか。俺ぁ、てっきり宝李が教えたのかと思ったぜ」

転疾が背板に躰を深くもたせかけて、笑った。

「おい、獲生。この女、いい腕してるな」

「て、転疾様」

焦ったように、娘鈴が転疾をたしなめる。それを無視して、友が続けた。

「武來の所で会った時から、この女は相当使うと思ってたから、これ幸いと手合わせしてくれと頼んだんだ。そしたら、まぁ強いこと強いこと。お前は知ってたんだろ。娘鈴の髪のこと」

飛頭舞だ。髪を振り乱して舞う芸だが、武技としても使える。

「何度か背筋が寒くなった」

「恥ずかしゅうございます」

「いや、惚れ惚れする身のこなしだった。それに、俺はその耳の匣が気に入っている。歩武一行の奴らのような無頼の輩が匣を露わにしているのは解るが、お前のような綺麗な女がそうして匣を見せているのは初めて目にした」

「自力救済の芸人ですから。匣の運命など」

「信じぬか」

細い目を思いきり見開いて転疾が問うと、娘鈴が小さくうなずいた。それを見て友が豪快に笑う。それから、がらりと椅子を回して、娘鈴に正対した。

「俺の妻になってくれ」

獲生と娘鈴は同時に声を上げた。あまりに突然のことに娘鈴が目を丸くしている。

「宝李から俺の素性は聞いているんだろ。それでもいいなら、嫁に来てもらいたい」

娘鈴は盤海の跡を継いで、宝李の間者をしている。転疾の素性を教えるのは、獲生の時とは違った意味合いで必要なことだろう。

「お、お戯れを」

娘鈴が顔を背けた。

「い、いきなりなに言ってんだ」

あたふたしながら言った獲生を、転疾が悪戯っぽい笑みを浮かべて見た。

「こういうことは言ったもの勝ちだ」

ふたたび娘鈴に顔を向ける。

「なぁ、どうなんだ」

獲生は、娘鈴がちらりと己を見たような気がした。刹那に交錯した視線はふたたび逸れ、娘鈴がうつむく。

「私には父から受け継いだ芸と務めを、しっかりと果たしてゆくという使命がございます。それに私の天字は〝戯〟にございます。遊戯、戯れに生きるが私の道」

「先刻、匣の運命には従わぬと言ったではないか」

「それでも天字は天字にございます」

「駄目か」

「申し訳ありません」

「そうか、それは残念だ。が、俺は諦めんぞ」

「もう、この話はこのくらいに」

「解った。今日のところはこれで止めよう」

転疾が手を叩いて、快活に笑った。

「で、転疾。お前ぇ、今日はなんで」

「友に会いに来た。それだけじゃ駄目か」

副将と最将軍になっても、転疾は昔のままだった。無邪気な目で見てくる転疾に、獲生は後ろめたい気持ちを抱く。裏切るような真似はなにひとつしていないのに、どこかで転疾を避けている自分がいた。

「どうした」

獲生の心の乱れを機敏に悟った友が、心配そうな顔で問う。深奥にくすぶる闇を振り払うように、むりやり笑顔を作って、声を吐く。

「いろいろとありすぎて、疲れてるみてぇだ」

「大丈夫か。今日は帰ろうか」

「お前ぇに心配されたら、終わりだ」

「だよな」

転疾がからからと笑って、白磁の急須に手をかけた。

「あ、私が」

「いいよ別に。こんなことは気付いた者がやりゃいい。それが顎港の流儀だ」

急須を取ろうとする娘鈴の腕を払って、転疾が三つの茶碗に丁寧に茶を注ぐ。

「こういうのは、簡単なようで、案外難しいんだ。旨い茶を飲むにはこつがいる」

唇から舌先を出して、子供のような目をして真剣に茶を入れる。注ぎ終え、それぞれに渡し、転疾が胸を張る。

「旨い。お前ぇ、本当に皇子か」

「小器用な皇子様なんだよ」

嫌味をまったく感じさせない朗らかさで、転疾が答えた。

「せっかく娘鈴がいるんだ。昨日、宝李に聞かせたことを、俺たちにも教えてくれないか」

転疾が飲みかけの茶碗を机に置く。

「どこも酷いものです」

娘鈴のつぶらな目が、いきなり暗い影を帯びる。細い躰から発せられる重々しい気を感じ、獲生と転疾は黙って耳を傾けた。

「韻貝原での覇の大敗以降、悪政に虐げられていた人々の不満が一気に大陸に満ちました。各地で税が滞り、城外には賊が溢れ、国庫を襲われる城も出てきています」

「小兆(しょうちょう)も関係しているんだろう」

空になった茶碗を見つめて、転疾が言った。

「小兆……」

獲生がつぶやくと、娘鈴が口を開く。

「源匣の力が弱まる時期のこと。小兆の時には乱が起こると信じられているの」

そういえば以前、盤海に教えてもらったことがある。今は真天山の源匣の力が弱まっていると。

「小兆でただでさえ不安になってるところに、帝の圧政。そして今度の韻貝原での顥港軍の勝利。民の不安と不満は一気に弾けたようです」

「そのせいで、顥港を攻めきれずにいるのだな、あの愚帝は」

転疾の相槌には、今の帝に対するあからさまな敵意があった。娘鈴は小さくうなずいてから、再び続ける。

「皇太后の扇と弥楊の頃から、過度なまでの税の取り立てや、王領の拡充により、王家に富が集中していましたが、先の粛清によって帝の親政になってからというもの、搾取は以前より苛烈になりました。あちこちで叛乱が起きているものの、呉尉を将軍とした王府、近衛軍や、各城の城兵たちによって、民は力で抑えつけられ、敗北の末に以前より虐げられるということが、各地で起こっています」

「力で火を消し、別の場所でまた火が起こるってことか」

獲生の声に、転疾が嘲りの笑いを重ねた。

「自業自得だ」

一度堰を切った民の感情は、力で抑えようとしてもどうにもならない。鎮圧は次の反乱を生む。憎しみは憎しみしか生まないのだ。

「しかしまだ、各地で賊が蜂起しているだけ。乱と呼べるものではありません」

「纏(まと)まりがないという訳か。どこかに大きな極が出来れば、人は集まる。そういうことだろ娘鈴」

転疾の問いに、娘鈴がうなずいた。

極があれば、人が集まるという転疾の言葉が頭を巡る。獲生の口から言葉が零れだす。

「その極になればいいじゃねぇか」

「俺たち……。ということか」

「もともと、各地の賊は顎港の勝利によって立ち上がったんだ。顎港が正面から覇に対抗すると宣言すれば、周囲から人が集まって来るんじゃねぇか」

「人ならば、すでに顎港にはいる。二十万の軍が、顎港にはあるんだ。今さら周囲から喰い詰めた人間を集めたところで、足手まといになるだけだ」

「そういうことを言ってるんじゃねぇ」

「狼煙（のろし）を上げろと言ってんだろ。そんなことは解っている」

腕を組んだ転疾が獲生をにらむ。余裕を湛えたその態度が気に入らない。

「ぼけぼけしてると、他の誰かに都を落とされるぞ。そうなってからじゃ、遅ぇ」

「なにが遅い」

「お前の夢が叶わねぇ」

友が押し黙った。その目は獲生に向けられたまま、唇をへの字に曲げて、口を閉ざした。

「流れに乗らねぇと置いてかれるぞ。覇が滅んだ後に、先の王朝の血脈に連なるなんて叫んだところで、何の役にも立たねぇだろ。新たな帝の世を喜ぶ者たちにとってみたら、お前ぇは先の暴君の兄に過ぎねぇ。そうなってから兵を挙げても、大陸じゅうの人間に袋叩きにされて終わりだ」

「焦っても仕方ないだろ」

やけに慎重な物腰に、苛立ちが募る。

「お前ぇらしくねぇじゃねぇか。最将軍になって変わっちまったのか」

「俺には、守らなければならんものがある。顎港に住むすべての民が、俺の決断ひとつで死地に追い込まれることもあるんだ。お前みたいに、流れだなんだと浮足だって騒ぐことはできない」

「最将軍っていう言葉が重石なら、そんな物棄てちまえばいいだろ。顎港を出て兵を挙げるってんなら、俺が付いていってやる」

「そうやって、なんでもかんでも棄てて来たお前とは、違うんだ」

獲生は椅子から身を乗り出した。尻を浮かせ、机に手を突き、転疾をにらむ。獲生を見据えたまま、転疾が言葉を吐く。

「俺は棄てられた。そしてこの街に拾われた。だからそう簡単に棄てることはできん。俺はもう二度と、なにも棄てないと誓ったんだ。俺の手にあるものは、なにがあっても守り抜く。そのために戦い続ける。それが俺だ。お前は解ってくれていると思ってたんだがな」

こんなに己を昂ぶらせているのは、いったい何なのか。はるか先を走っている友への嫉妬か。娘鈴と転疾の先刻の会話か。それとも不甲斐ない己に対する怒りなのか。転疾は焦っても仕方ないと言った。たしかにそうかも知れない。だが、乱はじきに治まる。今のうちに動かなければならぬという想いは、妙な嫉妬から出たことではない。

「棄てられねぇのなら、皆を巻き込めばいい。お前ぇが帝になるためなんだ。持てるもんは全部使えよ」

「使う時はためらわず使う。が、それは今じゃないと言ってるんだ」

どれだけ獲生が言葉で揺り動かそうとしても、転疾はまったく動じない。腕を組んだまま、真正面から獲生を見据え続ける。

荒ぶる二人を、娘鈴は見守っていた。こんなことで動揺するような女ではない。

獲生の口角が吊り上がる。脳裏に浮かんだ疑問を素直にぶつけた。

「お前ぇ、自分を騙してんだろ」

「なに言って……」

「昔、気を失っているお前ぇを見ながら武來様が言ったことがある。お前ぇは本当は平穏を求めていながら、そんな自分を騙して戦っているとな」

獲生をにらむ転疾の目に動揺の色が走る。

「あの時はそんなことはないと思っていたから聞き流していたが、どうやら武來様の見立ては正しかったようだな」

「お前だって自分を騙して生きているではないか」

「そりゃ認めたってことか」

矛先を変えようとした友を逃がさず問い詰める。すると転疾は冷めた茶に目を落とした。

「お前の言う通りだ獲生」

答えて深く息を吸うと、友は続けた。

「本当は俺は戦なんかやりたくはない。帝になんかならずに、書物に囲まれて暮らしていたい」

はじめて聞く転疾の本心だった。誰よりも戦の神に愛され、奉天まで成し遂げた最年少の最将軍が吐いたとは思えない言葉に、獲生は驚きを隠せない。

「でも俺は先帝の皇子に生まれた。この街でこうして生きていられるのも、俺が皇子であるからこそだ」

「そんなこたねぇだろ」

「俺が皇子だからこそ、宝李はここまで育ててくれた。悪政を布く弟を追い落として帝になる。そう言い続けているからこそ、宝李は俺を信じてくれる」

俺は帝になる男だ……。

転疾の口癖は宝李を納得させるためだけの言葉だったのか。

いや、違う。

納得させていたのは宝李ではない。転疾自身だ。

「そうやって自分を欺いて、必死に戦ってたってのかよ」

「お前と同じだ獲生」

「馬鹿にすんじゃねぇっ」

怒鳴りつけ、友に詰め寄る。

「俺はたしかに素性を偽ったかもしれねぇ。だがお前ぇみてぇに自分の心を騙しちゃいねぇっ。一緒にすんじゃねぇ。宝李に養ってもらうために、己を偽るような奴だとは思わなかった。見損なっちまったぜ、え」

「養ってもらうためだと……」

転疾の右の眉尻が震えている。

「緋眼に生まれたお前に俺のなにがわかる。平穏な道など歩めぬと定められた者の気持ちなど、お前にわかるわけがない」

「定めなんざどうにでもなるだろうが。そんなに戦が嫌なら、なにもかも棄てて誰もお前ぇを知らねぇところで生きりゃ良いだろ」

「棄てられぬと言ったはずだ」

「馬鹿にしやがって……」

怒りの焰が身中をのたうちまわる。純白の壁を見つめながら獲生は問うた。

「宝李だろ」

「なにがだ」

「お前ぇを縛ってんのは、あの爺ぃなんだろ。宝李が下手な真似はするんじゃねぇと言ったから、お前ぇは動けねぇんだろ。なにをするにしても、飼い主の言葉がなけりゃ、お前ぇは動けねぇ弱虫なんだろ」

次から次へと言葉が溢れだす。

「奉天なんざしたところで、肝心な時に腰が引けるようじゃ、欲しい物を手に入れられる訳がねぇ。しょせんお前ぇはその程度の男だったってことだろ」

もう止まらない。

「本に囲まれて平穏に暮らしたいんなら、帝になってからやりゃ良いだろ。国が無事に治まれば、穏やかに暮らすこともできんだろ」

「たしかにお前の言う通りだな」

感心したように転疾が何度もうなずくが、椅子を立って拳を握るような勢いはない。そんな煮え切らない態度に、余計に腹が立つ。

「だったら今すぐ動けよ。宝李がなんと言おうと貫道を都まで一直線に攻め上るんだ」

「それはできんと先刻言ったばかりだ」

「奉天を為し遂げた最将軍も、ひと皮剝けばこの程度か。腰抜けが頭じゃ、顎港軍も長くはねぇな」

「そこまで言ったんだ。お前はどうするつもりなんだ。え、獲生」

「行く末なんか解らなくても、動かなきゃならねぇ時がある」

今までそうやって生きてきた。村を棄てた時も、盤海たちと旅を続けた時も、顎港兵として戦っている時も、常に行く末は暗闇に包まれていた。それでも獲生は、必死にもがき、苦しみ、ここまでやってきたのだ。様々な縁がこの場に獲生を立たせているが、己を曲げたことは一度もない。

「お前、自分が言ってることが解ってるのか」

「莫迦にすんな」

「二万人の仲間の前で言ったことは嘘だったのか。俺には返さなければならない恩がある。だからこの街を守りたい。そう言って頭を下げたお前は、いったい何だったんだ。守りたいものを、目途も付かない戦に引き摺り込むことが、お前の恩返しなのか」

転疾の言葉を聞きながら、獲生は気付いた。己を曲げて辿り着いた場所が、ただひとつだけある。顎港軍副将軍の座だ。

すべてが音を立てて崩れてゆく。

獲生は笑った。

「あん時言ったことは全部嘘だ。俺ぁ、副将軍なんざなりたかなかった。お前ぇに恵んでもらったこんな地位なんざ、いつでも棄ててやらぁ。俺ぁ、これまでそうやってすべてを棄てて生きてきたんだからな」

「自分の道を切り開くために必死で戦い続けるお前の背中が目の前にあったから、俺はこれまで戦えたんだ獲生。お前が言う通り、己を騙して戦っている俺は、みずからの想いのおもむくままに槍を振るうお前が隣にいてくれることで何倍にも強くなれる。いつか必ず都には攻め上る。それまでここで……」

「女々しい野郎だなお前ぇは。一人で立てねぇようなら最将軍なんざ棄てて、部屋に籠って本でも読んでろ腑抜け」

転疾が立ち上がる。獲生が気付いた時には、すでに友は机を回り込んでいた。顔に衝撃を受け、床に転がる。

立ち上がる勢いのまま、転疾に飛びかかった。机が激しく動き、茶碗が割れる。

「二人とも落ち着きなさいっ」

娘鈴の声。しかし獲生は止まらない。

「お前ぇの風下に立つのは、うんざりだっ」

転疾の頬が歪み、唇から血が舞う。

「いつ、お前が俺の風下に立ったっ」

衝撃が腹から背中へと駆け抜けた。くの字に折れた躰が一瞬宙に浮き、ふたたび地面に戻る。吐き気を感じながら、獲生は叫ぶ。

「気に入らねぇんだよお前ぇはっ。いつもいつも先を走りやがって」

「だから、いつ俺がお前の前を走ったっ」

「そういう所が腹が立つんだよっ」

交互に殴り合う。武來から教えられた技など用いない。子供の喧嘩さながらに、拳のみを交えながら語り合う。

「時は必ず来る。それまで待てんのかっ」

「今がその時だっ。今を逃したら、先はねぇ」

「誰がそんなこと決めたっ」

「俺だっ」

獲生の拳が、転疾の躰を揺らした。頭を幾度か左右に振って、転疾が腰から崩れて床に座る。肩で激しく息をしながら、獲生は友を見下ろした。

「成り行きからこうなっただけだろ。本心からの言葉じゃないよな」

顔を腫らした転疾が、穏やかな声で問う。転疾の言う通り、兵を挙げるという考えは、成り行きから出た言葉かもしれない。しかし最後の方の言葉は本心だ。もう転疾の後ろを歩くつもりはなかった。

「俺はこの街を出る」

青黒く膨れ上がった右の瞼をかすかに動かし、転疾が獲生をにらむ。

「本気か」

国に棄てられた男と、国を棄てた男。しょせん、二人は共に歩めぬ運命なのだ。

深い溜息を吐いて転疾がうなだれる。獲生の心は、不思議と晴れやかだった。

十二

黒雲が空を覆い、鈍色(にびいろ)の雨が激しく屋根を打つ。昼だというのにまるで黄昏時(たそがれどき)のようだった。灯火も用いず、転疾は窓外の景色を眺めている。最将軍の屋敷だ。昨日は一睡もできなかった。真夜中から降り出した雨は、朝になってもやまず、昼近くになったいまも降り続いている。

「なんて日に行くんだ、あいつは」

力無い声は、雨音に掻き消されて散った。

「本当にいいんですか」

娘鈴の悲しげな声が、背中を優しく撫でた。振り返りもせず、自嘲の笑いを口にたたえて肩を竦める。喧嘩から三日、獲生が街を出ると報せてくれたのは娘鈴だった。誰にも告げずに街を出るつもりだったのだろうが、娘鈴にだけ密かに教えたところに獲生の本心がある。友も、娘鈴のことが好きなのだ。それを口にできぬ不器用さも獲生らしいと思う。一人で考え、迷い、のたうつ。それが獲生という男だ。己を曝け出すことが下手で、いつも誰かに道を譲る。そのくせ、こうと決めたら、てこでも動かない頑固さもある。

「まったく、面倒臭い奴だ」

いつからだろうか。獲生が自分に後ろめたい気持ちを持っているのではないかと思い始めたのは。武來の所に通っていた時から、獲生との間に漠然とした違和を感じていた。普段と変わらぬ無礼な態度でいたかと思うと、とつぜんよそよそしくなる。そんなことが幾度かあった。それが、日を追うごとに頻繁になり、鬼道兵との戦の後には無礼とよそよそしさが逆転した。宝李が素性を知らせるよりも前から、獲生は己との間に見えない壁を作っていたのである。そうと知りながら、それでも副将軍になってくれと頼んだ。どれだけ心に隙間があろうと、すぐに元通りになる。きっかけさえあれば、昔のような間柄になれると信じていた。獲生がいてくれたから、己はここまで戦ってこられたのだ。それは獲生も同じ。そう思っていた。

「なぁ」

窓の外を見つめたまま、娘鈴に声をかける。美しい娘は、沈黙で転疾の言葉を待った。束の間の静寂の後、転疾は娘に問うた。

「俺はあいつの、なんだったんだろうな」

「お二人が一緒にいるのを見たのは、たったの二度。それでも両者の間にある熱い情の繋がりは感じられました。互いが互いのことを友であると相手の前で言える。そんな仲はそうはないと思います」

「友か」

今となっては虚しい言葉だった。

「俺はな」

雨が激しさを増した。背後の娘鈴に聞こえるように、わずかに声に圧を込める。

「この国の帝になる。そう決めた」

「はい」

幼きころに宝李に言われた時から、帝になるという志が転疾の支えとなった。皇子であるから己はここで生きていける。書物を読み平穏に生きたいという望みは捨てたのだ。

「俺が玉座に座る時、隣にはあいつがいるはずだった」

緋眼であることなど関係なかった。転疾にとって心から自分を曝け出せる存在は、獲生以外になかった。死を免れた皇子。どれだけ宝李たちが親身になってくれても、転疾が皇子であるということを彼らが忘れることはない。自然、転疾自身も皇子としての振る舞いを保とうとした。六歳から育ててくれた宝李の下僕も、民として生きるための術は厳しく教えてくれたが、礼節だけは失わなかった。軍に入ってからは、俺はここで終わらないと頑(かたく)なになり、仲間を遠ざけ続けた。

獲生が現れるまでは。

あの男は強引に、転疾の懐に入り込んできた。自分を曝け出すことは苦手なくせに、強引で頑固だった。そんな獲生によって、転疾の心は次第に開かれていったのである。そして昨日、これまでずっと胸に秘めていた想いすらも吐き出してしまった。

獲生は強い。憧れるほどに強い。気付いていないのは獲生だけだ。迷い、傷つき、それでも自分から逃げない。傷だらけになりながら前に進もうとする姿に、転疾は幾度も打ちのめされた。今度のことだって、散々に迷った挙句、のたうちまわって出した結論なのだ。あの時交わした会話は、獲生の心にわだかまっていた想いを形にしたに過ぎないだろう。

「あいつのことが好きなのか」

背後でたゆたう気が、一瞬揺れた。急かすようなことを言わず、娘鈴の答えを待つ。

「わかりません」

「そうか」

好きとは言わなかったが、嫌いだとも言わなかった。

「俺はまだ諦めてないぞ」

言って肩越しに娘鈴を見た。黒雲が生む闇のなかでもなお、青白い肌が浮かびあがっている。ぞっとするほどの美しさに、転疾は息を呑む。憂いを帯びた目を伏せ、戸惑っている姿がいじらしい。押し倒しそうになるのを、必死に抑えていた。普段の転疾ならば、とっくにものにしている。力ずくで奪い、そのまま傍に置く。そうしないのは、どこかで獲生に義理立てをしているからか。

「俺の妻になれ。そうすればいずれ、お前はこの国の帝の妻となる」

「私は芸人です。芸に生き、芸に死ぬのが宿命。夫を持つなど、考えたこともありません」

「お前の芸もいずれ誰かに伝えなければならんだろう。お前の父が娘に伝えたように、お前も我が子に」

「いまは考えられません」

獲生の時のような曖昧な答えではなかった。会話を断ち切るようにきっぱりと言った娘鈴の目が、転疾に向けられる。涼やかな瞳に射竦(いすく)められ、それ以上、深入りできなかった。

気を取り直し、獲生のことを語る。

「村を棄ててから、あいつは何かに流されて生きてきた。お前たちと一緒に旅をしたのも、顎港軍に入ったのも、副将軍になったのも、流れに身をまかせた結果だ。が、今度は違う。あいつ自身が決めて選んだ道だ。村を棄てるという道を選んだあいつが、今度は顎港を棄てることを選んだ」

行く末に、光があることを切に願う。胸にこみ上げてくるものを、腹に力を込めて留める。

「あいつはまた戻ってくる。その時、あいつに顔向けできないような俺でいるわけにはいかん」

平穏な日々などとうに捨てた。

娘鈴は黙って聞いている。窓の外では、激しい風が吹き荒れていた。叩きつける雨が激しさを増してゆく。

「また旅に出るんだろ」

「明日にも出ようと思います」

「あいつのことをこれからも見守っていてくれないか。そして顎港に来た時は、宝李に会うついででいいから、あいつが旅先で何をしているのか、俺に教えてくれ」

「喜んで」

「頼むぞ」

「はい」

それ以上は何も言うことがなかった。転疾の心を悟ったように、娘鈴は静かに部屋を辞した。一人になった部屋のなかで、転疾は雨に煙る顎港の街を見つめ続ける。

「源匣の御心のままに」

雨は止まない。

*

びしょ濡れになった馬が、白い息を吐きながら小さく震えた。鞍の上で微かな振動を感じ、獲生は天を仰ぐ。

風は何処より来たりて、何処へと吹きゆくのか……。

顎港に留まり過ぎた。そういう意味では獲生は少しだけ真族に染まったのかもしれない。

一座にいるころ盤海が言っていた。真族になったのならば執着を持てと。獲生は顎港に、そして転疾に執着していたのだ。この地ならば、この男ならば己の道を開いてくれるのではないか。そんな幻想に囚われ、束の間の夢を見ていた。しかし獲生はどこまでいっても緋眼なのである。父が残した継刻を胸に生きる身だ。

吹くからこそ風。

転疾と袂（たもと）を分かつのは宿命だったのだ。

「本当に来るのか」

付かず離れず追ってくる馬に声をかけた。馬上にあるまだ幼さの残る顔が、力強くうなずく。顎港の街を出て一刻あまり。人家もまばらになっている。娘鈴以外には告げず出てきたのに、なぜこの少年は気付いたのか。

「帰れ乙清」

「嫌です」

若き緋眼の従者は、そう言って頭を振った。あまりに激しく振ったせいで、飛沫が派手に舞う。

「行くあてのねぇ旅だぞ」

「解っています」

乙清が馬を速めて隣に並んだ。

「どうして解った」

「三日前、最将軍が見えてから、獲生様の御様子が変わられました。それで、ずっと」

「見張ってたのか」

「違います。ただ、何をなされるのかを、ずっと窺っておりました」

「そういうのを見張ってるってんだよ」

若き従者が言葉を失い、うつむいた。

「俺はこれから賊になる。解ってんのか」

「何があろうと、獲生様に従うと、拾われた時より決めておりました」

「お前は人だ。拾うなんて物みてぇに言うんじゃねぇ」

「私は緋眼です。物同然でございます」

「うるせぇっ」

前をむいたまま怒鳴る。

「お前は人だ」

己も緋眼だと喉の奥まで出てきたが、ぐっと飲みこんで話題を変える。

「逃げるように屋敷を出た元の主に義理立てすることはねぇんだぞ」

「義理立てではありませんっ」

いきなり鞍の上で身を乗り出したせいで、乙清の馬が驚いて身震いをした。獲生は右手を手綱から離し、乙清の馬の首に触れて落ち着かせてやる。歩武にも乗馬の調練があった。いつ何時、騎武に異動になるか解らないため、馬の扱いに習熟しておく必要からだった。

幾度か軽く前足をばたつかせ、乙清の馬が落ち着きを取り戻す。ふたたび隣を進む若き従者は、努めて平静に語り始めた。

「私にとって、獲生様は憧れなのです。流浪の身から鬼殺しと呼ばれ、転疾様を助けて副将軍にまで昇りつめた。そんな獲生様のことを、私は屋敷に来る前からずっと見ておりました」

「妙な奴だな」

「私の父と母は顎港の奴隷でした」

奴隷の子は奴隷ということか。獲生の口のなかで奥歯が鳴る。

「私の父は鬼になりました。私が赤子だった頃のことです。父は私をかばう母を殺し、力尽きるまで暴れて潰えたのだそうです」

鬼……。よくよく縁がある。

「東壁のむこうより流れこむ悪しき気が鬼を生む。だから東壁に近い夷界に住む緋眼が鬼になると真族は信じています。私の父も鬼に……」

「俺が殺した鬼は真族だった」

山賊であった。転疾と二人で殺した鬼の首には鉄の匣がぶら下がっていた。緋眼だけが鬼になるというのは、真族のでっち上げにすぎない。

「鬼になるのは緋眼だけじゃねぇ」

「獲生様が鬼を殺したということを聞いて、私は心から震えました。私に力があれば……。父が鬼になった時、私が獲生様のように強かったら、母は死なずにすんだものをと」

「赤子だったんだろ」

「確かに赤子の私には何もできませんでした。それどころか、父母が死んだことを覚えてもいません。それでも私の心には、鬼に対する恨みがしっかりと刻まれているのです」

鬼になったのは父だ。それでも鬼を恨むというのか。乙清の心のなかでは、鬼と父は切り離されているのかもしれない。

「私は獲生様のようになりたいのです。お願いします、私を連れていってください。決して足手まといにはなりません。どうか、どうか」

顔を伏せる乙清の肩が激しく震えている。

「後悔しても知らねぇぞ」

「そんな半端な覚悟ではありません」

顔を上げた乙清の目には、ぎらついた闘志がみなぎっている。

「私の本当の名は佐納清丸(さのうきよまる)と申します」

「なんだそれは」

「緋眼名です。真族の地で生きる者にも、緋眼としての名はあります」

熱い眼差しで語る乙清を、獲生は黙したまま見つめている。揺らぐことのない決意を引き締まった口許に湛えながら、緋眼の少年は語った。

「この国で緋眼名を使うことは禁じられています。しかし、この人と言う御方に出会った時、命を預けると決めた時、己のすべてを曝けだすという意味で緋眼名を語るのです」

思わず少年から顔を背けた。

木曾捨丸という獲生の名は、転疾と宝李が知っている。獲生自身が語ったのだが、そのような意味があるとは知らなかった。もしあの時、いま乙清が語ったことを知っていたら己はどうしていただろうか。やはり名を教えたはずだ。命を預ける覚悟。もしあの時、そこまでの決意のもとに名を語っていれば、結果は違っていたかもしれない。

しかしそれももはや、過去の話だ。

後ろ髪引く想いを振りきり、獲生は乙清を見た。

「これから俺たちは賊になる。国も真族も関係ねぇ。だからお前ぇも、緋眼であるからと自分を卑下するんじゃねぇ。わかったな」

言って前を向く。斜めに降る雨が行く先を隠していた。それでも獲生は前だけを向いて馬を駆る。すると、二人のものではない蹄の音が背後から近づいてきた。ひとつやふたつではない。かなりの群れだ。

「駆けるぞ」

乙清を見もせずに、獲生は馬腹を蹴った。蹄の音は執拗について来る。雨中を確実に、獲生たちを追うようにして馬を走らせている。じわりじわりと乙清が遅れていく。

「足手まといにならねぇと言ったばかりじゃねぇか」

毒づきはしたが、見捨てる気はない。馬首を返して、乙清を見る。雨中に馬影があった。三十。いや、五十はいる。

「乙清っ」

従者を待ちながら叱咤する。

「待てっ、獲生っ」

近づいてくる馬の群れから声が上がった。知った声である。

「勘違いするんじゃねぇっ。俺は味方だっ」

「味方だと」

乙清が追いついてからも、獲生は馬を止めたまま馬群を待った。先頭を走る男が、獲生の前で馬を止めると、従う者たちがその背後に並んだ。

「蝶尚……」

先頭の馬に乗る男の名を呼んだ。歩武一行の将、蝶尚であった。

「俺を追手かなにかだと思ったべ」

図星だ。癪だから黙っていた。すると蝶尚は、あの蛇のような顔に不吉な笑みをたたえながら、背後を見た。

「俺たちはお前に付いていくことに決めた」

言った蝶尚の首の下で、銀色の小匣が雨に濡れて光っている。

「なに惚けた顔をしてんだ。これからは、俺たちの大将はお前だって言ってんだべ」

馬を進めた蝶尚が、獲生の胸を小突いた。その背後で、蝶尚に従ってきていた者たちが、馬を降りて泥の上に片膝立ちになる。そしてそのまま獲生に向かって深々と頭を下げた。

依然として騎乗したままの蝶尚が港なまりの強い言葉で語る。

「俺ぁ、お前の考えに賛成だ。いまはじっとしてる時じゃねぇじゃん。大陸じゅうが乱れてる今こそ、その波に乗るんだ。そんなことを軍内でしきりに騒いでたら、転疾の野郎、罷免だと吐かしやがるじゃん。厄介払いよ。腑抜けた軍に愛想をつかしてた時だから丁度良かったがな。俺が軍を抜けると言ったら、絶対に付いていくと言って聞かねぇ野郎がこんだけ集まった。だから、そっくりそのままお前に預けることにした」

「何を言ってんだ、あんた」

己が顎港を出て賊になるということが、どこから漏れたのか。考えられるのは一人だけ。

「転疾か。転疾があんたに」

「さぁな。風の噂ってやつは隙間さえありゃ、どこにでも吹くべ」

そう言って蝶尚は、肩をすくめておどけた。

「あんた、俺と二十も違うだろ」

「男の器は歳じゃねぇべ。俺ぁ、昔から小生意気な転疾の野郎より、口は汚ねぇが物事を弁えてるお前を買ってたんだ」

「はぐらかすんじゃねぇよ。転疾が俺のことを、あんたに報せたんだろ」

「そんなことはどうでもいいべ。とにかく俺たちはお前ぇに付いていくと決めたんだ。こいつらは俺が目をかけて可愛がっていた連中だ。そんなかでも親兄弟のいねぇ奴だけを選んできた。手駒としちゃ贅沢過ぎるくらいだぞ。お前ぇの旗揚げの祝いだべ」

旗揚げなど思ってもみなかった。村から逃げ、今度は転疾から逃げた。始めるのはまた身ひとつと思っていた。自分の力でどれだけやれるか。とにかくやってみるつもりだった。一年後には、なんとかなれば良い。その程度の考えで、顎港を出た。それが――。乙清に蝶尚。そしてその配下の者たち。兵として動けるだけの数が、いきなり揃った。

転疾の力があったからなのか。

「最将軍に命じられたんなら、帰ってくれ。もし賊になるというなら、勝手にしろ」

「俺たちを見縊るんじゃねぇぞ。あんな野郎に言われたから、付いていくわけじゃねぇ。どうせ賊になるんなら、お前のような頭を持ちてぇと思ったから、こうして頼んでるんじゃねぇか」

居丈高な懇願だ。胸を張って威張る元の上官を見ていると、おかしくなった。思わず笑いが口から噴きだす。

「なんでぇ」

片方の眉を吊り上げて、蝶尚が睨む。

「好きにしろ」

「おい、お前ぇら、話はついたべ」

頭を下げ続ける男たちに蝶尚が告げると、歓声が上がった。次々と騎乗する男たちを確認してから、蝶尚が獲生に問う。

「これからどうする」

「なにも決めてねぇ」

「とにかく、上下だけははっきりしておかなきゃなんねぇじゃん」

隣に並んで馬を進める蝶尚が、雨粒をじゃばじゃばと口に入れながら威勢良く言った。

「もともと、あんたが俺の上役だった。それに後ろの奴らもあんたが連れてきたんだ。頭になりてぇってんなら、好きにしろ」

「そういうことを言うのは、もう止めろ」

前を向いたまま蝶尚が厳しい声で言った。

「これからは俺たちの頭になるんだべ。どんな時でも弱いところは見せちゃならねぇ。何があっても引くな。己が一番だと思って突き進め」

言った蝶尚が舌をぺろりと出して、雨に濡れた口許をなめてから続けた。

「お前の道は、俺たちの道だ。しっかりしてくれよ頭」

さっきまで先の見えなかった行く手に、微かな光明が射した気がした。

「なぁ頭」

蝶尚はすっかり賊になりきっている。いや、この男は海賊だったという噂が軍内には前々からあった。若い頃、海を散々に荒らし回り、顎港軍に捕えられ、死罪になりかけたところを軍に拾われたのだという。軍では見たことがない活き活きとした顔で語る姿を見ていると、噂も出鱈目(でたらめ)ではなかったのではと思えてくる。

「もし、行く先がねぇんだったら、中域に行かねぇか。あそこは中立を保つ真天宮があるし、碧江を下れば野従の住む奥林もあんじゃん。奥林までは真族は追ってこねぇべ。何考えてるか解らねぇ野従には気を付けなきゃなんねぇが、万一の逃げ場所には丁度いいべ。それに、乱は中域に出ずって言葉もあるじゃん。旗を揚げるには格好の場所だべ」

どうせ行き当たりばったりの旅だった。だったら蝶尚の案に乗るのも一興だ。

「そうだな、中域に行くか」

「後のことは、行ってから考えるべ」

付き従う者たちに、右手を高々と挙げた。

「これから俺たちは碧江を渡り、中域に向かう。遅れんなよっ」

歓声に包まれ、獲生は馬腹を蹴った。いつの間にか雲が晴れ、空は紅に染まっていた。

籠鬼山

一

「駄目だ。これでもう四つ目だぜ」

村に行った者たちの報告を聞いた蝶尚が、荒い鼻息を吐いた。隣に座る獲生は、それを黙って聞いている。

碧江を渡り、中域に入った。顎港を出てひと月あまりが経っている。獲生は、真天御国と北で境を接する南平国(なんぺいこく)にいた。各自で用意していた物も尽きかけ、そろそろ新たな食糧を手に入れなければならない。銭はあった。軍に在籍していた頃に蝶尚が貯めていたという金と、獲生自身のありったけの銭。そして五十人が持ち寄ったものを集めれば、半年ほどは皆が生きられる程度はあった。

村に行き、余っている米や作物を分けてもらおうとしていたが、どこに行っても余所者に分ける物はないと言われ続けた。

「奪っちまえば楽なのによ」

「おい」

蝶尚のぼやきに、獲生は剣呑(けんのん)な気を孕んだ声を吐く。殺意に満ちた視線を受け、ひと回りも上の手下は、冗談だよと言って肩をすくめた。

「民からは奪わねぇ、だべ」

「どんなことがあっても民の賊にはならねぇ」

敵はこの覇朝自体だと、顎港を出る時に決めた。民を虐げ、富を貪る覇の帝、了楓を倒す。そんな途方もない夢を掲げた旅なのだ。志を曲げるつもりはない。

膝に肘を乗せ、両手に顎を突いた蝶尚が、溜息混じりに口を開く。

「でもよ、もう中域に入ったんだ。そろそろ居所を定めるべきじゃん。幸い、この辺りは南平国内の真天領だ。少々、荒っぽいことをやっても、国は動かねぇべ」

大陸には、真天宮が覇から預かる領地が数多く点在している。それを真天領といった。真天領は国の統制の埒外にあり、顎港のような扱いを受けている。

「殺生を禁じるってのが匣の教えの建前だべ。真天領を守ってるのは、国府から派遣されるわずかな兵だけ。真天領に塒を構えている賊はけっこう多いぜ」

「何度も言わせんじゃねぇ。俺たちは、民からは奪わねぇ」

国の乱れに乗じて、賊が各地に出没している。その多くは、国へ刃を向けず、民から奪い生きていた。自身が賊となった今でも、獲生はそういう賊に対して激しい嫌悪と怒りを覚える。奪われ逃げ惑う民の姿は、生まれた村で嫌というほど見た。

「民から奪わねぇのはわかったよ。だったら、賊から奪えばいいじゃん」

「なるほど」

「だべ」

蝶尚が細い唇をゆがめて笑った。

「あの、獲生様」

二人の会話を聞いていた乙清が、恐る恐るといった様子で、獲生の前にひざまずいた。

「話に割って入るんじゃねぇ」

蝶尚が片方の眉を吊り上げながら乙清に吐き捨て、獲生を見た。

「おい、こいつは奴隷だべ。顎港の兵舎で見かけたことがある」

「俺が副将になった時に屋敷の従者にした。それ以来、俺に従っている」

「そういうことじゃねぇ。なんで緋眼が襤褸を着ねぇで、俺たちと同等に振る舞ってんだ」

「俺が許した」

「んだと」

蝶尚の疑問は真族なら当たり前のことだ。しかし獲生にはそれが許せない。真族への怒りを胸に押し留めたまま、蝶尚を睨む。

「真族だ緋眼だなんてつまんねぇこと言うこたぁ、俺の下ではゆるさねぇ」

「つまらねぇことだと」

「そうだ」

「か、獲生様……。私は」

二人の険悪な雰囲気に乙清がたまらず声をかける。

「お前ぇは黙ってろ」

蝶尚に目をむけたまま、獲生は乙清に言った。すると二十も年嵩の手下は、口の端に邪気のある笑みを浮かべながら問う。

「緋眼はなにを考えてるかわからねぇ。しっかりと手綱を締めてねぇと、将虎(まさとら)ん時のように牙を剥く。それに緋眼は鬼を……」

「おい蝶尚」

言葉をさえぎり、殺意を込めた声で名を呼ぶ。

「俺のやることが気に喰わねぇんなら、お前ぇが連れてきた奴らとともに、今すぐここから去れ。それが嫌ならこの先、緋眼も真族同様に扱え。俺は民の賊になるんじゃねぇ。国の賊だ。この地に住んでいる以上、緋眼も民だ。わかったか」

強い光が当たれば、蝶尚を睨みつける獲生の瞳も朱に染まる。もしそうなった時、果たしてこの男はどうするのか。緋眼だからと己を殺すのか。

試してみたい。しかしそんな獲生の想いとはうらはらに、蝶尚は獲生の気迫に目をそらした。

「わかったよ。そんなに言うなら好きにすりゃいいべ」

ひとつ咳払いして、蝶尚は乙清を見た。

「なんだ。なにが言いたかったんだよ」

問われた乙清は緊張で躰を強張らせた。いまの獲生と蝶尚の問答に気圧(けお)されている。生まれた時から真族の地で暮らしてきたのである。奴隷であることが芯まで染みこんでいるのだ。

ちらちらと上目遣いで蝶尚を見ながら、乙清は恐る恐る語った。

「ど、どの村でも断られる際に、同じようなことを言われました」

男たちに混じって、乙清も村に食糧を分けてもらいに行っている。

「南にある籠鬼山(ろうきざん)に塒を構える汪堅(おうけん)という賊のところに、韻貝原の戦以降、食いっぱぐれた者たちが集まっているというのです。戦の前までは二十人ほどだった賊が、今は三百ほどになっていて、そいつらがこの辺りの村を荒らし回っているそうです」

「籠鬼山の汪堅か」

顎を擦りながら、蝶尚がつぶやくと、乙清はうなずくようにして顔を伏せ押し黙った。

「鬼が籠る山か……。名前もいいじゃん」

先刻の言い争いなどなかったかのように、蝶尚がからりと言った。決着が付き己が納得しさえすれば、この男は尾を引かない性質だ。

「そいつらを潰して、俺たちが住んじまうべ」

獲生も同じことを思っていた。三百人もの賊が生きるための食糧といえば、相当だ。このあたりの村の苦悩は並ではないはず。

「こっちは五十人だぞ」

「顎港の歩武といえば一行。そんなかでも選りすぐりの五十人がここに集まってるんだぜ。相手は食い物目当てに集まってきた、ろくでなしどもだ。敵になるわけがねぇじゃん。お前が賊の長になって初めての殺し合いだべ。初陣を派手に飾って、箔を付けねぇとな」

「やるか」

蝶尚が嬉しそうにうなずく。

獲生は膝を叩いて立ち上がった。

「そうと決まれば、のんびりしてらんねぇな」

そこここに屯している手下たちに吠えた。

「出発だ、野郎どもっ」

休息していた平原から一刻もせぬうちに、小高い山の麓に辿り着いた。籠鬼山だ。なだらかな緑の稜線が続くなかにいきなり岩肌が露出した武骨な山がそびえ立っている。明らかに周囲の山々とは違う黒々とした山肌の中腹あたりに〝汪〟と書かれた旗が翻っている。

「盗人のくせに、義賊気取りか」

隣に並ぶ蝶尚が、手綱を手にして毒づく。

「見張りはもうとっくに気付いてんだろ。そのうち莫迦どもが山から降りてくるぞ」

「ここで待つ」

五十人を二つに分け、二列に並ばせ縦に配置した。その後ろに獲生と蝶尚が陣取っている。乙清はあくまで獲生の従者という立場を取らせていた。今も背後で恐る恐る、敵の到来を待っている。

「お、聞こえてきたじゃん」

蝶尚がつぶやくのと前後し、山の方からむさくるしい声が聞こえてきた。大勢の男たちが大挙して崖の間を通る坂道を駆け降りているのが、遠くからでも見える。どこかから奪った物なのか、男たちは思い思いに鎧を着こんでいた。手にした得物は槍に薙刀、戟や鉾など、様々である。

「ありゃ駄目だべ」

蝶尚が嘲笑う。こちらは鎧などひとりも着けていない。槍一本携えているのみだ。それでも誰一人臆していない。怯えているのは乙清のみだろう。

待ち続ける獲生たちの前に、賊たちがぞろぞろと集まってきた。騎乗の者は三十人あまり。あとは皆、徒歩である。総勢、二百人というところか。

一人の小汚い男が、躍り出て叫んだ。

「手前ぇら、何者だっ」

大きく開けた口から、所々抜けてぼろぼろになった黄色い歯が覗いている。

「うるせぇ莫迦野郎が」

蝶尚が馬の尻に手をやった。掛けてあった弓を取り、矢を番えると、叫んだ男に狙いを定めて弓弦を引いた。放った矢は一直線に飛んで行き、男の口中に突き刺さる。それが開戦の合図だった。前列に備えさせた二十五人がいっせいに馬で駆ける。

「すぐ終わっから、お前はここで見ときゃいい」

そう言って蝶尚が弓を放り、地面に突き立てていた槍を手にして、後列のほうへと駆けだした。まったく不安はない。力量の差があり過ぎる。獲生が命じたのは、敵が揃ったら蝶尚が放つ矢を合図にして前列が飛び出すことと、混戦になったところで後列が追い打ちをかけること。そして、徹底的に蹂躙しろという三つだけだった。

二十五人が敵とぶつかる。薄い板に物凄い勢いで巨石が激突したかのように、敵が砕けて散り散りになった。最初の一撃で、手下たちは同数以上の屍を築いている。

聞こえてくるのは敵の悲鳴だけ。

後列を率いる蝶尚の腹心、毎詮が背後の獲生をうかがう。目を見てうなずくと、毎詮が馬腹を蹴って走りだした。それに負けじと後列の二十五人も駆けだす。混乱した敵に、後列の二十五人がさらなる恐怖を与える。韻貝原の戦で死線を越えた元歩武一行の猛者たちにとって、半端な覚悟しか持たない賊たちは相手ではなかった。なんの躊躇いもなく眼前の敵を屠ってゆく男たちを前に、賊は悲鳴を上げるしかない。

「どうだ。怖いか」

背後の乙清に声をかける。

「大丈夫です」

気丈に答える少年を肩越しに見る。目に涙を溜めながら、それでも必死に戦場を見つめる姿からは、強くなりたいという願いが溢れでていた。震える少年に冷淡な眼差しを向けながら、獲生はなおも問う。

「俺と来るということは、いずれお前ぇもあの中に入るってことだ。情け容赦ない敵を前に、お前は刃を振るえんのか」

「振るいます」

「いま、俺が行けと言えば、行けるか」

目を赤くした乙清が、力強くうなずいた。

「その覚悟、忘れんなよ」

それだけ言うと、戦場に目を向けた。蝶尚が水を得た魚となって暴れ回っている。彼の周りには、一際多くの骸が転がり、いまや敵は遠巻きに眺めることしかできなくなっていた。

「さっさとかかって来いっ」

不甲斐ない敵を蝶尚が怒鳴りつける。すでに敵は、半数が死に、残りの半数も逃げ始めていた。

「行くぞ」

獲生は駆けた。後ろを乙清が付いてくる。

潰走（かいそう）する敵を追うことはせず、蝶尚たちは山へと馬を進めた。その後を、乙清とともに追う。斜面を駆け上がる間にも、敵が無謀にも散発的な反攻を試みてきたが、そのすべてを蝶尚たちが薙ぎ払っていく。獲生は無人の野となった崖道を、ただひたすら駆け上がった。

ここまで二刻あまり。戦と呼べぬ戦いだった。

砦が見えてきた。方々に突き出た櫓の上には、すでに敵の姿はない。砦の門は開かれていた。馬を乗り捨て徒歩になった手下たちが、いともたやすく門を開き、残りの兵とともに砦内に乱入している。戦の声は聞こえてこない。

「頭っ」

門を潜った獲生に、蝶尚の馬が近づいてくる。馬を止め、頼もしき壮年の手下を待つ。

「賊どもはもう逃げちまってるみてぇだ」

獲生の前に馬を止め、蝶尚がにやけ面で言った。褐色の肌も小匣も、敵の返り血で真っ赤に染まっている。

「こちらの被害は」

「浅い手傷を負った奴が六人。死人はいねぇ。大勝利だべ」

「勝利とすら呼べねぇ戦いだったがな」

殺戮であった。だがすでに腹は決まっている。弱い者から奪うような賊に情け容赦は無用だ。夷界にいたころ幾度も苦汁を飲まされてきた。その時の憎しみを目の前の賊にぶつける。

砦の奥で、何か太い物が折れるような、めしめしという音が鳴った。〝汪〟と書かれた旗が、手下たちによって中程から折られている。巨大な旗が、風に乗って舞いながら地に落ちた。

「獲生様っ」

手下の呼ぶ声に、旗から目を逸らす。声のした方を見ると、二人の手下に両腕をつかまれた五十がらみの小男が引き摺られていた。なにかを必死にがなり立てながら、男は四肢をばたつかせて抵抗している。頑強な手下たちは、無言のまま淡々と獲生の下まで歩いてくる。蝶尚が隣に並び、獲生とともに男を見下ろす。手下がむりやり、男を跪かせた。

「汪堅です」

手下が腕をつかんだまま、もう一方の手で汪堅の髪を握って顔を上に向けた。小太りで髭面の男の目からは、覇気の欠片も感じられない。

「お前がここの賊どもの長、汪堅か」

「あ、あっしは」

男が卑屈に笑う。蝶尚が地に唾を吐いた。

「お前が汪堅かと聞いてんだ」

一切の追従を許さぬ獲生の屹然(きつぜん)とした問いに、汪堅はしかたなく肯定の言葉を吐いた。

「この辺りの村を襲って、食い物を奪ってたのは間違いねぇのか」

「そんなこたぁ、俺ぁ何も」

「してねぇと言うのか」

「やったのは、手下どもだ」

蝶尚が片方の眉を吊り上げ、馬の首に腕を乗せて躰をあずけた。その格好のまま、卑屈な賊に問いかける。

「おいおい、そんな言い訳が通ると思ってんのかよ。お前が命じたんだろ」

「で、でもっ」

「お前ぇも賊だべ。だったら覚悟を決めるんだな」

「あ、あなたたちは何処の兵なのですか。見たところ、南平国の討伐軍ではないようでございますが。よ、鎧すら着けずに、ど、どうして私たちを」

汪堅に視線を向けたまま、獲生は告げる。

「お前ぇらと同じ、賊だ」

瞼を幾度か小刻みに動かしてから、哀れな男は鼻水を垂らした。

「賊……。まさか」

汪堅が驚き、言葉を失っている。無理もない。手下たちの身のこなしや、統率の取れた戦いぶりは、どう見ても軍のそれである。ひと月前まで顎港軍の精鋭だった獲生たちが、賊に見えないのは仕方がない。それでもやはりここに集った五十人は、目の前の矮小な男の同類なのである。だからこそ志だけは曲げてはならない。己は覇朝の賊であって民の賊ではないのだ。

同類だと知ると、汪堅は卑屈さのなかに邪気を交えた。先刻まではなかった笑みを口許に湛え、上目遣いで獲生を見た。

「あなた様がたが賊だとは……。こりゃまた、おみそれいたしやした。これほどの力を見せつけられちゃあ、あっしも気持ち良く負けを認められやす」

蝶尚がまた唾を吐いた。その目は汪堅を捉えておらず、残った盗人や砦内を探索する手下たちに向けられていた。すでに蝶尚は、目の前の男への興味を失っている。

獲生は少し違う。この男自体はどうでも良いのだが、しっかりと触れ合っておきたかった。世にはびこる賊というものがどういうものか。この眼でこの耳で知っておきたかった。

「あなた様が一番お若いようだ」

獲生の後ろにいる乙清は見ていない。端から従者だと決めつけている。

「その若さで、頭領であらせられるご様子。しかも、かなりの器量をお持ちのようだ。賊となって三十年。多くの男を見てまいりやしたが、お手前ほどのお方はなかなか」

手下に髪を引っ張られながらも、老いた盗人は大袈裟に頭を左右に振ってみせた。鼻水を垂らし卑屈に笑う姿が見苦しくて、獲生は思わず顔をしかめた。すると機嫌を悪くしたと思ったのか、汪堅のにやけ面が一瞬引き締まり、今度は泣き顔になった。

「どうか、命だけは。どうか、どうか……」

そう言って、涙をぽろぽろと流してみせる。さっきまでの笑みは消え失せ、悲しみにくれる老年の男が姿を現した。これでもこの山に集まる男たちの主だったのだ。味方として使えることがあるかもしれない。

「あ、あっしがひと声かければ、この辺りの賊どもはすぐに集まります」

「負けたと解ってすぐに尻尾を巻いて逃げてった奴らのことか」

話に飽きた蝶尚が、欠伸をしながら言った。汪堅は泣き顔のまま、幾度も首を上下させる。

「あなたがたがあまりにもお強いゆえ、逃げてしもうた者たちではござりまするが、あっしが戻れと言えば、戻ってまいります。どうか、あっしらを、お仲間の末席にお加えくだされ」

手下の手を払い、汪堅が額を擦りつける。

獲生は問う。

「俺たちの仲間になって、どうする」

汪堅が頭を上げた。

「俺たちとともに、何をするつもりだ」

「そ、そりゃ、親分のお力になって……」

「民から奪い、楽しく暮らすか」

獲生の言葉に、我が意を得たりといった様子で、汪堅はまた笑った。反吐が出る。これがこの国の賊なのか。志など微塵もない。それでも、この山の賊を味方にするためには生かすべきなのか。

いや……。

志を持たず民を苦しめる者をどれだけ増やしても意味はない。少数であることで焦る必要もないだろう。

「蝶尚」

腹心の名を呼んだ。蝶尚は無言で、獲生へと顔を向ける。

「こいつを斬れ」

汪堅が悲鳴を上げた。

「どうかっ、それだけはっ。あ、あっしには山を降りた村に妻や子供がっ。どうか、どうか、お願ぇしやすっ。本当に、本当に」

「そうやって哀願する者を、お前は何人殺してきた」

汪堅は、髭を涙と鼻水でびっしょりと濡らしながら、髪を振り乱して言葉にならない声を喚き続ける。

「こいつを連れていけ。始末してどこぞへ打ち棄てろ」

「応」

小気味良く答えた蝶尚が、馬から飛び降り、手下とともに賊を引き摺ってゆく。その間も、汪堅は足をじたばたさせて、必死に獲生に命乞いをしていた。

あいつらも敵だ。悪政を布く帝も、それに乗じて民を虐げる賊どもも、許しておけぬ。

「獲生様」

背後の乙清が言った。

「これからは、ここが獲生様の城なのですね」

天に突き立つ籠鬼山の頂を見上げた。二つの頂が高さを競うようにして並んでいる。それはまるで鬼の額から突き出た角のようだった。

「俺の城か」

宵の明星（みょうじょう）が輝いている。どこからか薪が燃える匂いがしてくる。手下が火を起こしているのだ。すでに、煮炊きの準備が始まっている。これからは、この岩山が住処。解き放たれたような心地がした。己の思うままに生きる。ここでならば、その意味が解るかもしれない。

「始まるんだな」

「はい」

誰にともなくつぶやいた言葉に、乙清が答えた。籠鬼山。それが、獲生がはじめて得た城の名であった。

二

神殿内は普段と変わらず、白色に染まっていた。中天近くに昇った陽から降り注ぐ光が、長い階（きざはし）の先にある透明な壁を擦（す）り抜け、広大な室内を照らしている。これほどの量の硝子（ガラス）を使った建物は、大陸じゅうを探しても、ここにしかない。硝子を張りめぐらした一面以外の壁は、すべて白色で、装飾はなにもない。階の下に百人ほどが座ることができる広間がある。しかし今日そこにいるのは一人だけ。

「来たか梅楠（ばいなん）」

階の先に設えられた簡素な椅子に座す老人が、静かに言った。梅楠と呼ばれた男は、階の下で跪き、老人に見えるように大袈裟にうなずく。

老人は、この大陸の〝主〟だ。

「お呼びでございますか、教主様」

顔を伏せたまま、梅楠は言った。階の先に座す老人の名を呼ぶ者は誰もいない。真族は教主様と呼び、彼を敬う。

教主の一族は、この地に真族が移り住んだ頃の長であった。真天山に源匣が現れた際、目の前の老人の祖である除昂が、この地に社を建てて源匣を崇めたのが、匣の教えの元となった。それ以来、除の一族は代々教主を務めている。都ができて幾度も王朝が替わっても、教主はずっと除の一族が務めていた。

帝が人の暮らしの長ならば、教主は心の長である。

「そなたの報告、読ませてもらった」

抑揚のない冷々とした声が伏せたままの梅楠に降ってくる。

「小兆の今、世は乱れておる。大陸には賊が跋扈し、真天領も下郎どものせいで荒廃しておる。そうではないか」

「韻貝原で顎港軍が呉尉の兵を退けて以降、真天領よりの供物は年々減っております る」

「あり得ぬ話じゃ」

教主は興味を示すことなく淡々と答えた。

源匣の力が弱まる小兆に、大陸全土は包まれている。小兆の時は人の心が荒れ、国は亡ぶという。現にいま、世は乱れに乱れている。

小兆であると断じるのは、教主の務めだ。帝でさえ、触れることのできない特権である。

「面を上げよ」

教主の命に従い、梅楠は顔を階の先にむける。細い目で梅楠を見下ろす教主からは、弟子を思い遣るような心情がいっさい感じられない。今から踏み潰す虫けらを眺めるかのごとき冷酷さで梅楠を見ている。

「お主が書いておった、籠鬼山のことは真（まこと）なのか」

数日前、教主あてに一通の報告書を提出した。

梅楠は大陸全土に点在する真天領から毎年送られてくる、供物と呼ばれる税の統括を行っている。位は弁師。数千にものぼる真天宮の神官のなかでも、上から数えて三つ目の位である。真天宮のなかで、弁師以上の神官はわずか五十人あまり。弁師以上の者だけが、教主に直々に報告を許されている。

「供物という目に見えた証拠がございます。南平国の籠鬼山近辺の村だけが、とどこおりなく供物を真天に届けておりまする」

「籠鬼山のことはわしも知っておる。ここより南。南平国にある岩山だな。そのようなところで、いったいいなにが起こっておる」

「賊が根を張っております」

教主が一瞬だけ、眉間に皺を寄せた。匪の教えを軽んじ、真天領であろうと放埒（ほうらつ）の限りを尽くす賊を、教主は快く思っていない。

真天宮の暮らしを支えているのは、真天領からもたらされる供物だ。賊が民から奪えば、当然供物は減る。

「籠鬼山には、獲鬼（かくき）と名乗る賊がおりまする。民からは奪わず、周辺の賊を襲い、手下を養っているとのこと。民から作物などを手に入れる際は銭を払い、己は民の賊ではなく、覇朝の賊であると喧伝しておりまする」

「覇朝の賊か」

大きく広がった教主の鼻の穴から、重い息が漏れる。梅楠は老いた主をしっかりと見上げながら、言葉を継いだ。

「いまのごとく、全土に賊が跋扈するようになったのは、今上の帝の母とその側近、弥楊による悪政に端を発しております。それに、母と弥楊を粛清した帝が国守を一新し、官人の多くを入れ替えた後、輪をかけて民から税を搾り取ったがゆえに、不満は大陸じゅうに満ちておりました。韻貝原での敗戦をきっかけとして、民の鬱憤が爆発したのでしょう」

「了楓であったか」

「はい」

今上の帝の名である。

「あの者といい、その母や弥楊といい、源匣を崇める心が欠けておる。真天領だけは保証しておるが、例年行われていた帝の参詣を取りやめ、すでに十数年。長きにわたり、帝が真天宮を訪れぬという不幸な事態に陥っておる」

帝と教主は真族のふたつの柱だ。両者が手を取り合うことで、国は安定する。しかしいまの帝は、都に籠り一歩も外に出ない。

「先帝が、行幸の途次、不慮の死を遂げたことに因があるのでは」

「それと参詣は別よ。帝が源匣に詣でる。〝天〟の小匣は、源匣の力を受けてこそ、真の力を発揮できるのじゃ」

「では了楓帝の小匣の力は衰えて……」

「ふんっ」

梅楠の言葉を最後まで聞かずに、教主は鼻で笑った。

「己が小兆の一因であることに、今の帝は気付いておらん」

教主の言が本当ならば、源匣と帝だけが持つことを許される〝天〟の天字を有する匣は、他の小匣よりも密接に源匣と繫がっているということになる。古来より幾度となく王朝が替わったが、真天宮は常に時の権力と深く結びついてきた。梅楠が思うよりも真天宮が王朝に及ぼす影響は大きいのかもしれない。そうなれば、本当にこの国を動かしているのはこの場所であり、眼前の教主ということになる。

「教主様」

梅楠は心に浮かんだ問いを口にした。

「小兆とはいったいなんなのでございますか」

「源匣の力が弱まることじゃと、教えられなんだか」

声に邪気をはらませ教主が言った。しかし梅楠はあきらめない。

「それは知っております。が、なぜそれが世の乱れと繫がるのでございますか」

「源匣の力が弱まるということは、小匣との繫がりが細くなるということじゃ。それゆえ、民の心が乱れる」

教主の言葉に、梅楠は息を吞んだ。

「それでは……。源匣は、民の心に繫がり、操っておると」

「お主が知ることではない。身の程を弁えよ」

神官たちは、教主たちが代々築き上げてきた匣の教理を純粋に遂行するために存在している。匣の力について知りうるのは、教主と最上位の神官である五人の大老だけだ。

梅楠は匣の持つ力について、なにも知らない。民が日頃知覚できるような、天字を知る者の存在を悟る程度の経験しかなかった。とうぜん奉天など見たこともない。だから、韻貝原で顎港軍の転疾が奉天を行ったという噂に、並々ならぬ興味を抱いた。一度会ってみたいと常々思いながら、真天宮を離れられない境遇が、会うことを阻んでいる。

黙考する梅楠に、教主が言葉を吐く。

「世の乱れの元凶は小兆にある。それゆえ、我が真天宮といえど、人を使わねばならぬ」

「人とは」

「籠鬼山の賊よ」

賊を頼るとはどういうことか。神聖なる教理によって、信義を貴ぶ真天宮である。賊とは対極の位置にある。

「籠鬼山の賊が民を守り同類を滅するというのなら、真天領に睨みを利かせるようにさせるのよ」

「真天領の自治を獲鬼に任せるというのですか」

「毒を制するには毒」

教主が口角を吊り上げた。

源匣の力が弱まり、民の心を動かせなくなっているから、賊を使って自領の平穏を保とうと、教主は言っている。それはつまり、これまで教主は、源匣の力によって皆が気付かぬうちに、民を支配してきたとは言えないだろうか。

梅楠は揺れる。

幼い頃に親を亡くし、育ててくれた兄同然の男と離れ、真天宮の神官になった。神官になると決めたのは、己の判断である。いや、いまのいままでそう思ってきた。梅楠にとって、みずからの行く道を定めるのは、己以外ありえないという確固とした信念があった。しかし教主の言葉は、梅楠の信念すらも揺るがしかねない衝撃を孕んでいる。

全真族が源匣に操られているとしたら……。

教主は、いや真天宮はいったいどこに向かおうとしているのか。

途轍もない疑問に、目の前が真っ暗になる。

「籠鬼山に行け」

眩暈がしそうなほどに錯綜している思考を貫くように、教主が言った。

「いまなんと」

「籠鬼山に行き、獲鬼なる賊のそばで真天領の平穏を保て」

「私に賊になれと……」

「そこまでは言うておらん。お主はあくまで真天宮の神官じゃ。神官のまま、獲鬼に従い、真天宮の利となるよう、導くのじゃ」

悪辣に笑う教主が、ひどく下賤な者に見えた。

ここで拒んだらどうなるのか。

神殿は源匣に一番近い建物だ。神殿の裏にある崖を登った社に、源匣は眠っている。

ここは源匣の力がもっとも作用する場所だ。もしかしたら梅楠の心は、胸に下がる小匣によって源匣と繋がり、操られているのかもしれない。だとしたら、断るという道ははなから用意されていないのではないか。

「無事にこの混乱が収まり、お主が戻ってきた時は、大老への昇格を考えてやろう」

大老……。

そうなれば匣の力の真実を知ることができる。

「わかりました」

言って梅楠は頭を下げる。大老という餌に釣られたのか、匣に支配されているのか、自分でも解らなかった。

＊

五年。

籠鬼山に〝獲〟の旗を揚げてから、すでにそれだけの時が過ぎていた。夷界を出てからは八年。

獲生は二十三になっている。今にして思えば、夷界を出てから顎港を離れるまでの三年に比べ、賊となってからの五年間はあっという間だった。民の賊ではなく覇朝の賊。それだけを志とし、駆け抜けた五年であった。

満足している。はじめて本当の己として生きていると思えた。

今では籠鬼山に住む手下だけで三百はいる。頭ごと獲生の下に付いた近隣の賊まで入れると、千を超す。

獲生という風は、この山で大きく吹いていた。

「おい頭」

籠鬼山の自室の扉が開き、蝶尚が顔を出した。中腹に汪堅が築いていた山塞(さんさい)のなかで、もっとも大きな建物を補強し、獲生はその一室で寝起きしている。もともとは汪堅が使っていた部屋だということだ。この建物に住んでいるのは蝶尚や乙清など、顎港を出た時から従ってきた古株たちである。獲生と乙清を含めて五十二人。すべてがいまも生き残っていた。もともとは顎港軍の精兵である。汪堅に毛が生えたような賊が、敵う相手ではなかった。

蝶尚が後ろ手に扉を閉め、椅子に座る獲生の前に立つ。

「真天山から神官が来たぞ」

「どんな顔してる」

「にやついた野郎だ。面倒事を押し付けに来たようには見えねぇ。いつものやつだべ」

真天領を根城にする獲生に、これまでも幾度か真天宮の神官が挨拶に訪れていた。

「面倒臭ぇ」

言って腰を上げる。すると蝶尚が、一度肩をすくめてから、獲生の肩を叩いた。

「そう言うな。俺たちがこうして村を襲わねぇでいられるのも」

「奴らがいるからだろ。解ってる」

「だったら籠鬼党の長らしく、堂々と振る舞ってくりゃいいじゃん」

籠鬼山の賊で、籠鬼党。獲生が名付けた。ひねりが無い名だと蝶尚は言ったが、獲生は気に入っている。〝棄〟という字は鬼の音に通じている。偽りの天字と通じる鬼の字に、獲生は因縁のようなものを感じていた。

「お前の首にぶら下がってる匣にはなんて刻まれてる」

「〝援〟だ」

「だったらもっと俺を援けてくれていいんだぜ。代わりに神官の相手をするとか」

「けっ。こんなものに縛られたくねぇから、お前のところにいるんじゃん」

そう言いながら胸に下げた匣を乱暴にふり回す蝶尚とともに自室を出て広間まで歩く。応接の時に使う、この山塞で一番大きな部屋だ。

「そういえば」

一歩後ろを進む蝶尚が匣を回しながら口を開いた。獲生は黙って続きを待つ。

「あの女がきてたぜ」

「娘鈴か」

獲生が顎港を出てからも、娘鈴は度々この山塞を訪れている。どうやって知ったのかはわからないが、旗揚げ直後には、すでに単身、賊の住処に堂々と現れた。年に四度ほど顔を見せる。

「俺の部屋に通しておけ。真天宮の使いと会った後に行く」

「はいよ」

勘ぐるような調子外れの声を発した蝶尚を、肩越しに見る。

「なんだ」

「別に」

「はっきり言え」

年嵩の腹心は、鼻を思いっきり広げ、勢いよく息を吐くと、腕を腰に当てて立ち止った。

「別にお前ぇが嫁を持ったって、誰も文句は言わねぇべ。山裾(やますそ)の村に女がいる奴もいるんだ。皆、そのあたりのこたぁ、うまくやってんじゃん。お前ぇが気を遣う必要はねぇんだぞ」

「おい蝶尚」

振り向いて正対する。

「勘違いすんな。俺と娘鈴は」

「男と女じゃねぇってんだろ。そりゃ何度も聞いた。が、お前ぇがあの女のことをどう思ってるか、俺や乙清は解っててんぞ」

蝶尚は、乙清を緋眼の奴隷だからと軽く扱うようなことはやめた。軍に入る前は賊だったという蝶尚である。自力救済の芸人と根は同じで、本来は生まれや身分で人を見ることはない。蝶尚のそういうところを、獲生は好ましく思う。

「ばっ……」

動揺してうまく言葉を吐けなくなった獲生を見て、蝶尚が笑った。

「肩に力入れ過ぎんな。あの女は一筋縄じゃいかねぇこたぁ見りゃ解る。精々頑張んだな」

「だから、そんなんじゃ」

なおも抗弁しようとする獲生を尻目に、蝶尚が歩きだす。すでに広間は近い。直接、上座に通じている扉の前まで蝶尚は歩くと、立ち止って静かに内へと開いた。

「さぁ、仕事だぜ」

「あぁ」

「真天宮の神官は、匣を使って人の心を動かす。気を付けろよ」

獲生は緋眼だ。真天宮の支配の及ばぬ〝蛮族〟だ。そんなまやかしは通じないと、信じている。

「女のことは忘れて、目の前の神官に集中しろ」

「この野郎」

蝶尚を睨み付けたまま、広間に入った。すでに広間には、顎港以来の腹心たちが並んでいる。彼らに挟まれるようにして、下座に真天宮の神官が控えていた。ひと目で真天宮の者とわかる純白の法衣に身を包み、筒袖に手を入れ胸の前に掲げ、顔を伏せている。上座に設えられた椅子に獲生が座ると、隣に蝶尚が立つ。もう一度、腹心の顔を睨んでから、神官に目をむけた。

「よう参られた」

獲生が言うと、真天宮の神官はゆっくりと顔を上げた。笑みが顔に張り付いているのではないかというほど不自然な笑顔で、神官は獲生を見る。

「獲鬼様におかれましては、ますます御健勝であらせられ」

「仰々しい挨拶は面倒だ。やめてくれ」

ゆったりとした喋り方に苛立ち、獲生は神官の言葉を遮った。

獲鬼。籠鬼山に旗を立ててから後の、獲生の新たな名である。近隣の村から賊を討ち払い、覇の役人どもが私腹を肥やすために村を虐げていると聞けば、役所を襲った。そうして民を助けているうちに、籠鬼山に籠る鬼と呼ばれるようになった。鬼と呼ばれ出し、そのうち獲生の生の字が鬼に変じて、籠鬼党の獲鬼となった。いわば獲鬼は、賊としての獲生の通り名である。鬼と棄。偶然ではあったが、読みは同じ。盗んだ小匣に刻まれた天字と民が呼ぶ通り名が符合することにそら怖ろしいものを感じた。まるで真族の心が文字を通じ、獲生の命運を導いてでもいるような気になる。己という風は真族の心という力に流れはじめているのだろうか。

「今日はどのような用向きで参られたのだ」

愚かな疑念を振り払うように腹の底から声を発し、神官に獲生は問うた。すると神官は純白の衣をふわりとはためかせ、もう一度深々と礼をする。悠長な動きに獲生が溜息をつくと、蝶尚が誰にも気づかれないように小さく笑った。

細面の神官は高貴な振る舞いを崩さず、悠然と頭を上げて獲生へと言葉を吐く。

「獲鬼様の御威光により、この辺りの真天領は、穏やかでござります。不心得な賊に襲われる村もなく、覇の役人どもも無体な責めを民に加えぬようになりました。大陸全土では未だに賊が絶えませぬが、この地は平穏無事。それもこれも獲鬼様がおられるお蔭」

「俺も賊だぞ」

純白の袖から伸びた真っ白な手をひらひらさせて、神官が首を振る。先刻の蝶尚の言葉のせいで、動きのひとつひとつが、こちらの心を動かすための小細工のように思えてならない。

考えてみれば、転疾の奉天も人の心を動かす奇跡であった。大勢の者を転疾は己が想いと同調させたのである。真天宮の神官ならば、奉天せずとも人ひとりの心くらい匣の力で動かせるのかもしれない。緋眼である獲生にも、転疾の奉天は作用した。いまもにわかには信じられぬが、転疾の幻を見たことだけはたしかである。油断ならない。目の前の神官を見つめ、獲生は気を引き締める。

微笑んだ神官が言葉を続ける。

「獲鬼様は民の賊にあらず。中域に住まう者たちは、獲鬼様こそ救国の士であると申しております。それゆえ、我が教主も獲鬼様を大層お気にかけておられまする」

真天宮の教主といえば、源匣を崇める真族たちの頂点に立つ者だ。都の帝とは違った意味で、真族を束ねている。帝は生を、教主は心を。形は違えど、真族の頂にある。

「教主様が」

蝶尚が思わずといった様子でつぶやいた。無頼を気取る蝶尚でさえ、真天宮の教主と聞けば、そのような声を出す。しかし己は緋眼である。真族の理の埒外にある人間だ。真天宮の教主といわれても、だから何だと思うだけである。

「今年は獲鬼様のお蔭で、この辺りの村々は近年稀(まれ)に見る豊作でござりました。それゆえ、真天宮に納められる糧食のなかから、例年のお約束の分とは別に、獲鬼様に貰っていただきたいと、教主様直々の仰せでございます」

民を救っているうちに、真天宮との繋がりができた。そういう意味では旗を揚げたのが真天領だったことが良かったともいえる。自前の武力を持たない真天宮にとって、獲生たちは賊や役人の横暴から民を守る格好の兵力であった。真天宮に従属した訳ではないが、繋がりは保っている。その証として、毎年真天宮から、山塞の男たちが食べていけるだけの糧食が送られてきていた。獲生は義のために民を虐げる者たちと戦う。真天宮は領内を乱す者たちを排除することができる。お互いに利のある関係といえた。

「それはありがたい」

くれるという物は、素直にもらう。礼を述べると、白面の神官は大袈裟に首を振って恐縮した、と思うといきなり動きを止め、上目遣いで獲生を見る。透き通るような冷たい瞳だった。幾度か真天宮から遣わされた神官と接してきたが、この男は彼らとは違う。目の前の神官が発する得体の知れない深さが、獲生の身を自然と引き締める。

「それと、今日は教主様より直々の申し出がござりまして」

これまで教主がなにかを言ってきたことはない。いつもこうして神官が紋切り型の礼を述べ、食糧などを置いていくだけだ。獲生は腹に気を込め、神官の言葉を待った。

「我が真天宮には大陸各地に散らばった真天領がございます。その数は千を超えまする。この地は獲鬼様のお蔭で平穏に治まっておりますが、他は見るに堪えぬ惨状を呈しております」

民を虐げる賊が、大陸全土にはびこっている。覇の役人どもは、賊に悩まされる民から容赦なく税を徴収する。民の窮状は、緋眼も真族も変わらない。

「そのような場所へ、獲鬼様のお力が行き届けば、我らも安堵できようと、教主様が申されておられます」

「いきなり僻地へ向かうことは無理なのは、重々承知しております。まずはこの南平国に点在する真天領から始め、順々に勢力を広げていけばと」

「遠征せよと」

弓形の目に浮かぶ瞳が輝いている。

「獲鬼様がこの地で行っておられたことを、貫かれればよろしいのです」

志を持たぬ奴を斬り、国の賊であろうとする者だけを受け入れ、数を増やし、いまこの山に三百人が集っている。近隣の賊は皆、獲生と志を共有した者たちだ。

「一度、礎ができれば、獲鬼様がおられずとも、やって行けるようになりましょう。獲鬼様の力を借りて大陸の真天領から、不埒な賊を一掃できればという教主の命を受け、私は籠鬼山にやってまいりました。どれだけの歳月がかかろうとも、必ずすべての真天領に獲鬼様の力を行き渡らせまする」

言って神官がまた頭を下げた。思わず獲生は椅子から身を乗りだす。

「俺の下に付くと申すか」

「梅楠と申しまする」

蝶尚を見る。呆れたように鼻の穴を大きく広げながら、腹心は梅楠と名乗った男を見下ろしていた。しばしの沈黙の後、蝶尚が梅楠を見たまま口を開く。

「いい契機じゃん」

「なにが」

「お前が賊として覇を敵に回すってんなら、でかい力が必要だべ。真天宮を利用して、伸し上がるのも悪かねぇなぁ」

その通りだ。獲生が小さくうなずくと、蝶尚は舌を出して顎を上下させた。腰を椅子に落ち着け、深く息を吸い、梅楠を見下ろす。そして、みずからの心に問う。

この薄気味の悪い神官に操られているということはないのか。梅楠は真天宮の神官である。匣の力は十分に承知しているはずだ。蝶尚が言った通り、匣の力を使って獲生の心を動かしているということも考えられる。

それでも……。

このまま籠鬼山に留まっていてはいつまで経っても道は開けない。小癪な神官の口車に乗っても構わない。利用するのだ。

「この山で生きるということは、賊となることだ。分け隔てはせぬぞ梅楠」

「元より覚悟はできております」

奇妙な仲間が増えた。


自室の扉を開くと、娘鈴が椅子に座って茶を飲んでいた。男のように茶碗の縁をがっしとつかみ、勢いよく喉に流し込んでいる。

「相変わらずだな」

言いながら己の椅子に座り、机を挟んで娘鈴と相対する。

「久しぶり」

「三月（みつき）前に会っているから、久しぶりというほどでもねぇがな」

「あっそ」

娘鈴は急須に手をやり、みずからの茶碗に茶を注ぐ。獲生の前にある空の茶碗には目もくれず、半分ほど茶を飲んでから碗を置いた。

「真天宮に行っていたのか」

「大祭さ」

「懐かしいな」

盤海たちとともに行った祭を思い出す。あれから八年。あのころはまだ真族の地に来たばかりで、右も左も解らなかった。

「皆、息災にやってんのか」

「あっ、そういや最近、舎斗があんたに伝えてもらいたいことがあるって言ってた」

一座の車曳きだ。娘鈴たちが芸を見せ終った後、二人で籠を持ち、客の前を行き来していた。

「あんたに金貸したままだって」

「思い出したっ」

手を叩いて叫んだ。

「宝李の屋敷に行く前に、飯でも喰ってこいって金くれたんだ」

「貸してもらったんだろ」

「あれ、くれたんじゃなかったのかよ」

「貸しただけみたいよ」

互いの目を見ながら、同じ調子で笑った。

「あいつはどうしてる」

「誰だい」

「ほら、あの奉天寮の……」

「泰範かい」

「そうだ泰範だ」

小刀を使って芸をする小男だった。娘鈴に名を呼ばれて、脳裏に細面の泰範の顔がよみがえる。

「二年ほど前に酒の呑み過ぎで躰壊しちゃったけど、いまはまた元気でやってるよ」

「そういや酒と女が好きって言ってたな」

「ええ。奉天寮にいた秀才なのに」

懐かしい。

娘鈴や盤海たちと旅をしている時は、本当になにを見ても新鮮だった。真族のくせに匪の教えを信じていなかった泰範を知った時は驚いたのをいまでも覚えている。

「まだ、皮肉ばかり言ってんのか」

「ええ。酒が呑めねぇ人生なんざ御免だって言って、いまもやめないし、匪の教えを熱心に信じてる一座の子をからかって泣かせたり、困った爺さんよ」

「爺さんっていう歳だったか」

獲生が一緒に旅をしていた頃は、三十くらいに見えた。いまでも四十になったかどうかというところだろう。

「あの人、今年で七十一よ。あんたと旅してた時で、六十を超したくらいだったはず」

「えええええっ」

叫んだ獲生を見て、娘鈴がにやりと笑う。

「見えなかったでしょ」

「三十過ぎくらいかと思ってた」

首をがくがくと上下させながら答える獲生に、娘鈴がしたり顔で語る。

「あの人、若いのよ。自分では匣なんか全然信じてないなんて言ってるけど、奉天寮にいたころに、なにかやったんじゃないのって、一座の皆と話してんのよ」

「そ、そりゃあ、ありえるな」

「ね」

獲生は鼻から大きく息を吸い、腹に溜めてからゆっくりと吐きだした。泰範のことを一度頭から払い落としてから、娘鈴に語りかける。

「今度、皆で来い。金はそん時返すって、舎斗に伝えておいてくれ」

「連れてきていいのかい」

「知らねぇ仲じゃねぇんだ」

「うん。皆喜ぶよ」

なんとも嬉しそうに娘鈴が微笑む。

「いまもあそこには行ってんのか」

三杯目の茶をすすりながら首を傾げる娘鈴を見て、獲生も己の碗に茶を注ぐ。

「あれだ。顎港だよ」

「もちろん」

五年経った今でも、顎港の話をする時は、胸に微かな痛みを覚える。

「あいつは」

「転疾は上手くやってるよ」

言った娘鈴が両手に持った碗を見つめた。その穏やかな顔付きに、なにも言えなくなる。口を噤んだ獲生に気付き、娘鈴が笑いながら手を左右に振った。

「なにもないよ。あいつとは」

「別に聞いてねぇだろ」

二人ともいい大人である。こんなことで、動揺すること自体が莫迦らしい。

「そうか、あいつは上手くやってるか」

籠鬼山の賊となってからも、顎港の噂は頻繁に入ってくる。覇との均衡を保ったまま、いまや完全な独立を果たしたといってもいい。五年前の戦以降、幾度かの小競り合いが顎港と覇の間で起こったが、いずれも顎港軍の勝利に終わっている。どの戦でも最将軍、転疾がみずから先頭に立ち、完膚無きまでに覇軍を破っていた。各地の乱を鎮圧することで精一杯の覇は、対顎港戦に本腰を入れることができずにいる。

「最将軍転疾といや、賊の間でも大層な人気だ」

志のある賊は、国を敵としている。そんな者たちにとって、奉天を為し遂げ覇の軍勢を撃ち負かした転疾は英雄であった。韻貝原の戦での転疾の活躍を聞いて賊になった者が、この山塞のなかに幾人もいる。

白磁の碗の丸い縁を優しく撫でてから、娘鈴が唇を震わす。

「二十五という若さで、二十万の頂点にいるんだもの。苦労は生半じゃないわ。会うたびに疲れ果てた顔してる」

「本当は本読んで暮らしてたいなんて言う奴だからな。無理してんだろ」

転疾が疲れている顔など想像できない。獲生の記憶のなかで転疾は、常に前を向いて突き進む陽光のような男だった。

「あのおっさんはまだ生きてんのか」

「宝李様」

「あぁ」

「お歳を召されて、ますますお元気になられたみたい」

「転疾は疲れて、宝李は歳を食って元気か。宝李に生気を吸い取られてんじゃねぇのか。転疾は」

「そうかも知れないわね。けど、転疾は民の数が何十倍も違う覇に真っ向から相対して、一歩も引かず踏ん張ってる。それだけでも大したものなのに、顎港を変えようと戦ってもいる。そりゃ疲れが溜まるのは当たり前よ」

「顎港を変えるだと」

「これまでの長者による政を廃して、民が直接政に関われるような仕組みを作り上げようとしているみたい」

「どういうことだ」

「私にも難しいことは解らない。でも、あの人、あんたが戻ってきた時に、生まれで悩まなくても済むようにって」

「お、俺が戻ってきた時だと」

「あんたは必ず顎港に戻ってくるって、転疾は信じてる」

嬉しかった。だがもう二度と、顎港に戻るつもりはない。己を貫き生きることを、獲生はこの山で学んだ。顎港にいた頃の自分に戻ることはない。

「転疾らしいな」

茶碗を見つめてつぶやいた。

「あんたはあんたの道を行くんだろ」

籠鬼山の鬼。それが偽りない獲生の姿であった。

三

ずっとやってみたかった……。

籠鬼山の峙の裏手にある森の奥に、獲生はひとり立っている。手に鎚をぶら下げていた。両手で頭上に振り上げることができる最大の重さのものを選び、鍛冶場から借りてきた。

蝶尚や乙清らに見つからぬように、人目を避けながら山奥まで来たのにはわけがある。

匣だ。

転疾の奉天に触れた時からの疑問を晴らすため、どうしても一人でやらなければならないことがあった。しかし実行するには、それなりの覚悟がいる。望み通りになれば、獲生は匣を失う。奪った匣である。失うこと自体にはなんの恐れもない。ただ、己の素性を偽るためにはやはり匣は必要だった。蝶尚たちのように、常日頃から匣を人目に晒していないから、隠そうと思えば隠せるのかもしれないが、万が一ということもある。咄嗟の時に匣が無いのは、いささか心もとない。やらなくてもよいことかもしれない。でも、奉天という奇妙な感覚を味わった日から、獲生のなかで疑問が日に日に大きくなってゆくのだ。

この匣はいったいなんなのか。

理解を超える力を有すると信じ、真族は生まれた時から匣を持つ。そして匣に縛られた人生を送り、匣とともに死んでゆく。

地から突き出た岩に座り、鎚を立てかけ、獲生は襟元に手を差し込んだ。肌の熱を受け、生温くなった金属の塊を取り出す。親指と人差し指の間で、棄の一字が刻まれた匣が、鈍色の光を放っている。飽神鋼（ほうしんこう）という真天山の頂付近でしか採れない鉱物でできているという。表面は平らではない。縦横に細かい継ぎ目が何本も走っている。それらは途切れることなく、匣の表面を這いまわっていた。単純な六つの金属板で組まれてはいない。幾つかの複雑な部品が組み合わされて真四角を象っていた。そういう作りだから、蓋はない。慎の王朝を築いた宝超という男は、匣を開けたというが、いったいどこを開けたのだろう。

角のひとつに小さな鉄の輪が付いている。そこに紐を通し、首にかけていた。娘鈴の場合は、この輪に小さな鎖を付けて、耳にぶら下げている。鉄の輪は後から付けられ、その部分にだけ、本体に小さな穴が開いていた。

匣を指に挟んだまま、目を閉じる。そして、心に強く思う。

戯……。

娘鈴の顔を思い浮かべ、彼女の天字を念じる。盤海が言ったことが本当ならば、天字を知る親しい者を強く想えば、匣が居場所を教えてくれるはずだ。いろんな娘鈴の顔が、脳裏に蘇る。飛頭舞を踊る涼やかな顔。口いっぱいに豚肉を頬張って笑う瑞々（みずみず）しい顔。転疾に求婚されて戸惑う顔。くるくると変わる表情のどれもが、胸を締めつける。たまらなく会いたかった。娘鈴は今どこでなにをしているのか。彼女が見ている景色だけでも、共有したかった。

「娘鈴……」

思わず声が漏れた。

指で挟んでいた匣を、掌で包んで強く握りしめる。緋眼である己に、応えてくれと痛切に念じた。角が掌を刺す。刺々しい痛み以外、なにも感じなかった。光はおろか、熱すらも発しない。

「くそっ」

目を開き、座っている岩の上に匣を置いた。そして立ち上がる。灰色の岩肌に転がる匣は、緋眼である獲生を嘲笑うかのごとく、南岳域に近い籠鬼山の短かい夏のまばゆい陽光を受けて輝く。白色に光る匣に刻まれた棄の文字だけが影となり、いっそう暗く沈んでいる。

「緋眼には力はやらねぇってか」

憎々しげに匣を睨みつけ、獲生は言った。匣に視線を留めたまま、立てかけてある鎚の柄をつかむ。息をひとつ吐いて肩に担いだ。

「お前ぇのなかにはなにが入ってんだよ」

鎚を担いだまま匣に問う。もちろん答えが返ってくるはずもない。

「どうして転疾には、あんな力が出せたんだ」

宝超は匣を開けて帝になったという。転疾は奉天をして最将軍になった。匣は、真族にそれだけの力を与えるのだ。

正体を知りたい。

緋眼である己には授けられない力ならば、根源だけでも確認したかった。柄を両手で握りしめ、鎚を振り上げる。目は岩の上の匣を睨んだままだ。

「さぁ、見せてくれよ」

真族は生まれた時から、匣とともに生きる。真天宮の教えを信じる親から、匣がどれだけ重要な物かを語られながら育つ。だから真族には、破壊するなどという発想すらないのだ。しかし獲生は緋眼である。匣の恩恵を得ることができぬかわりに、破壊した時の災厄を受けることもないはずだ。

「そりゃっ」

気合とともに、鎚を振るう。

鎚の中央に硬い物が触れ、尖った音を発した。次の瞬間、岩を叩く鈍い音が森に轟く。全力の一撃であった。匣を起点にして、岩から四方にひびが伸びている。

手応えはあった。

鎚を放り、くだけた岩を覗き込む。

匣が無い。裂けた岩の隙間を探してみるが、どこにも見当たらなかった。あまりの衝撃で粉々に砕け散ってしまったのだろうか。

「くそっ、どこに行きやがった」

這うようにして砕けた岩の周囲を探す獲生の目が、鎚の表面を一瞬だけ捉えた。そしてもう一度、視界から逸れた鎚に目を戻し、愕然とする。

匣がめり込んでいた。叩く前と寸分たがわぬ真四角なままで、匣が鎚の中央にすっぽりと納まっている。

「嘘だろ……」

つぶやいた獲生の額から汗の滴がこぼれ落ちた。腰に差した小刀を抜き、鎚と匣の隙間に切っ先を入れる。手首を捻って匣を剝がす。地に転がる金属の塊を拾い上げ、転がしてみる。

傷ひとつ付いていない。

今度は鎚を見る。黒々とした表面に、小さな穴が穿たれていた。頑強な刀を作る鍛冶場の鎚が、匣の硬さに敗れたのだ。

「こいつぁ、いったいなんなんだよ」

獲生は呆然とつぶやいた。その指の間で、匣は木漏れ日を受け、鈍い光を放っている。

*

獲生が住む籠鬼山の山塞がある場所より、わずかに下った森のなかに梅楠は庵を建ててもらい住んでいた。

早いもので真天宮を離れて三年あまりの年月が経っている。すでにかなりの数の真天領から、志無き賊を追い払った。籠鬼山に近い場所から、ひとつひとつ丹念に選び、獲鬼たちを遠征させ、民から奪う賊を討ち、籠鬼党の本拠を作る。大陸に十ある国のうち、すでに五つの国の真天領に影響は及んでいた。籠鬼党の噂は、大陸全土に広まっている。獲の旗が領内に揚がると、国の賊を志す者たちが集う。集まった者たちを獲鬼や蝶尚が鍛えあげ、精強な兵に仕立てる。そうして多くの真天領の治安が守られていた。

真天宮への供物も格段に増えている。梅楠の功績は大きい。それはきっと教主も認めてくれているはずだ。乱が治まり、真天宮に戻ったら、大老の位が待っている。そうなれば、匣に秘められた力のすべてを知ることができるのだ。こんな辺鄙なところで耐えていられるのは、真天宮へ戻った後に待っている己の境遇があったればこそである。

夕刻、木々におおわれた庵はすでに薄暗くなりかけていた。それでも梅楠は明かりも灯さず、木の板で作られた床の上に座り目を閉じている。夕餉(ゆうげ)の前の瞑想は神官の日課だ。誰に見咎められるともない賊の群れのなかにあっても、朝夕の瞑想などの日課は欠かさない。神官としての暮らしを忠実に実践することで、己が何者であるかを見失わずにいられる。目を閉じ、胸の匣に心を集中させていると、真天山が見えてくる。己と源匣の繋がりを知覚し、より深く繋がれと願う。源匣の力を我が身に取り込むのが、瞑想の目的だ。

源匣の力……。

小兆のことを教授してくれた時の教主を思い出す。源匣が真族の民と繋がっている。そこまではわかる。だが源匣の力が弱まり、民の心が不安になるというところに、どうしても違和を感じてしまう。源匣が民の心に影響するのなら、源匣を有する真天宮が……。

そこまで考えた時、庵の扉を叩く音で瞑想が破られた。

「どなたですか」

ゆっくりと目を開きながら、梅楠は夕陽が沈みつつある扉のむこうに言った。

「俺だ」

聞き慣れた声だが、ここに来るのは初めてだろう。

「どうぞ、お入りくださいませ獲鬼殿」

言いながら梅楠は床から立ち上がった。扉が開き、なかをうかがうようにして獲鬼が庵に足を踏み入れる。

「しばしそこに座っていてくだされ」

開いたままの扉の隙間から、わずかな陽の光が入ってくる。真っ赤な秋の夕陽に照らされ紅に染まる椅子を指し示しながら、梅楠は獲鬼と入れ替わりで外に出た。裏手に設えられた竈（かまど）の灰にある炭の種火から枯れ枝に火を分けて、庵へと戻る。

「お待たせいたしました」

獏鬼に言いつつ、机の上にある油の入った皿の灯心に火を点けた。橙色の薄明かりが、狭い室内を照らす。数十冊の本がきれいに収められた棚とわずかな食器を置いておくための小さな卓、あとは寝台。それが梅楠の所有する全てだった。

「ここにいらっしゃるのは、初めてではございませぬか」

籠鬼山の者たちと会う時に、常に顔に張り付かせている笑顔を作り、獏鬼に問う。

「そういえばそうだな」

おぼろげな明かりに浮かぶ庵を見回しながら、獏鬼が答えた。

「もっと大きい屋敷を建ててもらえよ」

「いえ、これでも贅沢過ぎるくらいです」

梅楠が答えると、獏鬼が首を傾げた。

「俺は一度、真天宮に行ったことがあるが、神官たちがどんなところに住んでいるのか見たこたぁねぇ。あんなにでけぇ街でも、こんな粗末なところに住んでんのか」

「あまり変わりませんよ」

笑いながら答え、獏鬼に問う。

「何故、真天宮に」

「芸人をしていたころがあってな」

「あぁ、それでは大祭の時に」

「真天の街の中央にでっかい広場があるだろ」

「はいはい、大祭の時は、あそこに芸人が集まり、色々な芸をいたします。そうですか、獏鬼殿が芸人を……」

獲鬼の過去を、あまり詳しくは知らない。顎港の兵士だったということを、蝶尚たちから聞いたくらいのものだ。

「真天宮の神官だったお前ぇに聞きたいことがあってな」

神官だった……。

今でも、だ。梅楠は心中で獲鬼の言葉を訂正するが、口には出さない。代わりに、にこやかな表情のまま穏やかな声を発する。

「なんでござりましょう」

「これのことだ」

言って獲鬼がみずからの胸に手を置いた。真族の者がこういう動きをする時は、匣のことを指している。

獲鬼は賊にしては珍しく、匣を隠していた。無頼の輩は、天字に縛られるような生き方を拒む。そのため、衣の下に隠すのが礼儀である匣を、常にひけらかして生きている。籠鬼山の賊たちも、御多分に洩れず匣を晒していた。隠しているのは、獲鬼くらいのものである。

匣を隠す賊……。

育ての兄のことを思い出した。

「匣のなにをお知りになりたいのですか」

「この匣には本当に力があるのか」

あまりにも初歩的な問いであった。そして、梅楠はある事実を思い出した。

「獲鬼殿はたしか韻貝原の戦にお出になられたのでは」

獲鬼が力強くうなずいた。

「あの時、顎港の将、転疾が奉天したということで真天宮でも大変な騒ぎになりました」

「確かに奉天はあった」

「では獲鬼殿も、奉天の場におられたのですかっ」

思わず身を乗り出していた。そんな梅楠を端然として見つめ、獲鬼はうなずいた。

「ほ、奉天とはどのような」

「まるで、転疾の心と俺の心がひとつになったような気がした。戦えと命じられながらも、心地良く、躰はぼろぼろに傷ついているのに、巨大な光に包まれて痛みも苦しみも消え去っている。俺だけではない。あの時戦場にあった顎港兵の誰もが、光のなかで転疾の心に従うようにひとつとなって戦った」

「獲鬼殿は顎港の最将軍、転疾とお知り合いなのですか」

「一番の友だった」

「だった……」

「もう昔の話だ」

さびしそうに笑った獲鬼は、梅楠とは比べものにならないくらい匣の力を実感している。

「獲鬼殿が感じられたものこそ正しく匣の力です」

「聞きたいのはそこからだ。あれが匣の力ならば、その源はどこにある」

「真天山の……」

「源匣か」

罪人を問い詰めるような獲鬼の態度に梅楠は思わず息を呑み、うなずいた。

「源匣には、戦の勝敗を左右するような力が宿っている。ならば、それほどの力の源とはいったいなんだ」

獲鬼が言っている意味がよく解らなかった。

「源匣のなかにはなにが入っている。いや、この小匣でもいい。匣の中身はなんだ梅楠」

言葉が見つからない。心のどこかで梅楠も思っていた。しかしそれを明確な言葉として脳裏に描いたことはない。匣の中身はなにか。獲鬼が口にしなければ、はっきりと自覚しなかった疑問だ。

「まさか……」

脳裏で像を結んだ推論に、梅楠は愕然とした。

源匣が民の心に作用するのなら、匣の中身を知りたいという欲求を消すことも可能なのではないのか。真族の誰もが、漠然と考えながらも、明確な疑問として結実させない。

それは源匣のなせる業……。

「おい梅楠」

獲鬼が現実に呼び戻す。

「教えてくれ、神官であるお前なら、匣の中身を知っているんだろ」

「そ、そんなこと私が知るわけが」

口許の笑みが強張っているのが、自分でもわかった。

この男はいったいなんなのか。

匣の中身を知りたいなどと、どうして思ったのだ。これまで神官として多くの民に接してきたが、そんな疑問を持つ者はひとりもいなかった。この男に言われるまで、梅楠自身もしかと気付かなかったのだ。

「は、匣の中身を知りたいなど……。獲鬼殿は恐ろしいことを仰せになられる」

「お前ぇは知りてぇと思ったことはねぇのか」

「ありませぬっ」

思わず叫んだ。匣の中身を問うなど、禁忌中の禁忌である。いや、知覚すらもされない問いなのだ。しかし大声を出したのは、禁忌を犯されたからではない。獲鬼が言葉として発した時、梅楠もまた匣の中身を猛烈に知りたくなった。そんな己に腹が立ち、気づいたら叫んでいたのだ。

大陸全土の民の心に影響を及ぼす力を持つ源匣のなかにはいったいなにが宿っているのか。

知りたい。

知りたくてたまらない。

「獲鬼殿」

睨むように獲鬼を見る。

「あなたはいったい何者なのですか」

誰も思い描かない疑問を言葉にする男。梅楠にとって、獲鬼もまた源匣と同じくらい未知の存在となった。

四

真天宮の庇護を受けながら、真天領を転戦する日々は五年あまりも続いた。

梅楠の献策と、真天宮との繋がりのおかげで、獲生たち籠鬼党は、大陸各地に分布する真天領を次々と勢力下に置いていった。巨大な地図を広げて梅楠が指をさす。その場所に蝶尚をはじめとした仲間たちと向かう。すでに真天宮の神官たちが、その辺りの賊の数や頭領の名などを克明に調べ上げており、獲生たちは、戦うだけ。その地で一番巨大な勢力に楔（くさび）を打ち込み、他の賊を駆逐してゆく。獲生は己の目で偽物と本物を見極めながら、仲間を増やしていった。五年で三百を超える真天領が、獲生の目が行き届く場所となった。手下の数は末端まで数えれば五万は下らない。その全てが民を虐げることを厭う国の賊である。疑いなくそう言えるのは、毅然とした禁忌をもうけているからだ。人を殺して盗む。女を犯す。村の作物を奪う。これを破った者はすべて死罪である。国賊籠鬼党。最近では、この名を聞けば半端な賊は、それだけで逃げ出すようになった。

手下が増え、天下に名が轟いてもなお、獲生は籠鬼山を棄てない。今では山裾にまで手下が集い、千人にならんとする者が暮らす巨大な城と化していた。獲生はその中心に座し、大陸全土に広がったみずからの版図を見据えている。

「乙清」

声をかけると、忠実な従者が扉を開いて姿を見せる。

どれだけ力が増しても、獲生の部屋は変わらなかった。山にもずいぶん建物が増えたが、最初に寝起きした部屋をいまも使っている。蝶尚は、この山塞のそばに作った屋敷に一人で住んでいるし、梅楠もこの山塞を下った森に草庵を建てて住んでいた。望めば巨大な屋敷を建てることができたが、まったく興味がない。第一、各地の賊との戦のため山を留守にしていることが多いから、屋敷などあっても意味がないのだ。

「お呼びですか」

乙清が頭を下げた。

「お前、幾つになった」

「二十三です」

顎港を出て十年。獲生も歳を取ったが、乙清も大人になった。

「俺は二十八だ」

「知っております」

大陸を転戦するなかで、乙清も多くの戦場を経験している。もう一人前の賊であった。それでもこうして山にいる時は、従者として仕えている。乙清みずからの願いであった。

「お互い歳を取ったものだな」

「そのようなことを申されておられると、蝶尚殿に怒られますよ」

「たしかに」

蝶尚はとっくの昔に四十の坂を越している。

「なにか御用ですか」

「いや、暇だったのでな」

「なるほど」

言って乙清が笑った。従者の時の乙清は、決して獲生の前では座らない。それでも昔よりは堂々と振る舞うようになった。賊たちと対等に語らう姿からは、緋眼であるという後ろめたさは微塵も感じられない。

「お前もたくましくなったな」

「獲生様のおかげです」

穏やかな顔つきの下に、精悍(せいかん)な武人の気配を秘めた乙清の姿に獲生は嬉しくなる。

「乙清よ」

「はい」

「俺はな……」

お前と同じ緋眼だ。

そろそろ打ち明けても良い頃かも知れない。が、獲生の秘密を知った乙清はどんな顔をするだろうか。己は緋眼として真族に虐げられながら生きてきたのだ。匣を持ち生まれを偽り、真族として生きる獲生を果たして許してくれるだろうか。

「どうなされました」

口籠る獲生に乙清の穏やかな声が触れる。

「俺は実は……」

意を決し打ち明けようとした時、扉を叩く音がした。苦笑いを浮かべ乙清に言葉を投げかける。

「この叩き方は、奴だな」

乙清がうなずく。

「入れ」

溜息とともに獲生が言うと、扉が静かに開き、どんな時でも笑みを張り付かせた顔が現れた。

「お主もおったか」

立っている乙清を見て言ったのは梅楠だ。その目には蔑みの色がにじんでいる。籠鬼山のなかでいまだに乙清のことを緋眼の奴隷と見なしているのは、梅楠くらいのものだ。真天宮の神官の頭からは、どれだけ賊と交わろうとも緋眼を侮蔑する心は消えないらしい。乙清から目を背けさせようと、獲生は梅楠にむかって気のこもった声を放った。

「評定(ひょうじょう)以外で、俺のところに来るなど珍しいじゃねぇか」

獲生が目の前の椅子を顎で示すと、梅楠は唇に笑みを浮かべたまま静々と座った。

「たまには二人で話をしたいと思いまして」

梅楠の弓形に歪んだ目が、乙清を捉える。有能な従者は、それだけで己の次の行動を悟った。獲生と梅楠それぞれに礼をして、速やかに部屋を出ていく。秘密を明かす機を奪われてしまった。

「お邪魔でしたかな」

相変わらず何を考えているのか解らぬ笑みのまま、梅楠が問うた。悪い男ではないようだが、他人の感情を読み取れないところがある。一人で淡々とこなす仕事には向いているが、人と何かをすると些細なことで問題を生じさせてしまう。

「気にするな」

しかも五年経っても、この男の心の底が見えない。

梅楠はみずからの心を覗かれるのを極端に嫌っているようだった。だから余人との間に壁を作る。この男と心底から付き合っている者は、この山に一人もいないのではないか。

「なんの用だ」

問うと、笑顔の神官は淡々と語り始めた。

「急ぎの話ゆえ、簡潔に申しまする。奥林の東、鎮西国(ちんぜいこく)の国府、卦甲(けこう)の城から国守を追放し……」

「蒙雅(もうが)か」

卦甲の蒙雅といえば、賊の大立者である。覇の人間を城から追い払い、民に解放するという蒙雅の噂は、獲生の耳にも入っていた。今や鎮西国は一国まるごと、他国にも官を追放した城をいくつも有しているということだった。

「都がとうとう本腰を入れたそうだな」

　獲生の言葉に、梅楠がうなずく。これまで小競り合いを続けて来た蒙雅と覇の両者が、ついに正面から激突するという話は、十日ほど前に聞いていた。都は呉尉を将軍として、十万の兵で、卦甲を攻めるという。

「都の防御のために常は動かぬ近衛軍が、蒙雅討伐についに動いたようです。覇の軍勢は呉尉率いる近衛軍三万と、各地より集められた七万」

「蒙雅は耐えられるか」

「各地に散らばる手下たちをかき集めても、蒙雅は五万をわずかに超えるほどかと。二倍の数では、さすがに無理かと」

「なにを言いにきた」

　梅楠は常に思わせぶりな物言いをする。そういうところに人を見下すような性根が、見え隠れする。この男が手下たちと馴染めない最大の理由だ。

「真天領以外の地に手を伸ばすころかと」

「介入せよと」

　笑顔のまま梅楠が首を左右に振った。細い首から垂れる糸が襟口から覗く。この男の匣にはどんな天字が刻まれているのか。無性に気になった。しかし真天教の忠実な実践者である梅楠が、打ち明けるはずもない。

「蒙雅が討たれれば、覇を倒さんとする志を持った賊どもは旗頭を失いまする。彼らを糾合し、獲鬼殿が賊どもの長となれば良い」

「蒙雅が倒れるのを黙って見ていろと」

　梅楠が言うとおり、真天宮に守られながら賊として生きることに、見切りをつけるころだと思っていた。　蝶尚とも最近はそういう話を頻繁にしている。が、漁夫の利を得て、名を売るつもりはなかった。

「お前は真天宮の神官だろ。俺に求めているのは、真天領の安寧だけかと思っていたが」

「あなたの下につくと決めた時より、我が身は賊だと思うておりまする」

　この男には似合わない言葉だった。

「蒙雅が敗れれば、賊どもはおのずと獲鬼殿の元へ集まってまいります。大事なのは、膨れ上がった手下たちをどのように喰わしていくかでございます。これまでのように真天領だけでは賄（まかな）えませぬ。外に打って出るための用意を、今のうちから始めておかねば」

　獲生は立ち上がって梅楠を見下ろした。

「乙清」

　外に控えている従者を大声で呼ぶ。扉を開いて現れた実直な顔に、言葉を吐く。

「広間に蝶尚たちを呼べ」

　笑みに固まった梅楠の顔が、小さく震えた。

「手下たちを集めて、卦甲に行く」

「まさか」

「蒙雅を助ける」

「犠牲を払わずとも、流れはこちらに」

　腰を上げた梅楠の目が、見開かれている。神官の瞳は、奥の奥まで闇に沈んでいた。

「姑息（こそく）な真似は好かん」

「しかし……」

「この山の主は俺だ」

思うように生きる。旗を揚げた時に決めた。

「蝶尚たちを早く呼んでこい」

戸惑う乙清を怒鳴る。

「さぁ、戦だ」

獲生の決断を曲げるような者は誰もいなかった。ただ一人、梅楠だけが最後まで不服を述べたが、黙殺した。

大陸全土の真天領に散らばる手下たちに鎮西国の南端の城、戊城（ぼじょう）へ集まるように命じた。籠鬼山の賊を含め、四万五千にのぼる。

籠鬼山は南岳域に近く、卦甲は北の暴海を間近に見る場所にあった。両者の隔（へだ）たりは三千踏（三千キロメートル）にもなる。籠鬼山の賊たちの尻をどれだけ激しく叩いても、二ヵ月以上は優にかかる道程だった。大陸全土から素早く兵を集めるためにも、各々が鎮西国に入ったほうが早い。

各地への伝令や兵站（へいたん）の確保などは、梅楠が手際良くやってくれた。しかし梅楠は、籠鬼山に置いてきた。見張りとして、乙清も残している。獲生の留守中に下手な真似をするような度胸は、梅楠にはない。が、用心をするに越したことはない。乙清は万一のための抑えである。すでに一人前の男である乙清は、留守を強硬に拒んだが、一度も下げたことのない頭を獲生が深々と下げたため、それ以上は何も言わなかった。

籠鬼山を出発して七十三日目。獲生は戊城に辿り着く。途中、真天山の脇を通ったが、挨拶に立ち寄ることもせず、ただひたすらに卦甲を目指した。

戊城は、すでに到着していた仲間によって守兵たちが追い払われており、獲生は戦うことなく城に入った。

四万五千が戊城に集まってから二日後。十分な休息を取り、獲生は卦甲に向かう。蒙雅が持ち堪えてくれていることを願いながら、四万五千の兵とともに中域を北上した。

卦甲の城が地平線のむこうに見えたのは、籠鬼山を出てからちょうど八十日目のことであった。

「そろそろだべ」

隣に並んで進む蝶尚が言った。行軍五日。卦甲の城はすぐそこである。

「策は……」

有能な腹心が問う。

「蒙雅がいまも持ち堪えているようならば、卦甲を落とすことに躍起になっている敵の背後を急襲する。もしも蒙雅が敗れていたなら、卦甲に拠る敵を攻める」

「どっちにしても正面から行くんだべ」

蝶尚の問いにうなずいてから、獲生は語る。

「必ず敵は討つ」

「敵を退けた後はどうする」

「蒙雅と手を結ぶ」

「頭はどっちだ」

「俺だ」

蒙雅はすでに六十になろうという老人だ。この国の賊は、これから覇と正面からぶつかることになる。そんな男たちを束ねるには、蒙雅はあまりにも歳老いている。

「そうこなくっちゃな」

　嬉しそうに蝶尚が言った。

「明日の昼には戦は始まっているだろう。油断はするなと、皆に伝えておけ」

「歩武一行にも負けねぇくれぇの戦いができる奴らだ。言わずとも解ってる」

　蝶尚とともに獲生に従った五十人を中心にして、各地の賊を鍛えに鍛え抜いていた。国の賊という志を抱いた者たちだけを厳選して集めている。どれだけ鍛えられても、たとえ死人が出ても逃げるような者はいない。そういう男が四万五千いるのだ。半端な兵ではないという自負は、獲生も持っている。

　遥か彼方に鬱蒼と茂る森が見えた。奥林だ。あそこには、緋眼と同族であった野従たちが住んでいる。

　野従は多くの部族に分かれて暮らしているという。元は同族といっても、長い時の中で違う道を歩んできている。一度あの深い森の中へも行ってみたいと獲生は思うのだった。

　卦甲は奥林の東方だ。地平を埋め尽くすほどの緑を見つめながら、獲生はつぶやく。

「勝つぞ」

「当たり前だべ」

　力強く答えた腹心の笑顔は、昔よりも少しだけ皺が目立った。


　賊たちが焼けただれた荒れ野の真ん中で、押し寄せる敵と必死に戦っている。家も田畑もなにもかも焼き尽くされた卦甲の周囲は、だだっ広い荒野と化していた。その中心に、かつては鎮西国の国府であった城壁に囲まれた卦甲の城がある。覇の旗を翻す大軍が、押し寄せていた。

獲生は小高い丘に陣取り、その下に四万五千を展開させている。それを顎港軍のように歩武、射武、騎武に分けた。

「射武は城壁に取りついている敵に射かけろ」

弓兵は五千。

「騎武は駆けに駆けて敵の背後に喰らいつく」

騎兵は二万。

「歩武は騎武に追いついたら、全軍で敵を城へと押せ」

歩武も二万。

「全軍、前だけを向いてひたすらに戦え」

喊声が上がった。

獲生は腕を挙げる。

「行けぇっ」

号令一下、四万五千が駆け出した。獲生も馬腹を蹴って丘を降る。すでに蝶尚は騎武を率いて先頭を走っていた。この一戦の勝敗が、これからの己の道を決める。伸るか反るか。結果は出てみなければ解らない。

風は何処へと吹きゆくのか。

この壁を越えた先に、風はどこに辿り着くのだろう。

獲生の唇が吊り上がる。鎧の下で揺れる匣が熱い。棄の文字などとうの昔に忘れていた。獲生の頭のなかで棄は、鬼に変じている。己は覇という国を喰らう鬼だ。

緋眼の鬼……。

しいたげられ続ける同族のため、獲生は真族を喰らう鬼となる。

槍を小脇に抱えて、ひたすらに駆けた。最前列を走る騎兵たちは、敵の背後にぶつかっていた。すでに新手の出現に気づいていた敵は、背後から襲いかかる獲生たちに正対している。城を攻める者、獲生たちと戦う者。兵を二手に分けていた。

そんなことはどうでもいい。目の前の敵を叩き潰すだけだ。

籠鬼党の弓兵たちが、足を止めて敵に矢を放ち始める。すでに騎兵たちは混戦のなかにあった。そこに歩兵も乱入してくる。敵味方入り乱れる戦場に、獲生も槍ひとつ抱えて飛びこむ。本陣を据えて指揮を執るのは、性に合わない。賊が覇の真似事をしても意味はなかった。すでに敵も、本陣を引き払い城攻めをしている。呉尉も乱戦のどこかにいるのだ。

獲生たちの到来を知り、蒙雅の手下が城から飛び出してきた。敵は前後から挟まれた形になる。獲生は顗港から一緒である五十人とともに、近衛兵を削っていく。さすがに都の精兵である。生半には崩れない。それでも五十人が錐の先となって、じりじりと崩してゆくと、眼前にきらびやかな鎧を着けた男を見つけた。

「呉尉っ」

叫んだ。すると、金の龍を象った兜を着けた男が、巨大な鉾を小脇に抱え、血走った眼で獲生を見た。確信する。呉尉だ。馬を走らせ、獲生は槍を振り上げる。

「我が名は獲鬼。籠鬼山の長なりっ」

「貴様が、獲鬼かっ」

鉾と槍がぶつかる。凄まじい力に躰が押された。呉尉の圧に、獲生の馬が数歩後ずさる。

「帝の御心も知らずに耳障りな音をたて飛びまわる羽虫どもがっ。一匹たりとも容赦はせぬ。すべて踏み潰してくれるわっ」

　怒りの声を発しながら、呉尉が鉾を振るう。腹に気を込め、獲生は斬撃を払ってゆく。目の前の男は帝の右腕だ。十年前の韻貝原の戦では、どこにいるのかすら解らなかった。そんな男と刃を交えている。

「死ねっ、賊がっ。下郎がっ。毒虫めがっ」

　親の仇かと言わんばかりに、呉尉が乱暴に鉾を振るう。その一撃一撃が重い。少しでも気を抜けば、手にしている槍ごと真っ二つに斬り裂かれそうだった。

　胸の匣が熱い。奉天……。そんな言葉が頭を過った刹那。小匣の熱は恐ろしいくらい急激に退いた。緋眼の己が奉天するわけがない。

　風は己で吹いてこそ風なのだ。

「なにを笑っているっ」

　呉尉の叫びで、己が笑っていると知る。

　圧は凄まじいが単調な攻めだ。幾度も受けているうちに、動きが読めてしまった。呉尉が鉾を振り上げる。上段からの打ち込みだ。

「飽きた」

　つぶやき、がら空きの首めがけて下から穂先を突き上げた。手首と肘を器用に使った、ごくごく小さな動きだ。銀色の刃が、鉾を振り下ろそうとする呉尉の首に向かって伸びる。捉えた、と思った瞬間、呉尉を押し退け、誰かが槍を受けた。口から血飛沫を上げながら、背後の呉尉に叫ぶ。

「すでに味方の半数が討たれておりまするっ。このままでは保ちませぬっ。たっ、退却をっ」

　言葉とともに魂も抜け落ちたのか、男がそのまま馬から崩れ落ちた。

呉尉が鋒を横薙ぎに払って、獲生との間合いを保った。

「その命、預けておく」

捨て台詞を吐き、呉尉が背を向けた。

追おうとする肩を誰かがつかんだ。振り返ると、血飛沫を総身に浴びた蝶尚がいた。

「深追いすると、お前ぇが死ぬ。近衛軍はそんなに甘くねぇ」

気づけば、大半の敵が逃げ始めていた。

「砂江の辺りまで追撃しろ」

獲生は天を見上げた。城からは歓喜の声が聞こえている。勝ったのだ。

＊

「吉と出るか凶と出るか……」

瞑目したまま、梅楠は重い声でつぶやいた。

夜が白々と明けはじめ、窓から光が差し込んでくる。銀色に輝きながら舞う埃を見つめ、堅い床の上に座し、瞑想の準備を行っていた。しかし今日は、どうしても雑念が消えない。

獲鬼のせいだ。

今、獲鬼は山にいない。蒙雅を救うために卦甲に向かった。

みずから動いたのだ。

教主が彼に求めているのは、真天領の治安維持である。卦甲は真天領ではない。すでに大陸に名を馳せる獲鬼が、真天領を打ってでたことは、噂となってすぐに広まるだろう。教主の耳にも、じきに入る。どう弁明すれば良いのか、梅楠は迷っていた。真天領が平穏であれば、教主は満足なのである。それ以上、獲鬼の力が増大することを望んではいない。梅楠は漁夫の利を狙えと、獲鬼に勧めた。それは、教主の意図に反する行いである。獲鬼は梅楠の献策をしりぞけ、卦甲に向かった。みずから乱に飛び込むことで、真天領のみに留まっている現状を打破するつもりなのだろう。

獲鬼、梅楠いずれの道を選んだとしても、けっきょく籠鬼党の力を真天領外に広げる選択には違いない。そういう意味では、梅楠は教主に逆らったと取られても仕方のないことをしたのだ。

弁明の余地はない。だからといって真天宮を離れ、正式に籠鬼党の賊になるつもりはなかった。

匣の力……。

源匣と匣がもたらす力の真実を知るまでは、真天宮の神官であり続けなければならなかった。

みずからの道はみずからで決めろ。

育ての兄が言った言葉である。

物心つく前に親を失った梅楠は、育ての兄に拾われた。兄は賊だ。北域の東に根を張り、夷界に入って略奪を行う賊の二番手だった。賊とはいえ白馬にまたがり、無駄な殺生をしようとする手下たちに常に目を光らせていた高潔な男だ。

兄が夷界から戻ってくると、いつも辛そうな顔をしていたのを覚えている。

兄が話してくれたことがあった。

ある緋眼の村を襲った時、一人の少年が手下たちに立ち向かっていたという。村を救うため、騎乗の賊に刃をむけながら震えていた少年のことが、瞼に焼き付いて離れなかったらしい。

俺にあの少年の半分ほども勇気があれば……。

弱々しくつぶやいた兄は、その後に梅楠に言ったのだ。

みずからの道はみずからで決めろ。

大恩ある兄の言葉に従い、梅楠は真天宮へ向かった。神官になれば兄の世話にならず、喰うことにも困らないと思ったからだ。自分で決めた。

しかし。

源匣とつながる小匣が、梅楠の選択に干渉していたとしたらどうか。己の選択はすべて、匣の意志によって定められていたなど、梅楠には耐えられなかった。真天教を信奉するのはみずからの意思である。教理に従い生きるのも、信者の選択によるものだ。教え導く者が、信徒の心を知らぬうちに操るなど、あってはならない。

兄の天字は〝護〟である。

梅楠を護るために、兄は心に傷を負いながら弱者から奪っていた。そんな兄の気配が二年ほど前に消えた。どれだけ護の文字を念じながら祈ってみても、兄の光が見つからない。死んだとは思いたくないが、おそらくそういうことなのだろう。梅楠にとって、己の道を己で決めるということは、兄の遺言であった。死ぬまで守らねばならぬ、鉄の掟なのである。匣などに汚されるわけにはゆかない。神官としてはあるまじき考えであることは、重々承知している。しかし、兄の存在は真天宮よりも尊かった。もし匣が兄への想いを汚しているという確信を得たら、いったい己はどうなるのだろう。考えただけで梅楠は身震いする。人の想いを無意識のうちに動かす源匣など……。

そこまで考えて、梅楠は頭を振った。これ以上は神官が考えることではない。

扉が叩かれた。

「どなたかな」

「乙清です」

「どうぞ」

梅楠が声をかけると、獲生の従者である緋眼が扉を開けて庵に入ってきた。

「そこに」

椅子を示す。日々修練を怠らない乙清の逞しい体軀を受け止めて、椅子が小さな悲鳴をあげた。床を立ち、机をはさんで乙清と向かい合うようにして座る。

「このような朝早くに、どうなされた」

「お聞きしたきことが……」

伏し目がちに乙清が言う。

「獲生様がいらっしゃる時には、聞けぬことなので」

獲生……。獲鬼の本当の名だ。

数年、獲鬼とこの山でともに暮らして解ったことがある。

あの男は、棄てるという言葉や行為に過敏なところがある。おそらく自分自身気づいていないだろう。それに、賊としての名に鬼を使ったところから類推すると、彼の天字はおそらく〝棄〟だ。この程度のことは、街外れの匣占でも行う簡単な推理である。

棄を鬼に転じ、獲生という男は獲鬼という賊になった。

棄てることと鬼こそが、獲生の根幹に居座っていると考えていい。

棄と護。天字は全く違うが、獲生を見ているとなぜか兄を思い出す。緋眼の民から奪い苦しんでいた兄が、頭目として生きたいように生きたなら、獲生のような男になるのではないか。そんな想いが、二人を重ねさせる。

「梅楠殿は、鬼についてどうお考えでございますか」

唐突に乙清が問うてきた。ちょうど鬼のことを考えていたので、梅楠は思わず息を呑む。この男は緋眼だ。鬼は緋眼が運んでくる。乙清が鬼のことを気にするのも無理はない。

鬼にされてはたまらぬ……。

梅楠は無意識のうちに深く息をすることを止めていた。

「どうなされました」

「いやいや」

硬い笑みを満面に張り付け、梅楠は答えた。すると乙清が、心に溜まっていたものを吐き出すように、一気に語り始める。

「私の父は鬼になり、母を殺しました。私がまだ乳飲み子だった時のことです。育ててくれた親類に、両親のことを聞いた時から、私の心には鬼が棲みつきました。だから鬼殺しと呼ばれた獲生様の従者になり、これまで従ってまいりました」

「父親が鬼に……」

やはり緋眼は鬼を運ぶ。いや自身が鬼になるということか。

黙っている梅楠にかまわず、乙清が語る。

「私は鬼という病が憎い。どうして人が、我を忘れて暴れ続けるのか。そんな病が何故あるのか。愚かな頭で必死に考えました」

「答えは出ましたか」

「もしかしたらと思うことはあります」

「それを聞きにここに来たのですか」

「はい」

乙清が息を吸った。梅楠は黙って、言葉を待つ。獲生の忠実な従者は、腹に溜めた気を吐き出すようにして、言葉を続ける。

「鬼は匪がもたらしているのではありませんか」

「なんと」

梅楠は驚きを隠せない。鬼が匪によってもたらされるなど、聞いたことがなかった。鬼は夷界の東の果てにある東壁のむこうから流れてくる邪な気によってもたらされる。それが真族の常識だ。それゆえ、緋眼は鬼を運ぶ者として忌み嫌われる。乙清も知らぬはずはない。なんという浅ましいこじつけであろうか。緋眼が、鬼を真族に押しつけようとしている。自分たちに責はないと言っている。それではなにゆえ、お前の父は鬼になったのか。聞いてやりたかったが、そこまで露骨な悪意を口にするのははばかられた。その代わりに、真天宮の神官として語るべきことを口にする。

「鬼は東壁の……」

「ならば何故、夷界は鬼に支配されておらぬのですか」

浅ましい緋眼は、梅楠の言葉を遮って続けた。

「緋眼が鬼だということも、鬼によって緋眼の街が滅ぼされたという話も聞いたことがございません。鬼道兵のように、鬼を利用し、また極度に恐れているのは真族です。なぜ東壁に近い地に住む緋眼よりも、真族の方が鬼を恐れるのですか。奉天などという人の心と躰に影響を及ぼす匪は、鬼に近いと思いませぬか」

普段は物静かな男が、ここまで深く鬼について考えていたとは驚きであった。たしかに、緋眼よりも真族のほうが鬼を恐れている。心に影響を及ぼすという点でも、匪と鬼に共通点があると言えなくもない。

だが……。

それを緋眼が口にするのか。

「真天宮の神官である梅楠殿ならば、なにか知っておられるのではと」

「先刻の返答でも解る通り、申しわけ無いが、東壁の先より流れてくる邪な気によって鬼が生まれるという風に、私も教えられておるのです」

怒りを押し殺しながら必死に取り繕っていた。

「そうですか」

「鬼については真天宮よりも、都の奉天寮のほうが詳しいのではないでしょうか」

人為的に奉天を行うことを目的として創設された奉天寮は真天宮とのつながりも深く、また鬼の研究も行っている。その成果が、鬼道兵だ。

「都ですか」

「はい」

「獲生様のお側にいれば、いつかは解るということですね」

言った乙清が目を輝かせる。梅楠は意味が解らず、首を傾げた。

「獲生様は、かならずこの国の帝になられます。そうなれば、獲生様のお許しを得て、奉天寮を調べることができる」

「そういうことですか」

梅楠の頭に、ある考えが閃いた。獲鬼には、己という真天宮との太い絆（きずな）がある。彼が帝になれば、真天宮や教主にとっても都合がいいはず。獲鬼が真天領を出ることは、その第一歩である。

弁明の道筋が付いた。

「乙清殿に礼を言わねばなりませぬな」

「え……」

「私はあなたに救われたようです」

深々と頭を下げる梅楠を、乙清が戸惑いの目で見つめていた。

五

卦甲に入った。賊に支配されたこの城の門を、獲生は割れんばかりの歓声に包まれながら潜る。義によって立つ蒙雅は、この城から鎮西国の国守と官人どもを追い出し、完全な賊の城にしていた。子供や女、老人までもが、獲生が何者であるかを承知したうえで歓待の声を上げている。大門から城の中心を走る大路を、部下たちと進む。背後の馬に乗る蝶尚は、浮かれた顔をして大路を埋め尽くす人々に手を振っている。

「籠鬼山とはえらい違いじゃん」

歓声に負けじと、蝶尚が大声で語る。たしかに、男どもに埋め尽くされた籠鬼山と、卦甲の街はなにもかもが違っていた。ここは覇にあって、独立を果たしたひとつの街である。

蝶尚が隣に並ぶ。

「こういう場所が大陸にいくつもあって、覇を拒んでる。それらをまとめているのが、蒙雅ってわけか。そんな奴と手を組むってこたぁ、お前が考えているように話は転がらねぇかもしんねぇぞ」

「転がるんじゃねぇ。転がすんだ。なにがあっても蒙雅を俺の下につける」

「もし、向こうが拒んだらどうする」

「そん時はそん時だ」

「腹は定まってるってことか」

褐色の肌をした腹心に笑ってみせる。

大路の向こうに宮城が見え、軍勢が道を塞いでいた。賊とは思えぬ豪奢な鎧を身に着けた一団である。その中心で、老いた男が白馬にまたがっていた。銀色の鎧がやけに眩しい。

「城の主直々の出迎えじゃん」

眼前に見える白馬を見つめながら、蝶尚がつぶやいた。獲生は黙したまま、目だけは老人から離さない。互いの距離はゆっくりと近づいて行く。動いたのは老人の方だった。白馬が走りだすと、背後の騎馬もいっせいに駆けだす。獲生は右手を挙げて、手下たちに止まるよう命じた。荒い息を吐く白馬をなだめながら、老人が眼前に止まると、歓声がやんだ。

「獲鬼殿か」

騎乗のまま老人が問う。獲生は穏やかにうなずいて、白い眉毛の下にあるぎらついた目を見据えた。そして、ゆっくりと言葉を吐く。

「籠鬼山の獲鬼だ」

言った刹那、老人の顔がぱっと明るくなる。そして素早く馬を降りると、獲生の元に片膝を突いて頭を垂れた。それを見ていた背後の男たちも、老人に倣うように馬を降りて深々と頭を下げる。

「某(それがし)は、この城を塒にしておる蒙雅と申しまする。初めてお目にかかる」

獲生も馬を降り、蒙雅の前にしゃがんだ。

「頭を上げてくれ」

「此度は、ご加勢いたみいる。其方の加勢が無ければ、我らはどうなっておったことか。郎党もろとも、相果てる覚悟をしており申した」

　足元の黄色い地面を見つめたまま、蒙雅が言う。銀色の鎧に包まれた肩に、獲生は思うよりも先に触れていた。

「同じ志を持つ者の窮地だ。こういう時に動かなけりゃ、旗を掲げている意味はねぇ」

　やっと蒙雅が頭を上げた。白い髭に覆われた分厚い唇が、笑みに歪んでいる。老いた笑顔に、妙な屈託はなく、心底から喜んでいるようだった。爛々と輝く大きな瞳で獲生を見つめたまま、老いた賊将は、嗄(しゃが)れた声で言葉を吐く。

「とにかく、なかへ」

　蒙雅を立たせると、獲生は馬をそのままにして、二人並んで歩いた。どちらからともなく自然とそういう流れになった。穏やかな気持ちにさせる男である。嫌いではない。

「籠鬼山の鬼の噂はかねがね。ひと目会ってみたいと思うておりました」

「俺の方こそ、国まるごとひとつ手に入れた蒙雅殿と一度、話してみてぇと思っていた」

「互いに、思うことは同じですか」

「そのようだ」

　二人して大声で笑う。大陸に名を成す賊将同士の対面を、固唾を飲んで見守っていた往来の者たちが再び歓喜の声を上げ始める。喜びに包まれ、獲生は宮城へと歩を進めた。


　さすがは国府の宮城である。通された広間は、百人はゆうに座ることのできる豪奢なものだった。獲生の他に、蝶尚と腹心の二十人ほどが、蒙雅とその手下たちと対面している。左右に並べられた磨きあげられ白く輝く石造りの長卓に、相対するようにして互いの手下が座っていた。獲生は上座に設えられた階の上で、蒙雅と並んで座っている。獲生の前の卓や、左右の卓には熱した鉄板の上で香ばしい匂いをはなつ肉や、大きな碗の中で頭ごと赤茶色の汁に浸った魚など、数多くの料理が並んでいた。

「鎮西国は北にあり暑いゆえ、料理はどれも辛い。籠鬼山からまいられた皆様の口に合えばよいが」

「大丈夫だ。口に入るものなら何でも食べちまう」

「さすがは獲鬼殿。よい仲間をおもちだ」

そう言って笑った蒙雅が盃を持ち、立ち上がった。下座から上座まで、すべての者の顔に目を向けてから、分厚い唇を震わせる。

「敵は去った。我らの勝利じゃ。今宵は呑み明かそうぞ」

蒙雅、獲生、いずれの手下たちも盃を高々と掲げて礼をする。

「獲鬼殿」

盃を掲げたまま、蒙雅が獲生の方へと躰を向けた。

「心より、礼を申し上げまする。そなたは、我らの救い主じゃ」

「ありがとうございまする」

蒙雅の手下たちが、いっせいに言った。いきなりのことに、蝶尚らがわずかに驚き、しばし面喰らい、最後には照れ臭そうに笑う。

「さぁ、宴じゃ」

蒙雅の声と同時に、酒宴が開始された。戦の緊張から解き放たれた男たちは、敵も味方もなく酒を呑み、笑い、語っている。卦甲の食べ物はたしかにどれも舌を刺すような辛味があったが、しばらく食べているうちにだんだん止められなくなった。

「獲鬼殿」

隣に座る蒙雅が白磁の酒壺を手にして、身を乗り出している。盃の酒を綺麗に腹に収め、酌を受けた。そしてまた一気に呑み干す。食べ物は辛いが、酒は米の甘みが強かった。

満足そうに蒙雅がうなずく。それを、微笑を浮かべながら見つめ、獲生もまた酒壺を捧げる。すると皺に覆われた手が、壺の口の前でひらひらと振られた。それまで明るかった蒙雅の顔が、一気に暗くなる。

「酌を受けたいのは山々なのじゃが、あいにくわしはもう一滴も呑めぬ躰でな」

「どこか悪いのか」

「すべて」

言って蒙雅が照れくさそうに肩をすくめた。

「長年、好き勝手に生きて来たからな。六十有余年。それほど長き時を生きれば、こうなるのは必然じゃ」

長く伸びた髭を揺らしながら、老いた賊は笑った。返す言葉を探していると、皿に盛られた青い葉を箸で摑んで蒙雅が顰(しか)め面になる。

「喰えるのも、このようなものばかり」

蒙雅が鼻から細い息を吐く。

「本当は肉が好きなのだが、喰えば薬師(くすし)に叱られる。聞かずに喰えば命にかかわる」

「それほどまでに」

「悪いな」

蒙雅は悲しそうにつぶやいた。丸く開いた鼻の穴から、白い毛が数本飛び出している。それが、蒙雅の息に合わせてゆっくりと揺れていた。不格好である。なのになぜかこの男だと、妙に様になった。挙措の一切が、自然なのだ。取り繕うところがひとつもないから、なにもかも絵になる。跳ねた後れ毛ですら、そこにそう定められているかのように、泰然と天にむかって反りかえっていた。

「信ずるの信……」

いつしか双方の家臣たちが入り混じって呑み喰いしている広間を、遠くを見るような目つきで眺めながら蒙雅がつぶやいた。戸惑っている獲生を置き去りにして、老将は言葉を継いだ。

「わしの天字じゃ。物心ついたころから、わしはこの字とともに生きてきた」

きちんと合わされた襟の上に、老いた手が乗る。〝信〟の一字が刻まれた蒙雅の小匣があるのだ。

「信の字は芯の字に通ずる。わしは己の身中にある一本の芯を信じて、これまで進んでまいった。この国は腐っておる。私腹を肥やすために民を虐げる腐り切った役人どもは許せぬ。その一心で、これまで戦ってきた。その道を決して後悔はしておらぬ」

大きな目が潤んでいる。

「戦い、国守や官人どもを追い、数個の城を民に解放した。民から奪う賊は容赦なく討ち、義賊と呼ばれるようになった。そうして戦っているうちに、本当の敵が見えてきた」

「覇」

潤んだ目が獲生をとらえ、大きく上下した。

「国が腐っておるのなら滅ぼせばよい。そして新たな国を築くのじゃ。民が苦しまぬ国をな。そのためならば、だれが帝になっても構わぬ。そう思っておる。わしは民のことを第一に思う国が見てみたいのじゃ」

じゃが、と言って老いた戦士は己の掌をまじまじと見つめた。

「わしには時が足らぬ。あと一年。この世に留まっておれるかどうか」

「そんな気弱なことを言うんじゃゃねぇ」

「己の身は己が一番解っておる」

激しく鼻をすすって、蒙雅は笑った。

「先刻の民の声を、獲鬼殿は聞かれたか」

往来を埋め尽くす人々の、歓喜に満ちた声は、今も耳の奥でこだましている。

「あれこそが答えよ。あの声は獲鬼殿が生みだしたものじゃ。民にあのような声を上げさせる者を、わしは信ずる」

蒙雅の天字は〝信〟。真族が他者に天字を明かすのは、最上の信頼の証だ。

「何故、今日初めてあった俺を、それほどまでに言ってくれるんだ」

「男同士というものは、ひと目会った時に解るものじゃ。相手の器量を知れずして、多くの男どもを従えることなどできはせぬよ。獲鬼殿もそうであろう」

数刻前に会ったばかりの蒙雅に、獲生は心を許している。それは、この男が嫌いではないと、心が感じているからだ。蒙雅が言う通り、理屈や年月ではないのかもしれない。顔を合わせた一瞬で、悟るものなのだろう。

「これまで真天領のみで戦っておられた獲鬼殿が、わしらのために兵を挙げてくれた。そなたの真心は、しっかりとわしの心に刻まれておる。いや、わしだけではなく、ここに集う手下をはじめ、城の民も解っておる。それゆえ、民はそなたを城に迎え、あのような声を上げたのじゃ」

「それほど大層なことじゃねぇよ」

「民のために戦う同胞を潰してしまうのはあまりに惜しい。卦甲の蒙雅が潰されれば、次は己に刃が向くやも知れぬ。そのようなことを考えておられたのか」

息が止まる。と、老将は顔を朱塗りの天井にむけ、大声で笑った。

「獲鬼殿は素直なお方じゃ。嘘が吐けぬ。そうか。己の身が危ういとは思わなんだが、殺すには惜しいと思われたか」

どうしてそこまで心が見通せるのか。声を失う獲生に、蒙雅はなおも続ける。

「誰にも下心はある。欲得無くして、人は生きてゆけぬ。が、欲のためなら他者はどうなっても構わぬと言うのであれば、それはもう人ではない。ただの獣よ。己の身を危うくするやもしれぬ戦など、本来ならば挑む必要はない。真天領に籠っておれば、我らが潰された後にでも、覇と戦うことはできたはず。義とともに戦う賊の旗頭になれるのは、獲鬼殿をおいて他にないのだからな。漁夫の利を得ることはできた。お主は人じゃ、獲鬼殿。しかしそなたはそれをしなかった。わしらを助けるために、兵とともに中域を駆けてくれた」

梅楠の思惑さえ、お見通しであった。

「獲鬼殿は信ずるに足る。わしにとってこれより他に、思うことはなにもない」

蒙雅が己の心と語り合うように、幾度かうなずいた。それを獲生は黙って見つめている。

老いた両手が、みずからの膝を叩く。

「腹は決まったぞ獲鬼殿」

椅子を回し、蒙雅が獲生と正対する。そのまま椅子の足を引き摺って、間近まで迫った。膝と膝が触れるほどまで詰まっている。

「わしを、あなたの旗下に加えていただきたい」

この出兵を決めた時から、定めていた道を蒙雅が切りだしてきた。

「俺はこの戦に臨む前から、蒙雅殿と手を結びたいと思っていた。そして、俺があんたの上に立つと……。なにがあっても上に立つと思っていた」

「それでいい」

満足そうな笑みを浮かべ、老いた義賊は深くうなずいた。身をわずかに乗り出し、獲生の手を握りしめ穏やかな声で言葉を吐く。

「そなたとわしが組めば、この国から悪辣な賊はいなくなる。皆が義の旗の下に、この国に抗う兵となろう。その日をわしは、どれほど夢見たことか。夢が叶うのなら、どちらが上かなど、些末なこと。わしはもう長くはない。皆に道を示すのは、若きお主の役目ぞ」

まるで長き間、共に戦ってきた仲間と語らっているようだった。

「覇は古くなり過ぎた」

不意に転疾の顔が脳裏をかすめた。今の帝に代わって、己が帝になると転疾は言った。あれから十年。顎港はいまだ沈黙を保ったまま。この国はなにも変わっていない。転疾が動かないのなら己がやる。これほど多くの民が逆らう帝室に、なんの意味があるのか。転疾が帝にならないのなら、緋眼である自分が真族の頂点に立とう。それこそが復讐。鬼となった獲生が進むべき道だ。

真剣な眼差しで、老将が問う。

「わしの志を継いでくれるか獲鬼殿」

「もちろんだ。もうこの国を、覇には任せておけん。その想いは皆のものだ。蒙雅殿の仰せ、この獲鬼、謹んでお受けいたす」

一度深くうなずいてから、蒙雅が勢い良く立ち上がった。男たちが黙って、こちらを注視している。互いの長が膝を突き合わせて語り合っているのを、無視できないようだった。

「皆、聞いてくれ」

静まり返った部屋に、蒙雅の低い声が響く。

「獲鬼殿」

立つことをうながされ腰を上げる。温かい掌が背中に触れた。獲生の背に手を添えたまま、蒙雅が語り始める。

「籠鬼党にお伝えしておかねばならぬことがある。わしの命は保って一年じゃ。わしに従っておる者たちは、皆知っておる」

いきなりの告白ではあるが、獲生の手下は誰一人動揺していない。黙って蒙雅に目を向け、続きを待っている。

「跡目を継がせる。そのようなことを考えもしたが、後継者が定まらなんだ」

蒙雅の手下たちが顔を伏せていた。己の不甲斐なさに歯嚙みしている。良い男たちであると、獲生は思う。蒙雅を心から慕っているからこそ、跡目争いもせず、黙って彼を支えてきたのだ。怒りを嚙み殺すようにして食い縛る歯が、男たちの気骨を十分に知らしめていた。

「今日、獲鬼殿に会って、考えが定まった」

蒙雅が丸い鼻の穴から大きく息を吸った。

「わしは獲鬼殿の旗の下につく」

俯いていた蒙雅の手下たちが、いっせいに顔を上げた。戸惑っている。無理もない。いきなり籠鬼党の傘下となるなど、誰も想像していなかっただろう。しかしそんな手下の戸惑いを無視して、蒙雅が語る。

「わしの志は、獲鬼殿とともに生き続ける。わしはそう確信した。信の一字を抱いて生きてきたわしが最後に信ずる者こそ、この獲鬼殿じゃ」

主の決断に、男たちが涙ぐんでいる。

「さぁ、獲鬼殿。なにか言葉をかけて下され」

そう言って蒙雅が跪き、頭を垂れた。獲生はただうなずきで答え、新たな手下となる者たちへ語りかける。

「突然のことで戸惑っているだろう。だが俺は、蒙雅殿の熱い志を受け止めることにした。いや、蒙雅殿の志は、籠鬼山に獲の旗を揚げた時より、俺の胸にあったものだ。俺とお前たちはなにも変わらん。俺たちは民の賊ではない。覇朝の賊だ。民を虐げる者は、賊であろうと役人だろうと許さん。約束する。俺は蒙雅殿が厭うような真似は決してしない」

蒙雅の手下たちが黙っている。獲生も口を閉じて、彼らを見続けた。一人が手を叩く。二人、三人と増えていく。五人を超えたところで、歓声が上がった。蒙雅の手下たちが諸手を挙げて叫ぶ。それにつられて、蝶尚たち籠鬼山の面々も吠えた。

「俺たちで腐ったこの国を潰そうじゃねぇか」

叫んだ獲生の手を、蒙雅の掌が包んでいた。

叛乱

一

「歩武の調練は予定通り、明日の朝で終えろ。遅れている行は、今晩のうちにできるだけ急がせるんだ。死人が出ても構わん。鍛えるだけ鍛えろと、行将たちに伝えろ。騎武の馬千頭の金はこれでいい。これ以上商人たちに値を吊り上げさせるな。俺の名を出してもいい。威して黙らせろ。船武の水夫不足の件は、すでに宝李に通してある。そのうち長者たちの方から連絡があるだろうと伝えておけ」

一気にまくしたてた後、転疾は大きく息を吸った。若い将官が目を丸くして机の前に突っ立っている。椅子の背もたれに躰を預けながら、白い顔をした若者を見上げた。

「どうした」

「い、いいえ」

「お前が持って来た書に目を通し、大事なものにはすべて答えたつもりだが」

まだ彼が部屋を訪れてから半刻（三十分）も経っていない。その間に転疾は、若き将官が持って来た十数枚の報告書に目を通し、重要な懸案に対する答えを提示した。この将官が最将軍付きになって十日あまりである。まだやり方に慣れていない。無駄を厭う彼の上司は、こういうまどろこしいひと時を嫌う。

「覚えたか」

若き将官がうなずいた。

「だったら、さっさと各武に伝えに行け」

「はい」

ぞんざいに言い放った上役の顔色をうかがうように、若者が目を丸くした。

「早く行けっ」

腰から上が取れて落ちるのではないかと思うほど激しく礼をし、若き将官はそそくさと部屋を後にした。激しく扉が閉じられた耳ざわりな音に顔を歪ませてから、転疾は溜息をひとつ吐く。忙し過ぎる。本を読む暇もない。自分が好きな本を最後に読んだのはいつだったかすら忘れるくらいだ。肘掛に肘を突き、顎を手の甲に乗せ、深々と座る。最将軍になって十四年。転疾は三十四歳になった。最年少の最将軍として、二十代を駆け抜けた。奉天の最将軍という期待と、若年の最将軍への部下たちの侮りに抗う十四年だった。就任の時に皆に誓った通り、転疾はなにひとつ逃げなかった。すべての問題に正面から立ち向かい、己に嘘を吐かずに誠心誠意ぶつかる。それだけを考え、ただひたすらに走った。そうして十四年の歳月が流れ、今では転疾を軽んじるような者はこの街にはひとりもいない。転疾は己の力で顎港軍を変えたのだ。

それでも、変わらないものがある。顎港自身だ。身分や立場など関係ない、長者を排した政を行う。それが転疾の目指す顎港の形だった。力や能力があれば、この街では卑賤な身の者でも伸し上がることができる。それは良い。しかしきっかけや運に恵まれぬ者はどうすれば良いのか。長者になるためには、金や力や人徳が必要だ。伸し上がる術は限られている。ならば、伸し上がらずとも政に参画できるような仕組みを作れば良い。民が民のままで政を動かす。そうなれば、富者も貧者もない真の平等な街ができる。

あの男が帰ってくるまでに……。その一心で、顎港の旧来の勢力と戦ってきた。しかし宝李を筆頭とする長者たちは、一筋縄では行かない曲者揃い。金も権力も力もある。顎港軍でさえ、彼等の仕組みのひとつなのだ。最将軍も、この街の軍人である。それは彼等に養われているのと同義であった。どれだけ声高に叫ぼうと、彼らが耳を傾けなければ、この街の政は変わらない。

長者たちに逆らいながらも、最将軍の立場にいられるのは、宝李の取り成しが大きかった。宝李という後ろ盾があるからこそ、扱い辛い最将軍を、長者たちも容認しているのだ。昔、獲生が言った通り、宝李という呪縛から逃れられないでいる。

すべてを棄てて、誰も知らぬ土地で一人穏やかに暮らしたいと思う時もないわけではない。好きな本を読み、みずから土を耕して生きる。そんな人生にたまらなく焦がれることもあった。それでも踏み止まっているのは、なんのためか。宝李のためではない。獲生との潰えた絆のためでもない。転疾自身が決めたのだ。

皇子として生まれた以上、果たさなければならないことがある。悪帝のもとでこの世が乱れているのなら、己が正さなければならない。父母や兄たちを殺された復讐などでは決してなかった。非道を許しておけぬのだ。間違いから目を背けて己だけが安穏に暮らすなど、転疾には考えられない。自分らしい生き方を棄ててでも貫かなければならない義があるのだ。義に生きることもまた、己の性分なのだと割り切れるようになったのは、この二、三年のことだった。

「大丈夫だ」

天井を見つめてつぶやく。面倒なことを考える度に、大丈夫だとつぶやく癖が、いつの間にか付いた。あの頃からだ。獲生がこの街を出た後から、立ち止りそうになると己に言い聞かせるように大丈夫だと口にした。まるで、去っていった友が隣で言っているかのように。

宝李は時を待てと言う。しかしこの地に乱が広がって十四年。すでに大陸全土に反覇の旗が掲げられている。

その中心にいるのが獲生だ。

籠鬼党の獲鬼と名前は変えていたが、間違いなく獲生だった。

十四年前、顎港を出て間もなく、蝶尚たちと籠鬼山で旗を揚げた獲生は、真天領に勢力を培い、四年前に卦甲の蒙雅を助けて呉尉が率いる覇の近衛軍を打ち破った。その後、蒙雅を傘下に加えると、大陸全土の非道な行いをする賊を次々と打ち破り、散らばる反乱の狼煙（のろし）をひとつにまとめ上げたのである。いまや大陸の反乱の構図は、覇対籠鬼党という形にまで純化されていた。

卦甲での一戦のわずかに前から、娘鈴の報告を聞かずとも、獲生の動きが伝わって来るようになっている。顎港軍でも、以前歩武にいた獲生が賊の頭領になっていることを、目を輝かせて語る者たちがいた。覇と対決することを拒み、沈黙を続ける顎港に業を煮やした連中のなかには、軍を抜け出し籠鬼党に加わる道を選ぶ者まで出て来ている。獲生は羨ましいほどに、みずからの道をひた走っていた。

もう獲生はこの街には戻らない。動かしようのない現実が、転疾の前に立ちはだかる。

宝李は待てと言う。こうまでして耐えて、なんになるのか。機は迫っていると言いながら、十四年も待たされている。

「俺は帝になる男だ」

かつてしきりに言っていた口癖を、天井を見つめながら声にした。昔は口にする度に心が熱くなっていたのに、今は虚しい戯言である。

いつからこうなった。

獲生は大陸全土を暴れ回り、思うままに生きている。会わずとも解る。あの男は笑みを浮かべ、活き活きと戦っている。心が命ずるままに、真族への復讐のために刃を振るっているはずだ。

このまま獲生が都に攻め上り、了楓を討ち、玉座に座ったら……。

「どこまで待てば良いんだ俺は」

恩を受けた宝李を今更棄てることなどできない。そんなことをすれば、獲生と同じ生き方を選んだことになる。獲生と同じ道を行くことだけはできなかった。

転疾は転疾のままで帝になるのだ。しかし、道が見えない。最将軍の居室のやけにだだっ広い天井が、くすんで見える。

焦っていた。

＊

「虚空を斬っていると思うな。常に対象を意識して、手の裡の使い方に神経を集中しろ」

籠鬼山のみずからの屋敷の庭で、獲生は静かに言った。土があらわになった殺風景な庭の隅に転がっている岩に腰を下ろしながら、眼前で剣を振る乙清を注視している。

南岳域に近い籠鬼山の冬は厳しいが、それでも春の訪れとともに花が咲く。右手で剣を握りながら舞う緋眼の従者の背後に一本だけ生えている桃の木を、桃色の花が埋め尽くしている。

穏やかな春風に小さな花弁が舞う。ひらひらと宙を泳いだ花びらが、乙清の振るった剣に触れて軌道を変える。

「人を斬るのと同じように、振る瞬間に手の裡を締めろ。それができれば、花弁を斬れたはずだ」

「はい」

うららかな陽光を受け、乙清の額から散った汗が輝く。すでに半刻あまりも、剣を振るい続けている。獲生に答えた声に、隠しきれない疲れが滲んでいた。

ひと月あまり前から、剣舞を教えている。きっかけは些細な会話だった。顎港で軍に入る前、芸人として一年間諸国を回っていたと乙清に語った。乙清はなぜか目を輝かせ、盤海たちと旅をしていた時のことをしつこく聞いてきたのである。獲生が剣舞を習っていたと知ると、是非教えてもらいたいと頼み出した。人に教えられるほどの腕ではないと何度も拒んだが、乙清はどうしてもと言って聞かない。どんな時でも忠実で聞き分けの良かった男がはじめて見せた執拗さに押され、獲生は渋々承服した。

それから五日に一度はこうして二人きりで庭に出て剣舞を教えている。

「腰がぶれ始めている。疲れたか」

「いいえ」

口ではそう言ってはいるが、剣先も鈍り始めている。

初手の舞は百ほど。それを乙清は、一刻ほどの修練を三度行っただけで覚えた。獲生自身は盤海に教えられた際、ふた月かかったのだ。乙清の熱心さには、舌を巻く。

すでに休まずに四度続けて舞っている。疲れないほうがおかしい。

あと十手ほどで四度目の舞が終わる。その後、休ませれば良い。

左を向きながら上段に構え、右足だけで反転して右方を斬る。それから下段に下ろした剣先を振り上げながら一回転だ。

頭の天辺から足先までを一本の棒として、丹田(たんでん)に気を籠めながら回るのだが、疲れて丹田に気が定まらぬ乙清の躰は、左右にかすかにぶれている。

回転してすぐに前方の虚空を横薙ぎにするのだが、剣先が激しく上下に跳ねた。

「不十分な体勢で振るから、そんな斬り方になるんだぜ」

「申し訳ありません」

答える乙清の眉間に深い皺が寄る。獲生への怒りではない。教えられた通りに舞えない己に腹を立てている。

ひときわ強い風が吹いて、桃色に染まる大樹から甘い匂いを運んできた。庭の張りつめた気配に似つかわしくない、柔らかな香りに獲生の心もつい和む。

こうして舞を教えていると、娘鈴と旅をしていたころを思いだす。

夷界を飛びだし、行くあてもなく彷徨っていた獲生が真族のなかではじめて見出した居場所だった。緋眼であることを知りながら、真族と同等に扱ってくれた娘鈴や盤海の心が、なにより嬉しかったのをいまでも覚えている。このまま芸人として諸国を流れてもいいと、心のどこかでは思っていた。

地を激しく踏みつける音が聞こえ、獲生は思惟(しい)から目覚める。

両足を綺麗に揃え、剣を小脇に挟んだまま乙清が立っている。舞が終わったのだ。

「休め」

獲生が言うと、緋眼の従者はちいさくうなずいて剣を鞘に納めた。肩をおおきく上下させて口からゆっくりと息を吐くと、目を閉じて幾度も首を左右に振る。

「どうした」

剣をたずさえ近づいてくる従者に問う。すると乙清は口許を悔しさに歪めながら答えた。

「舞と、敵と戦うのとでは動きの繊細さが段違いです。まだまだ腰が定まりません。丹田に気を籠めろと獲生様に幾度も言われているのに、舞う度に腹の下から抜けてゆき、四度も踊ると躰が思うように動かなくなります」

言って乙清は獲生の前にひざまずいた。

「座れ」

主の言葉を聞き、乙清は地に腰を下ろし、胡坐をかいた膝の上に剣を置いた。獲生は微笑みながら、やさしく語りかける。

「お前に舞を教えはじめて、まだひと月あまりだ。それでこれほどできるんだ。このまま行くとすぐに俺が教えることはなくなる」

獲生が習熟している舞はせいぜい五つか六つだ。誇張でもなく、このままではすぐに乙清はすべての舞を覚えてしまうだろう。

「そんなことはありません」

忠実な従者は目を輝かせながら、きっぱりと言い切った。そして汗にまみれた顔で獲生を見上げながら、言葉を続ける。

「動きを覚えたからといって、十全に舞えるわけではありません。初手の舞ですらまだまだ覚束ないのです。道は長う(なご)ございます」

「おいおい、俺ぁ舞を極めたわけじゃねぇんだぜ。俺だって手を知ってるってだけで、神髄なんざひとつも究めちゃねぇんだぞ」

「それでも獲生様に教えていただきたいのです」

真剣な面持ちで乙清が答える。鬼気迫る目に並々ならぬものを感じ、獲生は顔を引き締め問う。

「どうしてそんなに舞を教えてもらいたがるんだ」

問われた若き従者は膝の上の剣に目を落とした。

「私は緋眼です」

「それがどうした」

「緋眼には継刻という風習があるのを、獲生様は御存知ですか」

知らないはずがない。

風は何処より来たりて、何処へと吹きゆくのか……。

父からの継刻である。

その答えはいまだ出てはいない。獲生という名の風の行く末は、まだ誰にも解らない。

「父親が死に際し、息子を呼んでみずからの一生をかけた問いを残す。残された息子はその答えをみずからの生をかけ探すのです。娘の場合は母が同じことを行います。それが継刻でございます」

乙清が目を上げた。

「私の父は鬼となって死にました。それゆえ、私は継刻を与えられませんでした」

そうだった……。

乙清は父から継刻を与えられていないという事実に気付き、獲生は息を呑んだ。緋眼にとって継刻は、己が生きる証である。継刻があるからこそ、子は親より先に死んではならぬし、親は子にみずからの生を刻むことができるのだ。

緋眼は継刻によって、魂を後の世へと継いでゆく。

「私は真族の地で生きる緋眼でございます。匣は持っていません。それに継刻すらも与えられなかった」

乙清と同じような境遇の緋眼は大勢いるだろう。しかしそれを語って聞かせるのは、あまりにも酷に思えた。

獲生はかけてやる言葉を見失った。

己もお前と同じ緋眼だと、教えてやろうとも思ったが、継刻を受けたことに思いが至り、言葉を呑んだ。いや、緋眼であることに苦しんでいる乙清に、己を偽り生きていることを告白できない。

「私はみずからが何者であるか、解らぬのです。胸を張って緋眼とも言えず、真族などとは口が裂けても言えませぬ。そんな私には、鬼を恨むしか道がございません」

乙清の右の目尻から涙の滴がひとつこぼれた。

「だから、獲生様に舞を習いたいのです」

「俺の舞が、継刻の代わりというわけか」

「御気分を害されましたか」

「いいや」

岩から腰を浮かし、目を朱に染める従者の前にしゃがむ。

「俺をそこまで想ってくれるのは嬉しい。だが、俺の舞はお前の父の継刻の代わりが務まるような代物じゃねぇ」

「ではもう……」

「舞は教える」

断言してやると、乙清はわずかに口許をほころばせた。

「教えてやるが、舞はしょせん舞だ。俺の想いをお前に繋ぐものじゃねぇ。だから、ひとつ約束してやろう」

拳を握りしめ、乙清の胸を打つ。

「俺が死ぬ時、お前ぇに一生をかけた問いを授ける」

「か、獲生様が私に継刻を授けてくださるのですか」

「だから俺より先に死ぬんじゃねぇぞ」

「はい」

言ってうなずいた乙清が、ふたたび獲生を見る。春の陽を受け、従者の瞳は紅に輝いていた。

*

「このまま大陸全土を賊の思うままに任せておれば、じきに都も戦火に巻き込まれてしまいまする」

必死に叫ぶ丸顔の男を、了楓は端然と見下ろしていた。

男の名は彌旋（びせん）という。呉尉が軍を統帥する駒ならば、彌旋は政を束ねる駒だった。まだ三十をいくつか超えた程度である。全土から送られてくる供物の管理をする奉検省（ほうけんしょう）の小役人であったのを、了楓が拾ってやった。

彌旋は小役人の身でありながら、あろうことか政を改めるいくつかの献策を、了楓へ直々に上奏しようとした。そのことが腹心たちの間で問題になり、斬罪もやむなしというところまで行ったのだが、了楓は気まぐれに彌旋が上奏しようとした書を読んでみた。堅苦しいことばかりが書いてあり、少々うんざりしたが、なぜかすべて読めたのである。彌旋の文章には愛嬌があった。言っていることは、ひとつとして心に響かなかったが、書き連ねている文章の端々に、面白味を感じたのだ。彌旋の命懸けの書を読みながら、了楓は幾度も声を上げて笑った。

面白い。その一点だけで彌旋を拾った。どうせ拾うなら手元に置いた方がよい。

それだけの理由で、文官の最高位である太政（だいじょう）に据えた。だがなかなかどうして、遊び半分で太政にしたはずの男が十分過ぎるほど役に立っている。

「聞いておられまするか帝」

普段は青白い顔を真っ赤に染めて、彌旋が叫んでいた。

「聞いておる。そのように吠えるでない」

臣下が居並ぶ評定の間である。左右に文武の高官たちが並ぶなか、彌旋は緋色の毛氈（もうせん）の中央に立ち、必死に叫ぶ。この男は小役人であった自分をここまで引き立ててくれた帝に、今生では返しきれぬほどの恩義を感じている。しかし了楓にはただわずらわしいだけだった。

「私の献策をお容（い）れくださり、鬼道兵を減らしていただいたことは、感謝いたしております。が、やはりすべてを廃さなければ、鬼道兵を用いているという悪評はやみませぬ。人の手によって病を生じさせ、緋眼の奴隷や罪人の心を奪い、鬼道兵と化す。そのような真似は、人の道に反しまする。王道とは言えませぬっ」

もとより了楓には、王道を歩むような気はさらさらない。国は乱れていると彌旋は言うが、了楓の暮らしはなにひとつ変わらなかった。母と弥楊を殺してからというもの、平穏な日々が続いている。民が苦しもうが知ったことではない。己の暮らしが恙（つつが）なければ、それでいいのだ。だから、どれだけ彌旋が熱く語ろうと、了楓には伝わらない。

「奴隷や罪人を調達するのにも限界がございます。どうか」

「鬼道兵のことは解った」

彌旋の言葉を遮りながら、目だけを右手に並ぶ家臣の先頭に立つ呉尉に移す。

「彌旋はこう申しておるが、お主はどう思う」

武骨な将軍は、血走った目で彌旋を睨みつけたまま、良く通る声を発した。

「国が平穏無事に治まりてこその王道であると、某は心得まする。賊どもが横行し、城を我が物にしておるような有様のいま、なによりもまず考えねばならぬことは、奴らの鎮圧にござる。軍としては、鬼道兵の増強をいたしたいと願っておりまする」

「奴隷や罪人はどうするおつもりか」

「都だけで足りぬならば、大陸全土から掻き集めればよい」

体格が倍近くも違う呉尉を、彌旋が鋭い視線で射抜いた。両者の間に不穏な気が満ちる。自然と了楓の口許が吊り上がってゆく。

「呉尉よ。そうは言うても鬼は金がかかる」

「金の話ではありませぬ。私は人の道を申しておるのです」

呉尉から目を背け、彌旋が上座へと顔を向けた。いまにも泣きそうだ。荒事など生まれてこのかた経験していないだろう若き文官は、目を潤ませながら哀願する。

「鬼道兵を使い続ければ、民の心は都より離れまする。そうなれば、呉尉殿が申される、賊の鎮圧は果たせはいたしませせぬ。討てば新たな賊が現れる。国の基(もとい)は民にござります。民の心を安んじれば、おのずと賊は消え去りましょう。民と賊はひとつにござる」

「ならば民を滅ぼせば良い」

了楓の言葉に、彌旋が息を呑む。彌旋だけではない。呉尉以外の全員が、帝の思い付きの言葉に唖然としている。

「そ、そのようなことができるわけが」

彌旋が力の無い声で言葉を吐いた。洒落の解らぬ詰まらぬ男である。落胆を顔に滲ませ、了楓は笑いながら弁解した。

「戯言だ。そうむきになるな」

彌旋が頭を下げる。

「民を安んじることこそ王道。よう解った。が、彌旋よ」

目を細め、冷たい声で語りかける。

「お主の政への熱意は買うが、声が大き過ぎると反感を買うぞ。命が惜しくば、もそっと穏やかになることだな」

細い肩がぶるりと震えた。優男ではあるが、勘働きは鋭い。了楓の殺気を機敏に感じ取ったようである。

「承知しました」

「今日はここまでじゃ」

了楓はおもむろに立ち上がった。

眩暈がする。このところ、寝ても覚めても躰が重い。飯も旨くなかった。すべての感覚が鈍っている。家臣たちが深々と頭を下げて退出してゆくなか、彌旋だけが低頭したまま、了楓が去るまで立っていた。

「おるか」

灯火の無い自室で、闇に語りかける。

「はい」

どこからか声がする。闇だ。母と弥楊を殺した者たちの頭目である。名は知らない。呼ぶ時は、闇と呼んでいる。まだ母や弥楊の傀儡(くぐつ)であった幼い頃、闇はとつぜん現れた。帝の力になるゆえ、なんなりと命じてくれと言われ、はじめは疑いを抱いた。しかし、身の回りの世話をしていた気に喰わない女官が目障(めざわ)りだと、居室で闇につぶやいた次の日の朝、女が死んでいたと聞いた時から、了楓にとって闇は便利な道具になった。

重い躰を椅子に落ち着け、了楓は闇に語りかけた。

「そろそろわずらわしくなってきたな」

「彌旋殿でございますか」

先刻の評定も、どこからか見ていたはずだ。

「才はあるのだが、いつまでも堅苦しさの取れぬ男よ」

闇は決して私見を述べない。了楓が想いを淡々と語るだけだ。

「忙しのう働くゆえ、傍に置いて重宝してやったが、この頃、生意気さが目に付く」

所詮は駒だ。代えはいくらでもある。

「潮時だの」

これだけ言えば、闇は了楓の思い通りに動いてくれる。一番有能な駒は、呉尉でも彌旋でもなく、この闇なのかもしれない。

思い通り……。

本当にそうなのか。

この男は野従だ。まともな真族ならば絶対に足を踏み入れぬ奥林に住む蛮族である。真族に魂を売り、真天宮で小匣を貰い受け、奉天寮で官として働いていたという。その類稀な経歴の結果、真天宮の教主たちとも独自の伝手を持っている。

思い通りに使っているつもりが、知らぬうちに真天宮に操られているのでは……。

心の隅に湧いた暗い疑問を、了楓は振り払う。そんなことを気にしていたら、きりがない。真天宮を疑うということは、己が胸にある天の字を刻んだ匣を疑うということだ。

匣を捨てるわけにはいかない。

真族の帝である以上、天の字を刻む小匣は民の頂点に居座るために欠かせない道具なのである。気付かぬふりをしていれば、思いのままの享楽に溺れていることができるのだ。

ならばそれで良い。

「頼んだぞ」

告げると部屋に漂っていた気配が消えた。

了楓は一人、目を閉じる。身中でなにかが蠢いていた。指先から頭の奥までずるずると這いまわり、肉や臓腑を蝕んでいる。

躰が重い。閉じた瞼の奥で、目玉が脈打っている。

眠るのが怖い。二度と目覚めぬのではないかという想いに囚われる。しかし了楓は、抗えぬ睡魔に敗れ、深い眠りに落ちた。

＊

飛び起きた。何かが屋敷に忍びこんでいる。

「誰かいるか」

彌旋は言った。答えはない。必ず一人は部屋の外で寝ずの番をしているはずだが、その声すら返ってこない。

妻と子供が自分たちの部屋で寝ていた。

寝台から飛び起き、単衣の夜着のまま石の床に立つ。そのまま格子戸から月明かりを部屋に注ぐ木戸を押し開き、廊下に出る。

やはりおかしい。あまりにも気配が無さすぎる。

小走りで廊下を行き、家族の寝ている部屋の戸を押す。

「おい……」

部屋に足を踏み入れた瞬間、濃厚な生臭さが鼻を襲う。血の臭いだと悟った瞬間、寝台にむかって駆けていた。

妻と二人の娘が窓から漏れる月明かりに照らされている。

三つの細く白い首が裂かれ、深紅の血が流れだし、寝台に敷かれた純白の褥を濡らしていた。

「ひぃぃやっ」

心を覆ったのは悲しみではなかった。生きたいと願う獣としての純粋な衝動が生む、強烈な恐怖が彌旋を支配する。寝台から飛び退（の）き、数歩後ずさりした瞬間、天井から黒い人影がするすると降りてきて目の前に立った。

月光が、人影の手元で銀色に閃く物を照らし出す。

喉から悲鳴がほとばしり、とっさに身を翻して床を転がる。左耳に痛みを感じた。が、そんなことに構っている暇はない。

扉の方から影が飛びこんで来た。ふたつ。背後には天井から降りてきた者が立っている。いつの間にか天井は破られ、穴が開いていた。家族を襲った襲撃者は、彌旋が起きたのを知り天井に潜んだようだった。

なにが起こっているのか。彌旋は寝起きの混乱する頭で、必死に考える。思い当たることはひとつしかない。

今日の評定だ。

思考を巡らせながら、躰の動きは止めない。開かれた扉めがけて、ふたつの人影の間を縫うようにして駆ける。閃光が、彌旋が駆け抜けようとした隙間を塞ぐ。

読み通りだ。

相手は刺客である。彌旋を仕留めるために、ここにいるのだ。こちらの動きなど、手に取るように解るはず。ならば、その上を行ってやろう。眼前の影が振るう閃光がぎりぎり届かぬ辺りで、彌旋は立ち止った。

幼い頃から生意気だと、散々苛(いじ)められてきた。痛い目に合わせようとする者の気を読むことには慣れている。

背後の影が刃を振るう。それを肩越しに見た彌旋の目が、扉の反対にある窓を破って現れた新手数人を捉えた。五人以上が狭い部屋のなかで、彌旋だけを狙っている。

地面を舐めるように身を低くした。手足を凄まじい勢いで動かし、人影の足元を掻い潜る。

どんなことがあっても死ねない。

彌旋は必死だった。

扉を抜ける。

背中に激痛が走った。大丈夫、浅い。

扉を抜けるとすぐに立ち上がり、駆けた。

厩(うまや)をめざす。

「くそっ」

一頭残らず殺されている。庭には家人の骸が転がっていた。皆、殺されているはずだ。

「何故だ。何故なんだ、帝……」

つぶやきながら往来に出た。気配が背後から近づいてきている。往来を突っ切って、向かいの宦官の屋敷へと入った。警護の者が怒鳴りながら止めようとするが、なりふり構っていられない。

厩に馬が繋がれている。裸馬に飛び乗り、馬腹を蹴った。宦官の屋敷にまで影が乱入している。

相手も必死だ。厩の横木を飛び越えて、馬が走る。首にしがみつき、門の方へと導く。人影を突き飛ばしながら馬が駆ける。

右足のふくらはぎを斬られた。駆ける。ただひたすらに駆ける。都を出るのだ。

あの帝には、もはや国は支えきれない。

了楓の病は重い。死相が顔に顕(あらわ)れている。もう、どうにもなるまい。

「顥港……」

王宮の秘事中の秘事を、帝の腹心である彌旋は知っていた。顥港には帝の兄がいる。

「覚えておれ了楓」

彌旋は都を抜けることだけを考えながら、馬を走らせる。

妻と娘の死を思い出し悲しみの涙が目からほとばしり出たのは、無事に都を脱出してからのことだった。

＊

硝子の窓から射し込む光を受けて白く輝く階の前に壁を作るようにして、五人の大老が端坐している。彼らの頭上、階の上にいる教主が酷薄な目で梅楠を見下ろしていた。

真天山に呼ばれた。話したいことがあるゆえ急ぎ参られたし、とだけ書かれた文を受け、梅楠は獲鬼に許しを得て籠鬼山を降りた。真天宮に着くとすぐに、教主の元へ誘われた。神殿には教主だけではなく、五人の大老までが揃っている。六人が六人とも、梅楠に悪しき感情を抱いているのは顔付きからも明らかだった。

「梅楠」

教主の声に、梅楠は目を伏せながら頭を下げた。

「籠鬼党が卦甲の蒙雅と手を結んだらしいではないか」

「はい」

やはりこの話かと心につぶやき、梅楠は答えた。教主は感情を露わにせぬ平坦な声で続ける。

「真天領を出て大陸全土に勢力を築こうという腹か」

「だからといって、真天領の守りを疎(おろそ)かにするわけでは」

「黙って教主様の話を聞けっ」

五人の大老のなかで一番歳下の紀担(きたん)が怒鳴る。梅楠は強張った笑みを若き大老にむけ、大袈裟に礼をした。そのまま黙っていると、教主がふたたび語りだす。

「わしは其方になんと命じた」

「籠鬼党の力を利用し、真天領から不届きな賊を追い払えと」

「そうじゃ。わしが命じた通り、籠鬼党は真天領から悪しき賊を追い払った。供物も賊が跋扈しておった以前の水準に戻っておる」

それはいったい誰の功なのか。梅楠は心中で、尊大な教主に問うた。

「国の賊。民から奪わぬがゆえに、毎年、供物のなかから賊めらに分け与えておるのだ」

しかしじゃ、と言って教主は溜息を吐いた。梅楠は思わず顔を上げる。階の上から向けられる視線のあまりの冷たさに、呼吸が止まった。

「獲鬼は真天領のための道具ぞ。大陸全土に力を及ぼすなどあってはならぬ」

「何故にございますかっ」

勇気を振り絞り、梅楠は叫んだ。またも紀担が大声で制するが、そちらを見もせず階の上にある、源匣を象った意匠が光で白くかすんだ椅子を見上げて想いを口にする。

「いまや籠鬼党は、大陸全土に勢力を誇っておりまする。悪しき政を止めぬ了楓帝から人心は去り、獲鬼に集まっております。あと数年もすれば、籠鬼党は都をも」

「お主は賊に成り下がってしもうたか梅楠」

酷薄な教主の言葉が、梅楠の発言を止める。気づかぬうちに腰を浮かせていた梅楠の元に、立ち上がった紀担が近寄り、肩を押して無理矢理座らせた。抗わずに座った梅楠の肩を、紀担は執拗に抑えつける。

「獲鬼は帝になるつもりか」

「獲鬼は私を通じて、真天宮と濃い繋がりがございます。参詣せぬ覇の帝などに政を任せておるよりも、都との関係は良好になりまする」

「獲鬼を帝に押し上げ、其方はなんになるつもりじゃ」

「いまなんと」

「太政にでもなるつもりかっ。賊に囲まれ現世の欲に塗(まみ)れおってっ」

二人に割って入るように叫んだ紀担の手に力がこもる。梅楠は床に額を付けるほどに、平伏させられた。怒りに満ちた大老は、ひれ伏す弁師に罵声を浴びせる。

「我らを欺(あざむ)き、己が出世のために、獲鬼を利用しようとしても、そうは行かぬぞ」

「わ、私は真天宮のために、籠鬼山に入ったのです。決して、己が出世など」

「望んでおらぬと申すかっ」

「はい」

「ならばなにゆえ、獲鬼が卦甲を攻めんとした時、止めなんだっ」

「籠鬼党の力を強大にすることが、真天宮のためになると……」

「真天宮のためにだと。お前は大老になろうとでも思うておるのか」

「もう良い紀担」

教主の研ぎ澄まされた声が、二人の問答に割って入る。みずからの地位をおびやかさんとする梅楠に明らさまな怒りをぶつけていた紀担は、肩から手を放し、元の位置に戻って座った。

「顔を上げよ梅楠」

階から降ってくる声に従い、顔を上げた。

「良いか梅楠。覇の帝室である了家の子息に〝テン〟に通じる天字を、帝には〝天〟の小匣を与えておるのは、いったい誰じゃ」

「それは……」

教主だ。

「獲鬼の匣は〝テン〟を蔵しておるのか」

「おそらく違いまする」

「であろうな」

天の音に通じる天字は、皇子にしか許されておらず、天の字は帝だけが所有している。帝に男児が生まれれば、教主がじきじきに小匣を与えることになっていた。帝が替わる時も同じだ。皇子の小匣は回収され、先帝が持っていた天の小匣が新たな帝に渡される。先帝が生きていた場合は、教主によって皇子の頃に使っていた天字の小匣が返されることになっていた。

「どれだけ愚かな帝室であろうと、わしの裁可無しに滅ぼすことはできぬ」

「ならば、いまここで私めに裁可をいただけませぬか。古来より幾度も王朝は替わってまいりました。新たな帝が生まれる時、その者に〝天〟の天字を与えるのは……」

「思い上がるな」

邪気のこもった声で教主が言った。そしておもむろに輝きを放つ椅子から立ち上がると、一歩一歩階を降り始める。それを見て梅楠は震えあがった。教主が階を降りてくるなど、あってはならないことだった。

「きょ、教主様……」

大老たちが恐れ慄き、額を床に付ける。階を降りた教主が、右目だけを大きく見開いて梅楠の前に立った。これほど近くで教主の尊顔を見てはならぬと、梅楠は磨き上げられた純白の床を見つめた。

「其方はわしの駒。誰に〝天〟を授けるかはわしが決める。お前は神官かそれとも賊か？」

「神官にござります」

「そうだ。ならば、己が分を弁えよ。これ以上、獲鬼の増長を許すな」

「わ、わかりました」

梅楠がなにを言っても、転がり出した岩は止められない。獲鬼はこのまま大きくなり続ける。己の宿命は己で決めるのだ。もはや真天宮に期待はしない。獲鬼とともに覇の了楓帝を玉座から無理矢理引き摺り下ろし、大陸を統べるのだ。その後で、この堅物たちとふたたび語らっても遅くはない。道はひとつではないのだ。正当な道程で大老になれぬのであれば、たとえ邪道であろうと開けている道を選ぶ。

己は神官なのか、それとも賊なのか。

「梅楠よ」

伏せたまま教主の声を聞く。

「この地には、いまだ誰も知らぬ〝テン〟がある。了楓とその子らだけが、帝室ではない」

「それは……」

「わしのためにのみ励め」

これ以上の問答を許さぬとばかりに、強い口調で教主が言った。

「はっ」

帝室が別にあるとはどういうことか。教主はいったいなにを知っているというのか。しかしそんなことは、もうどうでも良かった。

獲鬼を帝に……。

梅楠がこの地に戻るためには、それしか道は残されていなかった。

二

籠鬼山の頂で一人、獲生は空を眺めている。

雲の流れが速い。

顎港を出て十四年。大陸全土にわたる乱の中心に、獲生は立っていた。それでも塒はあくまで籠鬼山に定めている。鬼が籠るというこの山の名が気に入っていた。

籠鬼党の拠点はふたつ。ひとつはこの籠鬼山、そしてもうひとつは蒙雅が礎を築いた卦甲の城である。いま卦甲の城を守っているのは、腹心の蝶尚であった。

卦甲での戦の折、傘下に加わった蒙雅は、それから二年生きた。その間に、籠鬼党と蒙雅の勢力の橋渡しを果たし、大きな反目も無く両者は融合を遂げることができた。蒙雅という傑物がいたからこそ、籠鬼党は大陸全土に名を成すほどの勢力になることができたのだ。死の床についた蒙雅は、獲生の手を握りながらこう言った。

「必ず覇を滅ぼしてくれ」

涙ながらに語った老将にうなずきで答えた。それが蒙雅との別れになった。あれから二年。反乱はひとつにまとまろうとしていた。各地の賊は、籠鬼党を恐れ、無闇な略奪を行わなくなっている。各地で覇との小競り合いが続いているが、互いに勝ち負けを分かちながら、一進一退を繰り返していた。国と互角に戦っている。己がそこまで来たということが、信じられなくもあり、また嬉しくもあった。身ひとつで夷界を飛び出したころからすれば、夢のようである。

覇朝の賊であり続けるという志のためだけに、獲生は十四年間駆けた。そうして辿り着いた場所は、己が望んだ以上の場所だった。

ごつごつと突き出た岩場に座り、空に向けていた目を眼下に下ろす。中腹に籠鬼党の塒が見える。山のいたる所に、櫓や家が建ち並んでいた。山には千にも上る者が暮らしている。いまでは男たちだけでなく、その家族や女もいた。山の麓に村が点在し、そこにも手下や家族たちが暮らしている。籠鬼山一帯は、完全に覇の力が及ばぬ楽天地と化していた。

西の方へと目を向ける。地平の彼方に巨大な川の流れがあった。碧江だ。中域と南域を隔てるこの川の向こうには、獲生が初陣を果たした韻貝原があり、その先には顎港がある。

転疾はどうしているだろうか。

顎港が動いたという話は聞かない。あの男のことだ。ただ黙っているわけではないのだろう。宝李に苛立ちながら、精強な顎港兵たちをさらに鍛えている姿が目に浮かぶ。

尖った岩の上に立つ。右足をゆるりと曲げて宙に留め、左足だけで岩を嚙む。そのまま両手を大らかに広げて左手を頭の上へと掲げる。右手は胸の前に差し出して止めた。瞑目して呼吸を整える。左足の裏から山の気を取り込み、鼻から大気を吸い込む。天地の気の流れを感じつつ、腹の底にゆっくりと溜めて練ってゆく。舞う。目を閉じたまま、周囲に敵を夢想しつつ、獲生はただ舞った。盤海に教えられた武技と、武來の元で学んだ動きを融合した、獲生の舞である。そこには、これまで見たどの動きよりも心を奪われた、娘鈴の飛頭舞の要素も入っていた。実際に敵と相対する舞ではない。一人になって心を落ち着けたい時、いつの頃からか、こうして舞うようになった。無心になって躰を動かしていると、余計な想いが消え去っていく。天地の気と交わり、無になることで、獲生は行くべき道を見極める。ただただ舞う。そうしているうちに、躰が溶けて行くような心地になってゆく。この一年ほどで、感じ始めた境地である。己の躰と天地との境が消え、舞っているのか流れているのか解らなくなってゆく。どこまでも巨大で、それでいて心地良い温もりを持つ流れに身を委ねながら、ひたすらに流されてゆく。時も場所も己さえもないどこか遠くへ、獲生は導かれる。

静謐。光だけの世界だ。

胸に触れる小匣が熱い。その熱だけが、獲生を現世に繋ぎ止める標だった。感情は消え、熱と戯れる。そうして流れに身を委ねていると、万物全てに光が宿っていることを感じられた。気という言葉で武來が言い表したものの実体を全身で知る。

わずかでも足を滑らしたら、崖下へ真っ逆さまという岩場を、忘我のうちに彷徨う。手足は淀みなく動き続けるが、それすらも獲生は意識していない。

岩の下からなにかが上がってくる。強い光だ。光を知覚した瞬間、思考が蘇り、流れが去っていく。躰が重くなり、動きが止まる。瞼を開いた。両足で岩にふんばって、先刻感じた強い光があった方へと目を向ける。

「娘鈴」

ごつごつとした岩肌を登ってくる女に、声をかけた。すると、それに気付いた娘鈴が顔を上げて微笑んだ。

「いつ来た」

あと少しで頂まで届こうとしている娘鈴に尋ねた。

「さっき」

答えながらも娘鈴は足を止めない。武來が籠っていた蕃上山にも、平気で登ってくる女である。ちょっとやそっとの岩場では息すら上がらない。

「下で待っていれば良かっただろ」

「あんたに伝えておきたいことがあったから」

言った娘鈴の躰がわずかに跳ね、最後の岩を飛び越えて獲生の傍に着地した。

「一座の者は」

「都に残してきた」

娘鈴の飛頭舞が、三年ほど前から都で流行っている。今では、大陸じゅうに娘鈴の真似をする一座があった。そのせいか娘鈴は、近頃は都にいることが多くなっている。

「お前だけで来たのか」

娘鈴はうなずきながら座った。涼しい瞳を眼下の村に向けながら、娘鈴が緩やかに語る。

「ひと月ほど前、帝が倒れたという噂が都じゅうに広まった」

「本当なのか」

「私も調べてみたけど、どうやら本当らしい」

「悪いのか」

「寝たまま、話もできないみたい」

この国の乱れの根幹、覇の了楓帝が倒れた。それを伝えるために、娘鈴は山を訪れたという。それほど切迫した事態だということだ。

「都は荒れているのか」

「今のところは大した騒ぎではないけど、宮中はかなり張りつめてる」

恐らく娘鈴自身が忍び入り、肌で感じて来たことなのだろう。

娘鈴の隣に座り、塒へと目を向けた。男たちがなにくれとなく動きまわっている。馬の世話や畑仕事、調練に各地の同胞たちとの連携など、平時でもやることは多い。籠鬼山の雑事の一切を、いまでは乙清と梅楠が取り仕切っている。だから獲生はこうして、一人で山に登ることができる。

「帝には子供がいただろ」

「男児が二人。でもどちらもまだ子供さ」

「後継は」

「まだ」

息を吐いて、娘鈴を見た。すでに三十になったのに、まだまだ若く美しい。耳に揺れる小亜が陽光を受けて輝いている。視線に気づいた娘鈴が獲生を見て、ふたたび山裾に目を向けた。

「このまま行くと、帝は」

「死ぬか」

うなずきで答える娘鈴の顔が、やけに青ざめている。

「ねぇ」

「ん」

「どうするの」

「なにが」

「帝が死ぬ。それも後継を決めずに。間違いなくこの国は荒れる。あんたは、どうするの」

答えず目を閉じた。今の帝が帝位に即いた時、転疾の兄たちはすべて殺されたという。ただひとり転疾だけが難を逃れて顎港に落ちのびた。今回もまた、その時同様の事態が起ころうとしているということか。

好機。

目を見開き、腹の底に気を溜め、それを吐き出すようにして言葉を吐いた。

「やるしかねぇな」

「攻めるの」

「この機を逃すわけにはいかねぇ」

籠鬼山の鬼となった時から、己の心の赴くままに生きると決めたのだ。みすみす好機を逃すような真似だけは絶対にしない。

「都に攻め上り、覇を潰す」

「本当にそれでいいの」

娘鈴の目が獲生を射る。吸い込まれそうになる瞳を見つめ、娘鈴の言葉を待つ。

「あんたが都を落として、覇を滅ぼしたら、転疾はどうなるの。あの人はいまの帝から帝位を奪うという夢がある」

「顎港に戻って転疾と手を組めってのか」

「そういう道もあるんじゃないの」

籠鬼党は二十万に届こうとしている。これに顎港軍二十万を加えれば四十万。百万とも言われる大陸に散らばる覇の軍勢が集まっても、なんとか戦える数だ。また転疾と戦える。甘い誘惑だ。獲生は、大陸一の賊徒の頭目である。顎港最将軍である転疾にも負けないだけの力を持っている。いまならば二人が肩を並べて戦うこともできるはずだ。転疾に引け目を感じることもない。

「俺とあいつの道は、十四年前に分かれちまったんだ。二度と交わることはねぇさ」

「本当にそれでいいの」

娘鈴が腰を浮かせて獲生の手をつかんだ。間近に迫った頬が紅く染まっている。

「帝が倒れる前日、都の役人の長である太政を務めていた彌旋という男が逃げだした。追手から逃れるために、顎港に向かったらしい」

ふっくらとした唇が、まくしたてる。

「太政が転疾の元に降(くだ)ったとなれば、顎港は大義名分を得ることになる。そうなれば沈黙を守ってきた宝李も重い腰を上げるはず。そうなれば転疾は黙っていない。このままあんたと転疾が別々に動いたら」

娘鈴が顔を背けた。言いようのない怒りが込み上げ、次の瞬間には娘鈴を抱きしめていた。

「ちょっ、か、獲生」

「あいつには渡さねぇ」

「なに言って……」

強く抱く。抗えば容易く逃れることができるのに、娘鈴は抱かれたまま身を固くしている。

「俺は、お前もこの国も手に入れる」

「この国を転疾と奪い合うことになるかも知れないんだよ」

「構わねぇ。俺は俺の道を行くだけだ。立ちはだかる奴は、誰であろうが許さねぇ」

嫉妬ではない。顎港を出た時から、ずっとそうやって生きてきた。

腕を解き、娘鈴から離れる。突き立った岩に立ち、背を向けた。

「俺は都を落とす。俺の隣にいてくれるか」

うなずいてくれと、必死に願う。小匣には強く望めば人の心を動かす力があると盤海が言っていた。奉天などしなくてもいい。いまこの瞬間、娘鈴の心を動かしてくれ。獲生は念じる。だが匣は、冷えたままびくともしない。緋眼である獲生には、匣は応えてくれはしないということか。

「私の天字、解ってるよね」

右の耳で〝戯〟の字が揺れている。

「戯は偽に転じる。偽りと戯れる。それが私の運命さ」

芸に生き、偽りのなかで生きる。娘鈴はそれを己の人生だと捉えているのだ。匣を露わにしていながら、娘鈴ですら匣の運命から逃れられない。真族にとって匣とは、それほど大きな意味を持つということなのだ。

「人の運命は自分で決めるもんだ。そんな匣なんかに決められてたまるか」

「だって……」

「戯は疑にも通じるじゃねぇか。だったら匣を疑えばいい」

棄から鬼という字を導き出したのは、獲生自身である。己が歩んできた道を、鬼という字になぞらえただけだ。

戯れである。

緋眼である獲生にとって、天字など、真族がみずからの心をごまかすための、戯れ以外のなにものでもない。

「都を落とす。そして、あいつを倒し、俺は帝になる。帝となって匣を棄てる。俺の築く国に匣なんか必要ねぇ」

「あんた真天宮を」

「人の運命を縛ることなんて、誰にもできねぇんだ。匣なんてものがあるから、真族は心のままに生きられねぇんだよ」

肩越しに娘鈴を見た。怒りのにじんだ目で、獲生の背中を睨んでいる。

「緋眼のあんたには、真族の心は解らない」

「お前がそれを言うのか」

「待って獲生っ」

呼び止める娘鈴の声を背に聞きながら、獲生は岩山を駆け降りた。


塒の広間に主だった者が集まっている。上座に座る獲生の左右に乙清と梅楠、それから下座まで、十数人の手下で椅子が埋まっていた。それぞれの顔を見てうなずいてから、重い声で告げた。

「帝が倒れた」

梅楠が小さな溜息を吐いた。こういう時でも目だけは笑みの形のまま動かない。

「思うままに怠惰(たいだ)を享受してきた帝だ。そう長くはあるまい」

手下たちが沈鬱な顔付きで黙っている。獲生がなにを言うのか、一言半句聞き逃すまいとしているようだった。

「乙清」

右方に控える忠実な従者に声をかける。もはや従者と呼ぶのがはばかられるほど、屈強な男に育っていた。舞の腕前はすでに獲生を超えている。誰よりも厳しい視線を獲生へ向けたまま、乙清は深くうなずく。

「大陸全土の手下たちを集められるだけ集めて、今、どのくらいの数になる」

「二十万というところでしょうか」

「獲鬼様」

梅楠が耐えきれぬといった様子で獲生を呼んだ。それを険しい視線で制してから、獲生は手下たちに言葉を投げかける。

「帝には幼い男児が二人いる。しかし後継はいまだ定まっておらぬ。このまま帝が死ねば、都は荒れる」

娘鈴から聞いたまま、皆に伝える。あの女が単身都から駆けてきたのだ。間違いない。梅楠が荒い息を吐き、目の前の机を見つめながら口を開く。

「帝が死ねば、近衛軍の指揮系統は乱れましょう。近衛軍は帝の裁量にて動く兵にござります。将軍呉尉といえど、己が判断で動かす訳にはまいりませぬ」

「だからといって、都を守らぬわけにもゆくまい。帝がおらぬことで、完全に動きが止まることは考えられん」

どんなに深刻な事態に陥ろうとも、平静さを失わない梅楠が、うろたえているようだった。帝の重病は、それほどのことなのである。

「手下たちはどのくらいの日数で集まれる?」

「場所にもよりまするが、卦甲辺りでしたら、ふた月半もあれば」

乙清が淡々と答える。それを聞いた梅楠が、腰を浮かせながら獲生を見た。笑みに歪んだ瞼の奥に光る瞳が、暗い闇を孕んでいる。

「それではついに都へ……」

「お前たちはどう思う」

梅楠に答えず、手下たちに問う。

「獲鬼様」

梅楠の席から三つ向こうに座る男が声を発する。毎詮だ。蝶尚とともに顎港を離れた五十人の中の一人である。

「なんだ」

「この場に蝶尚様がおられたら、迷っている私たちをお笑いになることでしょう。何を迷うことがある。これ以上の好機は無いと申され、獲鬼様の背を押されるはず」

蝶尚には卦甲の守備を任せている。毎詮の言葉は、たしかに蝶尚が言いそうなものだった。

何を迷ってやがる。これ以上の好機はねぇべ。さっさと都に攻め上って、覇を潰しちまうべ。そう言って笑う蝶尚の顔が、ありありと目に浮かぶ。

「そうだな。あいつなら、そう言うだろうな」

笑いながら獲生が言うと、毎詮をはじめとした顎港組の面々が、揃って笑った。

獲生の腹は決まっている。それを止める者がいるかどうかを知りたかった。幸い、誰一人として都攻めに反対するのはいない。考えてみれば、ここで二の足を踏むような奴を、籠鬼山に入れたつもりはなかった。

「各地の手下たちに使いを走らせろ。ありったけの数を集めて、卦甲へ集合しろとな」

「それでは……」

珍しく目を見開いている梅楠に、うなずいてやる。

「都を攻める」

覇を倒す。その先に待っているのは、新たな世だ。その頂に座るのは獲生自身だ。真族の頂に、緋眼である己が座る。その時こそ、長年恨み続けて来た真族への復讐が成る。

——待てよ。

耳の奥で聞き覚えのある声が響く。開けっ広げで大らかな、温かい声だ。

転疾。

あの男は一介の兵卒であった頃から、帝になると嘯（うそぶ）いていた。生まれた時から帝になることを宿命づけられ、そのためだけに生きてきた男だ。獲生の前に立ちはだかる敵は、帝ではない。覇でも、近衛軍でもない。顥港。宝李。そして転疾。本当に倒すべき敵は、都を落とした先にいる。

「待っていろ」

高揚する手下たちに囲まれ、獲生は闇の中に浮かぶ転疾の幻に語りかけた。

三

血走った目で転疾を見つめる男は、衣の上から厚い布を被り、震えていた。都から逃げてきたと言う。覇の太政と名乗っているが、その割には若い。転疾といくつも変わらないはずだ。宝李の屋敷で風呂に入れ、着替えさせてやったという。部屋は炭が焚かれてうっすらと汗をかくほどだが、それでも男は布を被り肩を震わせている。都から顥港までは貫道を進んでもふた月以上かかる。人目を避け、食うや食わずの旅だったのだろう。

「よほど辛い目に遭われたか」

哀れだとばかりに目を細め、宝李がつぶやいた。

「妻と二人の娘を殺され、私も殺されかけました」

男は宝李の隣に立つ転疾を見つめて答える。宝李に呼ばれ、軍から宝李の屋敷へ来ると、そのまま
まこの部屋に通された。部屋に入ってからずっと、男は転疾を見つめている。

「都の太政、彌旋殿だと名乗られたそうだが、それは真か」

宝李の言葉に、男がうなずきで答えた。どう思うかと問いたげに、宝李が隣に立つ転疾を見る。

三人以外に人はいない。

嘘は言っていないと思う。恐らく本当に、この男は都の高官なのだろう。だが、確信がなければ
信用するわけにもいかない。

「俺も宝李も、十数年都へは行っておらぬ。それゆえ、王府の役人とも面識がない。お主が都の太
政であるという証が無ければ」

「解っております」

男は屋敷を訪れた時、なにひとつ持っていなかったという。本当に着の身着のまま、都を飛び出
してきたらしい。

「証はございます」

言って男は深々と頭を下げた。

「どうやって証を立てるというのだ」

「都でも帝に近しいごくごくわずかな者だけしか知らぬ秘事を知っておりまする」

男の血走った目が、転疾から動かない。やけに不穏な殺気を放つ目である。了楓が暴君として君
臨する王宮のなかで、それなりの修羅場（しゅらば）を潜り抜けてきているようである。

「申してみよ」

言葉を選ぶように慎重に、宝李が言う。男は、転疾から背けるように目を伏せた。

「今の帝が帝位に即かれる際、兄であった皇子様がことごとく誅されたということは御存知でありましょう。その時、帝と一番歳の近かった皇子だけが、密かに都を逃れられました。しかし、宮中の混乱を一刻も早く治めたかった扇様と弥楊殿は、その皇子のことをお隠しになられた」

宝李が声を出しそうになるのを、転疾は目で止めた。

「その皇子は近臣に守られて顎港へと逃れられ、この街一番の長者の保護を受けながらお育ちになられた」

「俺だ」

「転疾様」

たるんだ頬の肉を震わせて、宝李が言葉を吐いた。そのうろたえようが、この男らしくなくて、思わず転疾は笑う。

「ここまで知っているのだ。隠しても仕方あるまい。俺の名は了疾。了楓の腹違いの兄だ」

男が床に額が付くほどに平伏してみせる。

「彌旋と申したか」

「はい」

「お主の名は知っておる。一介の官吏でありながら、了楓に抜擢され太政にまで昇り詰めた傑物だという噂だが」

「試されるのは止めていただきたい」

顔を上げた彌旋が、転疾を睨む。皇子であることを知りながら、それでも不遜な態度を取るこの男を、転疾は気に入り始めている。

「試しているわけではない。俺の耳に、そう入っているというだけのことだ」

「どのような噂があるのか知りませぬが、私が彌旋であり、都の太政の任にあったことだけは確かでござります」

「彌旋殿が都を追われたという報せは、すでに受けておる」

宝李が口を挟む。しかし彌旋は顎港の長者に目もくれず、転疾を見つめ続ける。生意気な文官に、口許に微笑をたたえながら問う。

「了楓に殺されかけたか」

「はい。いささか諫言（かんげん）が過ぎたようにござります」

「諫言が過ぎたか」

こらえきれずに大声で笑う。それを見ても宝李は、眉間の皺を緩めようとはしなかった。

「帝に棄てられた太政が、俺に何の用だ」

「了楓はもはや長くはありませぬ。その子たちも暗愚（あんぐ）な上、幼い。このままでは籠鬼山の獲鬼に都を奪われてしまいまする。そうなっては、覇に命を捧げた私のこれまでの人生が……。妻や娘たちの命が無駄になってしまう」

獲鬼……。太政の職にあった者の口から、その名を聞くとは。そこまであの男は大きくなっているということか。

「覇をお救いくだされ。それができるのは、顎港軍の最将軍であり、帝の兄君である了疾様だけ」

「俺に帝になれと言うのか」

彌旋は臆面もなく深くうなずいた。

「宝李」

転疾は恩人の顔を見た。顔を脂汗で濡らしながら、宝李は彌旋を睨んでいる。

「おい、宝李」

もう一度名を呼ぶと、顎港の長者は大きく肩を揺らして、転疾に目を向けた。

「どう思う」

「確かに彌旋殿でありましょう。そして、帝が長くないということも事実であると。実際に、帝が病に倒れられたということを、先日知ったばかり」

「なにっ、帝が……」

彌旋が驚きの声を上げた。都からここまで逃亡する間、人に接してきていないのだろう。帝が倒れたことを、今知ったようだった。彌旋の逃亡と、帝が倒れたことを宝李に報せたのは、娘鈴である。宝李との面会を終えた後、転疾も娘鈴に会っている。妻になれと言ってみたが、これまで以上によそよそしい態度であった。娘鈴のことを頭から振り払い、彌旋に言葉を投げる。

「了楓が死んだら都は荒れるだろうな」

「恐らくは」

痛々しそうに、元太政の男は転疾から目を背けた。そしてそのまま細い顎を動かす。

「一刻も早く戻らねば、都は賊の思うままに」

「了疾様」

珍しく宝李が、転疾の本当の名を呼んだ。

「長い間、お待ちいただきましたな」

うっすらと目に涙を溜め、宝李がつぶやく。そして彌旋にむかって語りかける。

「彌旋殿。其方が顎港に逃れたことを存分に利用させてもらうが、良いか」

「もとより、そのつもりで参りました。こうして生き恥を晒して頭を垂れておるのは、私の力を存分に使っていただきたいという一心からでございます」

宝李が強くうなずく。

「了疾様の本当のお立場を、顥港のすべての民に報せる時が参ったようですな。韻貝原での勝利から十四年。了疾様には幾度も堪えていただきました。獲生が去った時、ともに立ち上がらんとなされた了疾様を止め、長者から民へと政を解き放とうとなされておることを知りながら、それを退け続けたのも、すべてはこの日のため」

宝李が彌旋の隣に跪いた。

「了疾様は覇の帝になられる御方にございます。獲生のように賊となって都を攻め落としたとしても、それは帝位を簒奪(さんだつ)した邪道の行いとして民の目には映りましょう。了疾様が行くべき道は王道にございます。正々堂々、帝位に即かれるべき御方。そのためには時が満ちた暁には、顥港が了疾様の下にひとつにまとまらねばなりませぬ。長者による政を某が守ってまいったのは、顥港をそっくりそのまま了疾様にお渡しするためにございます」

「そこまで考えて……」

それ以上は言葉にならなかった。宝李の思いと己の宿命に背くことなどできはしない。腹はもうとっくに決まっている。

「都の太政、彌旋殿により、帝位に即かれることを懇願され、了疾様は都に上る大義を得ました。帝はすでに死の床にあり、大陸には賊が跋扈いたしております。乱れたこの国を再びひとつにまとめ上げるのは、了疾様をおいて他にありませぬ。これより先、顥港の全権は了疾様にお委ねいたしまする。それはすでに長者たちともかねがね話しておること。逆らう者は一人もおりませぬ。覇は顎港とは違いまする。民へ政を解き放つことはできませぬ。了疾様は帝になられるのです。大陸の政をその手にお掴みになるのです。その覚悟はおありですか」

厚い雲に覆われていた行く末が、彌旋の出現とともに一気に晴れた。帝になるという転疾の夢が、走り出そうとしていた。もはや顎港を解き放つことなど意中にはない。本に囲まれた平穏な日々も捨てた。獲生は戻らない。了疾は進む。

「俺は一度動きだしたら止まらぬぞ」

「解りました。ならば了疾様が思う存分お暴れになれるよう、某がお支えいたしまする」

「これより先は、私も了疾様の下で働きとうございまする」

宝李の後を追うように、彌旋は言って頭を垂れた。そして続ける。

「帝が倒れたとあらば、全土の兵の動きも鈍くなりましょう。それを賊どもが見逃すとは思えませぬ。主を失った覇の兵たちが各地で乱れを来すはず。声を大にして帝の兄君であることを触れ回られ、覇の兵たちを糾合して行けば、都に着くころには、何倍もの兵力になっておることでしょう」

「賊はそれほどに強敵であるか」

転疾の問いに、彌旋は強くうなずいた。

「近衛軍の総大将、呉尉ですら卦甲の戦いで獲鬼に敗れました。大陸の賊どもは、いまや籠鬼党の下にひとつにまとまっておりまする。奴らが都に押し寄せれば、いかな呉尉であろうと防げるものではありますまい」

「了疾様」

宝李が転疾を見た。

「敵は都の帝ではございませぬ」

獲生だ。彌旋が言う通り、あの男が都の混乱を見逃すはずがない。必ず兵を挙げる。彌旋の言葉を信じるならば、いまの覇軍に獲生を止める力はない。都を手に入れた獲生は、なにをするのか。真族への復讐か。真族の頂に立つつもりか。いずれにしても転疾の夢とは相いれない場所に、獲生の行く末はある。

どうせ二度と交わらぬ道なのだ。

胸の痛みが激しくなる。衣の下の小匣をつかむ。転の字が刻まれた匣が熱い。転は天に通じる。それは、帝の子にしか許されていない天字だ。天を摑むために、己の運命を転じる。それを阻む者は誰であろうと許さない。

「賊を討ち、帝の兄として都に入る。そして俺が新しい世を築く。父と弟によって乱れたこの国を、俺が安寧へと導いてやる」

「その言葉をお待ちしておりました」

宝李が涙声で言った。

「俺の素性を、顎港の民に伝えろ。そして、俺が立つことを三日のうちに宣言する」

宝李が激しくうなずいた。

「彌旋」

転疾の声に、有能な文官が目を輝かせる。

「お主は大陸全土の城へと書を記せ。俺の素性、了楓の母と弥楊が先帝の死の際になにをやったか、そして俺が都を救う兵を挙げたことを、お主の名で全土に報せるのだ」

「承知いたしました」

「今日は休め。明日からで良い」

「一刻を争うことゆえ、休んでおれませぬ」

それまでの姿が嘘のように、彌旋は被っていた布を脱ぎ捨て、力強く立ち上がった。

「宝李殿、部屋を用意していただきたい。それと筆と紙を」

「解りました」

宝李も立ち上がった。二人して転疾に一礼して、部屋を出ていく。

十四年間止まっていた転疾の時が、ついに動きだした。


驚愕の静寂は、次の瞬間には歓喜の声に変わった。最将軍になった時以上の熱気を一身に受けながら、転疾は緩やかな振動に酔っている。帝になれば、この何倍もの民を……。そこまで思って、みずからが抱いた夢の大きさに、いまさらながらに気づく。転疾が帝の子として起つことを、これほど喜んでくれる者たちがいるのだ。老若男女、顎港の全ての民が街のど真ん中にある十万人が集まることができる顎港一の広場を埋め尽くし、往来までも人で溢れかえっている。この想いに応えることを思うと、己の怨念(おんねん)などなんとちっぽけなものか。無数に連なる人の頭が大海の荒波のごとくに揺れているのを見つめながら、転疾は右手を高々と挙げた。

「聞いてくれっ」

歓声は、壇上に一番近い所から徐々に引いてゆく。広場の中程あたりまで静かになった頃、もう一度、聞いてくれと叫んだ。

ありがとう……。

想いが口から溢れそうになるのをこらえる。礼を言うのはまだまだ先だ。今ではない。瞼に感じる熱を目の奥に押し込めるようにして耐え、転疾は腹から声を発する。

「いま、宝李が語ったように、俺は先帝の子だ。ゆえあって顎港に逃れ、この地で大人になった」

六歳の時に逃れてきてから、二十八年。考えてみればあっという間であった。宝李の従者に育てられ、顎港兵となり、獲生と出会い、韻貝原での戦での奉天、そして最将軍就任。すべての道がいまに繋がっていたように思う。そしてこの道の先に、はっきりと玉座が見えている。

「俺は顎港の民だ」

皆が沸く。歓声が止むのを待って、転疾はふたたび語り出す。

「俺には夢がある。その夢を果たすために、都に行かねばならない」

「どこまでも付いていきますぜっ」

荒っぽい男の声が聞こえた。周囲の民が応えるように、拍手が起こる。

「帝が倒れた。そして太政である彌旋殿が顎港へ参られ、俺に都を救ってくれと頼まれた」

背後に宝李と彌旋が立っている。

「大陸には今、覇の政に不満を持つ賊どもが横行している。俺たち顎港も、十四年前には覇の大軍と戦い勝利した。それ以来、覇とは距離を置いている。そういう意味では顎港も賊のひとつなのかも知れぬ。が、これからは違う。俺が都に行き、覇の政を根底から変える。そうなれば、もう民が苦しむことはない」

獲生の顔が脳裏に浮かぶ。奴はもう敵なのだ。目を閉じ、友の幻を掻き消すように頭を振って、ふたたび民を見た。

「覇を救い、賊を討ち払う。そのための力を、俺に貸してくれ」

もう一度、右拳を挙げた。

「俺はこれより了疾を名乗る。そして顎港は俺の元で、覇の義軍となるっ」

歓声が止むことはなかった。

四

二十万を超す大軍が卦甲の城に集まった。獲生は全土から兵が集合するのを待つと、休息を命じることなく、都へと馬を走らせた。

覇を滅ぼす。その一心で集まった者たちの熱気を冷ましたくはなかったのだ。卦甲に渦巻く二十万もの気の中心で、獲生が誰よりも昂ぶっていた。一日留まれば一日分、二日留まれば二日分の気が失われる。戦は熱だ。ゆっくりなどしていられなかった。二十万がひとつの熱された鉄の塊となって、砂江下流まで辿り着いたのは、ふた月ばかり後のことだ。

大陸南部の南岳域に源流を持つ砂江は、大陸を北上し暴海へと出る。下流域で流れは二股になり、広大な三角州を形成していた。この三角州がそのまま都である。真族が大陸初の王朝である騰を建国した頃から、都は常にこの地にあった。人々はただ都とだけ呼び、街の名はない。真族にとって都といえば、この三角州を指し、大陸を十に分ける国から独立したひとつの巨大な城である。

砂江を渡れば都という所まで来ていた。卦甲から上洛する途次、いくつかの城の前を通ったが、覇の軍勢が応戦してくるような気配はなかった。嵐が過ぎ去るのを待つかのように、獲生たちが去っていくのを城に籠って静かに見送っている。どの城も、そんな様子であった。

都の対岸で、獲生ははじめて兵を止めた。そこに敵がいたからだ。

「我らの行軍を尻目に、密かに都に兵を集めていたようですね」

隣に並ぶ馬の上で、梅楠が言った。獲生を挟むようにして蝶尚がいる。

「あっちも十五はいるんだべ」

砂江を背にして鶴翼(かくよく)に布陣する敵は、蝶尚が言ったとおり十五万はいるだろう。その中心に呉の旗が翻っている。呉尉の本隊だ。覇の将軍の顔を想い浮かべながら、獲生は二人に語りかけた。

「ここを決戦の地と定めていたのだろう」

「ゆえに道々、我らを見過ごしたのですな」

獲生は梅楠にうなずきで答える。すると蝶尚が、馬から身を乗り出し梅楠に声をかけた。

「こんな所まで付いてきていいのかよ。ここはお前ぇのいるような場所じゃねぇんだぜ」

歴戦の猛者の言葉に、梅楠は都を守る敵を見据えたまま答える。

「もはや籠鬼山には戻らぬ戦。私が留守を預かる場所は無いのです。次に我らが居を定めるのは、あの河の向こう」

「けっ、神官崩れのくせに言うじゃんか」

梅楠は蝶尚には答えず、敵を見据えて獲生に語りかける。

「敵の将軍、呉尉は真正面から力押しをするのを常とする男にござります。しかしそれは数で勝ってはじめて効果のある戦法」

「数が少ない今、奴はどうする」

帝が倒れ、大陸の兵を瞬時に集められるだけの力が今の都には無い。十五万集めただけでも、良くやったと褒めるべきである。

「恐らく、本陣の奇襲かと」

「いや」

蝶尚が口を挟む。

「ここは覇の中心、都だぜ。あぁして澄まして布陣してるが、鬼道兵がいるはずだべ。どっかに隠してやがる」

「鬼道兵」

汚らわしい物を呼ぶように、梅楠が吐き捨てる。

「たしかに蝶尚の言う通りだ。鬼道兵がいると考えた方がいいだろう」

鬼道兵と対峙した時の戦法は、籠鬼山の若い者たちを選別して教え込んでいる。

「乙清に命じろ。籠鬼山の千人を連れて、戦が始まっても動かず敵を見極めろ。そして鬼道兵が現れたら千人を先頭にして、卦甲の兵一万とともに鬼道兵にあたれとな」

「卦甲の一万の選別は俺がやんぜ」

「その一万は、乙清の背後で千人が飛び出すのを待たせるんだ」

「解った」

蝶尚が馬を駆り、走り去る。

「獲鬼様」

「なんだ」

「獲鬼様は韻貝原で顎港最将軍、転疾と共に戦われたお方。鬼道兵を封じられることは、呉尉も承知の上のことかと」

「策はまだあるか」

「恐らくは」

「それほど知恵の回る奴とは思えぬがな、あの猪武者は」

「しかし呉尉も覇軍の頂点に立つ男。猪には猪なりの策がござりましょう」

都の兵が緩やかに動いている。わずかに前進を始めたようだ。

「どう見る」

「本陣への突撃。狙うは獲鬼様の首ひとつ」

「俺を殺すために十五万が動くというのか」

「それが本道で、鬼道兵は援護かと」

「全軍に命じろ。左右に展開し、正面から敵を受け止めろとな」

「それでは本陣が丸裸に」

横に広がった陣の中央に位置する本陣に、十五万が塊となってぶつかってくるのだ。しかも敵は武勇に優れる呉尉である。梅楠が恐れるのも無理はない。

「ここは崩れねぇよ。呉尉がここ目指してぶつかって来たら、本陣は耐える。その間に左右に広がった者たちが敵を包みこみ、退路を完全に断つんだ」

梅楠の額から汗が一筋こぼれ落ちたのを見た時、眼前の敵が雄叫びを上げて足を速めた。

「来るぞ。さっさと伝令たちを走らせろっ」

背後に控えている伝令の列へと、梅楠が馬を走らせる。叫びながらまくしたてるのを聞きつつ、獲生は眼前の敵を注視した。

この戦に勝てば、都は落ちる。病だろうと容赦はしない。帝を玉座から引き摺り下ろす。

その後は。

「そん時になって考えらぁ」

誰にともなくつぶやいた。

半刻もせぬうちに、味方の兵がゆっくりと左右に広がりはじめる。正面の敵を待ち受けるための動きだ。敵は、間近に迫っている。無駄な時は残されていなかった。

「獲生っ」

蝶尚が馬を走らせ戻って来た。

「持ち場はどうなされたっ」

梅楠が怒鳴る。無理もない。蝶尚には卦甲五万の指揮を任せているのだ。

「乙清が兵を動かした」

「なに」

「あそこだ」

蝶尚が指さす先、全軍の左端からわずかな兵が飛び出している。

「なにをしてんだ、あいつは」

「鬼はあの進軍には付いていけねぇ。いるとすれば敵の背後だとよ。そんで、千人で奇襲をかけるために飛び出していきやがった」

「背後にいるかどうかも解らぬではないか」

梅楠が叫ぶ。

「必ずいると、乙清は言ってやがった」

「そんな莫迦な」

呆れ顔で梅楠が首を左右に振る。

「あいつには解るのかも知れねぇ」

獲生は離れてゆく乙清を見つめて言った。

「乙清は鬼を心の底から憎んでいる。あいつにとっては覇を倒すよりも、鬼を滅する方が重いことなんだ」

「だからといって千人の兵を」

「あいつが鬼道兵の動きをいち早く封じてくれれば、俺たちは目の前の敵に集中できるべ。好きにさせてやるべ」

蝶尚が助け舟を出した。伝令でなくみずから来たのは、この一言のためであろう。この男はそういう優しさを持っている。

「そろそろ始まるぜ。あいつが戻ってきてから、たっぷり叱ってやろうぜ」

蝶尚とうなずきあう。壮年の俠者は、一度獲生に微笑んでから、ふたたび己が兵の元へと戻って行った。

「始まるぞ」

敵を見据えて獲生は言った。隣で梅楠が青ざめている。十五万がひとつに固まり、獲生のいる本陣付近へと兵を集中させている。

「敵味方入り乱れての戦いになれば、お前を守ってやることはできん。自分の身は自分で守れ。危ないと思った時にはもう遅い。思うより先に逃げろ」

「はい」

前線同士がぶつかった。本陣の兵は二万。相手はどこまでが前軍で、どこからが二陣目なのかすら解らない。射武、騎武、歩武が入り混じった塊のまま、本陣に殺到した。

「射武っ」

獲生が叫ぶより先に、本陣から矢が放たれた。漆黒の塊に矢の雨が降る。が、敵の勢いは衰えない。歩武が盾を構えて立ちはだかる。そこに、敵が殺到し、盾の隙間に槍を突き入れてゆく。呉尉の気迫が、敵の隅々にまで行き渡っている。

「逃げるつもりが無いのなら、できるだけ俺のそばにいろ」

兵が次々に死んでいくのを目の当たりにして、梅楠は返事をすることもできない。

敵が強固な守りを削っていく。本陣の二万は籠鬼党のなかでも選り抜きの男たちだ。必死に抵抗を試みてはいる。しかし、呉尉が率いる近衛軍は、大陸全土の覇の軍で最も精強だ。卦甲の時は城を攻める背後から襲い、蒙雅の手下たちと挟み撃ちにすることでなんとか退けることができた。しかし今回は正面からぶつかっている。卦甲の時とは比べものにならない圧で、本陣を押している。

「耐えろ」

前線で戦っている者たちには届かぬ声を、獲生は吐いた。鎧の上から小匣を押す。ひんやりとした鉄が肌に当たって、熱された躰をかすかに冷ます。

「あそこを」

梅楠が右手を挙げて、敵の後方を指さした。

乙清だ。敵の側面を回り込むようにして、都の方へ駆けている。向かう先に、河岸に留まっている漆黒の軍勢があった。

「鬼道兵か」

呉尉は鬼を前線に投入せず、都の最後の守りとして置いていた。乙清率いる千人と同数か、わずかに勝るほどの軍勢が、真横に広がり河を守っている。

「いかに鬼を倒す術を知っているとはいえ、同数では……」

梅楠の言う通りだ。鬼一人に対して三人以上を基本にして、対鬼道兵用の調練は行っている。どれだけ乙清たちが精強であろうと、同数ではいずれ飲みこまれてしまう。

「蝶尚が選んだ一万はどうした」

「あそこに」

梅楠が指さす先に、乙清の千に追いつこうと必死に馬を駆る一万の兵があった。

「乙清に伝令を送れっ。背後の一万が来るまで待てとな」

「で、では、私が」

言って梅楠が手綱を握りしめた。

「伝令に任せろ」

「幼い頃から馬を操ることだけは得意だったのです。私だけ役に立たぬのは癪に障ります」

梅楠の目が、大きく見開かれている。必死の形相(ぎょうそう)でにらむ梅楠は、獲生の知る顔ではなかった。そこにあったのは戦場で命を懸ける男の顔である。

「行けるか」

「私が行くことで、切実であることも解りましょう。必ず乙清殿にお伝えいたしまする」

「頼む」

一礼すると、梅楠は馬を走らせ本軍の背後を舐めるように去ってゆく。すぐに馬の上げる土埃のなかに消えた。すでに獲生の目は前方の敵に向いている。左右から敵を包みこもうとしている味方の動きが間に合わない。あと少しで、獲生のいる所まで敵が迫ってくる。

「槍」

右手を垂らし、若い従者に言った。二年ほど前から獲生に従っている若者は、素早く槍を差し出す。それを取って、あばたの残る顔に目をやった。

「怖ぇか」

「いいえ」

「嘘を吐くな」

槍を両手に抱えながら震える若者に、笑ってみせる。

「誰でも死ぬのは怖ぇ。恐れるのが人だ」

泣きそうな顔をして、若者がうなずいた。

「俺を守ろうと思うな。まずは自分の命を守れ。死にたくないと思って必死に戦え」

「解りました」

若者から目を逸らし、敵を見た。本陣が真っ二つに割れている。中央を、巨大な切っ先と化した呉尉の軍勢が突っ走っていた。

「死ぬなよ」

若者に叫ぶと、獲生は馬腹を蹴って死の只中へと飛びこんだ。全力でぶつかったつもりである。しかし獲生の馬は、硬い物にぶつかったように、即座に足を止めた。気付いた時には四方を囲まれていた。本軍の最奥まで、これほどの敵が入りこんでくるなど予想だにしなかった。騎馬、徒歩入り混じった敵が獲生の周囲を埋め尽くしている。味方は散り散りで、我が身を守ることに必死だ。すでに先刻の若者は人波に呑まれて見えなくなっている。蝶尚たちがなんとか敵の背後を捉えた。左右に展開していた味方がひとつになり、退路を断つような形で押し寄せている。

「踏み止まれ。本軍が割れてしまえば、そのまま突き抜けられるぞっ」

味方に叫ぶ。背後から蝶尚たちが押し寄せたとしても、敵に本軍を突き抜けられてしまえば挟み撃つことも出来ない。本軍が耐えることで、包囲殲滅が可能になるのだ。

槍を振るいながら、懸命に戦う。凄まじい攻めをする敵ではあったが、脅威を感じさせるほどの者はいなかった。一人一人と戦うことはさほど困難ではない。恐ろしいのは勢いだ。なんとしても本軍を落とし、獲鬼を仕留める。呉尉と覇軍の決死の想いが、一個の塊となって押し寄せたことで、勢いが完全に敵に傾いた。

二十万の兵がすべて己であれば……。

韻貝原での戦で見た、転疾の強固な意志を思い出す。全軍が転疾となって敵を討ち果たしたあの戦のように、手下の躰がすべて獲生のものならば、この勢いを押し戻すことも出来るはずだ。槍を振るいつつ、胸の小匣の冷たさを感じる。熱はない。己は緋眼。真族の匣が奉天するはずもない。

「愚かなことを」

血飛沫を浴びながら獲生は笑った。

「獲鬼かっ」

敵の群れのなかで怒号が轟いた。声の主を見て獲生の笑みは消え、目つきが鋭くなる。

「呉尉」

「今度こそ逃がさんぞっ」

敵も味方も押し退けて、覇随一の武人が獲生に向かって駆けて来る。

「卦甲で逃げたのはそっちじゃねぇか」

獲生も槍を構えて迎える。

「死ねぇっ」

呉尉の斬撃を真正面から受ける。受けた柄がしなり、獲生の馬がわずかに膝を折った。

「お主の所為（せい）でっ」

憤怒の形相で巨大な鉾を振るってくる呉尉の勢いを、なんとか受け流してゆく。

「相変わらず、化け物みてぇだな」

悪態を吐くのが精一杯だった。こちらから攻撃を繰り出す隙はどこにもない。

「死ね、死ね、死ねぇっ」

間断なく繰り出される鉾が、ついに獲生の馬の首を捉えた。力を失い倒れた馬から飛び退き地に立つ。馬上の利を存分に使い、呉尉は容赦なく刃を振り下ろす。歯を食い縛り、斬撃を受けながら、呉尉の気の流れを感じようと心を研ぎ澄ます。一瞬の隙さえあれば、仕留めることができる。しかしそのわずかな緩みさえ、呉尉にはない。敵味方入り乱れる乱戦のなか、獲生の目が呉尉の背後に見える一条の煙を捉えた。鉾を振りかざした覇の将軍の目も、それを視界に収める。

「帝っ……」

狼煙だ。都から上がる狼煙を見て、呉尉の鉾の動きが止まった。獲生は穂先を尖った喉に突き入れる。

呉尉の首から鮮血が舞った。

五

傾いた。

一度、流れが変わると、戦局は驚くほど籠鬼党へと移っていった。きっかけは都から上がった狼煙である。その狼煙を見て、呉尉が一瞬だけ動きを止めた。獲生の槍が喉を貫き、覇の猛将は呆気ない最期を遂げた。

呉尉討死。戦場を駆け巡った報は、敵の士気を下げた。

「逃がすな。都に逃げ込まれちゃ面倒だ。ここで仕留めるぞ」

新たな馬にまたがり、獲生は叫ぶ。呉尉を失っても敵はまだ戦うことを止めない。士気は下がっているとはいえ、一気に押し潰せるほど敵も脆くはなかった。さすがは都の近衛軍を中核とした兵たちである。一瞬でもこちらが気を抜けば、形勢は再び相手に傾くことも考えられた。いまも都からは狼煙が上がり続けていた。乙清たちが戦っている河岸でも激戦が続いている。一万の後詰と合流し、敵を押しているようだった。梅楠は上手くやったようだ。しかし鬼は、動きを封じられるまで戦うのを止めない。一人になっても戦い続ける。殲滅しなければならぬ辛い戦いだ。このまま勝てるのか。いまも戸惑いは晴れない。いったいあの狼煙はなんなのか。どうして呉尉はあれを見て動きを止めたのか。

獲生は都から上がり続ける黒色の煙だけを見ていた。

＊

「呉尉はまだか」

褥に伏せったまま了楓は言った。目覚めたのは三日前である。彌旋を殺せと闇に命じた後、急に躰が重くなって眠りについた。それからのことを一切覚えていない。目が覚めた了楓を見て、呉尉が涙を流しながら喜んでいたのが滑稽だった。聞けばふた月あまり伏せっていたようだ。躰が己のものとは思えぬほどに重い。どれだけ動けと命じてみても、指先ひとつ思うままにならなかった。目は見える。声は出せる。それだけが救いだった。

「まだ呉尉は来ぬのか」

薬師が首を左右に振った。褥の周囲には息子たちや女たちが群れ集っている。

先刻からそればかりを口にしている。敵が都の間近まで迫っているという。呉尉はそれを討ち払うために都を出た。狼煙を上げたら戻ってこい。そう呉尉に命じた。賊のことなどどうでも良い。大事なのは、この了楓ではないか。近衛の将軍が帝を放って賊を討ちにいくなど、以ての外だ。そんなことは他の者に任せればよい。心細い。恐ろしくてたまらなかった。あの鬼のごとき顔が傍にいてくれぬと、おちおち瞼を閉じることもできない。

「呉尉は」

「呉尉……」

誰も答えはしない。戸惑うように了楓の顔を見つめながら、ただ黙っている。なかには涙を流している者すらいた。躰が思うように動くのならば、面罵して、宮殿から放り出しているところだ。怒鳴ることすらわずらわしい。まだ呉尉は戻らないのか。呉尉さえいれば、あの女官どもを引き摺りだしてくれるのに。三日前に目覚めてから二度眠った。そのいずれも、眠りに就くまで、呉尉が傍にいてくれた。眠たい。しかし呉尉がいない。恐ろしくて、目を閉じることができなかった。まだまだ喰い足りない。抱き足りない。殺し足りない。死ぬわけにはいかないのだ。帝……。己が欲した生き方ではない。幼い了楓は、母と弥楊の野望の道具となり、知らぬ間に帝位に据えられていた。顔を合わせたことすらない兄たちを殺し、その母と一族を滅ぼし、数多くの恨みを幼い身に受け、了楓はこの国の頂に立った。最初の十四年は母と弥楊の奴隷であった。ただ言われるがまま、首を上下させることが了楓の役目だった。家臣たちに告げる言葉もすべて弥楊が用意したものであったし、口にするもの、着るもの、暮らしの一切が母の言いなりであった。母と弥楊を殺し、了楓は本当の帝になった。あの時のことを今でもはっきりと覚えている。棒立ちになったまま、言葉にならない声を上げ続ける母と弥楊をその手にかけた。人を殺めたのは後にも先にも、あの時だけである。あれから十四年。まだ十四年なのだ。母と弥楊の奴隷であった歳月と変わらぬ長さしか、了楓はまだ生きていない。

「呉尉……」

あの男がかならず賊を討ち果たしてくれる。そして顎港にいる兄も、きっと殺してくれるはず。賊の長、獲鬼と、兄の了疾の首を見るまでは、なにがあっても死ねない。まだまだこれからなのだ。なのに、躰はもう熱すら感じない。胸にある天の字を刻んだ匣の硬さすら、解らなくなっている。皇子として生まれた時より、〝天〟の字と音の通じる天字を持つ。了楓が五歳まで持っていた匣には、〝顚〟の字が刻まれていたという。顚という文字には逆さになるという意味がある。一番年少の皇子であった了楓が、兄たちを押し退け帝になった。それは長幼の序列をひっくり返す行いに他ならない。顚の字の宿命により帝になった時、了楓は天の字を刻んだ新たな匣を得た。天の字が刻まれた匣は、この国にひとつ。帝にだけ許される匣だ。しかし、天に通じる音を持つ匣はある。皇子の匣だ。了楓の子たちも当然、天に通じる音を天字としている。が、もう一人、天に通じる音を天字に持つ者がいた。顎港にいるはずの了疾だ。黒さが失われてきた了楓の瞳が、朱塗りの天井を見つめる。朱く染まった真ん中に、幼い子供の幻が浮かぶ。笑っている。了楓を見て、幼子が笑っていた。目に暗い怨念を湛え、陰湿な瞳で了楓を見つめている。

「誰じゃ」

問うが答えは戻って来ない。五、六歳であろう男児は、笑ったまま天井に浮かび続けている。それが幻影なのか実像なのかすら、朦朧とする了楓には解らない。

「お、お前は了疾か」

まったく動かなかったはずの右腕が、小刻みに震えながら天井へと伸びていく。

「帝……」

薬師が声をかける。了楓は答えない。天井に向かって手を伸ばしながら、男児を睨む。

「わ、わしを恨んでおるのか」

答えない。

「来るのか。この都に」

答えない。

「なにか申せ」

答えない。

「兄者っ」

虚ろだった男児の瞳がかっと見開かれた。

——死にゆく者に用はない。

幼い声が直接頭に響く。

「わ、わしは死ぬのか」

男児は答えず笑っている。腕が重い。天井へと伸ばしていた腕が、どさりと床に投げ出された。

誰かが駆けてくる。耳元に顔があった。名前すら思い出せない。

「呉尉殿が討死なされました」

「ご、ごじ、が……」

顎が堅い。声が喉から出てこない。まだまだこれから……。

了楓の欲は果てた。

＊

堅固だった敵が、ゆっくりと衰えてゆく。

四方を籠鬼党に囲まれ、敵はすでに二刻あまりも戦っていた。疲弊が目に見えて表れている。

こちらの犠牲も甚大だった。敵味方に拘らず、大量の骸が転がっている。しかし獲生が戦闘にふたたび加わることはなかった。本陣深くに下がり、馬上から成り行きを窺っている。

あれだけ執拗に上がっていた狼煙も、半刻ほど前に絶えた。河岸の戦闘はすでに終わっている。

乙清がやってくれた。乙清が手勢を引き連れ、こちらに戻ってくる。

「獲鬼様ぁぁぁっ」

背後から梅楠の声が聞こえた。振り返ると、馬の背に抱き付くようにして、梅楠が近づいてくるのが見えた。

獲生は戦に目を戻す。すると梅楠が隣に並んだ。息が荒く、疲れている。いつも小綺麗な身形をしている梅楠の、身に着けた鎧が土と血で汚れていた。

「今までどこにいた」

「乙清殿に後詰との合流をお伝えし、そのまま付き従うことになりました」

「乙清が言ったのか」

「ここが一番安全だと申されて」

獲生は笑った。

「安全だなどと申されておきながら、私を守るつもりは一切無く、誰よりも先に敵のなかに飛び込まれ、なにがなんだかわからぬうちに、はぐれてしまいました」

「お前に死んで欲しかったんじゃねぇのか」

梅楠が青い顔をいっそう青くする。

「あいつはお前が嫌いだからな」

「そうかも知れませんな」

有能な神官が珍しく眉間に縦皺を刻んだ。

「隙を見て逃げてきたのか」

「そんなことできるわけがないじゃないですか。乙清殿の言葉をお伝えに」

「なんと言っている」

「鬼を殲滅いたすゆえ、都への道はご心配なくと」

「そうか」

二人して戦場を見つめる。敵は半数ほどに減りながらも、未だに抵抗を続けていた。しかし、明らかに数に差が出て来ている。このまま戦っても、あとは殺戮しか残されていないだろう。呉尉を失った今、各隊の将がどこで見切りをつけるかだ。そして恐らくそれは、一人の将の決断によって定まるはずだ。一人が退却を命じれば、皆が後に続く。

「あっ」

戦場に目を向けていた梅楠が声を上げた。

「あそこです」

年の割に節くれだっている梅楠の指がさす方角で、敵が散り始めている。目の前の兵から刃を逸らし、背を向けて逃げ出していた。

「勝った」

「はい」

梅楠がうなずくのを横目に、獲生は背後に顔を向けて叫ぶ。

「伝令はいるか」

男たちが寄って来て片膝立ちで言葉を待つ。

「各将に伝えろ。都に逃げようとする敵だけを追え。そしてそのまま都に雪崩れ込め。いいか。都に入っても略奪は絶対にすんな」

承知の言葉を吐き、伝令たちが一斉に散って行く。

「遂に都ですな」

梅楠の声が震えている。獲生はうなずいた。

〝乙〟の旗をはためかせた馬が、本陣に近付いてくる。

「あれは」

見つけた梅楠が問う。獲生は黙ったまま、〝乙〟の旗を待つ。

「獲鬼様っ」

顎港から従っている男が、馬上で叫んだ。背に誰かがいる。近づいてきた馬が、丘を駆け上がって本陣へと入った。そのまま獲生の前まで馬を走らせた男は、背に担いでいた者を下ろして跪いた。その時にはすでに獲生は、男の方に駆け寄っている。いや、背負われていた男に駆け寄った。

「乙清……」

地に寝かされた乙清を抱く。腹からは止めどなく血が溢れ、息はすでに細かった。

「乙清殿は常に先頭で鬼道兵と戦われ、最後まで懸命に」

乙清を連れて来た男が涙ぐむ。獲生は目を閉じたままの従者の顔を注視して動かない。

「腹を貫かれ、それでもなお檄を飛ばし続けるお姿は、真に立派な大将でありました」

「うっ」

眉間に皺を寄せ、乙清が苦悶の声を上げた。獲生は必死に肩を揺さ振って、眠ろうとする乙清の意識を現世に繋ぎ止める。

「しっかりしろ乙清」

「獲生様」

固く閉じられていた瞼が開き、虚ろな目が獲生を捉えた。力の無い声に、水気が混じっている。血が腹から喉にせり上がり、口中を濡らしているようだ。

「申し訳ありません」

「何故謝る」

微笑みながら、乙清に語りかける。

「こっから見ていたぞ。見事な戦いぶりだったじゃねぇか」

乙清も笑った。そして大きく肩を上下させて、激しく咳き込んだ。荒い息とともに、盛大に血飛沫が舞った。

「こんなところで死ぬんじゃねぇぞ。俺たちは勝ったんだ。お前はずっと、俺の隣にいるんだろ。俺は生きてる。こんなところでお前が眠ってどうすんだ」

「私は……」

言った乙清の目はすでに獲生を捉えていない。瞳を虚空に彷徨わせたまま、長年の従者は嗄れた声で言葉を吐く。

「私は鬼が憎い。鬼を滅ぼすためなら、この身を投げ出しても構わないと思っていました。でも、鬼道兵を滅ぼしたいいま、死ぬのが怖い。もっと生きて、獲生様の行く末を見ていたい」

「そうだ。だから死ぬな」

虚しい言葉だと、獲生も解っている。それでも死ぬなと願い続けていなければ、泣いてしまいそうだった。

「寝るな。お前にはやらなきゃならねぇことが山のようにある。それにお前には言わなきゃならねぇことがあるんだ」

俺もお前と同じ緋眼なんだ。これまで騙していて済まなかった。

喉の奥まで上がってきた言葉が、周囲で見守る梅楠たちが邪魔して口から出てこない。

「すみません。獲生様の継刻を……」

「違う。違うんだ」

「すみません」

「謝るのは俺の方だ」

「すみません」

徐々に声が小さくなってゆく。

「獲生様」

「なんだ」

「源匣の御心のま……」

両腕に感じる重さが急にきつくなる。乙清の躰から魂が抜けた。わずかに開いたままの瞼に掌を押し当て、優しく閉じる。

「乙清っ、俺は、俺は……」

それ以上は言葉にならない。ここまで乙清を連れてきた男が、顔を伏せて人目もはばからず嗚咽している。梅楠は青ざめた顔をして、乙清を見下ろしていた。

獲生は堪える。

「獲生様っ」

伝令が丘を駆け上がって来る。乙清を抱いたまま待つ。馬から飛び降りた伝令が、跪いて気合の籠った声で報告した。

「蝶尚様が城門を抜けられました。敵は抵抗する間も無く、都から追い払われた模様」

乙清を抱いて立ち上がる。

「獲鬼様」

梅楠が見上げてつぶやく。

「行くぞ乙清」

抱きかかえたまま己の馬へと歩む。乙清はもう一人の己だ。緋眼のまま真族の地で生きた獲生の分身である。このままにしておくわけにはいかない。

「共に行こうじゃねぇか」

魂の抜けた乙清は、笑っているようだった。己の馬の鞍の後ろにもう一人の自分を乗せる。そして鞍に飛び乗ると、まだ温かい躰を背負った。

「全軍に命じろ。都へ入る」

梅楠に告げて優しく馬を歩ませる。

夥しい骸が転がる戦場にむかって、獲生は進む。すでに戦いは終わり、血の臭いが充満した荒れ野を、乙清とともに行く。もう一人の自分の重みを背に感じながら、目を都に定める。戦いは終わっていない。ここで止まるわけにはいかないのだ。緋眼が都を奪うのは将虎以来のこと。しかしそれを知っているのはわずかな者だけ。宝李、転疾、そして娘鈴。獲生は将虎のような英雄にはなれない。なろうとも思わなかった。風は何処より来たりて、何処へと吹きゆくのか、という父の継刻に導かれるようにして、ここまで辿り着いただけ。いまだ道なかばである。獲生という風は、いったい何処に辿り着くのか。答えはまだ見つからない。だが行く手にある敵の姿だけははっきりと見えている。

「転疾」

敵はいま、何処でなにをしているのか。

六

籠鬼党、獲鬼は緋眼である。覇王家先々代皇帝了範の子の了疾は、先帝了楓の悪政を正し、皇統を継ぐため決起する。都を侵略せんとする緋眼の獲鬼を討ち、真族の皇統を復興せん。これに賛同する者は、何人たりとも罪を問わず。籠鬼党であろうと、鉾を収め降る者は受け入れる。従うべきは覇の皇位継承者、了疾か、緋眼の賊徒、獲鬼か。真族であればおのずと道は定まるであろう。

宝李と彌旋によって転疾の大義は大陸全土にばら撒かれた。獲生が緋眼であることを記して敵の士気を削ぐところに、二人の抜け目なさを感じる。そこまでする必要があるのか。転疾は忸怩（じくじ）たる想いを抱きながら、顎港から都へと続く大路である貫道を、三月かけて上っていた。その道すがら、了楓の死と籠鬼党による都の占拠によって行き場を失った覇軍の兵たちが、次々と合流を願い出ている。真天宮の脇を抜け、中域を出んとする頃には、二十万の顎港軍が倍にまで膨れ上がっていた。合流した兵のなかには、都近郊で獲生たちと戦った近衛軍の兵たちもいる。呉尉が死に、将軍を失った近衛軍は、新たな旗印を求め転疾に合流した。

貫道と砂江が交わり、中域から北域へと至る場所は、都のある三角州への入り口でもある。つまり貫道を行き、中域を越えると、そこはもう都の領分であった。

決戦は間近まで迫っている。

獲生が都を占拠してから、すでにふた月半ほどが経過していた。その間、籠鬼党が新たな王朝を立てたという報せは入ってきていない。覇の官吏たちを宮中に拘束し、都の治安を籠鬼党で守っているという。都を占拠して以来、獲生は沈黙を守っていた。緋眼であることを暴露されてもなお、焦った様子はない。

都からは籠鬼党の賊どもが逃げてきている。獲生の素性を知り、大義を見失った末、転疾を頼って寝返った者は、すでに二万を超えていた。真族の民のために起ち上った義賊である。真族を想う心は強い。己が主と仰いでいた者が緋眼であると知り、しかもその男は自分たちの力を利用して都を占拠したのだ。騙されたという想いは怒りに変わり、顎港軍や近衛軍以上の士気を保ちながら、進軍に同行している。

籠鬼党からの投降兵は今も続々と集まって来ていた。それでも獲生は都を動こうとしない。転疾には解る。獲生は己を待っているのだ。十四年前に分かった道が再び交差する日を、獲生は帝を失った都でただひたすらに待っているのだ。

「いま行くぞ」

遥か彼方に見え始めた楼閣(ろうかく)に向け、転疾は語りかけた。

＊

「このままじゃ、どうにもならねぇ」

各地の賊徒を束ねていた者たちが一堂に会する席上で、蝶尚が言った。

都の中央に位置する覇の大宮の広間である。下座の端に座る者の顔がぼやけるほどに長い机に、手下たちが並んでいた。左右四十人ずつ。彼らに挟まれるようにして、獲生は上座に座っている。皆の顔が一様に曇っていた。

無理もない。

転疾の放った檄文が都に流れてからというもの、逃亡する者が後を絶たなかった。一日に少ない時でも五十人ほどの手下が、都を離れどこかに消えている。

「これじゃあ覇の残党を取り締まってんのか、裏切り者を探してんのか解らねぇべ」

やってられぬといった様子で、蝶尚が首を振る。ここに集った者たちの顔ぶれも、都に入った頃からずいぶん様変わりしていた。腹心のなかにも、籠鬼党を棄てた者は多い。

緋眼であることが、これほど仇(あだ)するとは思ってもみなかった。獲生が緋眼であることを公表したのは宝李であろう。あの男ならば、このような真似をしても不思議ではなかった。

「ここいらではっきりさせとかねぇと、これからも逃げる奴が出る」

はっきりさせる……。

皆の視線が獲生の瞳に集まる。

そういうことか。

獲生はうつむいて、微笑を浮かべた。

「籠鬼党を全員集めた前で、お前ぇが瞳に陽光を当てりゃあいい。それだけのことだべ」

「蝶尚……」

長年付き従ってくれた忠臣を、真っ直ぐに見た。

「もういい」

「なにがいいんだよ」

「そんなことをしなくてもいいってんだよ」

「どうして」

「俺は緋眼だ」

蝶尚が言葉を失った。場にいた誰もが、息を呑み固まっている。ただ一人、梅楠だけが悲鳴じみた声を上げた。そして何度も首を振り、獲生に言葉を投げる。

「そ、そんな……。獲鬼殿が緋眼なわけが……。私は信じません。信じられるわけがない」

「緋眼に生まれたことは覆せぬし、覆すつもりもない」

毅然とした態度で告げると、糸が切れたかのごとくに梅楠が腰から崩れ落ちて椅子に座った。神官の動揺に目もくれず、蝶尚が獲生だけを見て問う。

「あの檄は本当なのか」

「そうだ。俺が緋眼であることを宝李と転疾は知っていた」

陽光に瞳を当てれば獲生の瞳は紅に染まる。たしかにそれですべてはっきりするが、蝶尚が望んだものとは真逆の結果になるだけだ。

「俺たちを騙してたってわけかよ」

「俺は一度だって自分が真族であると言ったことはない」

「小匣を持ってんじゃん」

「これは奪ったものだ」

うつむいたままの梅楠が、甲高い声を発した。

「俺は緋眼だ」

もう一度念を押すように言った。数名が机を叩き立ち上がる。怒りを漲らせた目で、獲生を睨む。その群れのなかに梅楠はいなかった。

「待てっ」

蝶尚が立ち上がった者たちに向かって叫ぶ。

「何を待つと言うんだっ」

立った者から声が上がる。毎詮だ。己が腹心の言葉を聞いた蝶尚が、机を見つめながら重い声で言葉を吐く。

「こいつを殺さねぇでくれ」

「この男は俺たちを騙したんだっ」

「こいつがこれまでやってきたことは緋眼のためじゃねぇ。真族の民のため、苦しむ奴らのために、こいつは戦ってきたんじゃねぇか。緋眼だと知ったくれぇで殺しちまったら、俺たちは死んだ帝と一緒だべ」

苦痛にあえぐようにして、蝶尚が嗄れた声で皆に言った。毎詮たちは、怒りで躰を震わせながら、獲生を睨んでいた。

「ここを去りてぇ奴は去れ。俺は留まる」

「蝶尚」

獲生が言うと、机を見つめていた目が上座に向いた。いつも飄々としている蝶尚が、涙を溜めている。

「覚えてるか。顎港を飛び出して賊になったばかりの頃だ。俺たちはまだ埒すら決まってなかった。乙清を奴隷として扱わねぇことを責めた時、お前ぇは嫌なら出てけって言って必死に奴をかばったよな」

そういうこともあった気がする。しかしもう遠い昔のことだ。

「あん時、お前ぇも緋眼なんじゃねぇかという想いが、ちらと頭を過ったんだが、怖くてそれ以上確かめられなかった。そうこうしてるうちに、疑ってたことすら忘れちまってた。まさか、あん時の予感が本当だったなんてな」

かける言葉も見つからない。

蝶尚は目を閉じ、鼻から大きく息を吸ってから、獲生を見た。

「真族か緋眼かなんて関係ねぇべ。ここまで従ってきたんだ。最後まで付き合うぜ獲生」

獲鬼ではない。顎港の頃の名で蝶尚は呼んだ。深く頭を下げてから、獲生は腹の底まで息を吸った。そして立ち上がり皆に告げる。

「俺の村は真族の賊に襲われ苦しめられていた。村長であった父は、助けてくれぬ緋眼の長に謀反を企み、発覚して殺された。俺は真族を恨み、復讐するために匣を盗み、村を棄てた。そしてここにいる。去りたい者は去れ。が、俺はまだ死ねぬ。戦わねばならぬ敵がいるからな」

気を腹に込めたまま、手下たちに続ける。

「俺の敵となるならば、都を去り、顎港軍に合流しろ。俺は必ずお前たちの前に現れる。その時は、存分に戦おうじゃねぇか」

毎詮以下、半数ほどが広間を去った。力無くうつむいている梅楠が、か細い声でつぶやく。

「十万……。残ればいい方かと」

立ったまま、獲生は答える。

「顎港を出た時は五十人だったんだ」

梅楠は答えない。

「お前も真天宮に帰っていいんだぜ」

「顎港軍の数を知り、真天宮は貫道を行く了疾殿に使者を出したそうです。支援を申し出たのでありましょう。真天宮に私の帰る場所などありません。もう私の居場所はここにしか……」

つぶやいた梅楠の口許がいびつに吊り上がる。あまりにも痛々しくて声をかけることができない。鼻から息を吸い、気を取り直して皆に告げる。

「三日後、残った者で出陣するぞ。都を出て貫道を塞ぐように布陣し、転疾を迎え撃つ」

「とうとう、やるんだな奴と」

蝶尚が笑う。

「やっとこの日が来た」

獲生も笑う。なぜか心は晴れやかだった。

＊

中域を抜けて砂江を渡った。馬を走らせれば、都まで五日というところまで迫っている。昨日、都から五万になろうかという籠鬼党の者たちが投降してきた。その大半が、みずからの非を認め、顥港軍に合流したいと願った。転疾はそのことごとくを受け入れた。軍勢は五十万に達しようとしている。縦に伸びた軍勢の中央を転疾は行く。隣を腹のあたりが異様なまでに膨らんだ鎧を着けた宝李が従っている。彌旋も同行しているが、兵とともに行くのを拒み、軍勢の後方から付いてきていた。

「物見の報せによると、この先、都の城壁付近に獲生が布陣しているとのこと。城外の家屋敷を焼き払って待っているとの報せにございます」

都は広大な城の外にも家々が建ち並んでいる。それらを焼き払い、獲生は戦場を作りだしたということだった。

「野戦が望みということでしょうな」

「獲生らしい」

家を焼き払っても、民はしっかり保護している。そういう点は抜かりない男だ。皆殺しにするような非道をするようならば、一時は二十万にもなろうかという兵が従いはしない。

「数は」

「八万程度という報せにございます」

「減ったな」

「八万も従っていることが、私には驚きでございますが」

獲生が緋眼だと知らしめれば籠鬼党は壊滅すると、宝李は本気で考えていたようである。

真族や緋眼を超えたところで獲生という男を信じるという想いは、他の誰よりも解っているつもりだ。獲生という人間自身を慕う男が半数を下回っていたことに、転疾は憤りを感じる。義賊だなんだと大仰に構えていても、結局は真族や緋眼というみずからの素性とそれによって生じる下らない差別に左右される輩ばかりだということか。

「我らは五十万。一気に踏み潰して、そのまま都に入りましょうぞ」

長い間そばにいて思う。宝李という人物は、つまらぬ男である。たしかに目端は利くし、物事の端々まで見通す目を持ってはいるが、男というものの根幹が転疾とずれていた。大恩はある。頼りにもしている。が、心を許し、すべてを曝け出せる間柄には一生かかってもなれないと思う。獲生は己のすべてを曝け出し、緋眼であることすらも認めながら、八万の同志とともに転疾を待っている。そういう男を冒瀆（ぼうとく）するような真似は、転疾にはできない。どれだけ愚かだと思われようと、長年信じて来た夢がふいになろうとも、貫かねばならない道がある。

「全軍ここで待機。俺の命を待て。顎港軍から八万を選び、俺が率いて都に行く」

獲生と同数。引け目は無しだ。

「正気にございますか」

宝李には死ぬまで理解できないだろう。脂の浮いた瞼を精一杯広げて、顎港一の長者は疑いの言葉を吐いた。転疾は覇気を瞳に漲らせ、抗弁を拒むように言葉に圧を込める。

「正気だ。籠鬼党の首魁（しゅかい）、獲鬼を正面から打ち砕き、俺が覇の帝となるに相応（ふさわ）しい男であることを、都の者どもに解らせるのだ」

「五十万もの軍勢を引き連れて都に入ることで、威光を十分に知らしめることができるかと」

「宝李っ」

怒鳴ると、丸い鎧に包まれた躰が馬上で一度激しく震えた。

「獲生が待っている」

「そのような子供のごとき理屈……。この進軍を了疾様はなんと心得ておられるのか」

獲生との決着という言葉が喉まで出かかったのを、転疾は呑みこんだ。

「俺は勝つ。信じろ宝李」

「しかし……」

「後詰を送ることまかりならん。俺の許し無く兵を動かせば、お前であろうと只ではすまんぞ。解っているな。早く顎港兵を八万揃えろ」

頰を震わせて、宝李はうなずいた。

*

五十万と聞いていたが、やけに少ない。地平の彼方にある軍勢を見て、獲生はそう思った。

敵はこちらと同数程度だ。そう悟った瞬間、転疾の心を獲生は見通した。大軍で押し潰すことを奴は嫌ったのである。この国の覇権を争う戦だ。普通の将ならば、躊躇せずに全軍で敵を叩き潰して決着を付けるだろう。転疾は全く変わっていない。昔からこういう子供みたいなことをする男だった。卑怯な真似を嫌い、誰にでも正面から相対する。そうやって全てを受け入れて、かつての友は今、五十万を超す大軍の将となった。平穏な暮らしを望んでいるなどと弱気なことを言っていた男は、もういない。

都へと繫がる貫道を真っ直ぐ進む軍勢を見つめていると、懐かしさを覚える。十四年も離れていたというのに、あれが顎港軍だとすぐにわかった。死ぬほどまでの調練を繰り返し、徒歩（かち）の一人一人にまで規律が行き渡っている。歩みとともに上下する槍先まで、一糸乱れぬ動きであった。

手綱を左手でつかみ、右手をゆるりと挙げた。鏃（やじり）の形に布陣した兵たちに見えるように、一段高くなった台地に馬を止めて、獲生は視線を敵に向けている。劣勢は明らかであった。だから鏃の形に布陣している。刃の先端には、蝶尚が率いる籠鬼党随一の騎武兵たちがいた。呉尉がやったように、八万をひと塊にして、敵を貫くつもりだった。

敵は想定した半数にも満たない。布陣を変えるならば今だ。しかし獲生は、鏃のまま布陣を変えるつもりはなかった。眼前に迫る八万を打ち砕いたとしても、その背後には四十万を超す無傷の兵たちが残っているのだ。敵が潰走するまで、戦は終らない。五倍もの兵力に勝つためには、最後の一人が果てるまで走り続けることだ。都から出兵したこちらには、伏兵はいない。正面から立ち向かうしか道は残されていなかった。敵は八万を真四角に固めて進んでいる。こちらの陣形を知った上で、あえて兵を固めているのだ。手を挙げたまま、獲生は敵を注視し続けた。振り下ろせば、それが合図となって手下たちは一斉に駆け始める。

機を窺う。蝶尚ら騎武の馬が一番速度に乗った所で敵にぶつかれる間合いを探る。左手を手綱から離し、鎧の上から匣に触れた。棄の字が刻まれた小匣が、胸に触れて冷たい。掌で強く押したせいで、角が肌に突き刺さる。鋭い痛みが頭を澄み渡らせてゆく。村を棄て、盤海一座を棄て、顎港を棄て、籠鬼山に辿り着いた。そこで多くの仲間に出会い、獲生は鬼となった。

棄の字は鬼に通じる。獲生は緋眼だ。匣の運命など信じていない。ずっとそう思って生きてきた。しかしいつからだろうか。棄の字を己の道の中心に置き、〝キ〟の音から鬼に転じ、獲生の運命はこの二字に導かれるようにしてここまで来たような気がする。

棄てる。この戦が終わった後、真族の理からも、緋眼という生まれからも離れる。獲生は、獲生という名の生き物なのである。誰に名付けられた名でもない。己が付けた名だ。匣も棄て、生まれも棄て、本当の生を獲る。この国の帝になろうとも、真族に復讐しようとも、ましてやいまさら緋眼の地に戻ろうとも思わない。

風は何処より来たりて、何処へと吹きゆくのか……。

答えはこの戦の先に待っているような気がした。

〝了〟の旗がはためいている。了疾。転疾の本当の名だ。了の旗は覇帝の標である。穏やかな本性から目を背け帝になると嘯いてきた男が、ついに帝の旗の下に戦っている。

転疾は兵を固めながら躊躇なく獲生の間合いに入ってきた。

武來の下で修行していた頃のことを思い出す。あの男は、一度腹を括ると迷いが無い。後先のことなど考えず、ただひたすらに前に進んだ。相手が武來であっても同じ。何度倒されても立ち上がり、愚かなまでに踏み込んでゆく。目の前に迫る敵は、まるで転疾そのものだ。奉天などせずとも、八万の兵の隅々にまで転疾の意思が漲っている。

嬉しくなった。

騎武の絶好の間合いに敵が入る。

「行けぇっ」

獲生は右腕を振り下ろしながら叫んだ。

〝蝶〟の旗が真っ先に動いた。蝶尚を先頭にして、敵に向かって騎武の兵たちが駆けていく。その後ろ、中段には射武の弓兵。そして最後列に歩武が陣取っている。顎港軍で学んだ布陣とは真逆であった。顎港軍はまずは歩武がぶつかり、射武が矢を放つ。混戦になった所に騎武が殺到してさらに掻き乱す。それが顎港軍で学んだ用兵であった。

転疾は歩武、射武、騎武の順に兵を置いている。

歩武の堅い守りを騎武の速さと高さで崩す。

獲生は歩武の背後を進む。獲生の周囲を守る旗本は、騎乗であった。

敵から喊声が上がった。真四角のまま転疾の兵が速度を上げた。こちらの騎武と相手の歩武が正面からぶつかる。こちらは蝶尚を先頭に先端を細めた隊列であった。相手は横に広がったまま面で衝撃を受け止める。思ったほどに騎武の突撃が功を奏していない。切っ先がぶつかった辺りはわずかに壊れているが、敵の歩武の守りは意外に堅く、騎武の隊列の先端は崩れ、丸くなっている。

「構わん。そのまま進めっ」

騎武が崩してくれなければ、後に続く射武や歩武は行き場を無くす。それでも獲生は構わずに兵を押し上げる。敵の歩武は一人一人の左右の隙間を無くすように肩と肩を触れ合わせて固まり、何層にも列を成し、兵の隙間から槍を突き出している。全ての穂先が、ひとつの生き物のように、引く時も突く時も乱れることなくいっせいに動く。誰かが倒れたら即座に隙間を埋め、屍を踏むのも構わず、堅く堅く守っている。

「お前ぇらしくねぇじゃねぇか」

堅い守りの歩武の遥か後方に見える〝了〟の旗にむかって、馬を走らせながら言った。まどろっこしいことが嫌いな転疾だ。こういう堅い守りを最も不得手とするはずだった。十年以上もの歳月、二十万の顎港軍の頂に立つことで、用兵に磨きがかかったということか。

「あの歩兵どもの頭に矢の雨を降らせろっ。歩武っ、動くぞっ」

こちらも成長したところを見せねばなるまい。

＊

鋭い騎馬兵の突撃であった。歩武とぶつかった一瞬、籠鬼党の全軍から立ち昇った激しい殺気を感じ、転疾は思わず息を呑んだ。

獲生は必ず真っ直ぐ攻めて来る。その読みは間違っていなかった。まずは最初の一撃を歩武の堅い守りで止める。そうして勢いを殺し、攻勢に転じようと思っていた。初撃はなんとか封じ、これまでは読み通りに進んでいる。獲生と出会うまで転疾は本が唯一の支えだった。それゆえ用兵はひととおり書物で学んでいる。転疾が最将軍になってすぐに、獲生は顎港を出ていった。それゆえ、獲生は転疾の用兵を知らない。

「そろそろ矢が飛んで来る頃合いだ。こちらも射武を用意し、迎撃しろ」

虚空で矢と矢がぶつかることで、かなりの数が相殺（そうさい）される。数百年前は射武同士が最前列に陣取って戦を始めていたようだが、無数の矢が交わる状況ではさほどの効果も望めぬことから、徐々に最初の兵同士激突の後に射武が動くようになったという。守りを優先させる時は、相手が矢を放つ時を計るのが重要になってくる。敵の矢の雨にこちらの矢を射かけることで、被害を最小限に食い止める。虚空で後の先を取るのだ。堅い歩武の守りにじれた獲生が、射武を動かした。漆黒の矢の雨が顎港の歩武にむかって降ってくる。

「遠射っ」

空に向かって放ち、頭上から矢を降らすのが天射。遠射は矢を斜めに構えて、遠くまで飛ばす放ち方であった。要は天射で放たれた相手の矢を、遠射によって側面から叩き落とそうというのである。矢で直接敵を仕留めることは想定していない。あくまで相手の矢を落とすための策であった。

「間断なく遠射しろ」

命じながら、目は最前線に定めている。歩武がいい働きをしていた。相手の騎馬兵は、幾度も幾度も突撃を繰り返しているが、まだ数列も崩せていない。固く守った歩武は十五列ほども重なっている。敵の疲れを見逃してはならない。騎馬兵の勢いが衰えた時、次の手を打つ。その備えはすでにしてあった。

四角く固めた自陣の左右に、敵が見えた。

「獲生め」

転疾はつぶやき、歯を食いしばる。騎馬兵の背後にいた歩兵が左右に割れて、小さく固まるこちらを挟み込むようにして進んでいる。

「騎武っ。少し早いが動け。ふたつに分かれて、相手の歩兵に当たれ」

伝令が二人、馬を駆って飛んでゆく。それから間もなく、本陣の間近にあった騎武兵がふたつに割れて、左右から攻めようとしている獲生の歩兵に向かって駆け始めた。

「さぁ、どうする」

獲生の弓兵は今も天射でこちらの歩兵を脅かし、顎港兵の矢は相変わらず応戦を続けている。敵の騎馬兵は歩武の守りを崩せずにいる。左右の歩兵と騎武の戦いが勝負の鍵だ。獲生の歩兵は、こちらの歩武の側面を突くために進軍の速度を優先させている。そのため守りにまでは考えが至っていない。馬上からの攻撃を受ければ、甚大な打撃をこうむるのは間違いない。戦局を左右する戦いで騎武が勝てば、敵は窮地に陥る。

「行けっ」

籠鬼党の歩兵めがけて突進する騎武に向かって、転疾は吠えた。精強な顎港の騎武兵たちが、歩兵どもを蹂躙してゆく。

はずだった……。

敵の歩兵とこちらの騎武兵がぶつかった辺りで、凄まじい爆音が鳴った。ひとつやふたつではない。無数の破裂音が炸裂し、戦場に白と灰の斑模様の煙が充満した。

「な、なにが起こった」

つぶやきながらも転疾にはおおよその見当がついていた。

天銃だ。

覇の二代帝、了奉の頃、奉天寮によって作られた道具である。改天という人為的に奉天を生みだそうとする技術の断片と、外海から顎港にもたらされた火薬銃を組み合わせることで作りだされたという。転疾はその存在は知っていたが、見たことはなかった。この大陸で硝石が取れる南岳域の鉱床はすべて覇王朝によって厳密に管理されている。火薬の製造は顎港には困難であった。外海から入って来るわずかな硝石によって、少量生産されるだけである。そんな状況では天銃を作ることも、兵器として使用することも不可能だった。

覇王朝にとっても火薬は貴重品であることは間違いない。鉱床から取れるとはいえ、硝石の量は微々たるものである。だからこそ了楓は天銃を戦に用いることをせず、鬼道兵などという人外の技術に頼っていたのだ。鬼を生みだすことのほうが、天銃を運用するよりもよほど容易であるという証であった。しかし一度限りと定めれば、戦に使用できる量の天銃が都にあってもなんら不思議ではない。都を占領した獲生が、奉天寮に保管されていた天銃を奪い、この時のために歩兵に持たせていた。そう考えれば筋は通る。

主を失った馬たちが暴れ回っていた。敵の歩兵たちは、騎武兵だけを確実に狙い、撃ち落としていた。天銃は撃てば一度きり。二度目はないはず。

「構わん、このまま突撃しろ」

騎武に命じる。伝令が走って行くのを見届けた転疾は、額にちりちりと殺気を感じた。

なにかが迫ってくる。

「まさか」

＊

盛大な目くらましに、敵は完全に心を奪われていた。皆の目が束の間、天銃を放った歩武に集まっている。その隙を狙って、獲生は旗本百騎と梅楠を連れ、戦場を迂回(うかい)した。

どこまで行っても焼野原である。身を隠す場所はわずかであった。わずかに残っている家屋敷は、すべて獲生の指示によるものだった。真っ直ぐ転疾が進んで来た場合、激突するなら恐らくこの辺りだと見当を付けていた。まさにその辺りが、戦場となっている。家並に身を隠しながら、敵の本隊に向かってひた走った。自分の鎧と瓜ふたつの物を用意し、背格好の似た男に着せて本陣に残している。敵は完全に獲生を見失っているはずだ。

転疾のいる本隊と他の隊を引き離すための用兵を心がけた。都にあった天銃を使うことも、最初から考えていた策である。あくまで正面からぶつかるためだ。全軍がではない。獲生が、である。狙いはただひとつ。転疾だ。本陣を抜け出すことは、蝶尚にしか告げていなかった。他の者は誰も知らない。天銃が放たれると同時に、蝶尚は隊を手下に任せ、本陣に戻ることになっている。獲生の偽物の傍に付き添い、そこから命を下す。

戦場を素早く回り込み、馬を走らせる。すこしでも早く、転疾のところに辿り着かなければならない。戦は刻一刻と姿を変える。今の膠着（こうちゃく）状態がどこまで続くか解らないのだ。じきに獲生が消えたことを、手下たちも知る。このままの押し合いが続けばいいが、転疾が新たな用兵を行った時には、どこまで対処できるか解らない。しかしその辺りのことは、蝶尚を信じている。長年共に戦って来た彼ならば、己がいなくても十分にやってくれるだろう。

焼け残った家並を抜けた。転疾の本隊が見える。一万はいた。こちらは百人程度だ。背後から攻めなければ、とてもではないが転疾のところまでは辿り着けない。その辺はしっかりと考えている。百人が隠れるほどの物陰は、至る所に残していた。敵は眼前の戦場に囚われている。獲生の動きに気づいてはいない。

一万の敵の中心に、強い光を感じる。己の胸の裡にある光と繋がっていた。

転疾だ。転疾の匣と獲生の匣が引きあっている。小匣から溢れる気が、獲生を転疾へと導く。

貫道に出た。反転し、転疾の背後めがけて駆ける。ぐんぐんと敵が迫ってくる。獲生の目は〝了〟の旗だけを見ていた。

あの旗の下に転疾がいる。

あと少しで会える。

馬の駆け足さえ遅く感じられた。

もっと速く……。

心が急いている。

胸の匣が熱い。

「なんだ」

躰が軽やかになり、見えるもの全てが光り輝いていた。光をまとう敵のなか、ひときわ強く輝いている将が見える。

「転疾っ」

首から下げた匣が肌を焼くほどに熱かった。どうやら光の根源は、〝棄〟の文字を刻んだ金属の欠片にあるらしい。

付き従う者たちのささやく声が聞こえる。肩越しに見ると、誰も口を開いてなどいない。

ではこの声はなんだ。

無数の声が獲生の頭のなかで反響している。

緋眼めが……。

声の渦のなか、どれよりも邪悪な言葉が獲生の胸を刺す。

「梅楠……」

禍々（まがまが）しい言葉を吐いた男の名をつぶやく。

いったいなにが起こっているというのか。

奉天。

獲生の脳裏に不意に閃く。

紛い物の匣、偽の真族。

そんな己に果たして奉天など。

迷いを振り払うため、首をはげしく左右に振った。そして背後の思念から逃れるように眼前で激しく光る輝きだけに集中する。

「今行くぞ」

燃える小匣に胸を焼かれながら、獲生は光を標に駆けた。

*

「敵襲っ」

「転疾ぅぅぅっ」

警護の兵が叫ぶのと誰かが己の名を呼ぶ声を同時に聞き、転疾は振り返った。百騎ほどの兵が背後から駆けてくる。先頭に、全身から光を放つ獲生がいた。その光に呼応するように、鎧の下で匣が小刻みに揺れている。熱い。まるで獲生との再会を喜んでいるようだった。

「莫迦が」

自然と笑みがこぼれる。あの男がわずかな兵を連れ、己に会いに来た。

「獲生……」

久しぶりに見る獲生の顔は、ずいぶんと歳を取っていた。しかし爛々と輝く目だけは、昔とまったく変わらない。中天高く輝く陽光を満面に受けながら吠える獲生の瞳が、紅く染まっているように転疾には見えた。二人の間合いはまだ遠い。そんなわけはないのに、なぜかそう見えたのだ。

「槍を貸せ」

転疾は馬の脇に控える従者に言った。

「えっ」

「槍だ」

戸惑う従者が抱える槍をひったくるようにして取ると、転疾は馬首を返して走った。

誰にも命を下していない。一人で駆ける。

「獲生っ」

吠えた。友は笑いながら槍を振り上げた。

＊

転疾が一人で駆けてきた。

手出しするなと心に強く念じる。匪の熱さを試すためだ。もし己が奉天をしかけているとしたら、念じることで皆に通じる。いや、皆の躰を制することができるはずだ。案の定、背後の味方たちがいっせいに馬を止めた。

緋眼である己が奉天を……。

そこまで考えて鼻で笑う。

真族の理に囚われてどうする。奉天だろうがなんだろうが、転疾との再会を邪魔されなければそれでいい。

眉間の皺が濃くなった。似合わない髭を蓄え、ふてぶてしい顔になっている。少し太ったように見えた。が、ぎらついた瞳だけは変わっていない。それが嬉しい。

二人の間合いがぐんぐん近くなる。両手を挙げて槍を構えながら馬を駆る。

「賊徒めがっ」

小脇に槍を挟んで馬を走らせる転疾が、にこやかな顔で叫んだ。

「腹は決まったみてぇだな」

「十四年、人は変わる」

「よくも俺の素性をばらしやがったなっ」

悪態を吐きながらも笑っている。

「宝李に決まってるだろ」

「やっぱりあの爺ぃかっ」

二人の馬が躰をぶつけ合う。獲生は上から首を、転疾は下から胴を狙って槍を振るった。ともに躰をかたむけて躱す。虚空で止まった刃が反転し、振るった軌道を戻るようにしてふたたび閃く。かたむけた躰を戻すことで刃を避け、二人は同時に相手を突いた。頭の横を穂先が突き抜ける。槍を伸ばし二人は笑う。

気付けば匣の熱はどこかに消えていた。

「久しぶりだな」

獲生は言った。

「でかくなりやがって」

転疾が答えた。互いの躰を押す。その力に振られるようにして、馬同士も離れた。

「お前ぇには絶対負けねぇ」

「それは俺の台詞だっ」

獲生の言葉を受けて叫んだ転疾の槍が、獲生の馬の首を貫く。がくりと倒れた馬から跳ねるようにして飛び退いた獲生に、馬上から突き下ろした転疾の槍が襲ってきた。槍を摑んだ両手を挙げて柄で受ける。

「これだけの人数で奇襲をかけるなど、無謀なことをしやがって」

「それに応えるお前ぇも無謀じゃねぇか」

五十万で一気に押し潰せば、戦にもならなかったはずだ。

躰に気を溜め、転疾の槍を押し返す。撥ね上げられた槍を放って、転疾が素早く腰から刀を抜いた。そしてそれをがら空きの獲生の顔めがけて放る。間一髪、しゃがんで避けた。一瞬、転疾が視界から消える。

鞍が空だ。

目で探す。

転疾が放ったはずの槍が、地面に無かった。

殺気……。

背筋がひりついた感覚に従うように、獲生は槍を構えて振り返った。掲げていた穂先に、背後に回り込んでいた転疾の槍がぶつかる。衝撃で踵が滑った。槍を引かず、転疾は躰ごと押す。地面を踵で削りながら、獲生は下がる。

「俺に勝ったらお前はどうする」

押しながら転疾が問う。

「知らねぇよ。お前ぇは、俺を倒して帝になるつもりなんだろ。それとも本に囲まれのんびり暮らすか」

「もう昔の俺ではないっ」

転疾が槍を振るった。柄で受け止めた獲生が、そのまましばし後退してから止まった。槍をそのままに転疾が語る。

「緋眼の帝を、この国の奴らは絶対に認めん」

「そんなこたぁ解ってる」

「それでもお前は戦うのか」

腹の下に気を込め、ゆっくりと槍を回し、腰を落とす。穂先を地面すれすれに定めて構え、転疾を睨む。

「それが俺の道だ」

「抗い続けることが、お前にとっての真族への復讐という訳か」

「難しいこたぁ解らねぇ。お前と袂を分かった時に、くどくど考えるのを止めたんだよ」

「どうりで、いい顔になった」

「お前もふっきれた顔してんじゃねぇか」

転疾が鼻の穴を大きく広げ、腹の底まで息を吸う。それから気を全身に満ちさせるように伸びをしてから、穂先を獲生の鳩尾あたりに定めるようにして槍を構えた。

「どっちの道が玉座に続いているのか、そろそろはっきりさせようじゃないか」

転疾の言葉にうなずきで答える。

「行くぜっ」

獲生は地を蹴った。

全身全霊の一撃……。

「緋眼めがぁぁぁぁっ」

叫びが耳をかすめた。

腰から下がいきなり力を失う。

倒れる。

「貴様っ」

目の前で転疾が叫んでいた。

なにが起こったのか。

左右の太腿を矢が貫いている。足だけではない。無数の矢が躰に刺さっていた。全て背後から放たれている。

力が入らない。倒れた。

「あんたがなんで緋眼なんだっ。緋眼に奉天などあってはならぬ。なにもかもありえん。あんたはこの世にいてはならぬのだっ」

泣き喚くような梅楠の声が聞こえた。

「奴らを殲滅しろ」

転疾が叫びながら、獲生を抱く。

「獲生ぉぉぉっ」

空を見上げて友が叫ぶのを、獲生は朦朧とした意識で聞いた。

七

転疾の前で気を失ってからのことを、まったく覚えていない。とにかく気がついた時、獲生は冷たい牢のなかにいた。仲間がどうなったのかすら解らない。飯を運んでくる者に問うてみても、ここが何処かすら教えてくれなかった。

負けたのだ。誰かに知らされずとも解る。気を失う刹那、獲生は梅楠の声を聞いた。恐らく己を襲ったのは梅楠に命じられた味方の矢だ。獲生を確実に討つために、梅楠はじっと時を待ったのだろう。真天宮にも戻れず、行き場を失った梅楠には、あれしか手立てがなかったのだ。

いや……。

梅楠は獲生が緋眼であることがなにより許せなかったのだ。

仕方ない。

長い間騙し続けていた己が悪いのだ。

傷は驚くほど丁寧に治療されていた。そのおかげで、こうして目覚めることができたと言っても過言ではない。獲生は都を占拠した賊である。本来ならば、生け捕りではなく、あの場で殺されるべきなのだ。それがこうして生き恥を晒しているのはどういうことなのか。

石積みの牢を誰かが歩いてくる。そろそろ飯の刻限か。出されたものはすべて平らげていた。どんな状況に置かれようとも、みずから死を選ぶような愚かな真似はしない。

牢の前に立った男が鍵を開けた。

「出ろ」

両脇を鎧姿の男たちに抱えられながら、獲生は牢を出た。

玉座である。数日前まで間近にあった龍を象った帝の椅子を、獲生は跪きながら見上げていた。転疾が座っている。階の下、広間に並ぶ官服姿の男たちの一番奥に、宝李が立っていた。玉座に座っているということは、転疾が帝になったということなのか。死した帝の息子たちはどうなった。気を失っている間になにが起こった。そもそも己はどれほど眠っていたのか。解らないことだらけである。

「やっと目覚めたか獲鬼」

宝李が冷たい声で言葉を吐いた。虚ろな目で丸顔の老人を見る。しばらく見ないうちに、ずいぶん歳を取った。

「ひと月も眠っておったのだぞ」

それほど長くと思ったが、声には出さない。

「籠鬼党は壊滅した。残った者は帝の恩情を受け、各々の国に戻っておる」

予想はしていたことだ。さほど衝撃は受けなかった。が、気になることはある。

「蝶尚……。梅楠……」

「主だった者らの罪は重い。不問に付すというわけにもいかん」

「それじゃあ」

宝李と獲生の間に割って入るように、階の上から声が降ってくる。

「殺しはせん。安心いたせ」

転疾が言った。感情の籠らない、淡々とした声だった。装飾に彩られた金色の冠の下にある目は細く、かつての光はない。

「やっぱり帝になっちまったのかよ」

「口を慎めっ、下郎が。帝に向かって言葉を吐くなど無礼千万」

右方の宝李と対極の位置に立つ気の短そうな生白い顔の男が叫んだ。それに呼応するように、獲生の脇に立っていた鎧姿の兵が、頭を抑えて床に押し付ける。

「獲鬼」

先刻叫んだ男が言った。額を冷たい床に当てたまま、獲生は黙って聞く。

「帝の恩情によって籠鬼党に加担しておった者たちの多くが救われはしたが、首魁であったお前は別。緋眼でありながら、その身を偽り乱を起こした罪は重い」

その緋眼の男の素性を知りながら、みずからの腹心にしようと思っていた者が玉座に座っている。もし今でも副将として転疾に従っていたらどうなっていたのか。今頃、宝李の向かいに立っているのは己だったかも知れない。

そこまで考えてやめた。

「何がおかしいっ」

気の短かそうな男が叫ぶのを聞いて笑っていたことを知る。もし、たら、れば……。そんなことを考えてどうする。迷いながらもひたむきに生き、思うままに戦った。なにを悔やむことがある。あのまま転疾の隣で鬱屈した日々を送っていれば、必ず獲生は壊れた。

後悔はない。

髪をつかまれて頭を上げさせられた。先刻から叫びっぱなしの男の生白い顔が、間近にある。

「貴様は己が置かれた立場が解っておらぬようだな」

「その辺でやめておけ彌旋」

玉座から転疾が言った。彌旋と呼ばれた男は小さな呼気をひとつ吐き、獲生の頭を乱暴に振り払い、先刻の位置に戻る。

「なにか申したきことはあるか」

階から冷たい言葉が降ってくる。顔を伏せ、獲生はささやくように言った。

「敗者が何を言っても虚しいだけだ」

「大陸全土を騒がせた賊の首魁にしては、ずいぶん潔いではないか」

かつての友の冷淡な声を、獲生は黙したまま聞く。

「獲鬼」

宝李だ。

「籠鬼党の首魁であるお前を生かしておくわけにはいかぬ。明朝、民の前で斬罪に処す」

いまにして思うと、この男の掌の上で踊らされていたような気がする。顎港で拾われ、軍に入って転疾に出会い、共に歩んだ。そして顎港を棄てて賊となり、沈黙を守る転疾を尻目に、大陸全土の賊を束ねる身となった。都を落とす頃になって宝李は、獲生が緋眼であることを公表し、転疾を覇王家の直系であると宣言し、兵を挙げた。

獲生に賊をまとめて都を占領させた後、皇子であることを宣言した転疾と顎港軍で攻め落とす……。すべてが宝李の筋書きであったと考えると、総身に怖気が走る。なにもかも思い通りに運んだ後、邪魔なのは獲生のみ。獲生を殺すことで、宝李の野望が完遂する。

「お前の死により、蝶尚ら籠鬼党の中枢にいた者たちは許そうと、帝は申されておる」

獲生は目を伏せたまま鼻で笑う。

「先帝は生前、賊徒共の反乱に悩んでおられた。その結果、病にお倒れになり、戦の最中身罷られた。お前が都を騒がせたゆえ、先帝は御命を縮められた。すべては騒乱の首謀者である、お前の所為じゃ」

先帝の死をも、籠鬼党の所為にしようというのか。

「宝李」

なおも獲生を責めたてようとしていた宝李を、転疾が止めた。

「此奴は緋眼だ。夷界に送れ」

「この者が罪を犯したのは真族の地。この者は己の素性を真族と偽り、乱を起こしたのです。夷界に送れば、緋眼でありながら真族を翻弄したと、歓待で迎えられるやも知れませぬ。緋眼に戻れば、将虎のように再び我らに牙を剝く。従順な緋眼も、此奴にそそのかされればどうなることか」

「だからと言って先帝の罪までも、この男に背負わせて殺すことはなかろう。賊が大陸に満ちたのは、先帝の悪政のため。この男の所為ではない」

「しかしっ」

「帝」

宝李の高揚した声をさえぎるようにして、彌旋と呼ばれた男が言葉を吐く。

「この男は殺すしかありませぬ。一時的とはいえ、緋眼でありながら都を占拠した罪は重い」

「お主もそう言うか」

階の上で衣擦れの音がした。上目遣いで玉座を見ると、転疾が立ち上がっている。

「皆、此奴を殺せと申すか」

下僕から剣を受け取り、階を降りる。

「此奴が緋眼であるから……。賊の首魁であるから……。殺さねばならぬか。道理だ」

獲生の前に転疾が立つ。

「朕を見よ」

転疾が命じるまま、獲生は顔を上げた。友が笑っている。鞘から剣を抜く。

「お前を殺さねばならぬ」

「殺れよ」

見上げて笑う獲生の目の前を、光が真横に走った。その後に待っていたのは闇。激しい痛みとともに光が奪われた。

「これで此奴は緋眼ではない。もう何者でもない。籠鬼党の首魁、獲鬼は獄中で病に死した。この男の身ぐるみを剝ぎ、都から放り出せっ」

広間に響き渡るように叫んだ転疾が、獲生にしか聞こえない小さな声でささやく。

「お前には見えているはずだ獲生」

闇と痛みのなかに響いた転疾の声が、獲生を呼び覚ます。暗闇のなかに金色の光が生まれる。人の形、建物の造り、なにもかもが光で象られていた。万物には気が満ちていると言った武來の教え通りだ。獲生には光となって全てが見えた。

「もう二度と会うこともあるまい。残りの人生、穏やかに暮らせ」

温かい手が肩に触れる。

「源匣の御心のままに」

転疾が階を昇ってゆく。息が止まりそうなほどの激しい光を放つ後ろ姿が遠ざかるのを、獲生は裂かれた瞳で見つめていた。

転疾が命じた通り、都の城壁の裏手から、獲生は人知れず密かに棄てられた。生まれた村を棄て、友を棄て、すべてを棄ててきた男は、戦いに敗れみずからが棄てられる身となった。

足が自然と東に向いた。東の果てには緋眼の地、夷界がある。そこには獲生の生まれた村もある。捨丸と呼ばれた頃に、住んでいた村だ。

目を潰され物は見えなくなったが、それでも獲生には全てが見えていた。万物に流れる気が、目が見えていたころよりも克明に感じられるようになっている。草花を揺らす風も、流れる川の水も、路傍に転がる石塊（いしくれ）にさえも、気が流れていた。なにも恐れることはない。獲生もまたこの大いなる流れのひとつなのだ。そう考えると、これまでの己の人生がちっぽけなことに思えた。

目が見えなくなってひとつ解ったことがある。真天山にあるという源匣だ。大陸を埋め尽くす人の光が渦となって、源匣に集まっているのである。四角い匣のその中心で、より強い輝きを放っている物があった。

獲生は匣の中身を見た。

源匣には、膝をかかえる人が入っていた。人の形をした光が、大陸全土の真族と匣で繋がっている。緋眼も真族もない。人が心を持つ限り、匣を胸に抱いていれば、源匣に通じる。それゆえ、獲生にも奉天の断片が垣間見えたのだろう。

そう考えると、とたんに莫迦らしくなった。

もはやなにも思わない。これまでの獲生は、緋眼や真族、匣の運命、多くのものに縛られて、己を見失っていた。何者かになろうとして必死に足掻（あが）いていたのだ。だが己は、いつもここにあったのである。目を潰されて解った。どうなろうと己は己。獲生は獲生だった。

止まない雨のひと粒ひと粒が輝いていた。小さな洞窟で雨宿りをしながら、獲生は焚火を眺めている。白色の気が目の前で揺らめいていた。その揺らめきから暖かい熱が伝わってくる。

「ん」

焔から顔を背け、洞窟の入り口の方を見た。人が立っている。

「どうした。何故そんなところに立っている」

雨のなか入り口に立ちつくしている人の形をした輝きに問う。

「獲生……」

聞き覚えのある声が、雨音を掻き分けて洞窟の奥に届いた。

「娘鈴か」

獲生さえどこかも知らぬ地の人気のない山奥の洞窟である。よくも捜し出したものだ。

「入れよ、風邪引くぞ」

笑いながら獲生が言うと、娘鈴の声を持つ人の気が洞窟のなかに入って来る。たしかに光の流れが、娘鈴の動きと瓜ふたつだった。どうやら本当に、娘鈴らしい。

「よくここが」

「ずっと見張らせてたの」

獲生が言い終わるより先に、娘鈴が答えた。

「都を出る時からか」

恐らく一座の者に監視させていたのだろう。まったく気づかなかった。それだけ遠くから見守っていたということだ。

「負けちまった」

焔を見つめて獲生はつぶやいた。返事はない。娘鈴の姿をした光が、獲生と向かい合うようにして座っている。

「獲生……」

「なんだ」

「あんた、本当に私を」

「なんのことだ」

こんな姿になった自分の傍にいても、娘鈴は不幸になるだけだ。それにいま手を差し伸べられたとしても、敗れて目を失った己に同情しているからだという想いは一生消えないだろう。そんな想いを抱いたまま、娘鈴とともにいることはできない。

「でも、あんた」

「あん時は、調子に乗ってたんだ。なんか妙なことを口走ったとしても、そいつぁ、舞い上がって言ったことだ。忘れてくれ」

傍らに置いた薪を二つに折って焔に投げ入れながら、獲生は語る。

「思えば、お前ぇに頭を踏まれてから、俺の道は始まったようなもんだ。あん時、お前が俺を踏んでくれなけりゃ、いまごろ俺はどうしてたかな」

「後悔してるの」

「いや、お前のおかげで獲生という名の風は、ずいぶん面白ぇ空を吹き抜けることができた。感謝してる」

「まるで最後みたいじゃないか」

これからも娘鈴は、自分を見守ろうとしている。ありがたい。が、もう終わりだ。

「こっからは別々の空を行こうじゃねぇか」

「でも」

「俺は大丈夫だ」

笑って見せる。

「獲生」

「本当の名は捨丸ってんだ。まぁ、その名も、獲生ってのも、いまの俺には無用なものだがな」

「これからどうするつもり」

「お前や見張りの目が届かねぇところにでも行こう」

行くあてが無い旅のなか、ぼんやりと思っていたことがある。それが、娘鈴との語らいのなかではっきりと形になった。

「あんたに渡したい物がある」

「なんだ」

娘鈴が顔に手をやる。小さな光が耳の辺りから零れた。

「これを」

娘鈴が光の塊を差し出す。

匣だ。

「これまで私が生きて来た魂が、この中に詰まってる」

「いいのか」

「人の運命はこんな匣なんかには決められない。あんたがそう言ったんだよ」

真族にとって匣は、魂の証のような物だ。

「私の衣の下まで見るような奴は絶対に現れないから、こんな匣持ってなくても生きていける」

掌を差し出す。娘鈴の手から光の塊が零れ、獲生の掌に落ちた。仄かな温もりが手から伝わり、心に届く。

「ありがとう」

「匣をふたつ持つことは禁じられてる。絶対に真族に知られるんじゃないよ」

「あぁ」

微笑み、〝戯〟の字が刻まれた匣を強く握りしめる。

「最後に見てもらいたいものがあるの」

「なんだ」

「舞さ」

娘鈴が洞窟を出て、雨のなかに立った。獲生も出る。無数の銀色の光を浴びながら娘鈴が舞う。

「これは」

「新しく作ったのさ」

答える娘鈴の舞う姿に、獲生は言葉を無くす。

男と女の出会い。放浪。ふたりは別れ、男はある男と出会う。二人はともに戦い、道を分かつ。

物語のように舞が進む。

反目した男たちが再び出会い、戦う。そして敗れた男はふたたび女と再会する。

そこで舞は終った。

「どうだい」

「悪くねぇ」

それだけ答えるのがやっとだった。

「獲生……」

娘鈴が笑った。

「源匣の御心のままに」

優しい声に、獲生はちいさくうなずいた。

夷界。

獲生が生まれた地だ。目的の場所に行く前に、訪ねておこうと思った。襤褸を着て、傷を隠すように目の辺りに白い布を巻きつけている獲生は、人目を避けるようにして家屋敷の陰を歩く。

生まれた村だ。

「こら、捨丸っ」

目の前の家から己の名を呼ぶ女の声が聞こえた。遠い昔の記憶が、女の声に引っかかる。

「将監の妹……」

歳のせいで声が少しかすれてはいたが、いまの声はたしかに将監の妹だった。

家のなかからなにかが飛び出してくる。獲生はとっさに壁にもたれて積み上げられた薪の陰に隠れた。小さな塊が家を回り、獲生が隠れている物陰へと飛び込む。

「おじちゃん。なにしてんだよ」

驚くことなく、小さな男の子が言った。

「お前は捨丸というのか」

弁解することも忘れ、獲生は小さな光に問うていた。

「うん。父ちゃんと母ちゃんの大事な人の名前だって」

「父ちゃんの名前は」

「玄蕃」

熱いものが込み上げてきた。

「どうしてそんなことを聞くんだい」

「いや」

込み上げてくるものを静めようとして胸に手をやった。胸に当たる小さな小匣を取る。〝棄〟と刻まれた匣を、握りしめた。

すべてはこの村で、この匣を得たことから始まった。

首に下がる紐を引きちぎる。

「なにしてんだよ、おじちゃん」

小匣を捨丸に差し出す。

「お前にやる。好きにしろ」

「えっ、なんで」

戸惑う光をそのままにして、物陰から出て歩きだす。

「おじちゃん、父ちゃんを知ってんの」

背を向け、村から遠ざかるように歩く。

「どこに行くんだい」

答えず歩く。

風は何処より来たりて、何処へと吹きゆくのか……。

命が終わる最後の一瞬まで、ただ吹きゆくのみ。


その後、獲生と名乗った男は東壁を越えて未開の地に向かったという。消息はそこで途絶え、歴史に彼の名が現れることは二度と無かった。

緋眼稗史（はいし）　獲生伝逸聞

木曾捨丸なる者、真族の匣を奪い、名を獲生と変じ自らを偽る。歳長じ、顎港にて鬼殺しの異名を得る。覇七代帝了疾と懇意となるものの、顎港を離れ賊となれり。悪帝了楓に背き真族の都を攻め落とすも、顎港より攻め上りし了疾に敗れる。その後の消息は知れず。生まれし村には捨丸は匣を棄て東壁の彼方へ消えたと伝わるが、定かならず。

了疾帝、捨丸との縁を知らるることを恐れてか、彼の者のことを記した一切の書を破却す。

【「源匣記」総年表】

1 真天山に匣の大元となる「源匣（ゲンコウ）」が現れ、付近に住んでいた真族の長〝除昂（ジョコウ）〟が、一族とともに真天山に社を建て、保持する。

14 真天山の除一族を、緋眼が攻める。この時、初めての「奉天」が源匣に起き、緋眼の兵が全滅。その後、除一族の者に除昂が小匣を授けだす。

20 真天山の除昂の噂が大陸に散らばる真族の間に広がる。小匣を求め各地から真族が真天山を訪れる。除昂、源匣を収める社を「真天宮」と名付け、匣の教えを体系化し、「天教」と名付ける。その五年後、除昂は死に、子の〝宮（キュウ）〟が跡を継ぐ。

30 除宮、散らばった真族の統合を目指し、北域デルタ地帯に力を持つ真族の長、〝喜戒（キカイ）〟の力を求める。二人は盟友となり、緋眼との戦いに臨む。

66 三十五年長き戦いにより、緋眼の長〝国勝（クニカツ）〟夷界へと退く。喜戒、自らが起こった地を都と定め、帝を称する。その二年後、死去。追うように半月後、除宮も死ぬ。

68 喜戒の子、二代目帝〝航（コウ）〟により王朝の名が「騰（トウ）」に定められる。

90 三代帝〝毛（モウ）〟十三年。奥林に残っていた緋眼が蜂起。十年にわたる戦いを繰り広げるも、夷界の緋眼は静観。奥林の主〝獰鬼（ドウキ）〟を斬首するも、騰王朝は奥林を放置。以降、奥林に住む者たちを「野従」と名付ける。

128 五代帝〝剛（ゴウ）〟は暗愚で、政を顧みず、国は乱れた。顎港の盗人〝侠燐（キョウリン）〟が仲間とともに港を占領。騰から離れ自治を始める。剛の側近〝楣豊（ビホウ）〟は、〝凱慧（ガイケイ）〟を将軍として討伐軍を編成。各地で小競り合いが続く。

133 碧江と貫道が交わる都市「秦崔（シンサイ）」をめぐり、侠燐と凱慧が激突。凱慧が死に、南域全域を侠燐は手に入れる。

135 天教の宗主〝除蔡（ジョサイ）〟、侠燐に近づく。急激に力を失う騰に対し、夷界の緋眼の長〝盛為（モリタメ）〟が兵を挙げる。剛が病で死に、幼い〝玖（キュウ）〟が帝に。

142 都が盛為に攻め落とされ、玖、中域の都市「范（ハン）」に逃れる。

143 北域に緋眼、中域に騰、南域には侠燐と天教によって建てられた「能（ノウ）」があり、三国争乱へ。その最中、侠燐が敵の矢を受け死亡。盛為も病で死す。

158　三十年あまりの争乱の中、騰の将〝宝超〟が時の帝を笵より追放。騰は滅びる。能に与する真天山を攻め、力で従える。

164　宝超、緋眼を都より夷界へ追う。その戦の最中、匣を開く。その噂は大陸中に拡がり、「覇王」と呼ばれるように。

165　能の帝〝俠英〟、宝超に恭順。三国統一なるも、宝超、忽然と姿を消す。そのため神となったと伝えられる。宝超の息子〝宝真〟、都に王朝を建て〝慎〟と名付ける。

167　この頃、顎港の片隅で〝邪〟と名乗る男によってニセ匣作りの技術が開発される。以降、一子相伝によって技術は伝えられ、代々〝邪〟を名乗る。

180　宝真死去。三代帝の座をめぐり、宝真の次男〝宝統〟と宝真の弟〝宝列〟が争う。王朝は二つに割れる。都に統、顎港に列が陣取り、戦へ。

183　列の重臣〝毛覇〟の裏切りによって、顎港勢は瓦解。統が三代帝へ。

190　野従の〝金漠〟、邪によりニセ匣を買い、真族となり都へ。

206　四代帝〝宝邁〟の寵愛を受け、金漠、朝廷の最高位「丞相」となる。

207　緋眼の長〝信満〟、真族との融和を図ろうと都へ。しかし金漠の臣〝独鶏〟によって謀殺される。緋眼、報復のため挙兵。真族との戦い。

209　緋眼戦決着の目処立たず、代々丞相の座を得ていた名門〝項〟一族が、金漠追い落としを画策し始める。

211　顎港にて、時の邪が捕らえられ、金漠の嘘が明るみに。金漠派の大粛清の後、丞相の座についた項一族の長者〝項岱〟によって緋眼との和が成る。

212　宝邁死去。毒殺した疑いをかけられ、項一族滅亡。実権は〝楼〟一族へ。

234　奥林の野従内での闘争が激化。多くの野従が奥林から逃れ、真族の地へ。しかし、匣を持たぬため奴隷として扱われる。

241　天教の教主、〝除〟の姓を棄て、名のみを名乗るように。

262　緋眼、東壁の先へ人をやり、唯一の生き残りが帰ってくる。しかし緋京より姿を消す。

265　真族の住まう地に大盗賊が現れ、〝死狂〟と恐れられる。死狂は、主に小匣を盗む。その主は、緋京から姿を消した〝元信〟。

268　真族に奴隷として使われていた野従が反乱を起こす。その争乱に元信たち死狂も加わる。慎の九代帝〝宝朗〟の圧政に苦しんでいた民も巻き込み、都は火の海に。宝朗と家臣たちは真天宮へと逃げる。無秩序となった都で、死狂たちは匣を集めまくる。数千の匣を集めた元信は仲間数十人と殺し合い、全滅する、混乱を収めた奴隷の長〝グジュ〟が、一時都を統率する。

269　真天山にて力を取り戻した慎軍は、グジュを討ち、都を取り戻す。勝利の立役者である将軍〝賢魄〟は英雄となる。

270　宝朗、賢魄の人気を妬み暗殺を試みるが失敗。逃れた賢魄は、故郷の秦崔で挙兵。

275 宝朗、重臣の〝椰潘〟に殺される。椰潘、幼い朗の息子〝宝明〟を帝として実権を握る。そのため国はますます乱れる。

277 賢魄、天教の教主〝抄〟より源匣の神意を受ける。これによって時流は一気に賢魄へ。

278 形勢不利とみた椰潘、緋眼の長〝朝春〟と野従一頭脳的な部族の主〝マカリ〟と手を結び、賢魄に対抗。

280 賢魄、奥林を焼き、マカリを討ち、野従を森深くへ退ける。

285 夷界の無事と引き替えに朝春が切腹。緋眼も賢魄に従う。

286 成人していた宝明が父の敵である椰潘を誅殺。賢魄を都に迎え禅譲。槇は潰え、賢魄は「稔」を建国。宝明は王朝に迎えられ、宝家は稔の重職を与えられる家となる。

292 賢魄の呼びかけにより、緋眼と野従の代表者が都に招かれ、初の会合を開く。

304 賢魄死去。子の〝賢仁〟が二代帝に。

312 緋京にて、稔に友好的であった長〝道国〟が家臣たちの謀反によって死亡。謀反の主、〝惟友〟が緋眼の長となり、稔との友好は崩れる。

313 先代の緋眼の長、道国の子〝守国〟が夷界を脱し、顎港へ。港の商人〝唐現〟に匿われ、密かに他者の匣を与えられ、唐の姓を名乗り、〝唐国〟となる。

315 外つ国より顎港に硝石と火薬の製法がもたらされ、稔によって統括される。

322 賢仁、子の〝賢汪〟に位を譲る。野従、祝いの品に兵を紛れさせ、汪、宴の最中に謀殺。野従と汪の弟、〝賢濵〟の謀であることが判明。朝廷に粛清の嵐が吹き荒れる。一切を取り仕切った宝明の息子〝宝哲〟によって、賢仁の重祚が決まる。

323 賢仁、野従の根絶を命じる。以降、泥沼の戦いへ。

331 緋眼の長、惟友、野従との戦いに明け暮れる稔に対し挙兵。

334 賢仁、北域中部、太源の地で緋眼の大軍と決戦。劣勢の中、賢仁の匣が奉天。大軍を撃破。その後、賢仁、陣中にて死去。都にて急遽、賢汪の子で四歳の〝賢明〟が五代帝に。

342 度重なる戦によって疲弊した国を立て直すため、宝哲の策によって真天宮の教主〝貫〟の娘、〝楓姫〟が賢明の妻となる。

355 楓姫の言いなりとなり政を顧みない賢明を律せんとした宝哲が夜陰に乗じ殺される。宝一族、都を離れ、顎港へ。大商人となった唐国の庇護を受ける。

360 野従をひとつにまとめた鼬族の長〝マシュヌ〟、野従の兵とともに奥林を抜け、都を落とす。賢明、楓姫は殺され、都は野従のものに。都を逃げ出した賢明の子〝賢楽〟、顎港の宝一族を頼る。宝一族の長〝宝環〟、唐国の力を頼む。

361 賢楽、宝環、挙兵。

366 奥林に野従を封じ、都を奪還。与力の条件であった夷界攻めを唐国は帝に求める。兵を休める間もなく、夷界攻めへ。

372 自ら総大将を任せられながら、緋眼を滅ぼすことなく、唐国陣中で没す。急速に緋眼との和睦が進められる。唐国の長子

〝慶（ケイ）〟は都にとどまり武官に。次子の〝燕（エン）〟は顎港で商人となる。

373 緋眼との和が成り、賢楽、六代帝に。この後30年、「楽帝の治」と呼ばれる善政を布く。

382 時の緋眼の長〝定雅（サダマサ）〟、求める者ならば、緋眼であっても天教を信じ、匣を受けても良いと触れ、少数ながらも匣を持つ緋眼が生まれる。

395 定雅死去。跡を継いだ〝道雅（ミチマサ）〟は天教を禁じ、匣を持った者を夷界から追放する。この時、緋眼の少年〝村雲（ムラクモ）〟も夷界を追われる。

406 賢楽帝死去。賢楽の孫にあたる〝賢陽（ケンヨウ）〟が七代帝に。

408 唐国の長子、唐慶、顎港の弟、唐燕の財をもとでに武官の頂点〝大将軍〟になり、宝環の孫で丞相の〝宝慎（ホウシン）〟と対立。

412 村雲、唐慶に見出され、緋眼初の将軍となる。

413 賢陽、夷界征伐を唐慶に命じる。

415 緋眼との戦いで村雲、数々の武功を得る。

418 窮地に立たされた緋眼の長、道雅、丞相宝慎と接触。急遽都に呼び出された唐慶、父が緋眼であったことを追及され大将軍の任を解かれる。村雲も唐慶とともに顎港へ。

419 道雅、賢陽帝に恭順。唐慶、慶燕、村雲、顎港で叛旗。

425 唐慶、真天山付近で戦死、反乱軍の主は慶燕に。村雲、大将軍に。

430 賢陽帝謀殺。次帝は宝慎の孫娘であり、賢陽帝の長子の妻である〝賢姫（ケンキ）〟の産んだ幼帝〝賢陶（ケントウ）〟に。

441 賢陶、自らの母を含む宝一族を誅殺。

443 賢陶、圧政を布き、顎港に大攻勢。卑劣な手を使う稔軍に人質を取られ、村雲、自ら出頭。斬首。唐燕、真天山にて天教に降る。

445 賢陶棄教。天教弾圧を始める。

452 唐燕の孫、〝唐勝（トウショウ）〟、真天山に逃げ集まる天教信者たちと蜂起。自らを〝天将（テンショウ）〟と名乗る。

455 宝一族の残党、顎港勢力、次々と唐勝に合流。

462 唐勝、北域都周辺地以外の真族の地を統一。賢陶、都で大粛清を決行、高官たちを一掃。

463 都、内部より崩壊。賢陶、家臣に討たれ、稔滅亡。唐勝、都に入り、〝真（シン）〟を建国。自ら初代帝に。天教復権。

465 唐勝帝の命により、学問に長けた者たちが都に集められ、〝奉天寮（ホウテンリョウ）〟が創られ、天教の学術的な研究が始まる。

468 宝一族の長〝宝盟（ホウメイ）〟成人を機に天教隊の将に。

470 緋眼の長〝成久（ナリヒサ）〟、唐勝帝の祖が緋眼であることから、真は緋眼の国であると宣言。両国の対立深まる。

475 天教隊の将、宝盟、緋眼との大戦に勝利し、将軍となる。唐勝帝、病にて死去。子の〝唐朋（トウホウ）〟二代帝に。

480 緋眼の娘〝京香（キョウカ）〟、緋眼の地を出て奥林の「巳族（ミゾク）」に拾われる。

482 成久、宝盟に降り、緋眼、真に従属する立場に。

490 中域、真天山近くの町「甲建」にて、純血の真族を尊ぶ「真衆」が反乱を起こす。

493 真衆の乱が北域に広がり、奥林にも影響が。京香のいる巳族は真衆と共に乱に加わる。

499 老齢の大将軍宝盟、真衆の女将となった京香との戦いで討死。宝家は孫の〝宝彩〟が継ぎ、宝彩、天教隊の将軍に。

500 真衆の乱の拡大に乗じ、緋眼も挙兵。東西に乱を抱えた真は顎港の統治が不可能に。

503 内部の対立から、京香、真衆の仲間たちに謀殺される。それによって野従は乱から手を引く。

510 奉天寮により、人工的に一時的ではあるが奉天を起こすことができる技術、「改天」が発明され、真衆の乱、一気に沈静化する。

511 真衆の主、〝幡英〟斬首。乱終結。

522 緋眼降る。全ての乱を鎮圧した真に、顎港の商人たちが支配を拒む。

531 唐朋死去。甥の〝唐潔〟三代帝に。顎港、商人たちを束ねる〝岱洪〟を総首として南域に「廻」を建国。

533 天教隊将軍、宝彩、廻との戦に大敗。将軍の任を解かれる。

542 度重なる戦でも倒せない廻を認めた真、両国の不戦同盟を締結。

548 奉天寮にて事故。都に異形の鬼が現われ、万に達する死者を出し終息。

552 廻の謀将〝百連〟、唐潔の子であり皇太子である〝唐金〟と岱洪の孫〝美麟〟との婚姻を献策。両者の婚姻成る。

555 岱洪死去。子の岱洪、百連により毒殺。美麟の弟で5歳の〝岱拡〟が総首に。

565 廻の将〝益萬〟の注進により、岱拡、父の謀殺を知る。百連、一族を連れ密かに顎港を逃れる。

570 唐金、側室との間に男子をもうけるが、美麟によって母子ともに殺される。

573 唐潔、子の唐金に帝位をゆずる。唐金、四代帝に。

574 美麟、王宮内の粛清を始める。

575 二十四年目にして待望の男子を美麟が生む。〝唐総〟と名付ける。

577 顎港を逃れていた百連、緋眼の都、緋京にて軍師となる。

580 美麟死去。唐金、殺されるのを恐れていた側室と子らを宮中に入れる。

582 唐金、唐総の兄で側室の子〝唐貫〟を立太子。これに怒った岱拡は真との同盟を一方的に破棄して出兵。

585 廻の将軍益萬、真天山を支配下に置く。廻、これを機に真族正統王朝を謳う。

589 百連、緋眼の軍師として奥林へ。野従有数の戦闘部族である

「虎族（コゾク）」と同盟を結ぶ。

590 先帝、唐潔死去。後を追うように唐金も死去。唐貫が五代帝に。

592 唐総と美麟一派の残党、都を脱し、砂江上流にて「阮（ゲン）」を建国。

593 百連の策によって緋眼、阮と同盟。

595 真天山、真天宮の長〝饒（ジョウ）〟、廻の支配より脱し、天教による国、「天（テン）」を建国。各地より信者が流入する。

597 名族宝家の当主〝宝雷（ホウライ）〟都を脱し、廻の庇護のもと、自らの領地である中域北部に「後慎（コウシン）」を建国。再び帝位につく。

600 度重なる心労が祟り唐貫が死去。腹違いの兄弟たちにより争いが起こり、真は混乱状態に。

601 緋眼の力を借りた阮の帝・唐総が都に進軍。兄弟たちを討ち、自ら真の六代帝に。これにより阮は消滅。

601〜653 真、廻、天、後慎の四国と野従、緋眼をも含む勢力により大陸は戦乱へ。多くの戦を繰り返しながら六勢力が均衡する。

654 開海より廻へ火薬砲が伝来する。廻の貴族〝民毛（ミンモウ）〟商人と職人を集め破裂弾の量産に取り掛かる。

655 唐総の息子であり七代帝〝唐鎮（トウチン）〟、息子の〝唐獏（トウバク）〟に帝の位を譲る。唐獏、八代帝に。

657 百連の孫〝百計（ヒャクケイ）〟、緋眼を離れ、都の唐獏に拝謁。厚遇を受け、異例の軍監に。

658 真天宮の源匣に雷が落ち、神託を得た天の三代帝〝禅（ゼン）〟が平民の〝了浄（リョウジョウ）〟を大将軍に抜擢。

661 廻、破裂弾使用の部隊、「破軍」を実戦投入。抜群の成果を収める。

663 天の了浄、破軍を率いる廻との戦いで実戦三度目の奉天、大勝。これにより「奉天将」と呼ばれるように。

664 後慎南部にて、平民〝亡欽（ボウキン）〟による武装蜂起。次々と町が落ちる。

666 東壁より「魔」来襲。緋眼、多くの死者を出しながらこれを討伐。その機を狙い、真が侵攻。緋京を落とされ、隷属を強いられる。

667 亡欽、支配した地を真に献上し、自らは真の将に。乱の扇動から全てを指揮していた百計、大軍師へ。

670 亡欽の乱により衰えていた後慎、文官たちの反乱により滅亡。四代帝〝宝賛（ホウサン）〟、天の帝都・真天宮へ逃れる。

672 奉天将・了浄、廻の帝都、顎港を落とす大戦で六度目の奉天。廻滅亡。これにより中域南域を支配下に収めた禅、真に住まう真族への新たな小匣の授与を禁じる。

673 真国内にて小匣を欲する民たちの流出が続発。

674 緋眼の蜂起。元の領地をほぼ回復し、隷属を拒否。

677 砂江東部にて真軍と、破軍をも率いた奉天将・了浄の大戦。天軍の勝利に終わり、真の八代帝・唐獏、了浄により斬首。真滅亡。

678 天の帝・禅、天を廃し、再び天教の教主に戻ることを宣言。真滅亡後も都に留まり続けていた了浄に帝となるよう命じる。了浄、「覇」を建国し、自ら初代帝に。

683 奥林「猪族（チョゾク）」の族長〝ジヌ〟、野従の全部族をまとめる。

686 ジヌ、部族の男たちを兵とし、奥林を出る。

690 奥林の乱、一時は真天山そばまで攻めるも、了浄自ら率いる「帝軍」の前に潰走。ジヌ、都にて斬首。以降、真族内にて祟り神として恐れられる。

693 了浄死去。以降、了浄治世時代の善政を〝奉天将の治〟と呼ぶ。妻帯しなかった了浄の跡を、弟の子〝了奉（リョウタイ）〟が継ぎ二代帝に。

697 顎港にて密かに活動していたニセ匣作りの邪が捕えられる。調べによって三千もの匣を作ったことを暴露。ニセ匣の所有者の捜査が始まり、千五百人ほどが捕らえられ、奴隷の身に。

701 奉天寮、奉天の技術と火薬砲を合わせ、より強力な弾を発射することができる「天銃」を発明。その実戦として緋眼が標的に。

702 覇との戦において、緋眼の兵〝武弦（ブゲン）〟が多くの功を上げる。武弦の刀による近接戦闘術が都にて体系化され、「弦流」と名付けられる。

705 弦流に苦しめられ、戦果の上がらぬ緋眼戦を了奉の独断で中止。

706 武弦、強者を求め、緋眼の地を離れて流浪の旅へ。真天宮の食客となる。

712 武弦、小匣を持たぬ者でありながら奉天。

715 大軍師であった百計の子〝百信（ヒャクシン）〟、丞相となり、真族の地に住む緋眼と野従の弾圧を始める。

716 真天山の武弦にも弾圧の手が迫る。武弦、密かに真天山を脱する。

720 邪によるニセ匣の所有者〝満台（マンダイ）〟とその一派、都にて百信を暗殺。

727 南岳域において白い龍が見つかる。死体が都に運ばれ、奉天寮で調査されるが、奉天に似た光と共に消える。

730 龍調査の一員であった〝毘麟（ビリン）〟、奉天寮の長官に。

734 了奉死去。末子の〝了泯（リョウミン）〟、三代帝に。

735 了奉の四子〝了銘（リョウメイ）〟、百信の子〝百嬰（ヒャクエイ）〟と共に中域にて反乱。三代帝・了泯、奉天寮長官・毘麟を将として向かわせる。

736 毘麟、天銃と白龍調査により得られた「鬼」を作り出す技術によって了銘軍を撃破。五万人もの虐殺を行う。

737 鬼を発症したまま自我を持つ毘麟の技術によって作られた兵「鬼道兵（キドウヘイ）」が、覇国の正式な部隊として認められ、毘麟が将に。

740 武弦が真族の女に産ませた子〝武攸（ブユウ）〟が都で武官となる。

742 武弦、一人緋京に戻り、死去。

745 鬼道兵に対する常人兵たちの反乱が起こり、都の兵、三万が死、または都から逃れる。武攸、その中の一人として都を脱する。この反乱によって都の軍は完全に毘麟が掌握。

752 了泯死去。子の〝了巖〟が四代帝となり、毘麟、丞相と鬼道兵軍の将を兼務。

760 武攸、顎港にて逃亡兵を中心とした反乱軍を組織。

763 緋眼の弦流の師範と高弟百名ほどが、武攸と合流。

768 武攸軍と鬼道兵の戦いが続く中、天教の教主〝柰〟が鬼道兵と毘麟を非難。武攸支持にまわる。

770 熱心な天教信者たちにより、都で反毘麟の活動が起こる。

773 武攸と弦流の師範たちによって鬼道兵用の武技が確立され、「鬼舞」と呼ばれる。

775 戦の劣勢、天教の反対、都内での反抗によって窮地に立たされた毘麟を、了巖、全職解任。毘麟、奉天寮に立てこもり、奉天するも消失。行方不明に。

776 了巖、鬼道兵を廃し、自らも帝位を退く。子の〝了範〟が五代帝になり、武攸を将軍として迎え入れる。

780 後慎滅亡後、真天山に逃れていた宝一族の当主〝宝李〟、一族とともに顎港へ行き、商売を始める。

783 緋眼にて、〝琴〟が初めての女の長となる。

785 琴、覇の武攸と弦流の者たちに帰還をうながすが、一人も戻らず。

788 武弦が緋京に残って産ませた子の息子である〝武來〟、琴の命を受け、単身都へ行き、武攸と会う。立ち合い、武攸死亡。武來、緋京に戻らず、大陸を流浪す。

792 宝李、顎港有数の富者となる。

795 邪、一子相伝をやめ、南域暴海内に浮かぶ「臥島」にて衆を築く。

800 了範、南域巡幸の途上、落馬によって死去。いち早くそれを知った都の宦官〝弥暘〟が暗躍。帝の末子で五歳の〝了楓〟を帝位につけ、自らは了楓の母〝扇〟と共に帝を助ける。

801 扇による王宮内の粛清。六代帝・了楓の兄たちが殺される。次兄の〝了疾〟、側近の助けにより都を逃れ、顎港の宝李に匿われる。

804 かつて阮のあった砂江上流域において、鬼道兵らしき者が確認されるが、調べに行った者たちが消息を絶つ。

810 奥林の「兎族」の大半が、臥島の邪衆よりニセ匣を手に入れ大陸に散らばる。

814 了楓、弥暘と母・扇を謀殺し、自ら悪政を布く。

816 武來、砂江上流域にて鬼道兵と戦い、勝利する。

820 琴、弦流の者たちと共に東壁を越え、戻らず。

822 武來の子〝武清〟、流浪の旅の途上、産まれる。

825 舞踏集団の「飛頭舞」が各地で盛況。集団の女主は代々〝娘鈴〟を名乗る。

828 了楓、長年の不摂生が祟り、病に倒れる。文官〝彌旋〟、顎

830 港に逃れた了疾を密かに訪れ、再起を画策。
了楓、世継ぎを決めずに死去。彌旋と宝李に後押しされ、了疾、七代帝に。宝李を丞相に。

832 宝李死去。丞相の座を彌旋に。了疾、病を理由に帝位を子の〝了凱(リョウガイ)〟に譲る。了凱、八代帝に。

841 各地に散らばる兎族らが、真族を殺し、小匣を集め始める。

846 緋眼の長〝雅重(マサシゲ)〟、覇の都を訪れ、了凱に謁見。東壁の先に不吉な気配が漂っていると報告。

847 覇、緋眼共同の東方調査。

848 覇の兵士一人、東壁の先より戻るも心を病み、報告不能。

852 武來の子武清、都にて将となる。

856 宝李の孫〝宝綴(ホウテツ)〟、奉天寮の長官となる。

860 兎族以外の奥林の野従が都に庇護を求めてくる。彼らの報告により、兎族の大陸潜伏が露見。ただちに調査が始まる。

861 覇軍による邪衆の本拠、臥島侵攻。兵が入るより先に邪衆、一人残らず消える。

863 緋眼の長、雅重、何者かにより暗殺。後継は重臣の〝吉成(ヨシナリ)〟に。

865 兎族の根城を覇が発見。将、武清が急襲。族長〝マスイ〟を追い詰め一騎打ちをするも逃げられる。

869 武清、マスイとの戦いの傷による病で死去。子の〝武涼(ブリョウ)〟、鬼舞兵の将に。

870 二代目娘鈴、旅先にて兎族に殺される。弟子の〝旻(ミン)〟、三代目娘鈴を襲名し、師の復讐を誓う。

875 マスイの跡を継いだ〝バンイ〟、兎族の主だった者たちと共に都に潜伏。

876 了凱死去。子の〝了定(リョウテイ)〟も二日後に死去。了定の弟〝了参(リョウサン)〟が九代帝に。

878 奉天寮の宝綴、都に匣の悪気が満ちていると帝に警告。時置かずして真天山の源匣が死気を放ち、天教の教主〝撥(ハツ)〟が死去。

880 緋眼の長、吉成蜂起。武涼、大将軍となり、討伐へ。

885 緋眼大敗。吉成、兎族であると知れる。その後斬首。

887 了参死去。幼い子〝了覇(リョウハ)〟十代帝に。

890 兎族、邪衆、大陸全土で蜂起。顎港の長〝鞭覆(ベンプク)〟、反乱軍を退け、都にて将に任じられる。

892 武涼の死去にともない、子の〝武慶(ブケイ)〟が大将軍に。

895 三代目娘鈴、師の仇を討つも、自らも死去。弟子の〝櫂(カイ)〟、四代目娘鈴となり、元凶のバンイを求め都に。

897 武慶、鞭覆らの活躍により、乱、次第に沈静化。

898 真天宮に落雷、全焼。源匣も焼かれるも無事。

899 宝綴の子であり奉天寮の長〝宝欧(ホウオウ)〟、兎族の長、バンイが都にいることを突き止める。武慶、直ちに兵を率いて捕縛。

900 バンイ、王宮にて体内に隠していた十個の小匣を同時に開き自爆。王宮は消えるが、武慶、宝欧、鞭覆、密かにバンイを殺そうとしていた娘鈴の四人が無傷で助かる。その後、この四人の血族は「呪家四氏」と呼ばれることに。王宮と共に血が絶えた了家は滅亡。覇は消滅。大陸全土に異形の者があふれ、世は無秩序に。バンイは宝超以来匣を開いた者として「魔王」と呼ばれることに。

901〜953 大陸全土で人と「魔」による戦いが続く。王朝はなく、史書も残られていない暗黒時代。

954 人の最後の砦、真天山にて宝欧の孫〝宝恩（ホウオン）〟が、天教教主〝実（ジツ）〟と共に反魔勢力を拡大させる。

956 旧都付近にて鞭覆の玄孫〝鞭灰（ベンバイ）〟が奉天寮系の知識層を中心とした反抗組織を設立。「奉天団」と名付ける。

960 緋京にて武慶の孫〝武盛（ブジョウ）〟、緋眼と鬼道兵による兵を率い、魔との闘争を開始。

963 七代目娘鈴、顎港の商人〝瑁燦（マイサン）〟の援助を受け、反攻を開始。

967 奥林の部族「子族（ネノク）」の長〝サイラ〟、真天宮の宝恩を訪ね、魔の元凶について語る、直後、宝恩とその兵四千、真天山を離れる。

973 武盛、東壁付近にて魔を払い、元凶を悟る。単身、旧都の奉天団を訪ね、手を組む。

980 暴海を独りで越えた異人〝チェジン〟が七代目娘鈴に拾われる。

982 真天山を黒雲が包む。その後、天教の者たちの消息は途絶え、山は雲に包まれたままとなる。

985 武盛、戦いの最中死亡。子の〝武洩（ブセツ）〟が兵を束ねる。

986 七代目娘鈴、八代目へと娘鈴の名をゆずる。

990 中域北部にいた宝恩、子の〝宝凌（ホウリョウ）〟と共に奉天団と合流。

992 鞭灰死去。弟の〝鞭禰（ベンディ）〟が奉天団の長になり、顎港の八代目娘鈴と緋京の武洩を旧都に呼び、呪家四氏が揃う。これより先、四氏は連合して魔と戦うことに。

995 武洩、単身真天山へ。黒雲の中、教主と対面して戻る。

997 真天山へ四氏合同での出兵。

998 黒雲が晴れ、教主〝刻（コク）〟が死亡。源匣、教主と共に消失。小匣の力も消える。真族、小匣を放棄。大陸の魔、次第に数を減らし、一年後に絶滅。

1000 武洩、八代目娘鈴、鞭禰、名族宝家の主である宝凌に帝位を勧める。宝凌、これを受け、「新」を建国。これにより、真の人の世が到来する。

本書は書き下ろしです。

矢野 隆（やの・たかし）

1976年福岡県久留米市生まれ。2008年『蛇衆』にて第21回小説すばる新人賞を受賞。続けて『無頼無頼ッ！』『兇』『勝負！』など、ニューウェーブ時代小説と呼ばれる作品を手がける。また、『戦国BASARA3 伊達政宗の章』『鉄拳 the dark history of mishima』といったゲームのノベライズ作品も執筆し、注目される。近著に『至誠の残滓』『朝嵐』『大ぼら吹きの城』『戦始末』『我が名は秀秋』『弁天の夢 白浪五人男異聞』『西海の虎 清正を破った男』などがある。

源匣記 獲生伝

二〇一九年十月二十三日 第一刷発行

著者 矢野 隆

発行者 渡瀬昌彦

発行所 株式会社講談社

〒一一二-八〇〇一

東京都文京区音羽二-一二-二一

電話 出版 〇三-五三九五-三五〇五

販売 〇三-五三九五-五八一七

業務 〇三-五三九五-三六一五

本文データ制作 講談社デジタル製作

印刷所 豊国印刷株式会社

製本所 株式会社若林製本工場

 ISBN978-4-06-220828-4 N.D.C.913 428p 20cm